## DONGSUH MYSTERY BOOKS 112

TEN DAYS' WONDER
# 10일간의 불가사의
엘러리 퀸/문영호 옮김

동서문화사

### 옮긴이 문영호(文永浩)
서울대학교 공과대학 졸업. 육군사관학교 교수·파스칼세계대백과사전 편찬위원 역임. 옮긴책 아처《한푼도 용서없다》퀸《꼬리 아홉 고양이》등.

### DONGSUH MYSTERY BOOKS 112
10일간의 불가사의
엘러리 퀸/문영호 옮김
초판 1쇄 발행/1977년 12월 1일
중판 1쇄 발행/2003년 9월 1일
중판 2쇄 발행/2012년 2월 20일
발행인 고정일/발행처 동서문화사
창업 1956. 12. 12. 등록 16-345(윤)
서울 강남구 도산대로 163(신사동, 1층)
☎ 546-0331~6 (FAX) 545-0331
www.dongsuhbook.com

\*

이 책의 출판권은 동서문화사(동판)가 소유합니다.
의장권 제호권 편집권은 저작권 법에 의해 보호를 받는 출판물이므로
무단전재와 무단복제를 금합니다.

편찬·필름·제작 일체 「동판」자본으로 이루어짐에 따라
출판권 소유권자 「동판」에서 제조출판판매 세무일체를 전담합니다.
사업자등록번호 211-90-02201
ISBN 89-497-0208-8 04840
ISBN 89-497-0081-6 (세트)

# 10일간의 불가사의
## 차례

### 제1부 9일간의 불가사의
첫째 날 …… 13
둘째 날 …… 49
셋째 날 …… 97
넷째 날 …… 151
다섯째 날 …… 174
여섯째 날 …… 199
일곱째 날 …… 220
여덟째 날 …… 281
아홉째 날 …… 292

### 제2부 열흘째 불가사의
열째 날 …… 323

라이트빌시리즈 뛰어난 걸작 …… 402

등장인물

**디드리치 밴 혼**  자수성가한 부호
**샐리 밴 혼**  디드리치의 젊은 아내
**하워드 밴 혼**  젊은 조각가. 디드리치의 아들
**울퍼트 밴 혼**  디드리치의 동생
**로라**  밴 혼의 고용인
**에일린**  밴 혼의 고용인
**디킨**  경찰서장
**콘브랜치 박사**  정신과 의사, 주립 병원 주임의사
**찰란스키**  검사
**엘러리 퀸**  소설가, 범죄 연구가
**리처드 퀸**  엘러리의 아버지. 경감

# 제1부 9일간의 불가사의

수수께끼는 계속된다더니, 이상한 일은 아흐레나 계속되었다.
——헤이우드《속담극》

# 첫째 날

처음에는 아무것도 보이지 않았다. 어둠은 넘실넘실 춤추듯 멀어져 갔다. 멀리서 유쾌한 음악이 희미하게 들려왔다. 노랫소리는 점점 커지더니 이윽고 덮칠듯 가까이 다가왔고, 마침내 소음 속에 묻혀버렸다. 공기의 흐름에 몸을 내맡긴 물새처럼 내 몸은 공중으로 떠올라 소음을 뚫고 날아올랐다. 귀를 찢는 듯한 소리도 서서히 잦아들면서 비로소 희미한 음악으로 바뀌었고, 어둠이 다시 뭉실뭉실 흐르기 시작했다.

모든 것이 흔들렸다. 그는 뱃멀미를 했다.

대서양 밤 하늘, 새털 같은 구름의 그림자와 초롱초롱한 별들이 눈부셨다. 그 음악은 뱃머리를 헤매던 바람소리였거나 검은 파도가 부서지던 소리였으리라.

지금은 꿈이 아니라 현실이라는 것을 그는 깨달았다. 이제는 눈을 감으면 구름이며 별들은 순식간에 사라지고, 몸은 여전히 흔들리는데 음악소리는 변함없이 들려오기 때문이었다. 또한 생선 비린내와 오래된 벌꿀 같은 미묘한 냄새도 났다.

모든 것이 새롭고 낯설게 느껴진다는 것은 흥미로운 일이었다. 보고, 듣고, 냄새 맡고, 맛보는 그 모든 것이 새로운 의미를 띠고 다가왔다. 마치 이전에는 존재하지 않았던 그가 지금 있는 배 안에서 새로 태어난 기분이었다. 그는 뱃전에 누워 하늘을 올려다보았다. 배가 흔들렸고, 그도 흔들렸고, 밤하늘도 흔들렸다.

모든 것이 변하지 않고 영원하다면, 시간을 초월한 듯한 이 기분 좋은 상태에서 한없이 흔들리고 있을 수도 있었다. 그러나 그렇지가 않았다. 하늘이 점점 가까이 다가오고 별이 내려앉고 있었다. 별들은 그에게 가까이 다가옴에 따라 더 커지는 것이 아니라 오히려 더 작아졌다. 흔들거리는 정도도 달라졌다. 외부적인 어떤 힘이 작용하고 있는 듯했다. 불현듯, 흔들리는 것은 배가 아니라 자기 자신일지도 모른다는 생각이 들었다.

눈을 떴다.

그는 탄력 있는 어떤 딱딱한 물체 위에 앉아 있었다. 무릎과 턱은 맞닿아 웅크렸고, 정강이를 감싸 안은 손은 깍지를 낀 채였다. 그런 자세로 몸을 앞뒤로 흔들고 있었다.

누군가가 말했다.

"여긴 배 안이 아니야. 말도 안 돼."

그는 깜짝 놀랐다. 낯익은 목소리인데도 누구인지 도무지 기억이 나지 않았기 때문이었다.

그는 눈을 크게 뜨고 주위를 둘러봤다.

아무도 없었다.

방.

방이었다.

그것은 갑자기 덮쳐오는 물보라를 맞은 듯한 발견이었다.

깍지 꼈던 손을 풀고는 따뜻하고 도톨도톨하면서도 매끄러운 감촉이 와 닿는 어떤 물건 위로 손을 내려놓았다. 그러나 손에 와 닿는 감촉이 별로 좋지 않았다. 다시 얼굴로 손을 가져갔다. 이번에는 손바닥이 모헤어에 닿는 듯한 느낌이 들었다. 불쾌했다.

나는 지금 방에 앉아 있고, 면도를 해야 해. 하지만 도대체 면도라는 게 뭐지? 한참 생각 속을 헤맨 뒤에야 면도에 대한 기억이 되살아났다. 웃음이 나왔다. 면도가 무엇인가에 대해서까지 생각해야 하다니 어처구니가 없었다.

다시 아래쪽으로 손을 내리자 아까 그 매끄러운 물건이 또 손에 닿았다. 담요 같은 것이리라 생각했다. 바로 그 순간이었다. 그에게 덮쳐왔던 어둠 속의 장면들이 사라져버렸음을 깨닫게 된 것은.

그는 얼굴을 찌푸렸다. 지금까지의 일들이 과연 실제로 현실에서 일어난 일인가?

곧 그렇지 않다는 것을 알게 되었다. 하늘이라는 것도 존재하지 않았다. 그건 천장이었다. 그것도 몹시 지저분하게 얼룩진 천장. 별도 가짜였다. 그건 별이 아니라 낡은 커튼의 찢어진 틈새로 새어 들어오는 햇살이었다. 누군가가 〈아일랜드인의 눈에 빙긋 웃음이 어릴 때〉를 목청껏 불러대고 있었다. 또 물을 휘젓는 소리도 났다. 생선 냄새도 맡았다. 기름에 생선을 튀길 때 나는 냄새였다. 그는 새콤달콤한 맛이 나는 것을 삼켰는데, 사실은 냄새만 맡았을 뿐이라는 것을 알았다. 그 두 가지가 서로 대기 속에서 화학적으로 결합되어 있었다. 구역질이 나는 것도 이상할 것 없는 일이었다. 공기는 눅눅해 쉬어빠진 음식 같았다.

그렇게 생각하면서 그는 히죽 웃었다. 여기가 도대체 어디지?

그는 전에는 흰 페인트칠이 되어 있었겠지만, 지금은 군데군데 칠이 벗겨진 낡은 철제 침대 위에 앉아 있었다. 정면에 거울 하나가 걸려 있었다. 방은 우스우리만큼 작았다. 벽은 바나나 색이었다. 그 바나나 껍질이 벗겨져 가고 있다고 생각하면서 그는 다시 히죽 웃었다.

'지금 난 벌써 세 번째로 웃는 거야. 난 뛰어난 유머감각을 가진 녀석임에 틀림없어. 하지만 난 도대체 어디에 있는 거지?'

타원형 등받이가 있고, 조각 장식이 되어 있는 고급 의자가 하나 놓여 있었다. 바닥은 말털로 짠 녹색 천으로 되어 있었고, X자 모양의 철사가 우아한 다리를 서로 붙들어 매고 있었다. 벽에 비스듬하게 걸려 있는 달력 그림 속에서 머리를 길게 늘어뜨린 사람이, 측은해하며 그를 내려다보고 있는 듯했다. 문 뒤쪽에 붙은 깨진 사기 옷걸이 못은 마치 손가락처럼 그를 가리키고 있었다. 미스터리소설에 나옴직한 그런 손가락 같은데, 거기에 대한 답은 뭘까? 옷걸이 못에는 아무것도 걸려 있지 않았다. 의자 위에도 아무것도 없었다. 그림 속에 있는 사람은, 방금 배가 아니라고 말한 그 목소리처럼 친숙했다. 다만 둘 다 손이 닿을 수 없는 거리에 있을 뿐이었다.

침대 위에 무릎을 세우고 앉아 있는 사람은 지저분한 건달이었다. 그건 바로 자기 자신이었다. 때 묻은 옷을 입은 채 얻어터진 얼굴로 앉아 있는 건달, 정말 지저분한 건달이었다. 흙먼지를 뒤집어쓰고 앉아서는 흙먼지를 뒤집어썼다는 것을 흡족해하고 있는 듯했지만, 사실 그것은 이를테면 고통이었다.

'침대 위에 앉아 있는 사람이 나인 것은 분명하지만, 저토록 지저분한 건달은 한번도 본 적이 없는데, 어떻게 그게 바로 나일 수 있단 말인가?'

이를테면 그것은 수수께끼 같았다.

'넌 지금 네가 어디에 있는지도 모르고 네가 누구인지조차 모르고 있어. 그런 수수께끼가 세상에 어디 있을까.'

그는 또 웃었다.

'이건 매트리스가 분명하니까 다시 벌렁 누워 잠이나 청하는 것이

제일 좋은 수일 것 같군.'

그는 생각했다. 그러나 다음 순간, 하워드는 다시 자신이 별들로 뒤덮인 하늘 아래 어느 배 안에 있다는 것을 의식했다.

하워드가 다시 잠에서 깨어났을 때는 상황이 완전히 달라져 있었다. 서서히 다시 태어나는 기분이나 터무니없는 배의 환상 따위는 일어나지 않았다. 눈을 뜨자마자 지저분한 방과 달력의 예수 그림, 깨진 거울 등을 한눈에 알아볼 수 있었다. 침대에서 뛰어내린 그는 거울 속에서 기억을 다시 되찾은 자기 모습을 노려봤다.

거의 모든 것이 순식간에 그의 머리 속에서 다시 제자리를 찾아 정리되었다. 자기가 누구이며, 집은 어디며, 심지어 왜 뉴욕에 오게 되었는지 분명해졌다. 그는 슬로컴에서 애틀랜틱 스테이터 열차를 탄 기억이 났다. 더위가 용광로같이 끓어오르던 24번 플랫폼에서, 역시 가마솥처럼 무더운 그랜드 센트럴 역 개찰구를 향해 계단을 오르던 기억도 났다. 테라지 화랑에 전화를 걸어 제렌즈 작품 전시회는 몇 시에 오픈 하는가를 묻자, '마인히어 제렌즈 작품 전시는 어제 날짜로 끝났습니다'라고 유럽인인 듯한 사람의 짜증스러운 대답이 그의 귓전을 때리던 것도 기억났다. 그리고는 이 쓰레기통 같은 곳에서 눈을 뜬 것이 그의 가장 최근의 기억이었다. 그러나 그때 그 기억 속의 목소리와 지금의 방 사이에는 검은 안개 같은 것이 드리워져 있었다.

하워드는 몸을 떨기 시작했다.

이미 발작이 일어나기 전에 낌새를 채기는 했지만, 이렇게 심할 줄은 몰랐다. 그는 발작을 억제해 보려고 애썼다. 하지만 근육을 긴장시킨다는 것이 오히려 증상을 악화시킬 뿐이었다. 그는 깨진 사기 옷걸이 못이 박힌 문 쪽으로 갔다.

이번엔 그렇게 오래 잔 것 같지 않았다. 아직도 근방 어디에선가

'쫘쫘' 물소리가 났다.

그는 문을 열었다.

복도에는 아직도 사람들이 남겨 놓고 간 악취가 남아 있었다.

대걸레로 바닥을 닦던 노인이 고개를 들고 그를 쳐다봤다.

"말씀 좀 물어 봅시다. 여기가 도대체 어디죠?"

하워드가 말했다.

노인은 대걸레에 몸을 기대고 섰다. 하워드는 그가 애꾸눈이라는 것을 알았다.

"한번은 서부에 가본 적이 있었지."

노인이 말을 이었다.

"한창때는 더러 여행도 했네만. 한번은 너른 벌판 길 위였는데, 인디언 하나가 앉아 있더군. 그 근방 일대는 작은 오두막집 말고는 아무것도 없고, 멀리 산 하나가 솟아 있을 뿐이었지. 캔사스 주였는데, 내 생각으로는……."

"그보다는 오클라호마 주나 뉴멕시코 주 같은데요."

하워드가 말했다. 그는 손으로 벽을 붙잡고 서 있었다. 생선은 틀림없이 이미 다 먹은 것 같은데, 아직 냄새가 남아 식욕을 자극하고 있었다. 그는 먹지 않으면 안 되었다. 그것도 빠른 시간 내에 언제나 그래 왔던 대로.

"무슨 말씀을 하시려는 거죠? 전 이곳에서 나가야 하는데요."

"인디언은 오두막집에 등을 기대고 맨땅 위에 앉아 있었던 거야. 그런데……."

갑자기 하워드의 이마 한가운데에 노인의 시선이 와 멎었다.

"폴리페모스(그리스 신화에 나오는 외눈박이 거인으로, 오디세우스의 부하들을 동굴속에 가두고 하나하나 잡아먹다가 오디세우스에게 눈을 찔려 실명함)였단 말이죠?"

"아냐. 난 그런 복잡한 이름은 몰라. 내가 말하고자 하는 건 이 인디언 머리 위 벽에 붉은 글씨의 간판이 하나 붙어 있었다는 거야. 뭐라고 써 있었는 줄 아나?"
"글쎄요."
"월도프 호텔이라고 써 있었어."
노인은 의기양양하게 말했다.
"감사합니다. 말씀을 들으니 기분이 한결 좋아지네요. 그런데 대체 여기는 어디죠?"
"이곳이 어디겠나?"
노인이 호통을 쳤다.
"이봐, 여긴 여인숙이야. 바워리 거리야. 스티브 브라디, 팀 설리반 같은 사람들도 자고 갈 만큼 훌륭한 여인숙이지만 자네 같은 지저분한 건달에게는 분에 넘쳐."
갑자기 공중으로 물통이 날았다. 새처럼 날아오른 물통은 다음 순간 '퐈당' 바닥에 나동그라졌다.
노인은 하워드가 자기를 발로 차기라도 한 듯 몸을 부르르 떨었다. 그리고는 회색 구정물이 흥건하게 엎질러진 바닥 위에 서서 금방 울음이라도 터뜨릴 듯했다.
"대걸레를 이리 주세요. 내가 닦아내지요."
하워드가 말했다.
"지저분한 건달 같으니!"
하워드는 다시 방으로 들어갔다.

컵 모양으로 만든 손바닥을 입과 코에 대고 침대에 앉아 거칠게 숨을 내쉬었다. 무언가 바라는 바가 컸기 때문이다.
하지만 그는 결코 술을 마신 것은 아니었다.

손이 아래로 축 처져 내려왔는데 손에는 온통 피가 묻어 있었다.

하워드는 자기 옷을 쥐어뜯었다. 엷은 황갈색 개버딘 옷은 찢어지고 주름투성이가 되어 있었다. 기름과 때도 묻어 있었다. 그에게서는 쌍둥이 언덕 너머에 있는 조킹 농장의 외양간 냄새가 났다. 그는 어렸을 때 슬로컴에 갈 때마다 조킹의 돼지 외양간 옆을 지나가지 않으려고 먼 길을 돌아서 가곤 했다.

지금은 상관없었다. 오히려 유쾌한 마음이 들기까지 했다.

그는 이가 들끓는 원숭이처럼 온몸을 뒤졌다.

그리고 결국 찾아냈다. 커다란 흑갈색 핏덩어리였다. 일부분은 옷깃에 붙어 있었고, 일부는 셔츠에 붙어 있었다. 핏덩어리 때문에 셔츠와 양복이 한데 엉겨 붙어 있었다. 그는 그것을 떼어 놓았다.

새로 뜯겨진 오래된 천 끝은 섬유질로 되어 있었다.

그는 침대에서 뛰어내려 거울 조각이 붙어 있는 곳으로 달려갔다. 오른쪽 눈은 아보카도 (열대 아메리카산 녹나무과의 열매 나무) 씨 같았다. 콧잔등에는 진홍색 홈이 패여 있고, 아랫입술의 왼쪽 구석은 풍선껌처럼 부풀어 있었다. 그리고 왼쪽 귀는 자주색으로 보기 흉하게 일그러져 있었다.

그는 또 싸움을 건 것이다!

아니면 상대방이 걸어왔나? 그리고 그는 싸움에 졌다. 아니면 이겼나? 아니면 이기기도 하고 지기도 했나?

떨리는 손을 성한 눈앞으로 들어올려 살펴봤다. 두 손 마디가 베이고 긁히고 부어 있었다. 금발 머리에는 피가 엉겨, 머리카락이 마치 마스카라 바른 눈썹처럼 꼿꼿했다.

하지만 이건 내 피야.

그는 손바닥이 위로 향하도록 손을 뒤집어 보고는 안도의 한숨을 깊이 내쉬었다.

손바닥엔 피가 묻어 있지 않았다.

결국 사람은 죽이지 않았다는 생각에 마음이 몹시 기뻤다.

그러나 기쁨도 잠시뿐이었다. 또 다른 피가 양복과 셔츠에 묻어 있었다. 그건 아마도 자기 피는 아닐 것이다. 누군가 다른 사람의 피일 것이다. 이번에는 일을 저지르고 만 것이 아닐까? 그럴지도 몰라!

이대로 가면 졸도할 것 같다는 생각이 들었다. '이런 생각을 계속 했다간 졸도하고 말 거야.'

손에 통증이 왔다.

그는 조심스레 호주머니를 뒤져 봤다. 집에서 나올 때는 200달러가 넘는 돈을 가지고 있었다. 하지만 호주머니를 뒤진 것은 그저 한 번 해본 것에 지나지 않았다. 별다른 결과를 기대하지 않았으므로 실망하지도 않았다. 돈은 없었다. 시계도 없었다. 언젠가 그가 프랑스에 갔던 그 해에 아버지가 준, 시계 줄에 매달도록 된 작은 금조각품도 사라지고 없었다. 작년에 샐리가 생일 선물로 준 만년필도 보이지 않았다. 누군가 훔쳐간 것이다. 이 아편 소굴에 들어온 뒤에 그렇게 되었을 것이다. 있을 수 있는 일이었다. 방값을 미리 받지도 않고 방을 내주지는 않았을 테니까.

하워드는 '안내원'이나 '로비'의 모습이나 지난 밤 '바워리 거리'의 모습을 마술처럼 떠올려 보려고 애썼다.

간밤에, 혹은 지지난 밤에, 아니면 2주일 전에······ 지난번에는 엿새 동안 지속되기도 했다. 한 번은 두세 시간에 불과한 적도 있었다. 그는 나중에야 시간이 얼마나 경과했는지 알아차리곤 했다. 왜냐하면 주변 상황에 의지하지 않으면 시간 측정이 불가능했으므로 하워드는 다시 문 쪽으로 맥없이 걸어갔다.

"오늘이 며칠이죠?"

노인은 구정물이 엎질러진 곳에 앉아 걸레로 물을 닦아내고 있었다.
"오늘이 며칠이냐고 물었잖아요."
노인은 아직도 화가 풀리지 않은 모양이었다. 걸레를 물통에다 고집스럽게 짜내고 있었다.
하워드는 이를 부드득 갈았다.
"오늘이 며칠이냐고요?"
노인은 침을 뱉었다.
"자넨 행동이 거칠군그래. 배글리를 부를 거야. 자넨 혼 좀 나야 해. 혼 좀 나야 한다니까."
노인은 하워드의 선한 눈매에서 무엇인가를 본 것 같았다. 애처로운 목소리로 이렇게 대답했다.
"오늘은 노동절 바로 다음 날이야."
물통을 집어든 노인은 서둘러 나가 버렸다.
9월 첫째 월요일 다음의 화요일이었다.
하워드는 쏜살같이 방으로 들어가서 달력을 보았다.
달력에는 1937년이라고 되어 있었다.
하워드는 머리를 긁적이면서 웃었다. '난 난파를 당한 거야. 사람들은 내 뼈를 바다 밑에서 찾아내고야 말겠지. 내 항해 일지를 말이야!'
하워드는 미친 듯이 항해 일지를 찾기 시작했다.
그는 시공간을 초월해 이루어지는, 최초의 알 수 없는 여행이 있고 나서부터 항해 일지를 쓰기 시작했다. 밤마다 스스로에게 보고함으로써 자신의 존재 속에서 의식 가능한 부분을 고정시킬 수 있었고, 그로써 암흑의 항해를 되돌아볼 수 있는 하나의 근거지로 삼았던 것이다. 그러나 그것은 이상한 항해 일지였다. 말하자면 상륙했을 때의 일만 기록되어 있고, 무시간(無時間)의 바다를 항해하는 기간에 대해서는 깨끗하게 텅 비어 있었기 때문이었다.

그의 일기는 검은 표지의 두꺼운 수첩으로 되어 있었다. 한 권이 다 차면 그는 그것을 집에 있는 책상 서랍에 보관해 두었다. 그러나 사용 중인 수첩은 늘 가지고 다녔다.

'만약에 그 작자들이 그것까지도 훔쳐갔다면……!'

그러나 그는 상의 윗호주머니에서 노트를 찾아냈다. 아일랜드제 리넨 손수건 아래쪽에 있었다.

마지막으로 기록된 날짜로 보아 이번 항해는 19일 동안 계속되었음을 알 수 있었다.

그는 더러워진 창문을 통해 밖을 내다보고 있었다.

3층 높이였다.

충분했다.

그렇지만 다리가 부러지고 만다면?

그는 복도로 뛰어나갔다.

엘러리 퀸은 단 한마디라도 얼마쯤 시간이 지난 뒤에 듣겠다고 말했다. 고통, 굶주림, 피로 따위로 몸이 몹시 지쳐 있을 때 하는 이야기란 시인이나 성직자들에게는 흥밋거리가 될지 모르지만, 사실을 중시하는 사람에게는 시간 낭비일 뿐이기 때문이었다. 그는 순전히 이기심에서 하워드의 옷을 벗기고, 그를 욕조의 더운 물 속에 집어넣었다. 그런 다음 그의 수염을 깎아 주고 상처에 약을 발라 주었다. 또 아침밥으로 토마토 주스 한 잔과 작은 스테이크 한 개, 버터를 발라 데운 토스트 일곱 조각, 블랙커피 석 잔을 하워드에게 먹였다.

"자."

엘러리가 세 번째로 커피를 따르면서 유쾌하게 말했다.

"이제야 자네가 누구인지 알아볼 수 있겠네. 이제 자넨 적어도 기본적인 사고력을 갖게 되었을 거야. 내가 자넬 보았을 때 자넨 대리석에 마구 몸을 부딪치고 있더군. 왜 그랬지? 이젠 사람 육체는 졸업했나?"
"제 옷을 살펴보셨죠?"
엘러리는 싱긋 웃었다.
"자넨 목욕을 오래 하더군."
"바워리 거리에서 여기까지 걸어오는데 오래 걸렸어요."
"무일푼인가?"
"잘 알고 계시잖아요. 제 호주머닐 다 뒤져 보셨죠?"
"물론이지. 아버님께선 어떠신가, 하워드?"
"잘 계십니다."
그러나 하워드는 놀란 표정을 지으며 의자를 밀고 일어났다.
"선생님, 전화 좀 쓰겠습니다."

엘러리는 그가 서재로 들어가는 것을 바라보았다. 하워드가 들어가고 난 다음 서재 문이 완전히 닫히지는 않았지만, 엘러리는 굳이 문을 닫으려고 하지 않았다. 문 저쪽에서 한동안 아무 소리도 들리지 않는 것으로 미루어 분명히 하워드는 장거리 전화를 신청한 것이었다.

엘러리는 아침 식사 뒤에 늘 피우는 파이프 담배에 손을 내뻗으면서 하워드 밴 혼에 대해서 아는 대로 정리해 봤다.

하워드가 기억하고 있는 것은 그리 많지 않았다. 그나마도 한 차례의 전쟁과 넓은 바다, 그리고 10년이라는 세월 저 너머에 있는 일들이라 희미할 수밖에 없었다. 그들은 위셰트 거리와 생 미셀 거리가 마주치는 길모퉁이에 있는 카페 테라스에서 처음 만났다. 그것은 전쟁이 일어나기 전 파리에서였다. 그 무렵 파리에서는 상상을 초월하는 대박람회가 열리고 있었으며, 독일 나치스들은 정교하게 만든 카메라와 여행 안내 책자를 가지고 라이트 뱅크로 몰려들었다. 그들은 비엔나 프라하에서 탈출해온 망명객들을 밀치면서, 겉으로 보기에는 여행객의 정열을 불태우며 피카소의 '게르니카'를 보러 가고 있었다. 또 그 무렵 파리에서는 스페인 내란에 대해 열띤 논쟁이 벌어지고 있었지만, 피레네 산맥 너머 마드리드는 내정 불간섭의 원칙 때문에 죽어가고 있었다. 파리는 쇠퇴해 가고 있었고, 엘러리는 한셀이라는 사람을 찾고 있었다. 한셀은 나치스였고, 나치스가 위셰트 거리에 가끔 나타나는 것으로 알려져 있었기 때문에 엘러리는 그곳에서 한셀을 찾고 있었던 것이다.

그곳에서 하워드를 만난 것이다.

하워드는 얼마동안 레프트 뱅크에 머물고 있었고, 우울한 나날을 보내고 있었다. 위셰트 거리 사람들은 파리의 다른 지역 사람들과는 달리 난공불락이라는 마지노선에 대해 그렇게 큰 기대를 걸고 있지 않았다. 정치적으로 불안한 분위기가 감돌고 있었기 때문이다. 조각을 배우기 위해 해외에 나와 있는 미국 젊은이에게는 매우 답답한 일이었다. 더구나 그런 젊은이의 머리 속은 로댕, 부르델, 신고전주의, 희랍의 곡선미 따위로 가득 차 있었다. 엘러리는 그 무렵 하워드에 대해 일말의 동정심을 갖게 되었다. 세상 돌아가는 모습을 구경이나 하고 지내는 사람은 의심을 받는 세상이었지만, 둘이 함께 있으면 그래도 주목을 덜 받았기 때문에 엘러리는 하워드와 함께 카페 테라스에 앉아 있곤 했었다.

3주 동안 그들은 자주 만났다. 그러던 어느 날 한셀이 생 세브랭 거리에서 어슬렁거리다가 엘러리에게 발견된 것이다. 그로써 하워드와의 만남도 끝이 났다.

서재에서는 하워드의 말소리가 들려왔다.

"하지만 아버지, 전 괜찮아요. 거짓말이 아니란 말입니다."

하워드는 웃으면서 말을 이었다.

"찾지 마세요. 곧 집에 갈 거예요."

그 3주 동안 하워드는 이런저런 이야기를 시시콜콜 늘어놓았고, 자기 아버지를 대단히 숭앙하고 있음을 보여주었다. 엘러리는 하워드의 이야기를 통해 그의 아버지 밴 혼 씨가 가슴이 떡 벌어지고 우람하게 생긴 사람으로서 강한 의지와 위엄, 인간성, 지능, 애정, 관용 등을 두루 갖춘 인물이라는 인상을 받았다. 바로 전형적인 아버지 상이었다. 하워드가 엘러리를 데리고 자기의 인상적인 하숙집 스튜디오에 갔을 때, 거기에는 튼튼한 기하학적 좌대 위에 세워진 돌 조각상들이 빽빽하게 들어차 있었다. 모두가 제우스, 모세, 아담과 같은 체구가 우람한 남자들의 조각상이었다. 그 무렵 하워드가 어머니에 대해서 일체 말하지 않은 데에는 뭔가 이유가 있는 것 같았다.

"아닙니다. 저는 지금 엘러리 퀸 씨와 같이 있어요."

하워드의 말소리가 들려왔다.

"아버지도 기억하고 계시잖아요. 왜 제가 전쟁 전에 파리에서 만난 그 고명하신 선생님 말입니다. 맞아요, 퀸 선생님이에요…… 예, 바로 그분 말예요."

그리고 엄숙하게 말을 맺었다.

"그분을 찾아뵙기로 했던 겁니다."

유유자적하던 파리 시절의 하워드는 귀여우리만큼 시골티가 났었다고 엘러리는 생각했다. 그는 뉴잉글랜드 출신이었는데, 엘러리는 그가 뉴잉글랜드의 어느 지방에서 왔는지는 자세히 모르고 있었다. 그러나 뉴욕에서 그리 멀지 않다는 것은 알고 있었다. 밴 혼 가족은 시골 읍내의 대저택에서 살고 있었던 것이 분명했다. 하워드, 아버지, 그리고 작은 아버지, 이렇게 셋이 살고 있었다. 여자 이야기가 나오지 않은 걸로 봐서 어머니는 여러 해 전에 돌아가신 것이 아닌가 엘러리는 짐작했다. 어렸을 때 하워드는 가정교사와 가정부들에게 둘러싸여 살았으며, 그 집에 고용된 어른들 눈을 통해 세상을 배웠다. 다시 말하자면, 기실 그는 아무것도 배운 것이 없었다. 오직 그가 살고 있는 소도시를 통해서 현실과 접촉했을 뿐이었다. 하워드가 파리에서 지내는 동안 불안해하고 당황하고 분노한 것은 이상할 것 없다. 시골 읍내의 '중심가'에서……, 엘러리가 생각건대, 사실은 자기 아버지에게서 너무 멀리 떨어져 있었던 것이다.

엘러리는 그 무렵 하워드야말로 정신과 의사에게 좋은 흥밋거리일 수 있다고 생각했다. 그는 골격이 크고 근육질이었으며, 억세게 보였다. 머리도 단단해 보이고, 턱은 각이 졌으며, 살갗이 두꺼운 활동적인 남성이었다. 대담하고 모험적인 데다 지배욕이 강한, 전형적인 대중소설의 주인공과 같은 타입의 청년이었다. 하지만 하워드는 유럽 역사상 가장 다사다난했던 시기의 소용돌이에 말려들어 있었기 때문에, 그 큰 어깨 너머 바다 저쪽에 있는 가정과 아버지를 그리운 눈으로 계속 회상하고 있었다. 아버지는 아들을 자기 형상대로 창조하는 법이다. 하지만 언제나 기대한 대로 결과가 나타나는 것은 아니다. 엘러리는 그렇게 생각했다.

하워드가 유럽에 와 있는 것은 자기가 뜻이라기보다 아버지 디드리치 밴 혼에 의해서인 것 같았다. 엘러리는 그런 인상을 받았다. 하워드가 차라리 보스턴의 미술학교에 다녔더라면 마음이 편했을 것이다. 혹은 그 분야의 권위자로서 도시계획위원회의 시장 자문역을 맡아, 외국 조각가가 시민 레크리에이션 센터의 벽에 나체 여인상을 조각하려는 계획이 과연 적절한가에 대해 상담하는 따위의 일을 했더라면, 더욱 행복했을 것이다. 하워드라면 그런 문제에 대해 완벽한 조언을 했으리라고 엘러리는 빙긋 웃음을 지으며 생각했다. 위셋트 거리와 자카리 거리가 교차하는 길모퉁이의 '클랑데스탱'을 지나칠 때마다 하워드는 으레 얼굴을 붉히곤 했다. 한번은 길 건너 맞은편에 있는 파출소를 진지한 표정으로 가리키면서 유럽에 대한 인상을 꾸짖어 말했다.

"전 도덕군자는 아니지만 저건 너무 지나치지 않습니까? 완전한 퇴폐 행위예요!"

엘러리는 하워드가 자기 고향에서 실제로 일어나고 있는 사회학적 현상에 대해서조차 제대로 알고 있지 못하다는 생각을 하지 않을 수 없었다. 그 뒤 엘러리는 종종 몸집만 큰 하워드가 고민에 싸인 채 레프트 뱅크에 있는 화려한 스튜디오에서 아버지 상을 진지하게 쪼아대고 있는 모습을 생각해 보곤 했다.

"하지만, 아버지, 그건 안 될 말씀입니다. 어머니께 제 염려는 마시라고 말씀드려 주세요."

그러나 그것은 모두 10년 전 일이었다. 지난 10년은 '또 다른 조각가'가 하워드의 용모에 변화를 주었다. 나는 그렇게 능란한 솜씨를 발휘한 이름 모를 조각가에 대해서는 생각하고 있지 않았다. 하워드의 입 가장자리에는 비밀을 감추고 있는 듯한 표정이 감돌았고, 다치지 않은 그의 나머지 한쪽 눈에는 좀더 성숙하고 조심성 있는 빛이 역력했다. 지난 10년 동안 젊은 밴 혼에게 무슨 일이 있었던 것 같았다. 이제는 환락가 옆을 지나면서도 얼굴을 붉힐 것 같지 않았다. 그리고 그가 아버지와 이야기하는 목소리도 10년 전에는 들을 수 없었던 음색이 섞여 있었다.

엘러리는 갑자기 매우 이상한 기분이 들었다.

그러나 그가 거기에 대해 미처 생각해 볼 겨를도 없이 하워드가 서재에서 나왔다.

"아버진 동부 지역의 모든 경찰관들을 동원해 내 행방을 찾았던 모양입니다."
하워드가 싱긋 웃었다.
"동부는 매우 넓은 지역이야, 하워드."
하워드는 의자에 앉아 붕대를 감은 손을 살폈다.
"어디서 그렇게 됐지?"
엘러리가 물었다.
"전쟁에선가?"
"전쟁이라고요?"
하워드는 놀란 표정으로 고개를 들었다.
"내 짐작에 자넨 분명 고질적인 과거의 어떤 경험 때문에 괴로워하고 있어. 전쟁 때문인가?"
"참전하지 않았는데요."
엘러리는 빙긋 웃음을 지었다.
"그래? 그럼 말 나온 김에 한번 얘기해 보자구."
"글쎄요."
하워드는 얼굴을 찌푸리면서 오른발을 가볍게 움직였다.
"선생님이 제 문제에 대해서 관심을 가지실 이유는 없을 텐데요."
"관심을 가지면 안 되나?"
엘러리는 그가 갈등을 겪고 있음을 알 수 있었다.
"자, 마음속에 있는 이야기를 다 털어놓는 게 어때?"
하워드가 불쑥 말을 꺼냈다.
"선생님, 두 시간 반 전에 전 창문에서 뛰어내리려고 했거든요."
"그랬군. 그러다가 생각이 달라졌군."
하워드의 얼굴이 서서히 붉어졌다.
"전 거짓말하고 있는 게 아닙니다!"
"나도 과장된 표현은 흥미 없거든."

엘러리는 파이프에서 재를 털어내며 말했다.
"하워드, 누구나 한번쯤은 자살을 생각해 보곤 하지. 그러나 사람들은 우리 주변에 다들 건재하고 있잖은가?"
하워드는 그를 노려봤다.
"자넨 내가 비밀을 털어놓을 수 있는 좋은 상대라고 생각하고 있는 모양인데, 자넨 말을 잘못 꺼낸 거야. 자살은 자네에게 어울리지 않아. 그런 걸로 관심을 끌려고 하면 안 돼."
하워드는 당황했다. 엘러리는 킬킬거렸다.
"이보게. 난 자넬 좋아해. 10년 전 난 자네가 위압적이고 자유방임적인 아버지 밑에서 자라면서 뭔가 잘못되었다고 생각했는데, 사실 그때의 자네 모습을 좋아했던 거야. 하지만 하워드, 입을 삐죽거리지는 말게. 자네 아버님을 나쁘게 말하는 건 아니니까. 내가 방금 말한 건 대부분의 다른 미국 아버지들에 대해서도 그대로 들어맞는 말이지⋯⋯. 정도의 차이는 있겠지만 말이야.

코흘리개였던 그 무렵 자넨 내 마음에 들었고, 난 다 자란 지금의 자네도 좋아하네. 어떤 문제가 있어서 나한테 왔을 텐데 힘닿는 데까지는 도와주지. 하지만 자네가 허세를 부리면, 난 아무것도 해줄 수 없는 거야. 그것은 일에 방해만 될 뿐이라는 걸 알아야 되네. 어때, 내 말에 기분이 좀 상했는가?"
"천만에요."
그들은 함께 웃었다. 그리고는 엘러리가 경쾌하게 말했다.
"파이프에 새 담배를 다시 채울 때까지 기다려."

1939년 9월 1일 이른 아침, 독일 나치스 전투 비행기가 바르샤바 상공에 굉음을 내면서 나타났다. 그날 프랑스는 시민 동원령과 계엄령을 선포했다. 그리고 그 주일에 하워드는 고향으로 돌아갔다.

"전 사실 집에 갈 수 있는 구실이 생겨서 기뻤어요."

하워드가 솔직하게 고백했다.

"프랑스, 망명객, 히틀러, 무솔리니, 생 미셸 카페, 그리고 저 자신에 대해 신물이 났었거든요. 한 20년 동안 제 작은 침대 이불 밑으로 기어들어가 잠이나 푹 자고 싶었습니다. 조각에도 넌더리가 났지요. 집에 가자마자 조각칼도 치워 버렸을 정도였으니까요. 아버진 늘 그러셨던 것처럼 제게 잘 대해 주셨어요. 아무것도 묻지 않으셨고 나무라시지도 않았으니까. 제 일은 제가 알아서 처리하도록 하셨지요."

그러나 하워드는 자기 일을 제대로 처리하지 못했다. 그의 침대도 기대했던 것처럼 안식처가 되지는 못했다. 웬일인지 하워드에게는 메인 스트리트가 샤 키 페쉬 거리보다도 더 생소했다. 하워드는 신문과 시사 잡지를 읽고 유럽의 고뇌를 보도하는 라디오에 귀를 기울였다. 거울도 보지 않으려고 피했다. 그리고 삼촌의 고립주의자로서의 발언에 대해 분개하고 있었다. 밴 혼 집안의 저녁 식사 시간에는 곧잘 언쟁이 벌어졌으며 그때마다 입장이 난처해진 하워드의 아버지가 중재자 역할을 하곤 했다.

"삼촌이라고?"

"예, 울퍼트 삼촌 말씀입니다. 친삼촌이죠. 상당히 괴짜세요."

하워드가 말했다. 그리고는 그 이상 아무 말도 하지 않았다.

그러다가 암흑의 바다를 향한 하워드의 첫 번째 항해가 시작되었다.

"그 일은 아버지가 결혼하시던 날 밤에 일어났지요."

하워드가 말했다.

"우린 모두 놀랐죠……. 아버지 결혼 말씀입니다. 울퍼트 삼촌은 노인들은 늙으면 다시 갓난아이가 된다고 하면서, 그분 특유의 악담을 하더군요. 하지만 아버진 그렇게 연로하신 것도 아니었고, 또 사귀시는 분은 상당히 훌륭한 분이었습니다. 아버진 잘못하신 게 없으세요. 어쨌든 아버진 새어머니 샐리와 결혼하고 밀월여행을 떠나셨는데, 바로 그날 밤 저는 잠자리에 들기 전 침실 거울 앞에 서서 넥타이를 풀고 있었어요…… 다음 순간 내가 나 자신에 대해 알게 된 것은, 650여 킬로미터나 떨어진 곳에 있는 트럭 운전사 식당에서 까만 점이 박힌 블루베리 파이를 먹다가 목이 멘 일입니다."
엘러리는 파이프에다 성냥불을 다시 조심스럽게 갖다 대었다.
"심령술인가?"
"농담 아녜요. 그 이전에 일어난 일은 기억나지 않았으니까."
"그 동안 시간이 얼마나 지났지?"
"닷새 반이에요."
엘러리는 파이프를 뻑뻑 빨아댔다.
"빌어먹을 파이프 같으니."
"선생님, 전 한 가지도 기억하지 못했습니다. 한순간 침실에서 넥타이를 풀고 있다가는, 다음 순간 650여 킬로미터 떨어진 트럭 운전사 식당 의자에 앉아 있는 겁니다. 그곳에 어떻게 갔으며, 6일 동안 어떤 일을 했고, 어떤 음식을 먹었으며, 어디에서 잤는지 또 누구와 얘기하고 무슨 말을 했는지 하나도 생각나지 않는 겁니다. 완전한 공백이지요. 시간의 흐름에 대한 의식이 하나도 없었으니까요. 죽어 매장되었다가 다시 살아난 거나 다름없다고 할까요."
"좀 낫군."
엘러리는 파이프를 보며 말했다.
"그래. 걱정도 될 거야, 하워드. 하지만 전혀 드문 일도 아냐. 기억 상실증이지."
"맞아요."

하워드가 싱긋 웃으며 말했다.
"기억 상실증이죠. 간단하죠. 선생님도 경험이 있으세요?"
"계속 이야기해 보게."
"처음엔 아무도 몰랐어요. 제가 어디에 있었는지, 얼마나 오랫동안 집을 떠나 있었는지 울퍼트 삼촌은 전혀 관심이 없었고, 아버진 밀월여행 중이었으니까요. 그런데 두 번째 경우는 아버지와 새어머니가 여행에서 돌아와 계셨거든요. 의식을 잃은 지 26시간 만에 부모님이 절 찾아낸 겁니다. 그러고 나서도 8시간 동안 의식이 돌아오지 않았어요. 정신이 들었을 때는 전 방금 샤워하고 나온 줄 알았거든요. 그런데 하루 반이나 지난 겁니다."
"의사들은 뭐라고 하던가?"
"물론 아버지께서는 의사란 의사는 모두 찾으셨어요. 그런데 모두 아무 이상이 없다는 겁니다. 퀸 선생님, 전 정말 겁이 나요."
"물론 그렇겠지."
하워드는 담배에 천천히 불을 붙였다.
"감사합니다. 하지만 정말 겁이 나요."
그는 성냥불을 입으로 불어 끄면서 얼굴을 찌푸렸다.
"뭐라 말로 표현……."
"자넨 모든 정상적인 법칙이 정지된 것 같다고 느꼈다는 거지? 유독 자네에게만 정지된 것처럼 말야."
"그래요. 갑자기 전 완전히 고독했으니까요. 이를테면……. 이를테면 4차원 세계라고나 할까요."
엘러리는 빙긋 웃었다.
"자기 분석은 삼가는 것이 좋네. 그런데 발작은 계속 일어났었나?"
"전쟁을 전후하여 내내 일어났었죠. 진주만이 공격당했을 때 전 얼마쯤 안도감을 느꼈어요. 군대에 나가 복무하면서 일에 몰두하다 보면……. 글쎄요. 잘은 모르지만 그게 해결책 같았어요. 하지만 절 받아주질 않는 겁니다."
"그래?"
"딱지를 맞은 거죠. 육군, 해군, 공군, 해병대, 그리고 해운업……. 차례로 딱지를 맞았어요. 예기치 않을 때 기억 상실 발작을 일으키는 그런 사람은 별 볼일이 없는 모양이었어요."
하워드의 부풀어 오른 입술이 일그러졌다.
"그래, 집에 머물러 있어야 했겠군."
"그게 또 그렇게 괴롭더군요. 마을 사람들이 절 이상한 눈으로 쳐다보질 않나, 군대 복무중 휴가 온 친구들은 절 피하질 않나, 무언가 배경이 든든해서 그렇게 된 걸로……. 하여튼 저도 후방에 있는 비행기 공장에서 야간 근무조에 편성돼 일했으니까, 전쟁에 참여한 셈이죠. 하루의 반은 집에 있는 작업실에서 돌과 진흙을 가지고 작업이랍시고 내 일을 했죠. 사람들 앞엔 잘 나타나지 않았어요. 사람들 눈에 띄지 않도록 몸을 웅크리는 일도 참 힘들더군요."
엘러리는, 안락의자에 비스듬히 앉아 있는 하워드의 우람하게 생긴 몸을 바라보면서 고개를 끄덕였다.
"좋아."
그가 단호한 어조로 말했다.
"좀더 자세하게 알아보기로 하세. 기억 상실 발작에 대해 자네가 알고 있는 내용을 죄다 말해 보게."
"발작은 간헐적이며 산발적입니다. 어떤 의사는 내가 몹시 흥분하거나 충격을 받으면, 발작을 일으키는 것 같다고 말하기도 하지만 발작은 아무 예고도 없이 일어납니다. 때로 2,3시간 동안 의식 불명이 지속되기도 하고, 3, 4주 계속될 때도 있어요. 정신이 돌아오는 장소도 대중없어요…… 집, 보스턴, 뉴욕, 그리고 한번은 프로비던스에서 깨어났어요. 때로는 어딘지도 모르는 곳 흙먼지 투성이의 길바닥 위에서 정신이 들기도 합니다. 장소는 가리지 않아요. 그동안 어디에서 무엇을 했는지 전혀 기억이 나지 않습니다."

"하워드," 엘러리는 무심결에 물었다. "혹 다리 위에서 정신이 든 적은 없었나?"

"다리 위요?"

"그래."

하워드 역시 무심코 말했지만, 엘러리에게는 그것이 일부러 꾸며서 하는 말 같았다.

"한번 그런 일이 있어요. 그게 왜요?"

"의식이 돌아왔을 때 자넨 뭘 하고 있었나? 다리 위에서 말야."

"뭘 하고 있었느냐고요?"

하워드는 주저하는 눈치였다.

"그래. 말해 보게."

"글쎄요……."

"막 뛰어내리려는 찰나였지. 그렇지 않은가?"

하워드는 그를 빤히 쳐다봤다.

"그걸 어떻게 아셨죠? 전 의사에게도 그 말은 하지 않았는데요!"

"자살 충동형은 겉으로 분명히 나타나거든. 또 다른 경우는 없었는가? 자살 직전의 순간에 의식이 돌아온 경우 같은 일 말일세."

"두 번 있었습니다."

하워드는 긴장해서 말했다.

"한 번은 호수에 떠 있는 카누 안에 있었는데요, 물 속으로 뛰어드는 순간 정신이 들었습니다. 또 한 번은 호텔 방 의자에서 막 뛰어내리려는 찰나에 의식이 돌아온 적도 있어요. 목에 밧줄이 감겨 있

첫째 날 35

더군요."
"그리고 오늘 아침 창문에서 뛰어내리려고 한 것도 같은 경우겠지?"
"아니죠. 그땐 의식이 있었어요."
하워드는 벌떡 자리에서 일어났다.
"엘러리 선생님……"
"아니, 좀 기다려. 앉지."
하워드는 다시 자리에 앉았다.
"의사들은 뭐라고 하던가?"
"글쎄요, 신체적으로는 전혀 이상이 없다는 겁니다. 간질이나 그 외 그와 비슷한 발작을 설명해 줄 만한 병력도 없다는 거구요."
"정상적인 것 말고 다른 진료는 받아 보았나?"
"최면술 말씀인가요? 시술을 받아본 것 같아요. 의사들은 아주 기술적으로 최면을 건 다음, 최면을 풀 때 최면을 받은 것을 기억하지 말라고 명령합니다. 그저 잠깐 잠들었을 뿐이라고 생각하면서 깨어나도록, 그렇게 명령을 내리는 거죠."
하워드는 굳어진 표정을 지으며 웃었다.
"전 최면에 잘 걸리지 않는 타입 같아요. 최면에 걸렸던 적은 한 번 아니면 두 번밖에 없는 것으로 알고 있는데, 그것도 썩 시원치가 않았어요. 잘 협조하지 않는다는 거죠."
"의사들에게서 어떤 건설적인 제안 같은 것도 없었고?"
"유식한 말들도 많이 하고 또 그중에는 의미가 있는 말도 있었지만, 발작을 멎게 하지는 못했어요. 아버지가 날 치료하도록 주선한 마지막 신경정신과 의사는 제 병이 과(過)인슐린증일 수도 있다는 거예요."
"과 뭐라고?"

"과인슐린증요."
"처음 듣는 병명인데."
하워드는 어깨를 으쓱했다.
"제가 들은 바로는 당뇨병과는 정반대경우라더군요. 췌장인지 뭔지 하는 곳에서 인슐린을 충분히 만들어 내지 못하면 당뇨병에 걸린대요. 또 반대로 지나치게 많은 인슐린을 만들어 내면 그 별난 이름의 병이 생기고, 그 결과 기억 상실증 발작을 일으킬 수도 있다는 겁니다. 글쎄, 그럴 수도 있고 그렇지 않을 수도 있다는 거죠. 의사들도 자신 있게 말하지 못하던데요."
"내당(耐糖) 검사는 받아 봤겠지?"
"결과가 확실치 않아요. 어느 때는 정상으로 반응하고, 어느 때는 그렇지 않고요. 사실 의사들은 아무 것도 모르는 겁니다. 내가 협조만 하면 알아낼 수 있다고들 장담하는데, 도대체 제게서 무엇을 기대하는 거죠? 영혼이라도 내주라는 겁니까?"
하워드는 카펫을 노려봤다. 엘러리는 말이 없었다.
"의사들은 내가 간헐적으로 일시적인 기억 상실 발작을 일으키지만, 동시에 기질적으로나 기능적으로 전혀 이상이 없을 수도 있다는 점을 인정합니다. 그것도 도움이 되긴 하나요?"
하워드는 안락의자에 앉아 몸을 뒤틀면서 목 뒤를 문질렀다.
"이젠 의사들 말은 전혀 귀담아 듣지 않아요…… 내가 알고 있는 사실은, 만일 블랙홀로 걸어 들어가는 걸 멈추지 않으면 나는……."
그는 벌떡 일어났다. 그리고는 창문 쪽으로 가서 87번지 거리를 내다봤다. 그는 돌아보지도 않은 채 물었다.
"절 도와 주실 수 있겠어요?"
"모르겠는걸."

그러자 하워드는 갑자기 몸을 휙 돌렸다. 얼굴이 매우 창백했다.
"누군가가 절 도와 줘야 합니다!"
"어째서 내가 자넬 도와 줄 수 있다고 생각하나?"
"무슨 말씀이시죠?"
"하워드, 난 의사가 아냐."
"의사는 이제 질려 버렸습니다!"
"어찌됐든 의사들은 결국 병의 원인을 알아내게 될 걸세."
"그동안에 전 무엇을 하죠? 그저 미쳐 버리라는 겁니까? 안 그래도 전 지금 거의 미칠 지경인 걸요!"
"앉아, 하워드, 앉아."
"엘러리 선생님, 도와주세요. 앞이 캄캄합니다. 저와 함께 저희 집에 가십시다!"
"함께 집에 가자고?"
"그렇게 해주세요!"
"왜?"
"다음 발작이 일어날 때 선생님이 옆에 계셨으면 해서요. 절 지켜봐 주세요, 선생님. 제가 무엇을 하는가, 어디에 가는가, 지켜봐 주세요. 아마 전 이중……."
"이중생활을 한단 말이지?"
"그렇습니다!"
엘러리는 다시 파이프를 털어내기 위해 벽난로 쪽으로 갔다. 그리고 천천히 입을 열었다.
"하워드, 다 털어놓게."
"무슨 말씀이시죠?"
"다 털어놓으라고 말했어."
"무슨 뜻이죠?"

엘러리는 그를 비스듬히 쳐다봤다.

"자넨 뭔가 감추고 있어."

"그렇지 않은데요."

"아니야. 자넨 의사들에게 협조하고 싶어하지 않아. 그분들이야말로 자네 병의 원인을 찾아내어 치료해 줄 수 있는 사람들이야. 자넨 진단이나 치료를 하는 데 까다로운 환자야. 자네도 방금 말하지 않았나. 의사에게 하지 않은 이야기를 내게 들려주노라고 말이야. 그런데 왜 하필이면 난가, 하워드? 우린 10년 전에, 그것도 겨우 3주 동안 만난 사이야. 그런데 하필이면 왜 나란 말인가."

하워드는 대답하지 않았다.

"내가 그 이유를 말해 주지."

엘러리는 몸을 쭉 펴면서 말했다.

"난 아마추어 탐정이고, 자넨 의식이 없는 동안 범죄를 저질렀다고 생각하고 있기 때문이지. 한 가지 이상의 범죄를 말야. 한 번 발작에 한 건씩의 범죄를 저질렀을지도 모르지."

"아닙니다. 전……."

"그 때문에 자넨 의사들에게 비협조적이었던 거야, 하워드. 의사들이 뭔가 찾아낼지도 모른다는 것에 대해 두려움을 느끼고 있었던 거지."

"그건 아닙니다!"

"아냐, 그렇지가 않아."

엘러리가 말했다.

하워드의 어깨가 축 처졌다. 그는 주위를 둘러보고 붕대를 감은 손을 엘러리가 그에게 준 재킷 호주머니에 꽂아 넣고서 맥 풀린 목소리로 말했다.

"좋습니다. 그게 이유일지도 모르죠."

"좋아! 이제 서로 토의할 수 있는 바탕이 마련된 셈이야. 그런 의심을 갖게 된 구체적인 이유라도 있는가?"

"없습니다."

"있을 텐데."

하워드는 갑자기 웃음을 터뜨렸다. 그는 호주머니에서 손을 꺼내 위로 들어올렸다.

"선생님은 제가 이곳에 올 때 제 손을 보셨죠? 오늘 아침 제가 여인숙에서 정신을 차렸을 때 제 손이 바로 이 모양이었거든요. 제 웃옷과 셔츠도 보셨죠?"

"그럼 바로 그거란 말인가? 하워드, 그럼 싸움에 휘말려든 거군."

"그렇습니다. 하지만 일이 어떻게 돌아간 거죠?"

하워드의 목소리가 높아졌다.

"확실하지 않기 때문에 불안한 겁니다. 문제는 그것입니다. 전 알고 싶어요. 때문에 선생님이 저와 함께 제 집으로 가시기를 원하는 겁니다."

엘러리는 빈 파이프를 빨면서 방 안을 잠시 왔다갔다 했다. 하워드는 불안한 눈초리로 그를 바라보았다.

"생각해 보셨습니까?"

하워드가 물었다.

"지금 생각 중이네!"

엘러리는 걸음을 멈추고 벽난로에 몸을 기대면서 말했다.

"자네가 무엇인가를 숨기고 있을 가능성에 대해서 말이야."

"선생님, 도대체 왜 그러시죠? 전 감춘 게 없단 말입니다!"

하워드가 소리쳤다.

"확실한가, 하워드? 틀림없이 내게 모두 털어놓았나?"

"딱도 하십니다!" 하워드가 고함을 질렀다. "도대체 절보고 어떻게 하라는 겁니까? 껍데기라도 벗겨 드려야 하나요?"

"왜 열을 올리지?"

"선생님은 절보고 거짓말쟁이라고 하시잖습니까!"

"그럼 아니란 말인가?"

이번엔 하워드는 소리치지 않았다. 그는 분노한 모습으로 안락의자 쪽으로 달려가서 의자에 몸을 내던졌다.

그러나 엘러리는 포기하지 않았다.

"아니란 말인가, 하워드?"

"정말 아닙니다."

하워드의 어조는 의외로 침착했다.

"물론 비밀은 있죠, 비밀 말입니다."

그는 빙긋 웃음까지 지었다.

"하지만 선생님, 전 기억 상실증에 대해 제가 알고 있는 모든 걸 말씀드렸습니다. 선생님께서는 그것을 받아들이실 수도, 거부하실 수도 있습니다."

"이 시점에서는 난 받아들이고 싶지 않아."

엘러리가 말했다.

"제발 그렇게 하십시오."

엘러리는 그를 재빨리 바라봤다. 그는 팔걸이를 꽉 붙잡은 채 의자 가장자리에 앉아 있었다. 이제는 웃지도 않고 화도 내지 않았으며, 침착하지도 않았다. 지나간 반시간 동안 그의 행동이나 태도와는 판이했다.

"몇 가지 제가 말씀드릴 수 없는 것이 있습니다. 선생님께서 아신다면 그 이유를 이해하실 테지만……. 아무도 그런 이야기는 할 수 없을 겁니다. 사실은 그것이……."

하워드는 말을 멈추고 천천히 자리에서 일어섰다.

"괴롭혀 드려 미안합니다. 집에 도착하자마자 이 옷들은 돌려보내 겠어요. 차비 좀 주시죠? 전 한 푼도 없어요."
"하워드!"
"왜 그러시죠?"
엘러리는 하워드에게로 다가가 그의 어깨를 감싸안았다.
"자넬 도와주기 위해서라도 난 알아야 해. 자네와 같이 가겠네."

하워드는 집으로 다시 전화해 아버지 밴 혼에게 엘러리가 2, 3일간 집을 방문할 것이라고 전했다.
"아버지가 매우 기뻐하시리라 생각했습니다."
엘러리는 하워드가 웃으면서 말하는 소리를 들었다.
"아녜요. 얼마 동안 계실지는 모르겠어요, 아버지. 선생님이 요리에 관심을 가질 수 있도록 로라가 음식을 잘 해준다면, 그 동안은 머무실 겁니다."
그가 서재에서 나오자 엘러리가 말했다.
"자네와 함께 지금 떠나고 싶지만, 일을 정리해야 하니까 하루쯤 여유가 있어야겠는걸."
"물론이죠."
하워드는 기분이 좋았다. 거의 뛰고 싶을 정도였다.
"그리고 난 지금 소설을 쓰고 있거든……."
"원고지를 가지고 가세요!"
"그렇게 해야 될 것 같군. 계약 날짜까지는 원고를 넘겨줘야 하는데, 지금도 진도가 떨어져 있거든."
"제가 염치없는 놈이죠, 선생님!"
"감정을 이길 수 있는 용기를 가지게."
엘러리가 킬킬거리며 웃었다.

"작동이 제대로 되는 타자기 좀 쓸 수 있겠나?"
"선생님이 필요로 하는 것이라면 무엇이건 최고 성능의 것으로 갖다드리겠습니다. 무엇보다도 선생님은 우리 집 영빈관을 사용하실 수 있습니다. 조용히 지내시면서, 또 제 가까이 계실 수 있거든요. 본채에서 몇 미터밖에 떨어져 있지 않으니까요."
"좋아. 한데 말야, 자네 가족들에게는 내 방문 이유를 말하지 않는 것이 좋겠어. 딱딱한 분위기가 되는 것은 좋지 않으니까."
"노인 양반을 속이는 건 힘들 겁니다. 방금도 전화상으로 저에게, '글쎄, 이제 너도 경호원을 고용할 때가 됐잖니?' 하고 말씀하시잖 겠어요. 물론 농담이시지만, 아버진 예리하시거든요. 벌써 선생님 이 왜 오시는지 눈치 채셨을 겁니다."
"그렇더라도 될 수 있는 한 거기에 대해서는 입을 다물어 주게."
"선생님이 소설을 빨리 끝마치셔야 하기 때문에, 시끄러운 데를 피해 집필하실 수 있는 장소를 제공해 드리는 거로 하죠. 가족들에겐 그렇게 말하겠어요."
하워드의 눈이 흐려졌다.
"선생님, 시일이 좀 오래 걸릴지도 몰라요. 다음 발작이 있기까지 여러 달을 기다리셔야 할지도 모르고요······."
"아니면 영 발작이 일어나지 않을지도 모르지."
엘러리가 말했다.
"여보게 친구, 그런 생각 한 적은 없었나? 빨리 뜨거워진 냄비는 빨리 식는다고 말야."
하워드는 싱긋 웃었으나 얼른 납득이 가지 않는 눈치였다.
"내가 일을 정리하는 동안, 우리 아버지가 계시긴 하지만, 이곳 아파트에서 견뎌보는 게 어때?"
"제가 혼자 집에 가는 것이 안심이 안 되신다는 거죠?"

"걱정은 안 해."

엘러리가 말했다. 하지만 곧 정정했다.

"그래, 실은 그 뜻이야."

"고맙습니다. 하지만 오늘은 돌아가야 합니다. 가족들이 아주 난리거든요."

"물론 아무 일 없겠지?"

"자신합니다. 발작이 3주 이내에 재발했던 적은 없으니까요."

엘러리는 하워드에게 돈을 좀 쥐어주고는 길거리까지 바래다주었다.

문이 열린 택시 앞에서 서로 악수를 나누면서 갑자기 엘러리가 소리쳤다.

"그런데 하워드, 도대체 어디로 찾아가야 되는 거지?"

"무슨 말씀이시죠?"

"난 자네 집을 전혀 모르거든!"

하워드는 깜짝 놀랐다.

"제가 말씀드리지 않았던가요?"

"천만에!"

"종이 한 장만 주세요, 잠깐만요. 제게 수첩이 있어요. 옷 갈아입으면서 제 물건을 전부 주머니에 옮겨 넣었던가요? 아, 여기 있군요."

하워드는 검은 표지의 두꺼운 수첩에서 낱장 하나를 찢어내어 주소를 적어 주고는 떠났다.

엘러리는 택시가 모퉁이를 돌아 사라질 때까지 지켜보았다. 그리고는 종이쪽지를 손에 쥐고 생각에 잠긴 채 2층으로 다시 올라갔다.

하워드가 이미 어떤 범죄를 저질렀을 거라고 그는 생각했다.

'하워드가 두려워하는 것은 의식을 잃고 있는 동안 저지를지도 모르는 그런 범죄가 아니라, 의식이 있는 동안 저지른 범죄인 거야. 자기 기억 속에 아직도 생생하게 남아 있는 그런 범죄인 거야. 그 범죄와 범죄 주변 상황이야말로 하워드가 터놓고 '말할' 수 없는 '내용'일 거야……. 하워드가 자기의 정서적 장애와 아무 관계가 없다고 진지하게 항의하고 있는 바로 그 '비밀'인 거야. 하워드는 범죄와 관련된 바로 그 죄의식 때문에 궁지에 몰린 끝에 나를 찾아온 것일 거야. 무슨 범죄일까?'

그것이 맨 먼저 풀어야 할 문제였다. 그리고 그에 대한 해답은 하워드의 집에서만 찾을 수 있을 것이다. 그의 집 안에서만…….

엘러리는 하워드가 주소를 적어 준 종이쪽지를 들여다봤다. 그는 하마터면 그것을 떨어뜨릴 뻔했다. 하워드가 적어 준 주소는 다음과 같았다.

라이트빌
노스 힐 드라이브
밴 혼

라이트빌이라!

로우 빌리지에 있는 작고 나지막한 기차 정거장, 네모난 돌을 깐 가파른 거리들, 원형 광장과 라이트빌 창건자인 제즈릴 라이트의 청동상을 떠받치고 있는 오래된 말구유, 홀리스 호텔과 하이 빌리지 약국의 옛 자리, 솔 가우디 남성 양품점, 본 톤 백화점, 윌리엄 캐첨 보험회사, J.P. 심프슨 가게 정면 위에 걸려 있는 도금된 구형 조각, 존 F. 라이트가 행장으로 있는 라이트빌 은행.

방사선상으로 뻗어나간 시가지의 도로……. 주도(州道), 붉은 벽

돌 건물의 시청, 카네기 도서관과 미스 에이킨, 계속 굽실거리는 듯한 키큰 느릅나무들, 로어 메인, 판유리창 너머로 인쇄기가 전시되어 있는 '라이트빌 레코드' 신문사 건물, 피니 베이커 노인, 피티그류의 부동산 중개소, 알 브라운의 아이스크림 가게, 비주 극장과 루이 카 한 지배인……

힐 드라이브와 쌍둥이 언덕 묘지, 철도를 따라 5킬로미터 떨어진 곳에 있는 라이트빌 철도 교차역, 슬로컴 시내, 16번 거리에 위치한 핫 스폿, 네온사인이 달린 대장간, 또 멀리 솟아 있는 마호가니 산맥 봉우리들.

옛날의 장면들이 그의 머리 속을 스치고 지나갔다. 그는 얼굴을 찌푸리면서, 하워드가 방금 앉아 있던 낡은 가죽 안락의자에 깊숙이 몸을 맡겼다.

'라이트빌이라!'

엘러리가 짐과 노라 하이트의 비극이 전개되는 과정을 지켜보고 있는 동안 하워드는 어디에 있었을까? 당시는 전쟁 초기로, 하워드 자신의 고백대로 그가 항공 회사에 근무하면서 집에 머물러 있을 때였다. 전쟁이 끝나고 얼마 안 돼 데비 폭스 대위 사건 때문에 여러 차례 라이트빌을 방문했는데, 왜 그는 하워드와 마주치지 않았을까? 사건 조사를 진행하는 동안엔 라이트빌 사람들을 거의 만나지 않은 것이 사실이었다.

그러나 하이트 사건으로 처음 라이트빌을 방문하고부터 그는 그 지방에 이름이 꽤 알려지게 되었다. 해미온 라이트 덕분이었다. 하워드가 그런 소문을 모르고 있었을 리는 없다. 뿐만 아니라 노스 힐 드라이브는 라이트와 하이트의 집이 있는 힐 드라이브와 인접해 있었으며, 엘러리는 처음에 힐 드라이브의 하이트 집에 머물다가 나중에는 바로 이웃인 라이트 집의 객실에 머물렀던 것이다. 밴 혼 씨 집에서

차로 10분쯤 걸리는 거리로, 그 이상은 되지 않을 것이다.

지금 생각해 보니 '밴 혼'이라는 이름 자체에서 라이트빌의 여운이 느껴졌다. 존 F. 라이트 노인이 몇 차례 디드리치 밴 혼에 대해 이야기하므로써, 그가 유지의 한 사람으로 지역 사회에 관심이 많고 자선 사업을 많이 하는 백만장자라고 했던 것을 들은 기억이 났다. 엘리 마틴 판사도 같은 내용의 이야기를 했던 것으로 기억되었다. 하워드의 아버지는 라이트나 마틴이나 윌로비 의사와 같은 그런 계층에 속하지 않는 것이다. 그랬더라면 엘러리가 그를 틀림없이 만났을 것이다. 그러므로 밴 혼 가문은 노동자 계층일 것이다. 노동자 계층과 전통적 상류 계층 사람들 사이에는 넘을 수 없는 장벽이 가로놓여 있는 것이다.

그렇지만 하워드는 엘러리가 시내에 머무르고 있다는 것을 알았음에 틀림없다. 그런데도 그가 나타나지 않은 것을 보면 그는 위세트 거리의 옛 친구를 의도적으로 피한 것으로밖에 볼 수가 없다. 왜그랬을까?

그 문제가 마음에 크게 걸리는 것은 아니었다. 그 무렵 하워드는 병에 걸린 지 얼마 안 되는 때였다. 그는 옛날의 교우 관계를 다시 이어가는 일이 어렵게 느껴지고 두려워졌을지도 모른다. 혹은 아직도 가슴속 깊이 묻혀 있는 죄의식 때문에 활동을 제약받고 있었을지도 모른다.

엘러리는 파이프를 다시 채웠다. 그의 마음을 진정으로 괴롭히는 것은, 그가 사건 해결을 위해 세 번째로 라이트빌에 간다는 사실이었다. 세 번씩이나 라이트빌을 방문하게 되었다는 사실은 울적한 일이었다. 엘러리는 우연의 일치를 좋아하지 않았다. 마음을 불안하게 만들기 때문이다. 거기에 대해 생각하면 할수록 마음이 더욱 불안해졌다.

미신을 지키는 사람 같으면, 바로 이러한 것을 가리켜 '운명'이라 말하리라.

두 차례의 라이트빌 사건에 대해 그는 결코 만족할 수가 없었다. 만족할 수 없도록 상황이 그렇게 돌아갔다. 기이한 일이었다. 전에도 이상하게 생각했지만, 그는 이 모든 것 속에는 하나의 패턴, 즉 인간의 눈으로는 식별할 수 없는 어떤 원칙 같은 것이 있는 것은 아닌가 생각해 봤다. 그는 하이트며 폭스 사건을 성공적으로 해결했지만, 사건의 성격상 사실대로 공표할 수가 없었다. 그 결과 세상 사람들은 라이트빌 사건을 그의 두드러진 실패작으로 간주하고 있었다.

그런데 이번에 또 라이트빌 사건이라니, 빌어먹을!

엘러리는 하워드의 주소를 재킷 호주머니에 쑤셔 넣고는 신경질적으로 파이프에 담배를 채웠다.

그러나 다음 순간, 그는 자기도 모르게 입가에 웃음을 머금었다. 앨버타 매너스커스는 무엇하고 있을까? 선선한 저녁 무렵이면 에밀린 듀프레가 또다시 자기를 초대해줘서 함께 미술에 대해 진지한 대화를 나누게 될까?

# 둘째 날

 기차가 느릿느릿 슬로컴을 향해 달려가는 동안 엘러리는 크게 달라진 것은 없다고 생각했다.
 하지만 자갈길에는 예전만큼 말똥이 떨어져 있지 않았으며, 역 주변의 초라한 목조 가옥들도 사라지고 없었다. 거리 한 구획에 늘어서 있던 격자무늬처럼 반듯반듯하던 상점들은 오래 된 벽화에서나 볼 수 있는 낯선 당초무늬처럼 변해 있었다. 네온사인이 달려 있던 대장간은 네온사인이 붙은 자동차 정비소로 바뀌었고, 라이트빌 철도회사의 낡은 건물을 개조해 만들었던 필 식당은 이제 크롬에 푸른 차양을 단 새 건물로 탈바꿈되었다. 그러나 활짝 열린 역장실에서는 개비 워럼 노인의 벗겨진 머리가 그를 환영하듯 한결같은 빛을 던지고 있었고, 역시 처마밑 녹슨 손수레에 걸터앉아 풍선껌을 불고 있는 흙묻은 발에 블루진 차림의 소년 역시 예전의 그 소년이 아닐까 싶도록 닮은 모습이었다. 주변의 시골 풍경은 변함이 없이 그저 색깔만 달랐는데, 라이트빌이 화창한 늦가을 날씨에 걸맞게 다시 분장을 하고 있었기 때문이다.

똑같은 들판, 언덕, 하늘이 펼쳐져 있었다. 엘러리는 숨을 크게 들이마셨다.

엘러리는 이것이 바로 라이트빌의 달콤한 향기라고 생각했다. 그는 트렁크를 플랫폼에 내려놓고 하워드를 찾아 주위를 두리번거렸다. 라이트빌은 잠시 들렀다가 가는 나그네들에게도 고향 같은 느낌을 주었다. 10년 전 파리에 있을 무렵의 하워드에게서 시골티가 났던 것도 충분히 그럴 만한 일이었다. 린다 폭스처럼 라이트빌을 좋아하든 혹은 로라 라이트처럼 싫어하든, 일단 이곳에서 태어나 성장하게 되면 세계 어느 곳을 가든 라이트빌을 함께 짊어지고 가기 마련이었다.

하워드는 어디 있지?

엘러리는 플랫폼의 동쪽 끝으로 가봤다. 이곳에서부터 어퍼 휘슬링 거리가 로우 빌리지를 가로지르면서 광장에서 1스퀘어 되는 곳까지 뻗어 있다. 그곳에서부터는 우아한 곡선을 그리며 구부러져, 젖과 꿀이 흐르는 가나안까지라도 여유 있게 달려갈 듯하다. 시내에 있는 샐리의 찻집에서는 라이트빌의 상류 사회 인사들에게 여전히 파인애플, 마시멜로, 너트 무스를 제공하고 있을까. 시드니 고치의 잡화점에서는 후추, 석유, 원두커피, 고무장화, 식초, 치즈 등의 향긋한 잡탕 냄새를 아직도 풍기고 있을까. 토요일 밤 그로브에 있는 댄스랜드에서는 어머니들이 아직도 마음을 졸이면서 어린 자녀들을 찾으려고 이리저리 뒤지며 다니고 있을까. 아직도…….

"퀸 선생님이시죠?"

엘러리는 몸을 돌려 뒤돌아봤다. 옆에는 멋진 스테이션 왜건이 서 있고, 운전석에는 한 아가씨가 빙긋 웃으며 앉아 있었다.

언젠가 본 적이 있는 여자 같았다. 막연하나마 낯익은 얼굴이었다.

그러나 그때, 차 문에 금빛의 글씨로 'D. 밴 혼'이라고 씌어져 있는 것이 눈에 띄었다. 제기랄! 하워드는 누이동생 얘기를 한 적이 없었다. 아주 미인이었다.
"밴 혼 양이세요?"
아가씨는 놀라는 눈치였다.
"까무러칠 뻔했어요. 하워드가 제 얘길 하지 않던가요?"
"얘기를 했다면, 그때 제 귀는 외출 중이었겠죠. 어째서 하워드는 예쁜 누이동생이 있다는 말을 하지 않았을까?"
"누이동생이라고요?"
그녀는 머리를 뒤로 젖히며 웃었다.
"전 하워드의 누이동생이 아니에요, 퀸 선생님. 전 그 애의 엄마 됩니다."
"뭐라고 하셨죠?"
"예, 그 애의 계모랍니다."
"그럼 밴 혼 부인이십니까?"
엘러리는 부르짖듯이 물었다.
그녀는 장난기 어린 표정으로 엘러리를 바라보았다.
"전 항상 선생님에 대해 두려워했지요."
"저에 대해서 두려워했다고요?"
"하워드는 선생님이 매우 친절하시다고 말했어요. 선생님이 고명하신 분이시라는 걸 모르세요? 남편은 선생님의 책을 모두 가지고 있지요. 남편은 선생님이 이 세상에서 가장 훌륭한 미스터리 작가라고 생각하고 있답니다. 전 여러 해 동안, 선생님이 참 멋있는 분이라고 생각해 왔어요. 언젠가 선생님이 로우 빌리지에서 패트리시아 라이트와 함께 패트리시아의 컨버터블을 타고 가시는 걸 보았는데, 전 그때 패트리시아야말로 미국에서 가장 운 좋은 여자라고 생각했거든요. 퀸 선생님, 저기 있는 것이 선생님의 트렁큰가요?"
어찌됐든 그것은 유쾌한 시작이었다. 엘러리는 샐리 밴 혼의 옆자리에 앉으면서 자신이 매우 중요하고 남성적인 인물이 된 듯했으며, 한편으로는 디드리치 밴 혼에 대하여 터무니없는 질투심이 생겼다. 차가 움직이기 시작하자 샐리가 말했다.

"하워드가 상처투성이의 얼굴을 한 채 시내로 차를 몰고 들어갈 생각에 매우 난감해 하길래, 제가 그냥 집에 있으라고 했어요. 그 애를 오게 할걸 잘못했나 봐요. 저에 대해서 얘기도 하지 않았다니 말도 안 돼요."

"분명히 말씀드리는데요, 사실은 하워드가 부인에 대해 분명하게 얘기를 했습니다. 다만 제가 생각하기에는……."

"제가 너무 젊다는 거죠?"

"글쎄요, 뭐 그렇다고 말씀드려야겠죠."

"대부분의 사람들이 그래요. 지금 남편과 결혼한 덕분에 저보다 나이가 많은 아들이 생겼기 때문이죠! 선생님은 제 남편을 잘 모르시죠?"

"유감스럽게도, 잘 모릅니다."

"남편에 대해서는, 나이 같은 걸 생각하면 안 된다고 봐요. 그분은 몸집이 매우 크고 힘도 세고 놀라우리만큼 젊으세요. 또……."

샐리는 약간 도전적인 어조로 덧붙였다.

"미남이세요."

"저도 그건 알고 있습니다. 하워드도 얄미우리만큼 그리스 신들을 닮았거든요."

"두 사람은 전혀 닮지 않았어요. 골격은 비슷하지만, 남편은 호두처럼 검고 못생겼어요."

"방금 미남이라고 하셨잖아요."

"미남이죠. 그이를 화나게 하고 싶을 때면, 당신은 내가 본 사람 가운데 '가장 못생긴 미남'이라고 골려 주곤 하죠."

"좀 역설적인 이야기 같은데요."

엘러리는 킬킬거렸다.

"남편도 그렇게 말하죠. 그럼 전 다시 이렇게 말해 주죠. 당신은 내가 본 사람 가운데 '가장 잘생긴 추남'이라고요. 그러면 다시 좋아하거든요."

엘러리는 그녀가 마음에 들었다. 그가 판단하건대 디드리치 밴 혼은 건실하고 품위가 있는 사람이며, 그런 사람이 샐리와 사랑에 빠졌다는 것은 충분히 이해가 될 만했다. 샐리는 28, 9살 쯤 되어 보였지만 표정이나 몸매, 웃음 등은 18살 처녀의 발랄함을 보여 주었다. 여러 해 동안 고독하게 살았던 밴 혼은 정력이 쌓였을 것이고, 그것은 저항할 수 없는 자력이 되어 여인에게로 다가서게 했을 것이다. 그러나 알려진 바로는, 하워드의 부친은 상식을 매우 존중하는 사람이었다. 샐리의 젊음이 그를 감정적으로 끌어당겼지만, 그 또한 잠자리의 동반자보다는 아내를 더 원했던 것이다.

엘러리는 하워드의 부친에게 샐리가 그러한 욕구도 충족시켜 줄 수 있는 여자로 보였을 것이라고 생각했다. 그녀의 표정은 우아했고, 몸매는 싱싱할 뿐만 아니라 풍만했으며, 웃음에는 지혜가 있었다. 또 열정적인 무엇인가가 빛을 뿜고 있었다. 그녀는 지적이고 따뜻했으며 상냥한 반면, 말을 조심하는 일면도 있었다. 그녀의 솔직성은 어린애처럼 자연스럽고 매력 있었다. 그런데도 빙긋 웃음을 짓는 그녀에게서는 왠지 나이 들어 보이고 슬픈 기운이 감돌았다. 서로 이야기를 나누면서 엘러리는 그녀의 웃음 짓는 표정이 그녀에게 있어서 가장 큰 매력이라고 생각했다. 서로 모순된 요소가 그 사람의 매력인 경우가 있는데, 그녀의 웃는 표정이 바로 그랬다. 엘러리는 그녀를 전에 어디에서, 언제 보았는지 다시 생각해 보았다. 그녀가 차를 몰면서 유쾌하고 꾸밈없이 이야기하는 동안, 그는 그녀를 면밀하게 관찰했다. 시간이 가면 갈수록 밴 혼이 후회 없이 독신 생활을 청산했을 것이라는 확신이 더욱 굳어졌다.

"퀸 선생님?"

그녀는 그를 바라보고 있었다.

"죄송합니다. 방금 말씀하신 것을 못 알아들었습니다."

엘러리가 재빨리 말했다.

"선생님은 라이트빌에 홀딱 빠져 계시는군요. 제가 그만 좀 지껄였으면 좋겠다고 생각하시는 거죠?"

엘러리는 눈을 크게 떴다.

"벌써 힐 드라이브에 왔군요!" 그가 외쳤다. "어떻게 해서 그렇게 빨리 이곳에 오게 되었죠? 시내를 통과하지 않고 왔나요?"

"물론 통과했지요. 그 동안 무슨 생각을 하고 계셨죠? 아, 알겠습니다. 소설 생각을 하고 계셨던 거죠?"

"천만의 말씀입니다. 부인 생각을 하고 있었습니다."

엘러리가 말했다.

"제 생각을요? 저런, 선생님께 그런 면이 있다니요. 하워드는 선생님을 조심해야 한다고는 말해 주지 않던데요."

"밴 혼 회장님이야말로 라이트빌에서 가장 부러움을 많이 받는 남편임에 틀림없다고 생각하고 있었습니다."

그녀는 그를 힐끗 쳐다봤다.

"정말 멋진 칭찬이군요."

"농담 아녜요."

그녀는 시선을 다시 도로 쪽으로 돌렸지만, 뺨이 핑크빛으로 물들어 있었다.

"고맙습니다. 전 늘 제가 부족하다고 생각하거든요."

"그게 바로 부인의 매력 가운데 하나죠."

"아녜요. 정말 아니라구요."
"전 솔직하게 말씀드린 겁니다."
"그래요?"
그녀는 놀라는 것 같았다.
엘러리는 그녀에게 대해 매우 호감이 갔다.
"집에 도착하기 전에 말이에요, 퀸 선생님!"
"엘러리라고 불러주시는 편이 더 좋겠는데요."
엘러리가 말했다.
뺨의 핑크빛이 더 짙어졌다. 그녀는 마음이 불편해진 것 같았다.
엘러리는 말을 계속했다.
"물론, 저를 계속 퀸이라고 불러도 좋습니다. 하지만 회장님께는, 맨 먼저 제가 부인한테 반했다는 말씀부터 여쭈려고 합니다. 그렇습니다! 그리고는 하워드가 저에게 약속한 '영빈관'에 푹 파묻혀서 소설 쓰기에만 몰두하려고 하거든요. 방금 무슨 말씀을 하시려고 했지요?"

엘러리는 그녀를 보고 싱긋 웃으면서, 어떤 점이 그녀의 신경을 건드렸는지 의아하게 여겼다. 그녀는 완전히 혼란 상태에 빠져 있었다. 그녀가 갑작스레 울음을 터뜨리지나 않을까 걱정될 정도였다.

"죄송합니다, 사모님."
엘러리가 그녀의 손을 잡으면서 말했다.
"정말 죄송합니다. 용서하십시오."
"천만의 말씀입니다!"
샐리는 화난 목소리로 말했다.
"제 탓이에요. 전 열등감이 심하거든요. 선생님은 매우 예리하십니다."
샐리는 망설였다. 그러다가 그녀는 웃었다.

"엘러리 씨!"
엘러리도 따라 웃었다.
"선생님은 뭔가 비밀을 캐내려 하시는 것 같아요."
"염치없습니다. 버릇이 되어 버렸거든요. 제2의 천성이라고나 할까요. 뭐든 엿보는 게 저의 악취미니까요."
"무언가 저를 의심하고 계시죠?"
"천만의 말씀. 그저 어둠 속을 헤매고 있을 뿐이죠."
"그래서요?"
엘러리가 유쾌하게 말했다.
"당신이 먼저 저한테 말씀해 주시죠, 샐리."
묘한 웃음이 빙긋 다시 떠올랐다. 그러다가 곧 사라졌다.
"그래요, 말씀드리겠어요."
잠시 뒤에 그녀는 말을 이었다.
"제가 선생님한테 이런 얘기를 할 수 있다는 것은 참 이상한 일……."
그녀는 갑자기 말을 중단했다. 엘러리는 침묵을 지켰다. 마침내 그녀가 전혀 다른 어조로 말했다.
"제가 말씀드리고자 했던 것은……. 사실 전 집에 도착하기 전에 하워드에 대해 얘기하고 싶었습니다."
"하워드에 대해서라구요?"
"하워드가 이미 말씀드렸을지도 모르지만……."
"기억 상실 발작 말씀인가요? 물론 이야기 들었습니다."
엘러리가 유쾌하게 말했다.
"저는 그 사실을 모르고 있었어요."
차가 비탈길을 오르기 시작하자 그녀는 똑바로 앞을 바라봤다.
"물론 하워드의 부친과 저는 거기에 대해 많이 이야기하지는 않습니다. 하워드에게는……. 제가 말씀드리고 싶은 건……엘러리 씨, 저희들은 몹시 두려워하고 있거든요."
"사실 기억 상실증은 사람들이 생각하는 것보다 더 흔한 병입니다."
"엘러리 씬 그런 이상할 일을 많이 경험하셨겠지요. 그게 글쎄……. 염려할 만한 일인가요? 정말로 그런 건가요?"
"물론 기억 상실증은 정상적인 것은 아니죠. 원인을 찾아내야죠."
"우린 여러 번 시도했거든요."
그녀의 얼굴엔 걱정의 빛이 역력했으며 그것을 굳이 감추려 하지 않았다.
"하지만 의사들은 모두 하워드가 비협조적인 환자라고 해요."
"저도 그렇게 알고 있습니다. 하워드는 그러다가 갑자기 정신이 드는 모양인데, 다른 환자들도 대개는 마찬가집니다. 맙소사! 저기 라이트 씨 저택이 보이네요!"
"그래요? 아, 옛날 기억이 되살아나시는 모양이군요?"
"물론이지요. 라이트 씨 가족(엘러리 퀸의 《재앙의 거리》에 나오는 소설 주인공)들은 요즘 어떤가요?"
"그분들과는 거의 만나지 않아요. 그 사람들은 힐 동네 분들이거든요. 라이트 씨가 돌아가신 것은 알고 계시죠?"
"존 F. 라이트 씨 말이죠? 예, 알고 있어요. 전 그분을 몹시 좋아했는데. 이곳에 머무는 동안 해미온 라이트 부인을 찾아봐야 할 것 같아요……."
웬일인지 하워드의 기억 상실증에 대한 이야기는 다시 나오지 않았다.

모든 것이 풍요로우리라는 건 엘러리도 예상했었다. 하지만 그것은 라이트빌 방식으로 소박하고 과거에 뿌리박힌 그런 풍요였다. 그리고 그가 실제로 목격한 것은 예상을 완전히 뒤집고도 남았다.

스테이션 왜건은 북쪽 힐 드라이브로부터 갈라져 나와 사도를 따라 달렸다. 도로 양쪽에는 이탈리아 사이프러스 나무와 엘러리가 이제까지 본 것 가운데 가장 아름다운 영국 주목, 그리고 원예의 문외한이라도 그것이 자연의 산물이 아니라 부호의 온실에서 나왔을 것이라는 걸 한눈에 알 수 있는 형형색색의 관목들이 줄지어 있었다. 차도는 자연석 정원과 테라스를 지나 나선형으로 올라가다가, 언덕 꼭대기에 서 있는 현대식 저택의 현관 앞에서 멎었다.

남쪽으로는 연기를 내뿜고 있는 장난감 같은 집들이 꽉 들어찬 시내가 그들이 방금 지나온 골짜기를 껴안고 누워 있었고, 북쪽으로는 마호가니 산맥이 솟아 있었다. 서쪽과 남쪽 시내 너머에는 넓은 농장들이 펼쳐져 있었다.

샐리는 자동차 엔진을 껐다.

"얼마나 아름다워요!"

"뭐라고 하셨죠?"

엘러리가 물었다. 그녀는 놀라움으로 가득 차 있었다.

"선생님은 방금 이런 생각을 하고 계셨죠? 이 얼마나 엄청나게 아름다운 풍경인가 하고요."

"정말 그렇군요."

엘러리가 싱긋 웃었다.

"지나치리만큼 아름다운 곳이죠."

"전 그런 말은 하지 않았습니다."

"그건 제가 하는 말이에요."

그녀는 다시 빙긋 그 이상한 웃음을 짓고 있었다.

"그리고 우리 두 사람은 모두 옳아요. 그래요. 지나치리만큼 그렇지요, 저속하다는 뜻은 아닙니다. 제 남편도 비슷해요. 모든 것이 나무랄 데 없는 독특한 풍미가 있어요……. 그러나 규모가 커요. 남편은 무슨 일이든지 보통 규모로는 하지 않습니다."
"제가 본 가장 아름다운 저택 가운데 하나입니다."
엘러리는 솔직히 말했다.
"그분은 저를 위해 이 집을 지었습니다."
엘러리는 그녀를 바라봤다.
"그렇다면 조금도 지나치게 아름다운 것이 아니네요."
"과찬의 말씀이세요." 그녀는 웃으면서 말했다. "사실 그 안에서 살다보면 별다른 감흥을 느끼지 못하게 되지요. 규모가 대수롭지 않은 것 같지요."
"대신 부인이 더 커지는 거겠죠."
"그럴지도 모르죠. 처음에는 두렵고 당황했지만, 남편에게는 내색하지 않았어요. 전 원래 로우 빌리지 태생이거든요."
디드리치는 이렇게 화려한 저택을 그녀를 위해서 지었는데, 그녀는 로우 빌리지 출신이라…….

로우 빌리지는 공장 지대였다. 보기 흉하게 생긴 벽돌집 블록이 몇 개 있기는 했지만, 대부분의 집은 낡고 누추한 목조 가옥이었다. 가끔 겉모양이 깨끗하고 기둥도 멋있는 집이 보이기도 했지만 드문 일이었다. 로우 빌리지를 가로질러 황갈색의 윌로우 강이 흐르고 있었는데, 그곳으로는 공장 폐수가 흘러들었다. 로우 빌리지에는 폴란드인, 프랑스계 캐나다인, 이탈리아인, 여섯 가구의 유태인, 아홉 가구의 흑인 등 이른바 '외국인들'이 살고 있었다. 그곳에는 창녀촌과 60와트짜리 전등을 내건 술집 등이 있었다. 토요일 저녁에는 단파 무선 장치가 돼 있는 순찰차가 자갈이 깔리고 구불구불한 그 거리를 쉬지 않고 순찰했다.

"전 폴리 거리에서 태어났어요."

샐리는 특유의 이상한 웃음을 빙긋 지으며 말했다.

"운이 좋은 폴리 거리군요."

폴리 거리라!

"선생님은 정말 멋진 분이시네요. 아, 저기 하워드가 와요."

하워드는 뛰어와 엘러리의 손을 힘껏 쥐었다. 그리고는 그의 여행 가방을 집어 들었다.

"선생님이 오지 않으실 줄 알았어요. 어떻게 두 분이서 같이 오세요? 어머니, 벌써 선생님을 꾀어내셨나요?"

"그 반대지. 하워드, 난 자네 어머니에게 반했다네."

엘러리가 말했다.

"나 역시 그렇단다, 하워드."

"벌써 그런 일이 벌어졌나요? 어머니, 로라가 저녁 식사 때문에 법석을 떨고 있는데, 주문한 버섯이 오지 않은 모양입니다."

"그래? 정말 큰일 났네. 엘러리 씨, 전 이만 실례합니다. 하워드가 사랑채로 모실 겁니다. 제가 직접 정리를 해 놓았지만, 혹시라도 필요한 것이 있으면 그곳 거실에 인터폰이 있어요. 본채 부엌과 연결되어 있거든요. 빨리 가봐야겠네!"

엘러리는 하워드의 모습을 보자 걱정이 되었다. 마지막으로 하워드를 본 것이 화요일이었다. 오늘이 겨우 목요일인데도, 하워드는 그동안 몇 살은 더 먹은 것처럼 보였다. 온전한 그의 한쪽 눈 아래에는 깊은 주름이 잡혀 있고, 입은 긴장된 나머지 일그러져 있었다. 오후의 밝은 햇빛 아래에서 그의 피부는 누런 잿빛을 띠고 있었다.

"제가 왜 정거장에 나가지 못했는지 말씀 들으셨어요?"

"사과하지 않아도 되네. 자넨 영감을 받은 거야."

"정말로 우리 어머닐 좋아하세요?"

"반했다고 해야겠지."

"바로 여깁니다. 엘러리 선생님."

사랑채는 자주색 너도밤나무 숲에 둘러싸여 있는 아담한 석조 건물로서, 원형의 수영장을 사이에 두고 본채와 떨어져 있었다. 수영장 가장자리에는 넓은 대리석 바닥이 깔려 있었고 그 위에 접는 의자, 파라솔 탁자, 이동식 바 등이 설치되어 있었다.

"타자기를 풀 가장자리에 갖다 놓고, 글 쓰시는 중간중간 물 속으로 뛰어드셔도 좋습니다."

하워드가 말했다.

"그리고 진짜 자기만의 프라이버시를 원하신다면……. 이리 오셔서 한번 구경하시죠."

사랑채는 두 개의 방과 욕실이 딸린, 별장식으로 지은 집이었다. 커다란 벽난로와 육중한 호두나무 가구, 백색 염소털 양탄자, 벽걸이 등으로 꾸며져 있었다. 거실에는 엘러리가 이제까지 본 것 중에서 가장 아름다운 책상이 놓여 있었다. 호두나무와 쇠가죽으로 만든 바닥이 깊은 회전의자도 책상과 잘 어울렸다. 제왕이 사용한다 해도 손색없을 물건들이었다.

"제 책상입니다. 본채 제 방에서 옮겨 온 겁니다."

하워드가 말했다.

"하워드, 너무 황송해서 몸 둘 바를 모르겠는걸."

"무슨 말씀이세요. 전 원래 사용하지 않는 것들이에요."

하워드는 맞은편 벽으로 걸어갔다.

"제가 보여드리고 싶은 건 바로 이겁니다."

하워드는 벽을 덮고 있는 벽걸이를 옆으로 잡아당겼다. 그러자 벽이 아니라 커다란 창문이 나타났다.

북슬북슬한 양탄자를 사이에 두고 멀리 발 아래로 라이트빌이 누워 있었다.
"이제 자네의 말뜻을 알아듣겠어."
엘러리가 회전의자에 몸을 깊이 묻으면서 중얼거렸다.
"이곳에서 집필하실 수 있겠습니까?"
"어렵겠는데."
하워드가 웃었다. 엘러리는 이어서 무심코 물어봤다.
"일은 다 잘 돼 가는가?"
"괜찮냐구요? 물론이죠."
"어려워할 것 없어. 다시 재발하지는 않고?"
하워드는 머리를 똑바로 들었다.
"왜 물으시는 거죠? 말씀드린 대로……."
"얼굴이 상한 것 같기에."
"얻어맞은 후유증이겠죠."
하워드는 얼른 몸을 돌렸다.
"침실은 저기에 있고, 샤워는 욕실에서 하실 수 있어요. 이게 표준형 타자기고, 저기 구석에 있는 것은 휴대용입니다. 종이, 연필, 리본, 스카치테이프도 다 준비되어 있고요……."
"뉴욕에서는 스파르타식으로 살았는데, 이러다간 버릇만 나빠지겠는걸. 하워드, 정말 훌륭해. 너무나 훌륭해."
"아버지가 직접 이 별채를 설계하셨습니다."
"아직 뵙지는 못했지만, 훌륭한 분이시겠는걸."
"더할 나위 없이 훌륭한 분이시죠."
하워드가 상기된 목소리로 말했다.
"저녁 식사 때 직접 만나 뵙게 되실 겁니다."
"기대가 크군."

"아버지도 선생님을 만나 뵙고 싶어 하십니다. 그럼……."
"나만 혼자 남겨놓고 가지 말게."
"선생님도 좀 씻고 쉬셔야지요. 마음이 내키실 때 건너오세요. 제가 집을 구경시켜 드리겠습니다."
하워드는 방을 나갔다.
엘러리는 잠시 회전의자에 몸을 실은 채 앞뒤로 흔들거려 보았다.
화요일과 오늘 사이에 뭔가 잘못 돌아간 것이 있었다. 아주 잘못된 어떤 일이……. 그리고 하워드는 그것을 숨기려고 하고 있었다.
샐리 밴 혼은 그 일을 알고 있는지 궁금했다.
그녀가 알고 있을 것이라는 결론이 내려졌다.
본채 거실에서는 하워드가 아니라 샐리가 기다리고 있었다. 엘러리는 놀라지 않았다.
샐리는 벌써 옷을 갈아입고 있었다. 목둘레를 깊이 판 네크라인 위로 검정색 장식 레이스를 두른 최신 유행의 검은 디너 드레스를 입고 있었다. 아주 매력적인 모습이었다.
"꼴불견이죠?"
그녀는 얼굴을 붉히면서 말했다.
"전 한편으론 탄복하고 또 한편으로는 후회하고 있습니다." 엘러리가 감탄한 듯한 목소리로 말했다. "디너 정장을 했어야 했나요? 하워드가 그런 말은 하지 않던데요. 사실 디너 정장을 가지고 오지 않았거든요."
"남편은 엘러리 씨를 껴안으려고 할 거예요. 그이는 디너 정장을 싫어하거든요. 하워드도 어쩔 수 없을 때가 아니면 정장을 하지 않아요. 전 다만 이 옷이 새옷이고 또 엘러리 씨에게 잘 보이려고 정장을 했을 뿐이에요."
"옷이 정말 잘 어울리십니다! 정말입니다. 하지만 부군께서는 어떻게 생각하실지······."

샐리가 웃었다.

"그이 말씀인가요? 그이가 해준 거예요."

"참 훌륭하신 분입니다."

엘러리가 경의를 나타내면서 말했다. 그러자 샐리가 웃었다. 엘러리는 별 뜻이 있는 것은 아니라는 듯한 어조로 물었다.

"하워드는 어디 있습니까?"

"위층 자기 스튜디오에 있어요."

샐리는 얼굴을 찌푸렸다.

"하워드는 기분이 좋지 않아요. 이렇게 기분이 안 좋을 땐 전 그 애를 마치 버릇없는 아이 다루듯 제방으로 올려 보내지요. 하워드는 꼭대기 층을 전부 독차지하고 있는데, 거기서 실컷 자기 맘대로 투덜댈 수 있지요."

그녀는 가벼운 기분으로 덧붙였다.

"앞으로 하워드의 행동에 대해 너그럽게 보아주실지 걱정입니다."

"천만의 말씀입니다. 저 자신도 에밀리 포스트의 눈 밖에 난 걸요. 제가 작업을 하고 있을 때는 더 엉망입니다. 3일 뒤에는 저보고 제발 돌아가 달라고 하실 텐데요. 좌우간 고맙게 생각하고 있습니다. 그 때문에 전 부인을 독차지할 수 있는 기회를 얻지 않았습니까?"

그는 그 말을 의도적으로 흘렸다. 그리고는 그녀를 찬탄의 눈길로 넘겨다보았다.

엘러리는 정거장에서 그녀를 본 순간부터 하워드가 지니고 있는 문제의 중요한 요인 가운데 하나가 샐리라는 것을 느꼈다. 하워드는 정서적으로 그의 부친과 밀접하게 연결되어 있었다. 이 매력 있는 여인이 그들 사이에 갑자기 끼어들어 아버지의 애정과 관심을 독차지함으로써 아들에게 심각한 정서적 혼란을 초래한 것이다. 하워드에 의하면, 최초의 기억 상실 발작이 아버지의 결혼식 날에 일어났다고 했는데, 이것은 매우 의미심장했다. 샐리와 하워드가 현관 앞에서 만났을 때 엘러리는 그들 사이를 눈여겨보았다. 어떤 긴장 관계가 있지나 않은지 주의를 기울였다. 그랬다. 하워드가 과장해서 명랑한 척하며 샐리를 지나칠 정도로 흔연스럽게 대했던 일, 샐리와 눈이 마주치는 것을 애써 피하고 있다는 것이 역력히 눈에 띄었다. 그 모든 것이 내적 갈등을 방어하는 태도였다. 샐리는 여자였기 때문에 더 신중했다. 하지만 그녀도 하워드가 자기에 대해서 어떤 감정을 가지고 있는지 알고 있는 것 같았다. 하워드가 자기보다 나이 어린 계모에 대해 반감을 가지고 있다는 것을, 어쩌면 그녀는 자기와 전혀 관계가 없는 제3의 남성에게서 모종의 위안을 받고자 하는 그런 부류의 여성일지도 몰랐다. 그러나 그것은 확실치 않았다.

그것을 확인하기 위해 엘러리는 그녀를 살펴본 것이다.

샐리가 말했다.

"절 독차지하신다고요? 맙소사. 하지만 그게 그리 오래 지속될 것 같지 않아 걱정이네요."

그리고 그녀는 빙긋 웃었다.

"걱정이라고요?"

엘러리도 빙긋 웃음으로 답하면서 중얼거렸다. 샐리는 솔직하게 말했다.

"우리 그이가 방금 귀가했어요. 몹시 흥분한 채 위층에서 몸단장을 하고 계세요. 칵테일 한잔 드시겠어요, 엘러리 씨?"

엘러리는 거절하지 않을 수 없었다.

"괜찮습니다. 디드리치 밴 혼 회장님이 들어오실 때까지 기다리죠. 매우 훌륭한 방입니다!"

"정말 그런가요? 우리 그이가 내려올 때까지 방을 구경시켜 드릴

까요?"

"좋구말구요."

엘러리는 샐리에게 호감이 갔다.

지나치리만큼 훌륭한 방이었다. 모든 방이 다 그랬다. 군주와도 같은 호화 생활을 위해 설계된 것이 분명해 보였다. 자연목의 아름다움을 아는 사람이 품격 높은 가구를 들여다 놓은 널찍한 방들이었다. 시원스러운 벽면에는 넓은 벽난로가 설치되어 있고, 단순한 색깔들이 조화를 이루고 있었다. 뿐만 아니라 창문도 바깥의 초목들과 멋진 조화를 이루고 있었다. 참으로 거인을 위한 방 같았다. 그러나 엘러리에게 더욱 인상 깊었던 것은 안주인 샐리였다. 로우 빌리지 출신의 여인이 화려하게 꾸며진 그 공간에서 화사하게 움직이고 있었다. 마치 그러한 환경에 태어나서부터 적응한 것처럼······.

엘러리는 폴리 거리를 잘 알고 있었다. 패트리시아 라이트가 젖가슴이 풍만한 처녀였을 때, 엘러리에게 그곳의 신물 나는 빈곤상을 보여주는 안내인 역할을 했던 적이 있었다. 폴리 거리는 로우 빌리지에서도 가장 빈곤한 슬럼가였으며, 온수 시설조차 되어 있지 않았다. 일에 찌든 공장 노동자들이 사는 아파트 지역이었다. 남자들은 말이 없고 풀이 죽어 있었으며, 여자들은 여성스럽지 않았고, 사춘기 청소년들은 인상이 험상궂었다. 또 젖먹이 어린아이들은 더럽고 영양실조에 걸려 있었다.

샐리가 바로 그 폴리 거리 출신인 것이다! 아들이 진흙을 다루는 조각가이듯 밴 혼 자신도 인간의 육체와 정신을 다루는 조각가인지도 모른다. 아니면 이 여인이 자신의 색깔을 주변 환경과 같은 색깔로 바꾸는 카멜레온 같은 존재인지도 모른다. 언젠가 엘러리는 해미온 라이트가 방에 들어오자 그녀의 위풍당당한 기품 때문에 방이 오므라드는 것같이 느꼈던 적이 있다. 그러나 그 해미온마저 샐리에 비하면

촌티 나는 시골 부인에 불과했다.

디드리치 밴 혼이 그때 두 팔을 벌리고 천장까지 울려 퍼지도록 큰 소리로 '안녕하십니까!'를 외치면서 빠른 걸음으로 층계를 내려왔다.
아들 하워드가 발을 끌며 뒤따라왔다.
순식간에 아들과 부인, 온 집안 식구가 디드리치를 중심으로 모여 완전한 가족 형태를 이루었다.
그는 어느 모로 보나 비범한 사람이었다. 그의 몸집, 말씨, 몸짓 등 모든 것이 보통 사람보다 컸다. 그 큰 방도 그가 들어오자마자 크게 느껴지지가 않았다. 그의 몸이 방 안 가득 메우는 것 같았다. 방도 그 크기에 맞추어 지어졌던 모양이다.
디드리치는 키가 큰 사람이었지만, 사실 그렇게까지 큰 편은 아니었다. 그의 어깨도 사실 하워드나 엘러리보다 더 벌어진 편이 아니었다. 하지만 유독 어깨가 넓어서 그에 비하면 그들은 소년처럼 보였다. 커다랗고 근육이 잘 발달되어 있는 손은 두 개의 육중한 연장을 방불케 했다. 엘러리는 생 미셸 카페테라스에서 하워드가 했던 말이 갑자기 생각했다. 날품팔이 노동자로 사회생활을 시작한 아버지에 대해 했던 말이. 그러나 엘러리에게 특히 인상 깊었던 것은 디드리치의 두상이었다. 그것은 크고 단단해 보였으며, 울퉁불퉁 모가 나 있었다. 또 이마도 육중해 보였다. 이마 아래의 얼굴 모습은 엘러리가 일찍이 본 얼굴 가운데서 가장 못생겼으면서도 동시에 가장 매력 있는 남성의 얼굴이었다.
샐리의 말이 단순한 말장난이 아니라 진실 그대로라는 걸 새삼 느낄 수가 있었다. 얼굴을 보기 흉하게 만든 것은 얼굴의 각 부분이 촌스러워서가 아니라 그것들이 유별났기 때문이었다. 코와 턱, 입과

귀, 광대뼈 등이 어울리지 않게 모두 컸다. 피부는 거칠고 검었다. 이처럼 조화를 이루지 못하고 있는 가운데, 그야말로 두 개의 희한한 눈동자가 박혀 있었다. 눈은 크고 깊고 빛났으며 아름다웠다. 그 눈이 전체 모습을 유쾌하고 조화 있는 어떤 것으로 변화시켜 놓고 있었다.

디드리치의 목소리는 몸집처럼 크고 우렁찼으며, 성적인 매력이 넘쳤다. 그는 목소리뿐만 아니라 온몸으로 이야기했다. 중간에 이야기의 맥이 끊어지는 일 없이 무의식적인 리듬을 타고 계속 이어졌기 때문에, 듣는 사람은 자연히 그의 이야기 속에 이끌려 들어가지 않을 수 없었다.

엘러리와 악수를 한 다음 그는 긴 팔로 부인을 재빨리 안아 주고 나서 칵테일을 따랐다. 그리고 나서 하워드에게 불을 지피라고 지시하고는 제일 큰 의자에 앉아 팔걸이 위로 다리를 걸치는 것이었다. 디드리치가 하는 말과 행동은 무엇이든 다 중요했고 거역할 수가 없었다. 주인이 자기 집에 들어와 있다고나 할까…… 그는 굳이 그것을 강조할 필요가 없었다. 그 자신이 강조점이었으니까…….

디드리치를 직접 만나보고, 또 그가 자기 부인이나 아들을 대하는 모습을 보자 그들 관계의 필연성을 다시 한 번 깨닫지 않을 수 없었다. 디드리치의 활력이 다른 사람의 활력을 흡수하는 꼴이었다. 그를 존경하고 본받으려고 애썼던 아들은, 자기 부친의 영향권에서 벗어나지 못한 탓으로 오늘날의 하워드가 될 수밖에 없었다. 그의 부인도 다를 것이 없었다. 디드리치는 자기의 사랑을 통해 그녀의 사랑을 이끌어 냈으며, 그녀의 사랑을 송두리째 빨아들임으로써 그것을 계속 유지시켰다. 그의 사랑을 받는 사람들은 맥없이 그에게 달라붙지 않을 수 없었다. 그가 움직이면 그들도 움직였다. 그들은 디드리치 자신 의지의 일부분이었던 것이다.

그를 보자 엘러리는 고대 신화에 나오는 반신반인이 생각났다. 그리고는 10년 전 하워드의 하숙집 작업실을 그저 단순한 호기심으로만 대했던 자신을 책망하고 싶은 생각이 들었다. 하워드가 제우스신을 자기 아버지의 모습으로 조각한 것은 단순한 공상의 산물이 아니었다. 무의식중에 그는 하나의 실제 인물을 조각하고 있었던 것이다. 엘러리는 디드리치가 신의 덕성뿐만 아니라 신의 악덕까지도 갖고 있는 것은 아닌지 생각해 봤다. 그러나 그 악덕이 무엇이든 간에 결코 하찮게 취급할 만한 것은 아니리라. 이 사람은 자질구레한 것과는 인연이 없었다. 그는 어떤 경우에나 공정하고 논리적이며 단호할 것이다.

샐리의 말은 옳았다. 디드리치는 나이로 따져서는 안 되는 사람이었다. 60살이 넘은 것 같았으나, 인디언처럼 굵고 검은 머리카락은 숱이 적어지거나 세지 않았고, 허리가 굽지도 않았고, 걸음걸이 또한 흐트러지지 않았다. 그는 원초적이고 변하지 않는, 어떤 힘의 상징이었다. 그는 벼락과 같은 또 다른 초월적 힘에 의해서만 자기 생을 마칠 것이다.

이야기는 모두 엘러리의 소설에 관한 것이었다. 기분이 좋았지만 문제 해결엔 아무 도움이 되지 않았다.

엘러리는 기회를 포착해서 말했다.

"그런데 말입니다. 지난번에 하워드가 저에게 기억 상실 발작에 대해서 말하던데, 그것에 대해 많이 고민하고 있는 것 같습니다. 개인적으로 전 그것이 대단한 것은 아니라고 생각합니다만, 회장님께서는 혹 그 원인이 무엇인지 알고 계시나요?"

"그걸 알고 있다면 얼마나 좋겠소."

디드리치는 그의 큰 손을 잠시 아들의 무릎 위에 얹어 놓았다.

"하지만 이 아이는 까다로운 녀석입니다, 퀸 선생."
"아버지를 닮았단 뜻이겠지요."
하워드가 말했다. 디트리치가 웃었다.
"저도 엘러리 씨에게 말씀드렸어요. 하워드가 의사들에게 비협조적이라는 사실을요."
샐리가 남편에게 말했다.
"저 애가 나이가 조금만 더 어렸어도 흠씬 두들겨 줬을 겁니다."
디드리치가 말했다.
"여보, 퀸 선생 시장하시겠소. 나도 배가 고픈걸. 저녁 준비는 아직 안 되었소?"
"아녜요, 다 됐어요. 울퍼트 삼촌을 기다리고 있었어요."
"내가 말하지 않았던가? 여보, 미안해. 울퍼트는 좀 늦을 거야. 기다리지 않아도 돼."
샐리가 재빨리 자리를 뜨자 디드리치는 엘러리에게로 몸을 돌렸다.
"내 동생은 총각들이 가지고 있는 그런 나쁜 습관을 가지고 있지요. 요리하는 사람의 기분을 전혀 생각해 주지 않거든."
"가족들의 기분은 더 말할 것도 없고요."
하워드가 말했다.
"저 애는 제 삼촌과 사이가 별로 좋지 않아요."
디드리치가 킬킬거렸다.
"저 애에게도 말했지만, 저 애는 제 삼촌을 이해하지 못해요. 울퍼트는 보수적이라고 할까요."
"이를테면 반동 사상가지요."
하워드가 정정했다.
"돈에 대해서 신중하지요……"
"몹시 인색한 거예요."

"거래 관계에선 아무도 울퍼트를 당해 낼 사람이 없죠. 하지만 그게 범죄 행위는 아니잖소?"
"삼촌의 방법은 엄연히 잘못되었어요, 아버지."
"애야, 삼촌은 완벽주의자란다……."
"노예를 혹사시키듯 일을 시키는 사람!"
"내가 이야기를 끝마칠 때까지 기다려 주겠니?"
디드리치가 참을성 있게 말했다.
"퀸 선생, 내 동생은 사람들이 자기에게 굽신거리기를 바라는 그런 류의 사람이지요. 대신 자기 자신에 대해서는 누구보다도 엄격하거든요."
"삼촌은 일주일에 32달러도 벌지 못해요. 자신을 혹사시켜야 할 다른 일이 있는 거예요."
하워드가 말했다.
"하워드, 삼촌은 우리를 위해 공장을 운영하느라고 많은 일을 하고 있지 않니? 고마운 줄을 알아야 한다."
"아버지도 알고 계시잖아요. 아버지가 간섭 안 하시면, 삼촌은 능률 촉진 제도를 만들고 노동 스파이를 고용할 것이며 연공서열 제도도 폐지할 거예요. 그리고 당신에게 감히 말대꾸하는 직원은 모두 해고해 버리구요……."
"하워드, 웬일인가!"
엘러리가 말했다.
"사회의식이 대단하군. 파리에 있을 때와는 딴판인걸."
하워드가 뭐라고 대들자 모두 웃었다.
"내가 말하고자 하는 요점은, 동생은 본질적으로 불행한 사람이라는 겁니다, 퀸 선생."
디드리치가 말을 이었다.

"난 동생을 이해하지만, 아들한테까지 이해해 주길 바라진 않습니다. 동생은 두려움과 좌절로 가득 차 있습니다. 사는 것이 두려운 거죠. 내가 이 아이한테도 항상 가르쳐 주려고 하는 거지만……. 말하자면 문제를 피하지 말라는 겁니다. 일이 곪아터질 때까지 놓아두지 말라, 뭔가 손을 쓰라는 겁니다. 그러고 보니 지금 우리가 이렇게 시간을 허비하고 있을 게 아니라 저녁밥을 먹을 수 있도록 뭔가 손을 써야겠는걸. 여보!"

샐리가 가운 위로 앞치마를 걸치고 얼굴에 함박웃음을 지으며 들어왔다.

"로라 때문이에요. 글쎄 아주머니가 일을 안 하겠다는 거예요."
"버섯 때문이죠."
하워드가 큰 소리로 말했다.
"버섯 때문이에요……. 로라 아줌만 엘러리 선생님의 팬이니까요. 야단났는데요."
디드리치가 물었다.
"버섯이라니, 무슨 말이야?"
"오늘 오후에 제가 모든 걸 제대로 다 챙겨 놓은 줄 알았는데, 이제 와서 로라가 갑자기 버섯 소스가 없으면 엘러리 씨께 스테이크 요리를 대접할 수가 없다지 뭡니까? 그런데 버섯이 아직 배달되지 않았어요."
"여보, 버섯이고 뭐고 집어치우고, 내가 직접 스테이크 요리를 만들겠어!"
디드리치가 소리쳤다.
"당신은 여기에 앉으셔서 칵테일이나 한잔 더 따라 드리세요. 스테이크는 값이 비싸다구요."
샐리가 남편 머리 위에다 키스하면서 말했다.

"파업 방해자시군."
하워드가 말했다. 샐리가 나가면서 그를 힐끗 바라봤다.

엘러리는 어쩐지 저녁 식사가 마음에 걸렸다. 그로서는 매우 안타까운 일이었다. 숯불과 쇠꼬챙이로 고기를 굽게 되어 있는 그런 벽난로가 설치된 멋진 식당에서 맛있고 영양 풍부한 음식이 제공되었기 때문에 더욱 그러했다. 시중도 훌륭했고, 도자기는 식도락가들의 식욕을 돋우도록 디자인된 것이었으며, 은식기는 대장간에서 직접 손으로 만든 것이었다. 디드리치는 세쿼이아 나무 한가운데 토막으로 만들었음직한 거대한 나무 주발에다 자신의 샐러드를 버무렸다. 디저트로는, 샐리가 '오스트레일리아 파이'라고 부르는 희한한 음식이 나왔다. 몹시 큰데다가 맛이 매우 좋았기에 엘러리는 모든 파이의 증조할머니뻘은 될 거라고 생각했다. 대화는 활기에 넘쳤다.

그런데도 심상치 않은 낌새가 느껴졌다.

그런 일이 있어서는 안 되는데도 말이다. 대화는 음식만큼이나 영양이 풍부했다. 엘러리는 디드리치의 어린 시절에 대해서 많은 것을 알게 되었다. 디드리치와 울퍼트 형제는 아직 소년이었던 49년 전에 이곳 라이트빌에 왔다. 그들의 아버지는 '지옥 유황불 복음전도사'로서, '죄인들에게는 영원한 저주가 있을 지어다'라고 외치면서 이 고장, 저 마을로 돌아다녔다.

"아버진 진심으로 믿고 계셨어요."

디드리치는 킬킬거렸다.

"아버지는 일단 일을 시작하시면 정말 겁이 날 정도였어요. 고함을 치실 때는 눈이 벌겋게 충혈되었고, 길고 검은 수염엔 항상 침방울이 묻어 있었어요. 아버진 우리에게 심하게 매질을 하셨는데, 회초리를 아끼면 버릇이 나빠진다는 생각에서였죠. 그분은 신약성서보다는 구약성서에 대해서 훨씬 더 관심이 많았습니다. 난 언제나 아버지를 예레미야나 존 브라운처럼 생각했는데, 물론 그것은 그분들에 대해선 바른 비유가 될 수 없겠죠. 그 어른은 우리가 직접 볼 수 있고 만질 수 있는 하느님, 그중에서도 특히 촉각적으로 느낄 수 있는 하느님을 믿으셨어요. 나는 다 자란 뒤에야 하느님을 아버지 자신의 형상으로 창조했다는 것을 깨달았습니다."

그 전도사에게 라이트빌은, 구원으로 가는 여정에 있는 하나의 중간 역에 불과했다. 하지만, '아버님은 아직도 이곳에 계십니다'라고 디드리치는 말했다.

"타운 힐 묘지에 모셨죠. 그분은 로우 빌리지에서 기도 모임을 주관하시던 중에 중풍으로 쓰러져 돌아가셨어요."

밴 혼 복음 전도사의 가족은 그 뒤에도 라이트빌에 그대로 머물게 되었다.

로우 빌리지에서부터 시작해 노스 힐 드라이브의 정상까지 올라와서는, 다시 빈민촌 로우 빌리지로 돌아가 배우자를 구해 온다는 것……. 그것은 비범한 사람이 아니고는 할 수 없는 일일 것이다. 엘러리는 생각했다.

그런데 하워드는 왜 그렇게 말이 없을까?

"우린 시내에서 가장 가난한 축에 들었습니다. 울퍼트는 아모스 블루필드의 사료 가게에서 일했어요. 난 아모스 가게 같은 곳에 처박혀 일할 체질이 아니었죠. 그래서 도로 공사판에 뛰어들었던 겁니다."

샐리는 조심스레 은제 커피포트에서 커피를 따르고 있었다. 그녀의 마음을 괴롭히고 있는 것은, 남편의 그런 자서전적 과거가 아니었다. 그녀가 디드리치에 대해 자부심을 가지고 있는 것은 거의 분명해 보였다. 그녀의 마음에 걸리는 것은 기다란 탁자 중간쯤에 앉아 있는 하워드였다. 하워드가 희미한 빙긋 웃음을 지으며 침묵을 지키고 있는 것을 의식하고 있었다. 하워드는 디저트 포크로 장난을 치면서 아버지의 이야기에 귀 기울이고 있는 척했다.

"이런 저런 일이 끊임없이 일어났죠. 울퍼트는 야심이 있었습니다. 동생은 밤이면 통신 교육을 통해 부기, 경영, 재정 등을 공부했어요. 나도 야심은 있었지만 좀 달랐죠. 난 사람들과 어울렸습니다. 나는 책을 통해서 동생과는 좀 다른 것을 배웠습니다. 기회 있을 때마다 독서를 했거든요. 지금도 독서는 계속하고 있지만 말입니다. 그런데 그게 참 신기한데요, 퀸 선생. 전문 서적을 제외하고서는 아버지의 성경책, 셰익스피어, 그리고 인간 심리에 관한 몇몇 책 이외의 다른 어떤 책에서도 생활에 직접 응용할 수 있는 내용은 전혀 발견할 수가 없었거든요. 살아나가는 데 도움이 되지 않는다면 배운다는 것이 무슨 소용이 있습니까?"

"그건 이미 많이 논의되었던 문제죠."

엘러리가 웃으면서 말을 이었다.

"밴 혼 회장님, 회장님은 책을 통해서는 세상을 거의 배울 수 없다고 말한 골드스미스의 의견에 동의하시는 것 같군요. 그리고 책은 인류의 저주이며 인쇄술의 발명이야말로 인간에게 내려진 가장 큰 재난이라고 한 디즈레일리에 대해서도 찬동하시겠군요."

"저분은 자기가 하고 있는 말을 정말로 믿고 있는 것은 아녜요."

샐리가 말했다.

"그렇지 않아요, 여보."

디드리치가 항의했다.

"책이 없다면 난 지금 이곳에 앉아 있지도 못했을 겁니다."

"그 말이 맞아요."

하워드가 중얼거렸다.

"아니 하워드가 아직도 여기에 있었나? 커피 한잔 더 따라주지."
샐리가 말했다.
엘러리는 그들이 어서 논쟁을 끝냈으면 좋겠다고 생각했다.
"난 24살 때 도로 건설 회사를 소유하게 되었지요. 28살 때는 로어 메인에 약간의 토지를 소유하게 되었고, 프랭크 로이드의 할아버지인 로이드 노인에게서 목재 하치장을 사들였죠. 그 무렵 울퍼트는 보스턴 중개업소에서 일하고 있었고요. 세계대전이 일어나자 난 프랑스에서 17개월 동안 복무했죠. 진흙 속을 기어 다니는 일뿐이었습니다. 동생은 전쟁에 나가지 않았어요."
"삼촌은 스스로 나가려고도 하지 않은 겁니다."
하워드가 말했다. 그의 목소리에는 자신이 참전하지 못한 데 대한 회한이 서려 있었다.
"네 삼촌은 폐가 약해 병역 의무가 면제된 거야."
"그 뒤로는 멀쩡하시던데요."
"하여튼 퀸 선생, 내가 해외에 나가 있는 동안 일을 꾸려나가기 위해 동생이 보스턴에서 왔지요. 그리고……."
"대단하신 분예요."
하워드가 말했다.
"하워드."
그의 아버지가 말했다.
"죄송합니다. 아버지께서는 돌아오셔서, 삼촌이 군대에 목재 납품 계약을 맺어 크게 한 건 올린 사실을 알게 되셨죠."
"그만 해라. 얘야."
디드리치는 아들의 기분이 상하지 않도록 배려하는 목소리였다. 하워드는 입을 다물고 더 이상 말하지 않았다.
"울퍼트는 매우 훌륭하게 일을 맡아 했고, 우린 그 뒤로 계속 같이 일하게 된 겁니다. 우린 1929년에 함께 망했고, 또 함께 재기했어요. 그때부터는 일이 순조롭게 풀려 여기까지 오게 된 겁니다."

엘러리는 디드리치가 말하는 '여기'란 노스 힐 드라이브에 있는 이 '독수리 둥지'와 라이트빌 재계의 독재자로서의 그의 위치를 일컫는 것이리라고 생각했다. 그 거인이 이야기를 계속해 나감에 따라 엘러리는 자기의 생각이 옳다는 것을 알았다. 디드리치는 목재 하치장, 제재소, 기계 조립 공장, 주트 섬유 공장, 슬로컴에 있는 제지 공장, 그리고 군내에 산재해 있는 10여 개의 공장을 소유하고 있었고, 그 밖에도 라이트빌 동력 및 조명 회사와 라이트빌 은행에 대해 지배적인 이권을 보유하고 있는 것이 분명했다. 존 F. 라이트의 사망으로 은행의 이권이 디드리치에게로 넘어온 것이다. 게다가 그는 근래에 프랭크 로이드의 〈레코드〉 신문을 매입하여 현대화하고 진보적 성향으로 개혁하였다. 그리하여 이 신문은 벌써 정계에서 강력한 영향력을 행사하고 있었다. 디드리치에게 이같은 엄청난 행운이 찾아온 것은 제2차 세계대전을 전후한 시기였던 것으로 보인다.

그의 이야기는 모두 꾸밈이 없고 비위에 거슬리지도 않았기 때문에 엘러리는 저절로 긴장이 풀렸다. 그때 갑자기 울퍼트 밴 혼이 들어왔다.

울퍼트의 인상은 그의 형을 일차원적으로 투사해 놓은 듯했다.

그도 디드리치처럼 키가 크고 이목구비도 형처럼 못생기고 지나치게 컸다. 하지만 디드리치는 모든 면에서 넓고 두툼해 보이는 반면, 그는 가늘고 구부러진 줄 같았다. 그는 길이만 있고 부피가 없었다. 그에게는 피나 정열이나 웅장함이 없었다. 형이 조각 작품이라면, 그는 펜으로 그린 만화였다.

울퍼트는 마치 짐승의 썩은 고기 위에 내려앉은 굶주린 새처럼 구부정한 자세로 식당으로 들어왔다. 그는 새와 같은 차가운 눈으로 엘러리를 바라보았다.

디드리치가 달콤하고 따뜻한 힘을 발산하는 데 비해 울퍼트는 어딘지 찌르는 듯한 아픔을 주는 그런 분위기를 자아냈다. 엘러리는 잠시 지옥을 들여다본 듯한 묘한 기분이 들었다. 그때 울퍼트의 길쭉한 얼굴이 빙긋 웃음을 지었다. 하지만 그 모양은 마치 여우 같은 입술과 말과 같은 틀니가 조금 일그러진 모습이었다. 그는 악수를 청하기 위해 손을 내밀었다. 뼈만 앙상한 손이었다.

"그러니까 이분이 우리 하워드의 그 유명한 친구분이시군요?"

울퍼트가 말했다. 그의 목소리는 가늘고 톡 쏘듯했다.

'우리 하워드'라고 말하는 어조가 그 둘 사이의 화해 가능성을 송두리째 앗아가는 것처럼 들렸다. '유명한'은 조소에 가까웠으며, '친구분'은 차라리 욕이었다.

불행하고 좌절감에 사로잡힌 사람…… 엘러리는 그게 어울리는 말이라고 생각했다. 그리고 위험해 보이기도 했다. 울퍼트는 자기 조카에 대해서 분개하고 있으며, 자기의 새 형수에 대해서도 같은 감정을 가지고 있었다. 그는 또 형에 대해서도 분개하고 있는 듯했다. 그러나 그 분개가 대상에 따라 저마다 다르게 표현되는 것은 재미있는 현상이었다. 하워드는 아예 무시했으며, 샐리에 대해서는 보호자와 같은 태도를 취했다. 디드리치에 대해서는 경의를 표했다. 자기 조카는 멸시하고, 형수는 질투하고, 형은 두려워하고 증오하는 것처럼 보였다.

그는 또 시골뜨기였다. 저녁 식사에 늦은 데 대해 샐리에게 사과하지도 않았으며, 팔꿈치를 도전적으로 식탁 위에 올려놓은 채 짐승처럼 식사를 했다. 그리고 마치 다른 사람들은 그 자리에 있지도 않다는 듯이 디드리치하고만 이야기했다.

"형님은 또 휘말려 들었어요. 이제 나보고 좀 꺼내달라고 하겠죠?"
"무슨 일을 말하는 거냐, 울퍼트?"
"미술관 건 말입니다."
"매켄지 부인이 전화를 했더냐?"
디드리치의 눈이 반짝이기 시작했다.
"형님이 나간 뒤에요."
"그럼 내 제의를 받아들였구만!"
울퍼트는 뭐라고 투덜거렸다.
"미술관이라고요? 라이트빌에 언제 미술관이 생겼죠, 밴 혼 회장님?"
엘러리가 말했다.
"아직 생기지는 않았소."
디드리치의 얼굴에는 기쁨이 감돌았다. 식탁 위 이리저리 울퍼트의 뼈만 앙상한 팔목이 부산하게 움직였다. 그때 갑자기 하워드가 나섰다.
"아주 대단한 일입니다. 여러 달 동안 진행되어온 일인데요, 엘러리 선생님. 한 무리의 노부인들, 즉 마틴 부인, 매켄지 부인, 그리고 특히……."
"말하지 않아도 내가 알지. 에밀린 듀프레겠지?"
엘러리가 싱긋 웃었다.
"그럼 선생님은 우리 읍내의 그 이른바 정신적 문화주의자를 아신단 말씀이죠?"
"영광스럽게도 많은 분들과 만날 수 있는 기회를 가졌던 거지, 하워드."
"그럼, 제 말뜻을 아시겠네요. 그분들은 위원회 위원으로서 결의안을 확정한 거죠. 그래서 라이트빌이 군의 문화 중심지가 될 날도 머지않았는데, 다만 그분들이 미술관을 만드는 데는 돈이 필요하며, 그것도 많은 돈이 든다는 것을 망각하고 있었던 것이죠."
"그 사람들은 기금을 마련하느라고 애를 많이 썼어요."
샐리는 남편을 근심스러운 얼굴로 바라보았다.
디드리치는 계속 얼굴에 기쁜 빛이 가득했으며, 울퍼트는 음식을 입 안에다 집어넣느라 바빴다.
"하지만, 아버지!"
하워드가 이상하다는 어조로 말했다.
"아버진 어떻게 해서 이 일에 간여하게 되셨죠?"
"당신이 기부금을 냈을 거라고 생각했어요."
샐리가 말했다.
디드리치는 킬킬거리고만 있었다.
"여보, 당신은 또 영웅적인 일을 해내신 거예요!"
"형님이 한 일을 내가 말하죠."
울퍼트가 음식을 씹으면서 말했다.
"형님은 부족한 기금을 충당해 주기로 언질을 준 겁니다."
하워드는 그의 아버지를 물끄러미 바라보았다.
"뭐라구요? 자그마치 수십만 달러나 모자랄 텐데요."
"48만 7천 달러야."
울퍼트가 내뱉듯 말했다. 그리고는 포크를 식탁 위에 내동댕이쳤다.
"그분들이 어제 내게 왔더군."
디드리치가 달래는 듯한 어조로 말을 이었다.
"기금 마련 운동은 이제 끝장이라고 말하는 거야. 그래서 한 가지 조건만 들어준다면 부족한 금액을 메워 주겠다고 했지."

"여보, 당신은 이 일에 대해 저에게는 일언반구도 해주지 않았어요."

샐리가 불평했다.

"당분간은 아껴두려고 했지. 게다가 그 사람들이 내 조건을 받아들이리라고는 생각하지도 않았거든."

"어떤 조건인데요, 아버지?"

"하워드, 처음 미술관 얘기가 나왔을 때의 일을 기억하고 있니? 그때 넌 건물이 제대로 되려면, 건물 전면에 박공인지 뭔지 하는 것을 세우고 그 안에 고대 신들의 실물 크기의 조각상이 들어가야 한다고 하지 않았니?"

"제가 그런 말을 했던가요? 기억이 없는데요."

"그래? 하지만 난 기억하고 있어. 그래서 바로 그 조건하고 또 하나, 그 작품을 만들 조각가는 반드시 'H.H. 밴 혼'이라고 서명하는 예술가여야 한다는 거였지."

"여보."

샐리가 숨을 크게 내쉬었다.

울퍼트는 자리에서 일어나 트림을 하고는 방에서 나가버렸다. 하워드는 얼굴이 매우 창백해졌다. 그의 아버지가 말을 이었다.

"물론, 네가 그 일을 하고 싶어하지 않으면……."

"하고 싶어요."

그가 중얼거렸다.

"만약에 너 스스로 자격이 없다고 생각한다면……."

"할 수 있어요! 할 수 있고말고요!"

하워드가 말했다.

"그러면 내일 당장 매켄지 부인에게 수표를 보내야겠다."

하워드는 몸을 부들부들 떨고 있었다. 샐리는 그에게 커피 한잔을 더 따라 주었다.

"제 말뜻은 제가 그걸 할 수 있다고 생각한다는 겁니다……."

"너무 흥분하지 마, 하워드."

샐리가 재빨리 말했다.

"구체적으로 무엇을 조각할 생각이니? 마음속에 어떤 신들을 구상하고 있는지 말해 봐."

"그래요. 먼저 하늘의 신인 주피터하고……."

하워드는 주위를 둘러봤다. 그는 아직도 정신이 얼떨떨한 것 같았다.

"누구 연필 가지신 것 있어요?"

두 자루의 연필이 그 앞에 던져졌다. 그는 식탁보 위에 스케치하기 시작했다.

"하늘의 여신인 주노……."

"아폴로도 들어가야 하지 않겠니? 태양 신 말야."

디드리치가 엄숙하게 말했다.

"바다의 신 넵튠도 있지."

샐리가 말했다.

"지하의 신 플루토는 말할 필요도 없겠지. 수렵의 신 다이아나, 군신 마르스, 목신 판 등등……."

엘러리가 말했다.

"비너스, 벌컨, 미네르바……."

하워드는 말을 멈추고 아버지를 쳐다봤다. 그는 자리에서 일어섰다가는 다시 앉았다. 그리고는 다시 벌떡 일어나더니 식당에서 뛰어나갔다. 샐리가 말했다.

"여보, 눈물이 나오려고 해요."

그리고는 식탁을 돌아가서 남편에게 키스했다.

"난 퀸 선생이 무슨 생각을 하고 계신지 알 것 같은데……."
디드리치는 아내의 손을 잡은 채 말했다.
"전 회장님께서…… 이를테면 의사 자격증 같은 걸 신청하셔야 한다고 생각하고 있었습니다."
엘러리가 말했다.
"치료비가 좀 비싼 편이지."
디드리치가 킬킬거렸다.
"그래요. 하지만 효력이 있을 거라고 생각해요! 당신, 하워드의 얼굴 보았죠?"
샐리가 목이 잠긴 듯한 목소리로 말했다.
"울퍼트의 얼굴도 봤지?"
거인은 머리를 뒤로 젖힌 채 껄껄거렸다.

샐리가 하워드 뒤를 따라 이층으로 간 사이 디드리치는 엘러리를 데리고 서재로 갔다.
"내 책 좀 구경하시죠, 퀸 선생. 그리고 필요하면 언제든지 소설을 쓰시다가 오셔서 여기 있는 책들을 이용하시지요."
"고맙습니다. 밴 혼 회장님."
엘러리는 담배를 물고 브랜디를 든 채 이리저리 거닐면서, 왕이 사용해도 손색이 없을 서재를 구경하기 시작했다. 디드리치는 커다란 가죽 의자에 깊숙이 파묻혀 이상한 눈초리로 그를 바라보고 있었다.
"책에서 별다른 도움을 받지 못하신 분치고는 꽤 많은 책을 모으셨네요."
엘러리가 말했다.
서가에는 많은 초판본과 애장본들이 진열되어 있었다. 장서는 모두 무게 있는 책들이었다.

"회장님은 매우 귀중한 책들을 소장하고 계시는군요."
엘러리가 중얼거렸다.
"돈 많은 부호의 전형적인 장서지요."
책 주인은 냉담하게 대꾸했다.
"천만의 말씀입니다. 펼쳐보지 않은 페이지가 거의 없는데요."
"집사람이 대부분 펼쳐본 겁니다."
"그래요? 그러고 보니 생각나는데요. 제가 오늘 오후 부인께 완전히 반했다는 말을 회장님께 하기로 부인과 약속했거든요."
디드리치는 싱긋 웃었다.
"글쎄, 그건 자유지요."
"자주 들으시는 말씀인가 보죠?"
"집사람에게는 뭔가가 있습니다."
디드리치는 생각에 잠긴 채 말했다.
"민감한 사람만이 그걸 알아채게 되죠. 한잔 더 따라 드리겠습니다."
그러나 엘러리는 시선을 서가 한쪽에 계속 고정시키고 있었다.
"내가 선생의 열렬한 팬이라는 말을 했었죠."
디드리치가 말했다.
"밴 혼 회장님, 정말 놀랐습니다. 모두 수집해 놓으셨군요."
"그리고 다 읽었죠."
"그래요. 이런 호의를 받았으니 제가 해드릴 수 있는 일이라면 무엇이든지 해드려야겠네요. 하하! 회장님을 위해 저 세상으로 보내야 할 사람은 없습니까?"
"퀸 선생에게 털어놓을 비밀이 하나 있어요."
디드리치가 말했다.
"선생이 이곳에 오셔서 소설을 쓰실 수 있도록 초대했다는 하워드의 말에 어린애처럼 무척 흥분했어요. 난 선생이 쓰신 책은 다 읽었고, 신문에 난 선생의 내력에 대한 기사는 모조리 읽었습니다. 그런데 내 생애에 있어서 가장 애석했던 일은, 선생이 라이트빌을 두 번씩이나 방문하셨는데도 한 번도 선생을 만나 뵙지 못했다는 겁니다. 처음 선생이 이곳에 오셔서 라이트 씨 댁에 묵으셨을 때, 난 군납 계약 관계로 대부분 워싱턴에 가 있었죠. 폭스 사건으로 이곳에 두 번째 오셨을 때도 워싱턴에 가 있었는데, 그때는 또 일이……. 그건 관계없는 일이지요. 하지만 그게 애국심이 아니면 무엇이 애국심이겠어요?"
"그런 과찬의 말씀을……."
"천만의 말씀이에요. 우리 집사람에게 한번 물어 보세요. 그건 그렇고요."
디드리치는 빙긋 웃었다.
"그 두 사건에서 선생이 라이트빌을 속이실 수는 있어도 난 속이지 못했죠."
"회장님을 속이다뇨."
"난 하이트 사건과 폭스 사건을 유심히 지켜봤거든요."
"전 두 사건 모두 실패했습니다."
"정말인가요?"
디드리치는 엘러리를 보면서 싱긋 웃었다. 엘러리도 따라 웃었다.
"그런 걸로 알고 있는데요."
"천만의 말씀. 난 퀸 전문가라고 말씀드렸지요. 사실대로 한번 말씀드려 볼까요?"
"방금 제가 실패했다고 말씀드렸는데요."
"존경하는 손님에게 외람되게도 '눈이 삔 거짓말쟁이'라고는 부르고 싶지 않아요."

디드리치가 킬킬거렸다.

"하지만 선생은 로즈메리 하이트의 살인 사건을 해결했습니다. 짐이 바보같이 노라의 장례식에 잠입했다가 탈출하는 과정에서 여기 자의 차를 길가에 곤두박질치게 하긴 했지만, 범인은 그가 아니지요. 퀸 선생은 누군가를 보호하고 계셨던 겁니다. 말하자면 그는 누명을 뒤집어쓴 거죠."

"그렇다면, 제 명예가 손상되지 않겠습니까."

"반드시 그렇지만은 않을 겁니다. 문제는 누구를 보호하고 계셨느냐, 또 그 이유가 무엇이었느냐죠. 선생 같은 분이 그런 일을 하셨다는 사실 자체가 하나의 단서가 되는 것입니다."

"무슨 단서 말씀입니까, 회장님?"

"글쎄요. 나도 잘 모르겠어요. 여러 해 동안 곰곰이 생각해 봤지만 그 미스터리는 풀 자신이 없어요. 그래서 미스터리 소설을 그렇게 좋아하는 모양이죠."

"회장님의 마음도 저와 같은 타입입니다. 미로처럼 복잡하다는 점에서 말입니다. 계속 말씀해 보시죠."

엘러리가 말했다.

"글쎄요, 제시카 폭스는 자살한 것이 아니라고 자신 있게 말씀드릴 수가 있어요. 그 여자는 누군가에 의해 살해됐고, 또 선생은 그 범인까지도 알아내셨을 텐데 그것도 비밀에 부친 거죠. 이유는 방금 말씀드린 것과 마찬가지고요."

"회장님, 회장님은 작가가 되셨더라도 좋을 뻔했네요."

"폭스 사건에서…… 하이트 사건도 마찬가지지만……. 내가 이해할 수 없는 대목은 어디에 핵심이 있느냐는 겁니다. 두 사건에 관련된 사람들을 난 다 알고 있는데, 그 사람들은 범죄형이 아니지요."

"바로 그게 답이 아닐까요? 사실은 겉보기와 같았는데, 그렇지 않다는 걸 증명하려다 실패한 거죠."

디드리치는 담배 연기 사이로 엘러리를 바라보았다. 엘러리도 공손한 태도로 마주 바라보았다. 그러자 디드리치가 웃었다.

"선생이 이기셨습니다. 비밀을 털어놓으라는 무리한 부탁은 드리지 않겠습니다. 하지만 난 내가 라이트빌 제일의 퀸 팬이라는 걸 인정받고 싶었을 뿐이지요."

"어차피 비밀은 비밀이니까, 거기에 대해서 대꾸하고 싶진 않군요."

엘러리는 중얼거렸다.

디드리치는 연속 담배를 빨아대면서 재미있다는 듯 고개를 끄덕였다.

"안심시켜 드리고 싶어서 말씀드리는 거지만, 선생이 우리 집에 머무시는 동안 이런 문제로 괴롭힘을 당하거나 하는 일은 없을 겁니다. 이 집을 선생 집처럼 사용해서도 좋습니다. 조금도 격식을 차리지 않아도 돼요. 우리와 함께 식사하고 싶지 않으시면 언제든지 집사람에게 말씀하세요. 그러면 집사람이 로라나 에일린을 시켜 사랑채로 식사를 갖다드리도록 할 겁니다. 또 우리 집엔 차가 4대 있으니까 우리 곁을 잠시 떠나고 싶으시다든가 하면 언제든지 차를 이용하세요."

"정말 고맙습니다, 회장님."

"다 나 자신을 위해서 그러는 거죠. 사람들한테 나중에 선생이 밴혼의 집에서 책을 썼다고 자랑하고 싶어서입니다. 우리가 선생을 불편하게 해드린다면 좋은 책을 쓰지 못하실 것이고, 그렇게 되면 난 자랑거리가 없어지는 셈이죠. 무슨 뜻인지 아시겠죠?"

엘러리가 웃고 있을 때 샐리가 수줍어하는 하워드를 앞세우고 방으로 들어왔다. 하워드는 참고 서적들을 잔뜩 안고 있었으며, 상처 난 얼굴엔 다시 생기가 돌고 있었다.

남은 저녁 시간 동안 내내, 하워드는 고대 로마의 여러 신들을 다시 창조해 낼 계획에 대해 열심히 설명했고, 다른 사람들은 그의 말에 귀를 기울였다.

엘러리는 자정 넘어서야 사랑채로 돌아갔다.

하워드는 테라스까지 그를 따라 나왔고, 그들은 잠시 둘만의 시간을 가졌다.

달이 구름 뒤에 숨어 있었기 때문에 테라스 너머에는 짙은 어둠이 깔려 있었다. 그러나 누군가가 사랑채의 불을 켜 놓은 모양이었다. 사랑채에서는 마치 머리를 긁고 있는 여인의 손가락 같은 빛줄기가 뻗어 나오고 있었다. 미풍이 보이지 않는 나무 사이를 스치고 지나갔으며, 머리 위 별들은 추운 듯 떨고 있었다.

그들은 아무 말 없이 담배를 피우면서 나란히 서 있었다. 마침내 하워드가 입을 열었다.

"엘러리 선생님, 선생님은 어떻게 생각하세요?"

"무얼 말인가, 하워드?"

"미술관 일 말입니다."

"내가 어떻게 생각하느냐고?"

"선생님은 부정에 이끌려 일을 편파적으로 하면 안 된다고 생각하시겠죠?"

"부정(父情)이라고?"

"내가 작품을 만들 수 있도록 아버님이 미술관을 매입하는 일 말입니다."

"그게 마음에 걸리나?"

"그래요!"

"하워드!"

엘러리는 적당한 말을 생각해 내느라고 잠시 말을 멈췄다. 하워드에게 말할 때는 외교관의 기지가 필요했다.

"프랑수아 1세가 아니었다면, 첼리니의 〈소금 그릇〉은 존재하지 못했을 것이네. 시스틴의 천정에 있는 작품, 빈콜리의 〈모세〉, 루브르에 있는 〈노예들〉이 탄생되기까지는 미켈란젤로 못지않게 율리우스 교황의 역할이 컸던 거야. 셰익스피어에게는 사우샘프턴이 있었고, 베토벤에게는 발트슈타인 백작이, 또한 고흐에게는 동생 테오가 있었던 거지."

"저를 위인의 대열에 끼워 주시는군요."

하워드는 정원을 물끄러미 들여다봤다.

"그렇지만 그것도 후원해 주는 사람이 내 아버지기 때문이겠지요."

"언어학적으로 '후원자(patron)'와 '아버지(father)'는 어원이 같지."

"글쎄요, 어원에 대해선 잘 모르지만, 하여튼 선생님은 제 말 뜻을 잘 아시잖아요."

"자네가 디드리치 밴 혼의 아들이 아니면 이번 일을 맡을 수 없었을 거라는 말이지?"

엘러리가 물었다.

"바로 그래요. 전 일반 다른 경쟁자 가운데 한 사람에 불과했을 겁니다."

"하워드, 나도 파리에서 자네의 작품을 보았지만, 자네는 상당한 재능을 가지고 있는 것만은 틀림없어. 또 10년 동안에 자넨 예술가로서 많이 성장했을 것 아닌가? 또 설령 자네가 적격자가 아니라고 가정해 보세. 이 문제에 대해서 솔직히 논의해 본다면……. 예술에서 후원자 제도의 결점은 예술 작품의 탄생이 후원자의 일시적 기분에 좌우되는 일이 너무 자주 일어난다는 것인데, 어쨌든 일시적 기분이나마 존재하는 동안에는 좋은 결과가 나타나는 것이 사실인 거야."
"제 작품이 훌륭한 경우에 한해서겠죠."
"자네 작품이 훌륭하지 않아도 상관없어. 자네가 이 조각 작품을 만들지 않으면, 자네 부친이 미술관을 건립하는 데 필요한 자금을 대지 않으리라는 생각은 해보지 않았나? 그건 확실히 냉엄한 일이야. 하지만 우린 냉엄한 세계에서 살고 있는 것 아닌가? 자네 때문에 라이트빌에 훌륭한 문화 시설이 하나 생기게 되는 것일세. 그건 한번 노력해 볼 만한 가치가 있는 일이지. 자네에겐 고리타분하게 들릴지 모르지만, 자네가 할 일은 자네 자신이나 자네 아버님을 위해서가 아니라 지역 사회를 위해서, 자네가 만들어 낼 수 있는 가장 훌륭한 작품을 만들어 내는 것일세. 만일 자네가 최고의 작품을 만들어 낸다면, 자네가 이 지방 출신의 예술가라는 사실이 이번 일을 더욱 돋보이게 할 걸세."
하워드는 침묵을 지키고 있었다. 엘러리는 자기 말이 하워드를 충분히 설득하고도 남음이 있을 것이라고 생각하면서 담배에 다시 불을 붙였다. 마침내 하워드가 웃었다.
"선생님의 말씀에는 어딘지 이상한 점이 있지만, 그게 무엇인지는 저도 모르겠습니다. 어쨌든 멋있게는 들려요. 명심하도록 노력하겠습니다."
그리고는 종전과는 다른 어조로 말했다.
"고맙습니다. 엘러리 선생님."
그는 몸을 돌려 집 안으로 들어가려고 했다.
"하워드?"

"왜 그러시죠?"

"자네의 느낌은 어떤가?"

하워드는 발걸음을 멈추고 서 있었다. 그리고는 부풀어 오른 눈두덩을 어루만지면서 되돌아섰다.

"우리 집 노인 양반이 머리가 비상하다는 것을 다시 깨닫고 있어요. 미술관 일이 제 머리 속에 남아 있던 묵은 생각들을 모두 쫓아내 버렸거든요. 전 기분이 아주 좋아졌습니다."

"아직도 내가 이곳에 머무르길 원하나?"

"설마 여길 떠날 생각을 하시는 건 아니겠죠!"

"그저 자네 생각을 알고 싶을 뿐이야."

"제발 계속 이곳에 계셔 주세요!"

"물론이지. 그런데 집 구조가 좀 불편한 데가 있더군. 자넨 본채 맨 위층에 있고, 난 별채에 나와 있으니 말이야."

"제가 발작을 일으키는 경우, 그렇다는 거죠?"

"그래, 그거야."

"그럼 저하고 같이 계시면 되잖아요. 위층은 저 혼자서 사용하니까요."

"그렇게 되면, 그놈의 소설인지 뭔지 하는 것을 쓰는 데 필요한 프라이버시에 지장이 생기거든. 난 야간작업을 많이 하게 될 거란 말야. 소설 집필 계약을 맺지 않았더라면 좋았을 뻔했어. 자주 한밤중에 발작을 일으키는가?"

"없어요. 지금까지 잠자고 있는 동안 발작을 일으킨 일은 한 번도 없었으니까요."

"그렇다면 난 자네가 코를 골기 시작할 때까지 잠자리에 들지 않으면 되겠구먼. 그럼 문제는 간단한 거야. 낮에는 이곳 현관문을 지켜볼 수 있는 곳에서 작업하고, 밤에는 자네가 꿈나라로 들어갔다고 생각될 때까지 침대에 들지 않으면 되는 거지. 저게 자네 침실인가? 맨 꼭대기의 불이 켜져 있는 방 말이야."

"아녜요. 그건 제 작업실 큰 창문입니다. 제 침실은 작업실 오른편에 있어요. 지금은 불이 켜 있지 않아요."

"이제 잠자리에 들지."

그러나 하워드는 움직이지 않았다. 그는 몸을 약간 저쪽으로 돌리고 있었기 때문에 얼굴이 어둠 속에 가려 있었다.

"뭔가 다른 하고 싶은 말이 있는가 보지, 하워드?"

하워드는 몸을 움직였지만 그저 잠자코 있었다.

"그럼 자러 가도록 하지. 자네가 잠들 때까지는 나도 잠잘 수 없다는 걸 알고 있잖나."

"그럼 편히 주무세요."

하워드가 이상한 목소리로 말했다.

"그래. 잘 자게, 하워드."

엘러리는 현관문이 닫힐 때까지 기다렸다. 그러고는 테라스를 지나서 별들이 내려앉아 있는 수영장을 돌아 별채로 갔다.

엘러리는 사랑채의 불을 다 끄고 현관으로 나왔다. 어둠 속에 앉아 파이프를 피워 물었다.

디드리치와 샐리는 잠자리에 든 것 같았다. 본채 2층에는 불빛이 보이지 않았다. 잠시 뒤에 하워드의 작업실에 켜져 있던 불도 꺼졌다. 그러더니 오른쪽에 있는 창문에 불이 켜졌고, 5분 뒤에는 그 불빛도 사라졌다. 하워드가 잠자리에 든 것이다.

엘러리는 오랫동안 그대로 앉아 있었다. 하워드가 쉽게 잠이 들 것 같지 않아서였다.

오늘, 또는 오늘 밤, 하워드의 마음을 괴롭히고 있는 것은 무엇일까? 기억 상실증은 아닐 것이다. 새로운 문제이거나 새로운 국면으로 접어든 묵은 문제일 것이다. 지난 이틀 동안 일어난 일임에 틀림없었다. 누가 관련되어 있을까? 디드리치? 샐리? 울퍼트? 아니면 엘러리가 모르는 어느 누구?

하워드와 샐리 사이에 빚어지고 있는 긴장 관계도 어느 정도 그것과 관련되어 있을 것이다. 그러나 다른 문제도 개입되어 있을 것이다. 가령 하워드와 그가 싫어하는 삼촌과의 관계라든가, 또는 하워드와 자기 아버지와의 애정상의 갈등 같은 것일지도 모른다.

어둠에 싸인 대저택이 무겁게 그와 마주하고 서 있었다.

어둠에 싸여 육중한 모습을 드러내고 있었다.

엘러리는 이렇게 라이트빌의 밤하늘 아래서, 갑자기 라이트빌의 인간관계에서 일어난 문제를 풀려고 골똘히 생각하는 현재의 자신이 지난날의 일을 다시 경험하고 있는 것은 아닌가 하는 생각이 들었다.

로라 라이트와 패트리시아 라이트가 가고 난 뒤 하이트의 집 현관 흔들의자에 앉아 있었던 그 밤의 일……. 또 탈보트 폭스의 집 현관 그네에 앉아 있었던 그 밤의 일……. 두 번 다 힐 거리를 따라 내려가다가 있는, 어둠보다 더 어두운 그런 곳에서였다. 그러나 그때는 그의 손에 확실하게 잡히는 것이 있었다. 그런데 지금은 마치 어둠을 움켜쥐려고 하는 것과 마찬가지였다.

아무것도 존재하지 않을지도 모른다. 하나도 신비스러울 것 없는 하워드의 기억 상실증만 존재하고, 나머지는 모두 머리 속의 상상에 불과할지도 모른다.

엘러리가 파이프에서 담뱃재를 털어버리고 막 잠자러 들어가려고 하는 찰나였다. 놀라움 때문에 모든 근육이 굳어지는 듯했다. 엘러리의 손은 허공에서 멈춘 채 움직일 줄을 몰랐다.

저쪽에서 무엇인가가 움직였다.

그의 눈은 어둠에 익숙해졌기 때문에 어둠의 정도를 구분할 수 있었다. 어둠은 이제 부피가 느껴졌다. 회색 점들과 얼룩점들, 그리고 톱으로 자른 조각 같은 것들이 보였다.

정원이 있는 수영장 바로 너머 어둠이 조금 덜 짙은 곳, 유령 같은 푸른 전나무 조금 못 미친 장소에서 무엇인가가 움직였다.

집에서 나온 사람은 아무도 없었다. 그것은 틀림없었다. 그러니 하워드일 리는 없었다. 그 전부터 그곳에 있었던 사람임에 틀림없었다. 틀림없이 그와 하워드가 테라스에 서서 이야기하는 동안, 그리고 그가 사랑채 앞에 혼자 앉아 담배를 피우며 생각하고 있는 동안, 그곳에 계속 있었던 사람이리라.

그는 눈에 힘을 주고 실눈을 가늘게 뜨면서, 어둠을 뚫고 움직이는 그 정체를 확인하려고 애썼다.

그곳에는 대리석으로 된 정원 의자가 있다는 것이 생각났다. 어둠 속에서 그는 물체들을 따로따로 분리하려고 애썼다. 그러나 뚫어지게 바라보면 볼수록 물체를 분간하기가 더욱 어려워졌다.

그가 막 소리를 지르려고 하는 순간 소나기와 같은 빛줄기가 수영장과 정원에 쏟아져 내려왔다. 달이 구름 밖으로 나온 것이다.

무엇인가가 정원 의자 위에 있었다. 커다란 물체 덩어리인데 땅까지 흘러내려와 있었다.

그의 눈이 새로운 환경에 익숙해지자 그것이 무엇인지 분명해졌다.

천이나 망토를 몸에 두르고 있는 사람의 모습이었다. 다리 둘레가 펑퍼짐한 것으로 보아 틀림없이 여자였다.

그것은 이제 움직이지 않았다.

얼마 뒤 그는 그것이 무엇인지 알아볼 수 있었다. 그것은 생 고당의 조각 작품인 〈죽음〉이었다. 천으로 온몸과 머리를 감싸고 어둠 속에 얼굴만 보일 뿐, 한 손으로 턱을 고이고 앉아 있는 여인의 모습

…….

그러나 그때 달빛이 조각 작품에 생명을 불어넣자, 옷자락이 움직이면서 생 고당 작품과의 유사점이 사라져 버렸다. 그러더니 믿을 수 없는 광경이 벌어졌다. 그것이 자리에서 일어서더니 늙은, 아주 늙은 노파가 되는 것이었다.

그녀는 너무 늙은 탓에 화난 고양이처럼 등이 반원형 곡선을 그리고 있었다. 그녀는 움직이기 시작했다. 그녀의 동작은 은밀하고 어딘지 고풍스러운 데가 있었다.

그녀가 조금씩 발걸음을 옮길 때마다 소리가 들려왔다. 소리는 가늘고 희미했으며, 바람에 떠도는 속삭임같이 들렸다.

'오, 비록 내가 죽음의 음침한 골짜기를 거닐지라도…….'

그리고는 그녀의 모습이 사라졌다.

완전히.

한순간 그녀는 분명 그곳에 있었다. 그러나 다음 순간 그녀는 그곳에 없었다. 엘러리는 실제로 눈을 비볐다. 그러나 그가 다시 바라봤을 때, 보이는 것은 여전히 아무것도 없었다. 그러자 그때 구름이 달을 다시 가리고 말았다.

그는 소리쳤다.

"거 누구요?"

그러나 아무 대답도 없었다.

밤이 장난을 친 것이다. 처음부터 아무것도 없었고 자기가 '들었던' 어떤 소리도 기억 속에 저장되어 있던 뭔가가 재생되었을 것이다. 조각, 죽음같이 조용하고 캄캄한 저택, 골똘한 생각, 그리고 자기 최면 같은 것들로…….

엘러리는 타고난 천성을 발휘하여 풀을 한 바퀴 살피듯 둘러보고는 이제는 어두워서 보이지도 않는 정원 의자로 가까이 다가갔다. 손바닥으로 살며시 의자를 만져 봤다.
돌은 아직 온기가 남아 있었다.

엘러리는 사랑채로 돌아가 불을 켜고 여행 가방을 뒤졌다. 손전등을 찾아내어 손에 쥐고는 재빨리 다시 정원으로 돌아갔다.
달이 사라지기 직전 그녀가 사라진 덤불을 찾아냈다.
그러나 아무것도 없었다.
그녀는 사라져 버린 것이다. 아무 흔적도 없었다. 그는 30분 넘게 근방을 수색했다.

## 셋째 날

 샐리의 목소리에 긴장감이 감돌고 있어서 엘러리는 하워드가 또 발작을 일으켰다고 걱정했다.
 "엘러리 씨, 일어나셨어요?"
 "무슨 일 있습니까? 하워드 때문인가요?"
 "아녜요. 실례를 무릅쓰고 왔어요, 괜찮으시겠죠?"
 그녀의 웃음소리는 지나치게 높았다.
 "식사를 가지고 왔어요."
 서둘러 세수를 하고 가운을 입은 채 거실로 들어서자 샐리가 담배를 뻑뻑 피우면서 방안을 서성대고 있었다. 그녀는 곧 담배를 난로 속으로 던져 버리고는 커다란 은쟁반의 뚜껑을 열었다.
 "고맙습니다. 하지만 이렇게까지 하실 필요는 없는데요."
 "엘러리 씨가 남편이나 하워드와 비슷하시다면, 맨 먼저 따뜻한 아침 식사부터 드시길 원할 거라고 생각했어요. 커피 드시겠어요?"
 그녀는 불안한 듯 계속 지껄였다.
 "첫날 아침부터 제가 너무 무례하다는 건 잘 알고 있어요. 하지만 양해하시리라 여깁니다. 남편과 시동생은 외출한 지 한참 되었거든요. 늦게까지 주무시는 걸로 봐서 커피, 햄, 달걀, 토스트 등을 갖다 드리는 것쯤 무방하리라고 생각했죠. 집필 때문에 조바심하고 계시다는 걸 알고 있어요. 매일 이러지는 않겠다고 약속드리죠. 남편이 엘러리 씰 방해해서는 안 된다는 규칙을 세워 놓았으니까 그 규칙은 지켜야지요."

그녀의 손이 떨리고 있었다.

"괜찮습니다. 어차피 일을 시작하려면 여러 시간 더 있어야 하니까. 작가가 이야기의 실마리를 붙잡기 위해서는 많은 준비 작업이 필요하다는 걸 아마 모르실 겁니다. 이를테면 손톱을 다듬는다든가 조간신문을 읽는다든가 하는 일들 말입니다……."

"그렇게 말씀하시니 마음이 좀 놓이네요."

그녀는 어설프게 빙긋 웃었다.

"이 커피 한잔 드시죠. 그러면 한결 기분이 좋아지실 겁니다."

그녀는 쟁반 위에 놓여 있던 여분의 잔을 손에 쥐었다. 그는 그걸 눈여겨봐 두었던 것이다.

"커피를 권해 주시길 바라고 있었죠."

커피는 너무 묽었다.

"무슨 일이시죠?"

"그 질문도 해주시길 바라고 있었어요."

그녀는 잔을 내려놓았다. 손을 몹시 떨고 있었다.

엘러리는 담배에 불을 붙인 다음 자리에서 일어났다. 그리고는 탁자를 돌아가 그녀의 입술에 담배를 물려주었다.

"몸을 뒤로 젖히시고, 좋으시다면 눈을 감으세요."

"아녜요. 여기서는 안 돼요."

"그럼 어디서죠?"

"여기 말고는 어디든지 좋아요."
"그럼 제가 옷을 입을 때까지 기다리세요."
그녀의 얼굴은 창백했다. 무언가 고통스러운 표정이었다.
"엘러리 씨, 제가 밖으로 모시고 나가는 것은 옳지 않다고 생각해요. 전 그러고 싶지 않아요."
"잠깐만 기다리세요."
"이런 일을 하리라고는 꿈에도 생각하지 않았는데……."
"그런 말씀 마세요. 3분 뒤에 나가겠습니다."
바로 그때 하워드가 문간에서 말했다.
"결국 선생님한테 오셨군요."
샐리는 의자 등받이에 손을 얹은 채 당황해했다. 그녀가 너무 창백했기 때문에 엘러리는 그녀가 졸도하지 않을까 염려되었다.
하워드의 뺨은 잿빛이었다. 엘러리가 침착하게 말했다.
"하워드, 무슨 일인지는 모르지만, 자네 어머니가 여기에 오신 것은 잘못된 게 아니고, 자네가 어머니의 행동에 간섭하려고 하는 것이야말로 잘못이야."
하워드의 부르튼 아랫입술이 험악하게 일그러졌다.
"좋습니다. 엘러리 선생님. 옷을 입으시죠."

엘러리가 집 밖으로 나오자 새 컨버터블이 본채 현관 앞에 멈춰서 있는 것이 보였다. 샐리는 운전대에 앉아 있고, 하워드는 음식 바구니를 차에 싣고 있었다.
엘러리는 그들 쪽으로 걸어갔다. 샐리는 옅은 갈색의 가죽옷을 입고 있었으며, 머리에는 터번 모양으로 실크 스카프를 두르고 있었다. 그녀는 좀 진한 화장을 하고 있었다. 그녀의 볼이 불그스레했다. 그녀는 엘러리의 시선을 피했다.

하워드는 바구니를 챙기는 일에 열중하고 있었다. 엘러리가 샐리 옆에 자리를 잡을 때까지 쳐다보지도 않았다. 하워드가 차 안으로 비집고 들어와 엘러리 옆에 자리를 잡자 샐리는 차를 출발시켰다.
"바구니는 무엇 때문에 가지고 가는 거죠?"
엘러리가 유쾌한 어조로 물었다.
"로라에게 소풍 도시락을 싸도록 시켰어요."
샐리가 부지런히 기어를 바꾸면서 대답했다. 하워드가 웃었다.
"왜 사실대로 말씀하지 않죠? 사실은 누가 전화를 걸어오면 우리가 소풍 갔다고 아줌마가 대답할 수 있도록 하기 위해서 그런 거지요. 그렇죠?"
"맞아요. 저도 이런 일엔 꽤 능숙해졌으니까."
샐리가 낮은 목소리로 말했다.
그녀는 화난 듯 거칠게 커브 길을 꺾어 돌았다. 노스 힐 드라이브로 접어들자 왼쪽으로 차를 돌렸다.
"어디로 가는 거죠? 난 이 방향으로 가 본 적이 없는데요."
"케토노키스 호수까지 가 보려구요. 저기 보이는 마호가니 산맥 기슭에 있거든요."
"소풍 가기엔 좋은 곳이죠."
하워드가 말했다. 샐리가 그를 바라보자, 그의 얼굴이 붉어졌다.
"저는 외투를 몇 벌 준비해 가지고 왔죠."
하워드가 거친 목소리로 말했다.
"지금쯤 그곳은 날씨가 쌀쌀할 테니까요."
그리고 나서는 아무도 입을 열지 않았다. 엘러리는 그것이 오히려 고마웠다.

대부분의 경우, 라이트빌에서는 북쪽으로 드라이브를 하는 것이 즐거운 소풍이 될 것이다.

라이트빌과 마호가니 산맥 사이에 있는 지대는 굴곡이 완만했다. 언덕이 많았으며 여기저기 돌담들이 늘어서 있었다. 구불거리며 흐르는 개울 위로 작은 다리들이 걸려 있어 차가 지나갈 때마다 덜커덩 소리를 내었다. 토끼풀이 점점이 자라고 있는 구릉 지대의 초록색 목장들이 겹겹이 이어져 있어서 마치 바다에 파도가 이는 듯했다. 소떼들이 평화롭게 움직이면서 산기슭까지 올라가는 동안 엘러리는 줄곧 병원처럼 보이는 창고와 햇볕에 빛나는 커다란 스테인리스 통, 느릿느릿 풀을 뜯고 있는 가축의 무리들을 볼 수 있었다.

도로는 산기슭까지, 마치 배가 지나간 다음에 이는 하얀 거품처럼 깨끗하게 뚫려 있었다.

그러나 그들의 여행은 비밀의 뱃짐이랄까, 그런 것 때문에 어둡게 그늘져 있었다. 그것은 말하자면 죄의 짐이었다. 밀수품이나 해적들의 약탈물처럼. 엘러리는 그것을 확신하고 있었다.

경치는 언덕길을 올라감에 따라 달라졌다. 미처 자라지 못한 난쟁이 소나무들과 화강암 바위들이 나타났다. 소 대신 양이 나타났고, 그러다가 양도 사라지고 돌담도 사라졌다. 듬성듬성 서 있는 나무가 보이다가 무더기로 서 있는 모습으로 변하더니 작은 숲이 나타났다. 그러다가 마침내 광대한 삼림이 끝도 없이 이어지고 있었다. 이곳에서는 하늘도 더 가깝게 보였고, 바다처럼 차갑고 맑은 푸른색을 띠고 있었다. 하늘엔 구름들이 빠른 속도로 항해하고 있었다. 공기는 마치 이빨이 나 있는 것처럼 감촉이 날카로웠다.

그들은 숲을 뚫고 햇볕이 들어오지 않는 어두운 골짜기를 지나 계속 달렸다. 커다란 소나무와 전나무, 캐나다 솔송나무 등이 빽빽하게 들어차 있었으며 여기저기 화강암이 험상궂게 머리를 내밀고 있었다. 거인의 고장이었다. 문득 엘러리는 디드리치가 연상되었다. 그리고는 그 주제와 분위기의 조화 때문에 샐리는 이곳을 특별히 고백의 장소로 선정하지는 않았을까 하는 생각이 들었다.

드디어 케토노키스 호수가 나타났다. 산의 초록색 머리털로 지혈이 된 채 고요하게 산허리에 누워 있는 푸른색 상처처럼 보였다.

샐리는 차를 호숫가 이끼 낀 넓은 암반 위로 몰고 가 세웠다.

그 일대는 월계수나무와 옻나무들이 우거져 있었고, 상쾌한 소나무 냄새가 풍겼다. 새들이 날아올라서는 호수 위에 떠 있는 통나무 토막에 내려앉았다. 새들은 다시 날아오를 자세를 취하고 있었다.

엘러리가 말했다.

"이제 말씀을 해보시겠습니까?"

그러자 새들이 다시 날아올랐다. 그는 샐리에게 담배를 권했으나 그녀는 머리를 저었다. 그녀의 장갑 낀 손은 핸들을 꽉 붙잡은 채 그대로 있었다. 엘러리는 하워드를 바라보았다. 그러나 하워드는 호수만 바라보고 있었다.

"말씀 안 하시겠어요?"

엘러리가 재우쳐 말했다. 그는 담배를 호주머니에 다시 넣었다.

"엘러리 씨."

말소리가 매끄럽지 못했다. 샐리는 목소리를 가다듬기 위해 입술을 축였다.

"이건 모두 제가 하자고 해서 한 일입니다. 하워드는 한사코 반대했죠. 우린 이틀 동안 비밀리에, 그리고 틈날 때마다 만나 이야기했어요. 그러니까 수요일부터지요."

"거기에 대해 말씀해 주세요."

"여기 오니까 무슨 말부터 꺼내야 할지 모르겠군요."

그녀는 하워드를 보고 있지 않았다. 그녀는 말을 멈추고 기다렸다. 하워드는 아무 말이 없었다.

"하워드, 선생님한테 네 얘기부터 할까? 먼저?"

엘러리는 하워드의 몸이 나무토막처럼 딱딱하게 굳어지는 것을 느낄 수 있었다. 그러자 문득 엘러리는 지금부터 들으려고 하는 이야기가 적어도 하워드가 가지고 있는 심각한 문제의 한 뿌리일 것이라는 생각이 들었다. 아마도 가장 큰 뿌리, 그의 노이로제의 제일 깊숙이 박혀 있는 뿌리일 것이다.

샐리가 울기 시작했다. 하워드는 풀이 죽은 채 좌석에 앉아 있었으며, 마음의 고통 때문에 입술이 아래로 처져 있었다.

"제발 참으세요, 제가 말할 테니 제발 울음만은 그치세요!"

"미안해."

샐리는 그녀의 핸드백에서 손수건을 꺼냈다.

울먹이는 목소리로 그녀가 말했다.

"이젠 울지 않을 거야."

그러자 하워드가 엘러리 쪽으로 몸을 돌려 일을 서둘러 끝마치려는 듯 재빨리 말했다.

"전 디드리치 회장님의 친아들이 아닙니다. 우리 가족 말고는 그 사실을 아무도 모릅니다. 아버진 결혼하실 때 어머니께 그 사실을 말씀하셨지요."

그의 입술이 일그러졌다.

"그럼 자넨 누군가?"

엘러리는 마치 세상에서 가장 평범한 질문인 것처럼 담담하게 물었다.

"전 몰라요. 아는 사람이 아무도 없어요."

"어디서 주워온 아이란 말인가?"

"너무나 케케묵은 이야기죠? 허레이쇼 앨저(역경 끝에 성공하는 소년의 이야기를 쓴 미국 소설가)와 함께 끝난 이야기로 다들 알고 있죠. 그런데도 그런 일은 여전히 일어나고 있거든요. 그리고 그런 이야기의 주인공이 바로 나였지 뭡니까. 그런데 말입니다. 그런 일이 자신에게 일어나면 세상이 흔들리기나 한 것처럼 대단한 일처럼 여겨지거든요. 그래서 그 같은 일이 다시는 일어나지 않도록 하느님께 기도하게 되죠."

그는 사실을 그대로 말하는 것뿐이라는 듯 단조로운 어조로 말했다. 그 사실이 마치 문제의 요인 중에서도 가장 중요하지 않은 것처럼. 그러나 엘러리는 그것이 바로 문제의 핵심이라고 생각했다.

"전 태어나서 얼마 되지 않은 갓난아이였을 때, 옛날 방식대로…… 값싼 옷바구니에 넣어져 밴 혼 씨의 문간에 놓여졌어요. 제 생년월일을 적은 종이쪽지가 담요에 핀으로 꽂혀 있었고요……. 생년월일 말고 다른 내용은 전혀 적혀 있지 않았대요. 바구니는 지금도 다락 어딘가에 있습니다. 아버진 그것을 버리려고 생각하지 않으신 거예요."

하워드가 웃었다. 그러자 샐리가 말했다.

"아주 작은 바구니죠."

하워드가 또 웃었다.

"거기엔 아무런 단서도 없었나?"

엘러리가 물었다.

"없었어요."

"바구니나 담요, 종이 조각 등은 어땠는데?"

"바구니나 담요는 매우 값싼 종류의 것이었나 봐요. 아버지가 말씀하시는데, 흔히 볼 수 있는 것이래요. 시내 어디에서나 살 수 있는 그런 것인가 봐요. 종이도 봉투 같은 것을 찢어낸 조각이구요."

"그 무렵 아버님은 결혼하셨던가?"

"미혼이셨죠. 몇 년 전에 결혼하실 때까지는 계속 독신으로 지내셨어요……. 그때가 바로 1차대전 전이었다고 그래요."
하워드는 다시 통나무 토막에 내려앉은 새들을 바라보면서 말했다.
"아버지가 어떤 식으로 손을 쓰셨는지 잘 몰라도 어쨌든 법원에서 입양 허가서를 받아낸 모양입니다…… 그 무렵만 해도 입양이라는 것이 지금처럼 까다롭지 않았던 것 같아요. 아버진 저를 돌볼 일급의 유모를 구했죠. 그게 도움이 됐나 봐요. 하여튼 아버진 저에게 하워드 핸드릭 밴 혼이라는 이름을 붙였어요……. 하워드는 열혈 남아였던 당신 아버지에게서 딴 것이고, 핸드릭은 당신 할아버지의 이름을 딴 거지요. 그리고 나서 전쟁이 일어나자 아버진 보스턴으로부터 울퍼트 삼촌을 데려다 놓고는 입대했죠. 울퍼트 삼촌은 제게 썩 잘해주진 않았어요."
하워드는 다시 웃으면서 말했다.
"삼촌이 저를 마구 때리면 유모는 울면서 삼촌과 싸우곤 했지요. 그 유모는 아버지가 전역하실 때까지만 있었고, 그 뒤로는 다른 유모가 왔지요. 내니죠. 새 유모의 이름은 원래 거트였는데, 전 유모를 항상 내니라고 불렀습니다. 제가 그래도 독창적인 면이 있죠? 그 유모는 6년 전에 죽었어요. 물론 아버지의 사업이 잘되면서부터는 가정교사도 두었지요. 제 기억에 남아 있는 것은 많은 거인들뿐이에요. 거인들이 부단히 오가곤 했지요. 제가 양자라는 걸 전 5살이 될 때까지 모르고 있었어요. 울퍼트 삼촌이 알려 줬죠."
하워드는 잠시 말을 멈췄다. 그는 손수건을 꺼내 목 뒤를 닦은 뒤 손수건을 호주머니에 넣고 이야기를 계속했다.
"그날 밤 저는 아버지에게 그게 무슨 뜻이냐고 묻고는 절 내버릴 거냐고도 물어 봤어요. 그러자 아버진 저를 안아 올려 키스하고는 자세한 내용을 설명해 주면서 절 안심시켰던 것 같아요. 하지만 전 그 뒤 수년 동안 누군가가 와서 절 데려가지나 않을까 매우 두려워하며 지내야 했어요. 그래서 낯선 사람이 오는 걸 보기만 하면 숨곤 했지요.

제 얘기가 옆길로 새는 것 같군요. 하여튼 그날 밤에 아버지와 삼촌은 크게 싸웠습니다. 싸움의 발단은 삼촌이 내게 '너는 바구니에 담겨 버려진 아이고 아버지도 진짜 아버지가 아니'라고 말했다는 것이었습니다. 전 잠자리에 들었지만, 싸우는 소리를 듣고 계단을 내려와, 지금 생각해 보니 칸막이 커튼 같은데 그 사이로 들여다봤지요. 아버진 제가 그 뒤 그렇게 화를 내시는 것을 본 적이 없으리만큼 화가 나 있었습니다. 그 양반은, 그 얘기는 애가 좀더 나이를 먹으면 당신이 직접 하려고 했다, 그건 당신 자신의 일이고 당신이 올바르게 그 말을 해줄 수 있었는데, 왜 자기가 없는 사이에 울퍼트 네가 주제넘게 나서서 아이에게 겁주느냐고 고래고래 소리를 지르더군요. 울퍼트 삼촌이 뭔가 대꾸를 하던데……. 꽤 약올리는 말이었던 것 같아요. 아버지의 얼굴이 돌처럼 굳어지더니 주먹을 쥐시는 거예요. 주먹이 얼마나 큰지 아시잖아요. 그때 제게는 아버지 주먹이 파인 그로브의 전쟁 기념관에 전시되어 있는 남북전쟁 때의 대포알같이 보였으니까요. 그런 주먹을 쥐고 울퍼트 삼촌의 입가에 한 대 먹이더군요."

하워드는 다시 웃었다.

"앙상하게 야윈 목에 매달린 삼촌의 머리가 뒤로 젖혀지는 순간, 한웅큼의 이빨이 삼촌의 입에서 쏟아져 나오더군요. 제가 코미디 영화에서 곧잘 보았던 대로였는데, 다만 이번에는 가짜가 아니었다는 것만이 달랐지요. 울퍼트 삼촌은 턱이 나갔기 때문에 그리고 나서 6주 동안 입원해 있었습니다. 한동안 사람들은 삼촌 목의 신경인지 척추인지가 망가져 평생 전신 불수로 지내거나 아니면 죽을 거라고 생각했는데, 그렇게 되지는 않았어요. 아버지는 그 뒤로 한

번도 사람을 친 일이 없었습니다."

디드리치는 그런 일이 있은 뒤 줄곧 죄책감을 가지고 살았으며, 25년 동안 그의 동생은 그것을 이용해 왔던 것 같았다. 그러나 그것은 비교적 중요치 않은 일이었다. 아무리 의지가 강한 사람도 그런 죄책감을 갖는 수가 있으니까. 중요한 것은 하워드에 관한 부분인데, 그의 노이로제와 어떤 관계가 있는가 하는 것이다. 하워드와 디드리치 사이에 형성된 강력한 밀착 관계는, 자신의 출생 신분과 관련된 하워드의 두려움에 기인하는 것 같았다. 그 두려움은 처음 울퍼트로 말미암아 하워드의 무의식 속에 깊이 뿌리를 박게 되었던 것이다.

하워드는 자기가 디드리치의 아들이 아니라는 것은 알고 있었으나 누구의 아들인지는 모르고 있었기 때문에 디드리치에게 매달리지 않을 수 없었다. 그리고 디드리치는, 하워드가 훗날 돌에 새기게 될 거대한 부친상에 나타난 것처럼, 하워드에게 있어서 보호 수단의 상징이었으며 그와 악의에 가득 찬 세상을 이어주는 하나의 다리 역할을 하였던 것이다. 그러므로 샐리가 나타나서 그의 아버지가 그녀와 결혼하게 되자…….

"이런 이야기가 중요한 이유는 그 뒤 어떤 일이 일어났으며, 우리가 현재 어떤 위치에 있는가를 선생님이 알고 계셔야 제게 있어 아버지가 어떠한 의미를 갖고 있는가를 이해하실 수 있기 때문입니다."

하워드가 말했다.

"자네 아버님이 자네에 대해서 어떤 의미를 가지고 있는지는 나도 알고 있네."

엘러리가 말했다.

"아마 선생님은 모르실 거예요. 오늘날 제가 이렇게 된 것과, 또 제가 지금 가지고 있는 모든 것은 모두 아버지 덕분입니다. 제 이름도 마찬가지죠. 그분은 저를 양자로 맞아들여 정말 희생을 하지 않고는 불가능했던 그런 시절, 저를 양육하는 데 최선의 배려를 다 했습니다.

 그분의 동생이 계속 집적대면서 바보니 뭐니 하며 비난을 퍼부었지만, 상관 않고 저를 교육시켰습니다. 제가 어려서 점토를 가지고 만지작거리기 시작한 그때부터 사실 조각가가 되겠다는 꿈을 가진 저를 격려하고 뒷바라지해 주었지요. 외국에도 보내 주셨고, 돌아오자 반갑게 맞아주셨지요. 제가 경제적 압박을 받지 않고 일을 계속할 수 있도록 배려해 주신 분도 그분입니다. 남에게 인정받을 만한 반반한 작품 하나 만들어 내지도 못했고, 때로는 게으름을 부리곤 하는데도 내게 잔소리하는 일이 없었습니다. 간밤에도 아버님이 저를 위해서 무슨 일을 하셨는지 보셨잖습니까……. 미술관을 저에게 사주신 거죠. 실제로 제가 가진 재능을 발휘할 수 있도록 기회를 주기 위해섭니다. 제가 예수님을 판 유다라 하더라도 전 그분의 마음에 상처를 줄 수 없고, 또 그분을 실망시킬 수 없습니다. 저의 마음이 허락지 않을 겁니다. 아버진 제가 세상에 살고 있는 바로 그 이유이고, 제 모든 것이 그분의 덕분이니까요."
"하워드, 그러니까 그분은 분명히 아버지로서의 의무를 다했다는 거지?"
엘러리가 빙긋 웃으며 말했다. 하워드가 화를 내면서 말했다.
"전 선생님이 제 말을 이해하시리라는 걸 기대하지는 않아요."
 그리고는 차에서 뛰어내려 바위 있는 데로 갔다. 그는 이끼 위에 앉아 돌을 발로 차려 했으나 빗나가자 돌을 손으로 집어 들고 통나무를 향해 던졌다. 새들이 다시 날아올랐다.
 "지금까지 들으신 것은 하워드에 대한 것이었어요." 샐리가 말했다. "이젠 저에 대한 이야기를 해드리겠어요."

엘러리가 좌석에 앉은 채 그녀 옆으로 다가가자 그녀는 몸을 돌려 다리를 가지런히 모았다. 그리고는 이번에는 담배를 받아 물었다. 그녀는 핸들 위에 왼팔을 올려놓고 잠시 담배를 피웠다. 마치 말을 시작할 적당한 단어를 머리 속에서 이리저리 찾고 있는 것 같았다.

하워드가 그녀를 힐끗 바라보고는 이내 시선을 딴 데로 돌렸다.

"제 이름은 원래 사라 메이슨이었어요."

그녀는 약간 머뭇거리면서 입을 열었다.

"끝에 h자가 붙지 않는 사라지요. 엄마는 그것에 대해 매우 까다로웠어요. 엄마는 〈레코드〉지에서 철자가 그런 식으로 된 이름을 한 번 보신 적이 있었고, 그게 멋있어 보였던 모양이에요. 맨 먼저 절 샐리라고 부르기 시작한 사람은 남편이었지요."

그녀는 가볍게 빙긋 웃었다.

"물론 그것 말고도 그 양반이 맨 먼저 시작한 것들은 더 있지만요."

그녀는 희미하게 빙긋 웃음을 지었다.

"저의 아버지는 황마 공장에서 일하셨죠. 황마와 재생 모직물 공장이죠. 선생님은 황마 공장이 어떤 곳인지 알고 계실지 모르지만, 남편이 공장을 인수하기 전에는 지옥과 같은 곳이었어요. 남편이 작업 환경을 많이 개선한 거죠. 공장은 매우 잘 되고 있어요. 황마가 사용되는 곳이 많거든요. 제 생각으론 전축 레코드에도 사용되는 것으로 알고 있어요. 아니, 재생 모직이 사용되던가요? 기억이 잘 나지 않네요. 어쨌든 남편은 회사를 인수한 뒤 많은 개혁을 단행했습니다. 남편이 맨 먼저 한 일 가운데 하나는 아버질 해고한 것이었습니다."

샐리는 고개를 들었다.

"아버진 사실 무능했어요. 그분이 공장에서 한 일은 대개 어린 소녀들이나 하는, 기술이 필요하지 않고 힘도 들지 않는 일이었어요. 그런데도 그런 일조차도 제대로 하지 못한 거예요. 아버진 안 해본 일이 없을 정도였죠. 교육도 상당히 받았는데 하는 일마다 번번이 실패했으니까요. 술에 취하면 엄마를 때렸어요. 전 얻어맞지 않았는데, 제가 그럴 기회를 안 주었기 때문이지요. 전 일찍부터 그 양반한테 붙잡히지 않는 법을 배웠던 거죠."

그녀는 특유의 가벼운 웃음을 빙긋지었다.

"내 경우, 글쎄 다윈의 학설이 옳다는 걸 증명할 훌륭한 사례였다고나 할까요. 제겐 많은 형제자매가 있었지만, 오직 저 혼자만 살아남았거든요. 다른 형제들은 젖먹이 때가 아니면 유년기에 다 죽었습니다. 아버지가 먼저 돌아가시지 않았더라면, 저도 죽었을 겁니다. 엄마도 그 뒤 곧 돌아가셨죠."

"아!"

엘러리가 가볍게 탄성을 질렀다.

"아버지가 공장에서 해고당한 뒤 두 분은 수개월이 지나 돌아가셨지요. 아버지는 다시 취직을 못했거든요. 어느 날 아침 아버지는 월로우 강에서 시체로 발견됐어요. 사람들 말로는 전날 밤 술에 취해 발을 헛디더 익사했다는 거였습니다. 이틀 뒤 엄마는 몇 번째인지도 모르는 아이를 낳기 위해서 라이트빌 병원에 입원했어요. 조산아였는데 결국 사산하고 엄마도 세상을 떴지요. 그때 전 9살이었구요."

엘러리는 전형적인 폴리 거리에 사는 한 가정의 내력이라고 생각했다. 그러나 그는 이상한 생각이 들기 시작했다. 그녀 이야기의 어느 곳에도 지금 그의 옆에 앉아 있는 샐리의 어린 시절의 모습은 보이지 않았기 때문이다. 사회학적으로 볼 때 기적이란 것은 거의 있을 수가 없는 법이다. 어떻게 땟국이 흐르던 꼬마 사라 메이슨이 샐리 밴 혼이 될 수 있었을까?

그녀는 다시 빙긋 웃음을 지었다.

"사실 하나도 이상할 것이 없어요."

"도무지 알 수가 없군요."

엘러리가 짤막하게 끊어 말했다.

"모두 남편 덕분이죠. 전 그 무렵 미성년자였고 무일푼이었죠. 친척이라고는 엄마의 사촌 되는 분 한 분이 뉴저지에 계셨고 삼촌 하나가 신시내티에 살고 계셨는데, 그분들은 모두 저를 원하지 않았어요. 글쎄요, 그 양반들도 가난한데다가 가족이 많았으니까요. 그분들을 탓할 수는 없지요. 제가 군에서 운영하는 슬로컴 고아원으로 막 떠나려는 그때 남편이 제 이야기를 들은 거예요. 그때 병원 이사로 있던 남편이 엄마가 사망한 일과 뒤에 고아 하나가 남아 있다는 이야기를 들었던 거죠……

남편은 그 전엔 저를 본 적이 없었어요. 그렇지만 제가 누구라는 것을 알고는, 자신의 회사에서 내쫓은 매트 메이슨의 딸이라는 것을 알고는……. 남편에게 왜 나에게 관심을 가졌느냐고 늘 묻곤 했는데, 그때마다 그분은 첫눈에 사랑을 느꼈다고 하면서 웃어버리곤 했어요. 그 양반은 폴리 거리에 있는 플라스코 부인 집에 왔을 때 저를 처음 보았습니다. 플라스코 부인은 이웃에 살았던 분으로, 저를 잠시 맡아가지고 있었어요. 몸집이 크고 다부지게 생겼으며 금테 안경을 낀, 인정이 많은 부인이었는데, 그분의 모습이 아직도 눈에 선하군요. 금요일 밤이어서 플라스코 부인은 촛불을 켜놓고 있었어요. 그분들은 유대인이었으니까요. 금요일 일몰 시간부터 안식일이 시작되기 때문에 유대인들은 금요일 밤에 촛불을 켠다고 아주머니가 저한테 설명해 주곤 했습니다. 그 전통이 수천 년 동안 지켜져 왔다는 거지요.

　문간에서 노크 소리가 들려 꼬마 필리 플라스코가 문을 열어 주었는데, 몸집이 거대한 그분이 그곳에 서 있는 거예요. 그 무렵 그분의 모습이 얼마나 인상 깊었는지 몰라요. 그 양반은 촛불과 꼬마 아이들을 둘러보면서, '엄마가 돌아가신 아이가 누구니' 하고 묻지 않겠어요. 글쎄, 첫눈에 사랑을 느꼈지 뭡니까!"
샐리는 무언가 감추고 있는 듯한 표정으로 빙긋 웃었다.
"전 더럽고 겁이 많은 아이였는데, 팔과 다리, 가슴은 뼈만 앙상하여 젓가락으로도 집힐 정도였어요. 전 너무 무서워서 가지 않으려고 발버둥쳤지요. 버릇없는 계집애였죠."
이번에는 그녀도 웃었다.
"그분이 절 무릎 위에 앉히려고 하자 전 막무가내로 반항했어요. 그분의 얼굴을 긁고 정강이를 발로 찼지요. 플라스코 부인은 울기 시작하고, 꼬마들은 울부짖으면서 방 안을 뛰어다녔죠……."
그녀의 표정이 바뀌었다.
"그분은 힘이 무척 세고 몸집이 컸으며 따뜻해 보였죠. 몸에선 산뜻한 향내가 났어요. 주방 식탁에 있는 방금 구워낸 빵보다도 더 향긋한 냄새였죠. 그분이 제 머리를 쓰다듬고 부드럽게 저에게 말을 하고 있는 동안 전 악을 쓰면서 그분의 넥타이를 온통 눈물로 적셔 놨죠. 남편은 권투 선수였고, 권투 선수들을 좋아해요."
하워드가 자리에서 일어나 차 있는 데로 와서 목쉰 소리로 말했다.
"이야기를 빨리 끝냅시다."
"그래, 알겠어, 하워드."
샐리가 말했다. 그리고는 말을 이었다.
"그 뒤 그 어른은 군 당국과 협의를 했어요. 저를 위해 기금을 조성하기로 한 거죠…… 자세한 얘기는 생략하겠어요. 전 사립학교에서 교육을 받았는데, 선생님들은 모두 이해심이 많고 친절했으며 진보적이었어요. 모두 훌륭한 학교들이었죠. 물론 남편이 돈을 다 댔죠. 모두 다른 주에 있는 학교였습니다. 나중에는 세라 로렌스에 다녔고 외국에도 갔어요. 전 사회학에 관심을 가지고 있었거든요."
샐리는 가벼운 어조로 말했다.
"전 두어 개의 학위를 가지고 있고 뉴욕과 시카고에서 잠시 일한 적도 있었지만, 전 항상 라이트빌에 돌아와 이곳에서 일하고 싶었어요."
"폴리 거리에서 말이죠?"
"모든 폴리 거리에서 말예요. 그리고 실제로 그렇게 했어요. 사실 지금도 하고 있습니다. 우린 경험이 많은 직원들을 두고 있고, 주간 학교와 진료소, 사회봉사 프로그램 등을 운영하고 있죠. 주로 남편의 돈으로 운영하고 있습니다. 자연 그 양반과는 자주 만나게 됐지요……."
"남편 분은 부인에 대해 매우 자랑스럽게 생각하셨겠죠."
엘러리가 중얼거렸다.
"처음엔 그런 식으로 시작되었을 것이라고 생각합니다. 그러다가 저와 사랑에 빠진 겁니다."
"아버지가 제게 그 말을 했을 때 제 느낌이 어떠했는지 설명하기가 어려울 것 같군요. 그분은 저와 항상 편지를 주고받았거든요. 제가 학교 다닐 때는 절 만나기 위해서 비행기를 타고 오곤 했어요. 전 그분을 한 번도 아버지로 생각하지는 않았어요……. 저를 보호해 주는 매우 남성적이며 몸집이 크고 힘이 센 천사쯤으로 생각했다고 할까요. '신과 같은 존재'였었다고 말한다면 좀 우습게 들릴까요?"
"그렇지 않습니다."

엘러리가 말했다.

"그 양반이 저에게 보낸 편지는 모두 간직하고 있습니다. 또 그분의 스냅 사진들을 나만의 비밀 장소에 보관하고 있지요. 크리스마스에는 매우 큼직하고 훌륭한 선물 상자를 받곤 했습니다. 제 생일날에도 귀중한 선물들을 받곤 했는데……. 그 양반은 놀라우리만큼 세련된 안목을 가지고 있었고, 거의 여성적이라 할 정도로 특이한 것에 대해 남다른 센스를 가지고 있었어요. 또 부활절엔 저에게 엄청나게 많은 꽃을 안겨 줬죠. 그분은 정말 저에겐 모든 것이었죠. 그리고 제겐 외로울 때마다 머리를 기댈 수 있는 안식처가 되어 준 거죠. 비록 그분이 그 자리에 있지 않을 때도 말입니다.

그리고 전 그분에 대해 또 다른 것도 알게 되었죠. 예를 들면, 제게 쓰여질 많은 액수의 양육비와 교육 기금을 마련한 지 불과 1년도 되지 않아 그분이 파산했다는 사실 같은 것 말입니다. 1929년의 대공황 때의 일이었죠. 그것은 회수할 수 없는 기금은 사실 아니었거든요. 그땐 그 양반에게 그 돈이 꼭 필요했었지요. 그런데도 그 돈에 손대려 하지 않았죠.

그분이 청혼했을 땐 내 마음의 진실이 금방이라도 입 밖으로 튀어나올 것 같았습니다. 정말 현기증이 날 것만 같았니까요. 저에게는 너무나 과분했죠. 너무너무 과분했던 겁니다. 전 너무나 감격해서……. 정말 너무 감격한 나머지 도저히 견딜 수 없을 정도였으니까요. 육체적으로도 말입니다. 그동안 전 줄곧 그분을 사모하고 존경해 왔거든요. 그런데 결국은 일이 이렇게까지 되고 만 겁니다."

샐리는 잠시 말을 멈추었다가 매우 낮은 목소리로 말을 이었다.

"전 승낙했습니다. 그리고 그분의 팔에 안겨 두 시간 동안이나 울었죠."

갑자기 그녀는 엘러리의 눈을 들여다봤다.

"디드리치 밴 혼 회장님이 절 새롭게 만들었다는 사실을 정말 이해하셔야 합니다. 지금의 저는 그분이 직접 손으로 빚어 만든 거지요. 그것은 단순히 돈과 기회만이 아니었어요. 그분은 저의 앞날에 대해 창조적인 관심을 가지고 있었지요. 교육의 방향을 잡아 주었어요. 그분의 편지는 지혜롭고도 성숙되어 매우 적절했죠. 그 어른은 제 친구이자 스승이었습니다. 저의 고해를 들어주는 신부님이었습니다.

그분과의 관계는 주로 원격 조종에 의해서 이루어졌는데, 어쨌든 모든 교훈은 그런 방식으로 제 마음에 새겨졌어요. 그런 식으로 교훈을 받은 것이 더 효과가 컸던 것 같아요. 그 어른은 제게 있어 매우 중요한 분이었기에 전 제 편지에다, 다른 소녀들 같으면 엄마에게도 말하지 않았을 일들을 서슴없이 털어놓곤 했지요. 그분은 한번도 그것을 가지고 쩔쩔매지 않았습니다. 언제나 적절한 말과 어루만짐과 몸짓으로 응답해 주었으니까요.

그분이 아니었더라면 전 로우 빌리지에서 공장 노동자와 결혼했을 겁니다. 영양실조에 걸린 한 무리의 애들을 키우느라 고생하고 있겠죠. 교육도 제대로 받지 못하고 무지하며 바싹 마른데다 희망도 없이 고통 속에서 살고 있는 그런 애들 말입니다."

그녀가 갑자기 몸을 떨었다. 그러자 하워드가 차 뒤편에서 낙타털 외투를 찾아내어 재빨리 차를 돌아오더니 샐리의 어깨에 덮어주었다. 그는 잠시 자기 손을 샐리의 어깨 위에 얹어 놓은 채 그대로 있었다. 그러자 놀랍게도 그녀가 손을 올리더니, 손에 낀 장갑 가죽이 팽팽해지리만큼 하워드의 손을 힘주어 붙잡았다.

"그러다가……."

샐리가 엘러리의 눈을 계속 들여다보면서 말했다.

"그러다가 전 하워드와 사랑에 빠졌지요."

'그들은 사랑에 빠져 있다'라는 말이 바보스럽게도 그의 머리 속을 계속 맴돌고 있었다.

다시 정신을 차리고는 기적적으로 일이 제대로 정돈되었다. 엘러리는 자신의 무지에 그저 놀랄 뿐이었다. 하워드가 안고 있는 노이로제의 본질을 올바로 이해하고 있다고 그동안 확신하고 있었던 그에게는 방금 들은 이야기가 너무나 충격이었다. 그는 지금껏 하워드가 샐리를 증오하고 있으리라고 생각해 왔다. 아버지를 빼앗아간 그녀를 증오할 수밖에 없으리라고 확신했었다. 그가 분명히 간과했던 것은 인간 무의식의 음흉하고 복잡한 논리였다. 그는 이제, 하워드가 샐리와 사랑에 빠진 것은 바로 그가 그녀를 증오하고 있기 때문이라는 것을 깨닫게 되었다. 그녀가 그와 그의 아버지 사이에 끼여 들었던 것이다. 샐리와 사랑에 빠짐으로써 하워드는 그녀를 그의 아버지로부터 멀리 떼어 놓을 수가 있었다……. 샐리를 차지하기 위해서가 아니라, 아버지를 되찾기 위해서, 그리고 아마도 아버지를 벌주기 위해서…….

엘러리는 하워드와 샐리가 이 사실을 모르고 있다는 것을 알고 있었다. 의식의 표면에서는 하워드는 샐리를 사랑하고 있었다. 그는 자기가 품고 있는 연정 때문에 죄책감으로 고통 받고 있었다. 하워드가 감추려고 애썼던 부분이 있다면 그것은 바로 이 죄책감 때문이었을 것이다. 엘러리에게 라이트빌에 와서 자신을 도와 달라고 간청하면서 자기와 자기의 양어머니와의 관계를 숨기지 않았던가. 샐리 자신이 엘러리에게 와서 사실을 털어놓으려고 했을 때도 그는 이에 반대했다. 샐리가 아니었으면 하워드는 결코 엘러리에게 오지 않았을 것이다. 엘러리는 생각했다.

'적어도 내게는 일이 그렇게 돌아간 것처럼 보여. 그리고 그것이 이치에 맞는 것 같기도 해. 그러나 이건 내겐 벅찬 일이야. 난 이곳에선 고기를 낚을 수 없을 것 같아. 장비가 부족한 거지. 하워드를 일급 신경정신과 의사에게 가도록 설득해, 그의 손을 이끌고 의사한테 데려다 준 다음 집으로 돌아가는 편이 낫겠어. 이 복잡한 일에 대해선 깨끗이 잊는 게 좋을 거요. 서투른 수작은 하지 않는 게 좋아. 그렇지, 서투른 수작은 그만둬야지. 괜히 하워드에게 상처만 줄 수도 있으니까.'

샐리의 경우는 문제가 좀더 간단했다. 그녀는 하워드를 사랑했지만, 상대방에게 해를 끼치기 위한 목적에서가 아니었다. 순수하게 하워드 자신 때문이었다. 하워드의 불순한 의도에도, 그를 사랑했던 것이다. 그러나 문제가 단순한 대신 해결은 더 어려워 보였다. 그녀가 하워드와 결합해 행복한 삶을 누리게 된다는 것은 전혀 있을 수 없는 일이었다. 그의 사랑은 가짜였기 때문에 목적만 달성되면 그 본색이 드러날 것이다. 그건 그렇고……. 그들의 관계는 얼마나 깊이 들어간 것일까?

엘러리가 물었다.

"어느 정도까지 갔습니까?"

그는 화가 나 있었다. 하워드가 말했다.

"너무 깊이 들어갔어요."

"내가 말씀드리겠어, 하워드."

샐리가 말했다.

그러자 하워드가 다시 말했다.

"너무 깊이 들어갔어요."

그의 음성은 신경질적으로 들렸다.

"우리 둘 다 거기에 대해 얘기하겠어요."

샐리가 조용하게 말했다. 그의 입술이 달싹였다. 그러나 그는 몸을 반쯤 저쪽으로 돌려 버렸다.

"하지만 내가 먼저 시작하겠어, 하워드. 엘러리 씨, 지난 4월의 일이에요. 마침 남편은 사업상의 일로 변호사를 만나러 비행기로 뉴욕에 가고 집에 없었어요……."

그날따라 그녀는 마음이 안정되지 않았다. 디드리치는 종종 여러 날 집을 비우는 일이 있었다. 그녀로서는 로우 빌리지에 가서 일할 수도 있었다. 그러나 왠지 일하고 싶은 마음이 나지 않았다. 그리고 그녀가 없다고 해서 사실상 일에 차질이 생기는 것도 아니었다.

순간적으로 샐리는 차를 몰고 별장으로 가야겠다고 생각을 했다.

별장은 마호가니 산맥의 패리시 호숫가에 위치해 있었는데, 그 지역은 여름철엔 부자들에게 인기 있는 휴양지였다. 그러나 4월경엔 오는 사람이 없었다. 물품을 배달시킬 수는 없지만, 음식물은 별장 냉장고에 일년 내내 저장되어 있었다. 그녀는 도중에 2, 3일 먹을 빵과 우유를 사 가지고 갈 생각이었다. 날씨는 좀 쌀쌀했지만, 곳곳에 장작이 쌓여 있고 또 훌륭한 벽난로가 있기 때문에 걱정은 없었다.

"혼자 있고 싶었어요. 시동생은 항상 쌀쌀했지요. 하워드는……. 글쎄요, 어떻든 전 혼자 떠나기로 마음먹었어요. 가족들에겐 보스턴으로 쇼핑 간다고 말했지요. 다른 식구들에게 제 행선지를 알리고 싶지 않았던 거예요. 로라와 에일린이 다른 식구들의 시중은 들어줄 거고……."

그래서 샐리는 차를 몰고 떠났다. 빠른 속도로.

하워드가 목쉰 소리로 말했다.

"샐리가 떠나는 걸 보았어요. 작업실에 있었지요. 하지만……. 글쎄요, 아버지도 집에 계시지 않고 샐리까지 떠나고 나니까 울퍼트 삼촌과 저만 남게 되었거든요. 그래서 저도 떠나야겠다는 생각이 들데요. 갑자기……."

하워드가 말했다.

"별장이 생각났습니다."

하워드가 별장 문간에 나타났을 때 샐리는 장작을 한아름 안고 방금 방 안으로 들어온 참이었다. 사방에는 숲의 정적만이 흐르고 있을 뿐이었다. 그들은 오랫동안 서로 마주보고 서 있었다. 다음 순간 하워드가 방을 가로질러 샐리 쪽으로 걸어갔고, 샐리는 안고 있던 장작더미를 떨어뜨렸다. 그는 그녀를 두 팔로 안았다.

"무엇이 저를 사로잡았는지 모르겠어요."

하워드가 중얼거렸다.

"도무지 무슨 일이 일어났는지, 무슨 생각을 하고 있었는지, 생각 자체를 하고나 있었는지, 모르겠어요. 샐리가 거기에 있다는 것과 전 샐리를 껴안지 않을 수 없었다는 것만을 말씀드릴 수 있습니다. 그러나 제가 샐리를 껴안았을 때, 전 이 여잘 사랑하고 있다는 걸 알았어요. 제가 샐리를 여러 해 동안 사랑하고 있었던 겁니다."

'정말 그랬던가, 하워드?'

"샐리가 보스턴으로 가고 있다고 생각하면서 제게 별장이 떠올랐던 것은 운명이었을지도 모릅니다."

'운명이 아니네, 하워드!'

"저는 몸이 좋지 않았어요."

샐리가 말했다. 그런 말을 하고 있는 동안에도 샐리는 몸이 거북함을 느꼈다.

"몸이 안 좋으면서도 기분은 괜찮았어요. 그 어느 때보다도 생기가 돌았으니까요. 모든 것이 눈앞에서 빙빙 돌고 있었어요. 방과 산과 세상이 모두 빙빙 돌고 있었으니까요. 저는 조용히 눈을 감고 생각했습니다. '난 여러 해 동안 이것을 알고 있었다. 그래, 여러 해 동안. 그때 비로소 전 디드리치 회장님을 사랑하지는 않았다는 것, 제가 하워드를 사랑하는 식으로 사랑하지 않았다는 걸' 알게 된 겁니다. 전 감사의 마음, 많은 은혜를 입었다는 엄청난 감정, 영웅숭배와 비슷한 기분을 사랑으로 잘못 안 거죠. 전 제가 하워드의 팔에 안겼을 때 그걸 처음으로 깨달은 겁니다. 저는 놀라기도 했지만, 한편으론 행복했어요. 죽고 싶었지만, 또 살고 싶기도 했죠."
"결국은 사는 쪽으로 결정을 내리셨군요."
엘러리가 담담한 어조로 말했다.
"샐리를 나무라지 마세요!"
하워드가 소리쳤다.
"모두 제 탓이에요. 제가 샐리를 보았을 때 뒤돌아서서 도망쳤어야 했어요. 제가 애초부터 일을 저질렀고, 샐리가 저항할 수 없도록 한 겁니다. 제가 먼저 접근해 샐리의 눈에 키스하고 샐리의 입을 막았지요. 그리고 제가 샐리를 침실로 안고 갔지요."
'이제야 비로소 상처가 드러났어. 이제야 비로소 상처에 소금을 뿌릴 수가 있게 된 거야.'
"그 일이 있은 뒤 하워드는 저렇게 자신을 책망하고 있답니다. 그건 아무 소용없는 일이야, 하워드."
샐리의 목소리는 매우 안정되어 있었다.
"그건 절대로 혼자 한 일이 아니야. 둘이서 한 거지. 나도 널 사랑했어. 그래서 네가 날 안고 가도록 그대로 놔둔 거야. 그때는 그게 옳았으니까. 그래, 옳았어, 하워드! 적어도 그 순간엔 말이야. 어쨌든 그 순간만은 그것이 옳은 일이었어. 그 뒤…… 엘러리 씨, 그건 정당화될 수 없었습니다. 하지만 하여튼 일은 벌어지고 말았으니까요. 그때 좀더 마음을 다잡아먹었어야 했는데……. 우린 말하자면 전혀 예기치 않은 일을 당했기 때문에 마음의 준비가 없었죠. 아무리 사전에 방비를 철저히 해도 그와 같은 돌발사태는 일어나기 마련이거든요. 그리고 그것은 순간적으로 일어난 일도 아니었고, 또 그 자체로서는 나쁜 일도 아니었어요. 전 하워드를 사랑했고, 하워드도 절 사랑했으니까요. 우린 아직도 서로 사랑하고 있어요."

'오, 샐리!'

"완전히 이성을 잃은 행동이었죠. 우린 아무 생각도 없었습니다. 다만 감정에 솔직했을 뿐이지요. 우린 그날 밤 별장에서 지냈습니다. 그 다음 날 아침에야 사실을 있는 그대로 알 수가 있었죠."

"선택할 수 있는 두 가지 길이 있었어요."

하워드가 속삭이듯 말했다.

"아버지에게 말씀드리거나 아니면 침묵을 지키거나 둘 중 하나였죠. 하지만 둘이서 상의한 결과 결국 두 가지가 아니라 한 가지 방법밖에 없다는 결론을 곧 내리게 됐어요. 한 가지밖에 선택할 수 없었는데……. 그렇게 되면 그건 이미 선택이 아니죠."

"우린 회장님에게 말씀드릴 수가 없었습니다."

샐리가 엘러리의 팔을 붙잡았다.

"엘러리 씨, 무슨 뜻인지 아시겠어요?"

그녀가 목소리를 높였다.

"우린 말할 수 없었어요. 그분에게 실토했을 때, 그분이 어떻게 나올지 전 알고 있어요. 그분의 성격대로라면 저와 이혼하고 위자료로 한재산 떼어 주겠다고 했을 겁니다. 불평한다거나 화를 내지는 않았을 거예요. 그게……. 그 어른의 본래 성격이에요. 하지만 엘러리 선생님, 그 양반은 아마 내면의 죽음을 경험하게 될 거예요. 이해하시겠어요? 물론 이해 못하실 겁니다. 그분이 제 주변에 무엇을 구축해 놓았는지 모르실 테니. 그건 단순한 집 정도가 아닙니다. 그건 하나의 살아가는 방식이고 또 그분의 남은 생애 전부죠. 그 어른은 한 여자만을 사랑할 수 있는 타입이에요. 엘러리 선생님. 회장님은 저 이전에 다른 여자를 사랑한 적이 없고, 앞으로도 딴 여자를 사랑하는 일은 없을 겁니다. 제가 자랑하기 위해서 이런 말씀을 드리는 건 아녜요. 그건 저하고는 아무 상관없어요. 제 인품, 그러니까 제가 지금까지 한 일이건 또는 하지 않은 일이건 그것과는 추호도 관계가 없어요. 그게 원래 그분의 천성이라는 거죠. 그분은 저를 하나의 중심점으로 선택한 다음, 저를 중심으로 그분의 존재 이유를 구축한 것이죠. 우리가 그분에게 그 사실을 말씀드렸다면, 그건 그분에겐 사형 선고나 다름없었을 겁니다. 생명을 서서히 앗아가는 이를테면 살인 행위지요."

"정말 안된 일이군요. 하지만……."

엘러리가 말을 꺼내려 했다.

"알고 있어요. 왜 그런 사실을 그 전에 깨닫지 못했느냐는 거죠? 제가 말씀드릴 수 있는 건 그 전엔 깨닫지 못했다는 것뿐입니다. 너무 늦게서야 알게 된 거죠."

엘러리가 고개를 끄덕였다.

"좋습니다. 부인은 그걸 미처 모르셨고, 일은 이미 터지고 말았다, 이거겠죠? 그래서 당신들 두 사람은 그분에게 알리지 않기로 했다, 그 다음엔 어떻게 됐죠?"

"그것 말고도 더 있습니다."

하워드가 말했다.

"우리가 그분에게서 받은 은혜도 생각해야죠. 제가 설령 그분의 친아들이라 하더라도, 또 설사 성인이 다 된 뒤에 정상적인 상황 속에서 서로 만나 결혼을 했다 하더라도, 우리들의 그런 관계는 옳지 않은 일이었을 거예요. 그런데……."

"자넨 그분이 안 계셨더라면, 현재의 하워드가 존재할 수 없다고 할 만큼 그분이 전적으로 자네를 새로 창조해 냈다고 느껴왔지. 또 부인의 경우도 마찬가지라는 말이겠지?"
엘러리가 말했다.
"그건 나도 이해할 수 있어. 내가 알고 싶은 건 그 뒤로 일이 어떻게 되었는가 하는 거야. 자네와 샐리가 어떤 조치를 취한 건 분명할 테고, 그 때문에 일이 더 엉망이 된 것으로 생각되는데……."
샐리가 입술을 꼬옥 깨물었다.
"도대체 무슨 일이 일어난 거죠?"
샐리가 갑자기 고개를 들었다.
"우린 그 일은 그걸로 끝난 것으로 하기로 했습니다. 두 번 다시 그런 일이 발생하면 안 된다는 거였죠. 깨끗이 잊어버려야 한다고 굳게 결심했던 거예요. 하지만 잊을 수 있든 없든 무슨 일이 있어도 그런 일은 두 번 다시 일어나서는 안 되었던 겁니다. 그리고 무엇보다도 남편이 알면 안 되었고요……. 그런 일은 사실 두 번 다시 일어나지 않았습니다. 그리고 그이도 모르고 있고요. 완전히 땅속 깊숙이 묻어 버린 거죠. 그런데……."
그녀는 말을 멈췄다.
"말씀드리세요!"
하워드가 소리치는 바람에 여기저기서 놀란 새들이 날아올라 하늘 저쪽으로 사라져 버렸다.

엘러리는 순간 무언가 비극적인 일이 일어날 것 같은 예감이 들었다.

그러나 하워드의 얼굴에는 근육 경련의 기색을 찾아볼 수 없었다. 그는 손을 호주머니에 꽂은 채 몸을 떨고 있었다.

그가 입을 열었을 때, 엘러리는 그의 목소리를 간신히 알아들을 수가 있었다.

"일주일 동안은 괜찮았어요. 그러다가……. 문제는 샐리와 같은 집에 살고 있다는 것이었어요. 같은 식탁에서 식사를 하면서 하루 열두 시간 동안 연극을 해야 한다는 것 말입니다……."
자넨 집에서 나갈 수도 있었지 않은가.
"전 샐리에게 편지를 썼죠."
"아, 아니에요."
"쪽지였죠. 샐리에게 직접 말할 순 없었습니다. 전 누군가에게 말해야 했거든요. 말하자면, 그걸 말해 버려야만 했다는 거예요. 그래서 결국 종이 위에다 말한 셈이지요."
하워드는 갑자기 목이 메어 말이 잘 나오지 않았다.
엘러리는 손으로 눈을 가렸다.
"하워드는 제게 모두 네 통의 편지를 썼습니다."
샐리가 말했다. 그녀의 작은 목소리는 멀리서 들려오는 것 같았다.
"연애 편지였어요. 제 방 베개 밑에서 발견하곤 했죠. 제 화장대의 서랍에 들어 있을 때도 있었어요. 모두 연애 편지였는데, 어느 편지를 보더라도 그날 밤 별장에서 우리 사이에 무슨 일이 일어났는지 어린애라도 알 수 있는 내용이었죠. 전 지금 진실 그대로를 말하고 있는 게 아닙니다. 편지 내용은 그보다도 더 적나라했거든요. 모든 것이 상세하게 기록되어 있었으니까."
"전 제정신이 아니었으니까요."
하워드가 쉰 목소리로 말했다.
"물론 그걸 다 태워 버리셨겠죠?"
엘러리가 샐리에게 물었다.
"아녜요."
엘러리는 차에서 뛰어 내렸다. 그는 몹시 화가 났다. 당장 숲 속에 난 하얀 길을 따라 내려가고 싶었다. 양과 소, 다리와 돌담을 지나 라이트빌까지의 72킬로미터를 단숨에 달려가 짐을 챙긴 뒤 기차역으로 직행하고 싶었다. 그래서 뉴욕행 기차에 몸을 싣고 정신이 온전한 세상으로 되돌아가고 싶은 생각이 간절했다.

그러나 잠시 뒤에 그는 다시 차 있는 데로 돌아왔다.

"죄송합니다. 편지를 태우지 않았다고 하셨죠. 그럼 어떻게 하셨죠?"

"전 하워드를 사랑했으니까요."

"그래서 편지는 어떻게 하셨죠?"

그녀는 손가락을 비비 꼬았다.

"낡은 칠기 상자가 하나 있었어요. 학교 다닐 때부터 가지고 있던 것인데, 이중 바닥 장치가 되어 있어요. 골동품 가게에서 산 겁니다. 그곳에 비밀 사진을 보관할 수가 있었거든요."

"회장님 사진 말인가요?"

"네, 회장님 사진이었죠. 이중 바닥 장치에 대해서는 아무에게도 말하지 않았어요. 남편에게도요. 너무 바보스럽게 여겨질 것 같아서요. 상자에는 보석을 보관하고, 이중 바닥 안쪽에는 그 네 통의 편지를 넣어 두었어요. 거기가 안전할 것 같아서였죠."

"그래서 어떻게 됐죠?"

"네 번째 편지를 받은 뒤에 전 제정신이 든 거예요. 하워드에게 다시는 편지를 쓰지 말라고 했어요. 하워드는 더 이상 편지를 쓰지 않았습니다. 그런데 지난 6월, 그러니까 세 달 전쯤에……."

"집에 도둑이 들어왔어요. 좀도둑이었지요."

하워드가 웃어 보이며 말했다.

"도둑이 제 침실에 들어온 거예요."

샐리가 속삭이듯이 말했다.

"어느 날인가 읍내 미장원에 간 사이에 도둑이 들어와 칠기 상자를 훔쳐간 겁니다."

엘러리는 두 집게손가락으로 자신의 눈꺼풀을 어루만졌다. 눈이 뻑뻑하고 열이 났다.

"상자에는 값비싼 보석이 잔뜩 들어 있었어요. 남편이 저에게 선물한 물건들이었죠. 바로 그것을 도둑이 노렸던 모양인데, 상자를 통째로 들고 가버린 겁니다. 도둑은 이중 바닥 아래에, 상자에 있는 다이아몬드와 에메랄드를 다 주고서라도 되찾아 와 태워 없애버리고 싶은 것이 있다는 걸 모르고 있었겠지요."

엘러리는 아무 말도 하지 않았다. 그는 차에 몸을 기대었다.

"물론 남편에게는 말하지 않을 수 없었죠."

"아버지는 디킨 경찰서장을 불러들였어요. 그래서 디킨이……."

"디킨 서장은 여러 주일에 걸쳐 잃어버린 보석을 모두 회수했죠. 여기서 한 개, 저기서 한 개 하는 식으로 필라델피아, 보스턴, 뉴욕, 뉴아크 등지에 있는 여러 전당포를 뒤져서 말입니다. 그러나 범인의 인상착의에 대해서는 사람마다 다 달라 결국 붙잡지 못하고 말았어요. 아버지는 운이 좋았다고 말씀하셨죠."

하워드는 다시 웃었다.

"그이는 하워드와 제가 칠기 상자가 나타나길 얼마나 기다리고 또 기다렸는가를 모르고 있었죠."

샐리가 긴장된 모습으로 말했다.

"하지만 그게 나타나지 않았어요. 도무지 나타나지 않았던 거예요. 하워드는 도둑이 쓸모없다고 생각하고는 버린 거라고 계속 주장했죠. 이치에 맞는 말 같기도 했어요. 하지만……. 버리지 않았다면 어떡하죠? 도둑이 이중 바닥 장치를 발견하기라도 한다면 어떡하냔 말이에요."

한 무더기의 구름이 호수 위 상공을 가로질러 떠가고 있었다. 하늘을 배경으로 한 구름 떼의 모습은 마치 파란색 바탕 위에 놓인 커다란 미생물을 현미경을 통해 보는 것 같았다. 호수는 순식간에 어두워지더니 차가운 빗방울이 떨어지면서 수면에 작은 물방울이 튀기 시작했다. 엘러리는 손을 뻗어 외투를 끌어당기면서 엉뚱하게도 음식 바구니 생각이 났다.

"최근에 기억 상실증 발작이 일어난 것은 그 편지에 대해 너무 걱정을 했기 때문이지요."

하워드가 중얼거리듯 말했다.

"틀림없어요. 몇 주일이 지나도록 상자가 나타나지 않자 일이 일단락된 것 같다 여겨지면서도 제 마음속 한구석이 녹아 없어지는 것 같았거든요. 제렌즈 전시회를 구경하러 뉴욕에 갔던 날도 사실은 생각을 딴 데로 돌릴 수 있는 무엇인가를 찾아 나선 겁니다. 제렌즈 따윈 관심도 없었어요. 그 사람의 작품을 좋아하지도 않거든요. 그 작자는 브랑쿠시나 아키펭코와 같은 유파인데, 전 엄밀하게 말해 신고전주의에 속하거든요. 어쨌든 전시회가 구실은 되었습니다. 선생님도 그때 무슨 일이 일어났는지는 아시잖아요. 재난이 닥치기 전에 제가 회복된 것은 이상하지 않아요? 그 뒤로는 아무 이상이 없습니다."

엘러리가 지친 듯이 말했다.

"곁길로 빠지지 말고 얘기를 계속하는 게 좋겠어. 도둑이 마침내 연락해 온 것으로 알고 있는데, 그게 수요일이었나?"

수요일이었음에 틀림없었다. 그가 그곳에 도착하기 바로 전날 무언가 중대한 일이 일어난 모양이라고 생각한 일이 기억났다.

"수요일이 맞습니다."

샐리가 얼굴을 찌푸렸다.

"하워드가 뉴욕에서 엘러리씨를 만나 뵀었던 바로 그 다음날이니까 수요일이 맞아요. 그날 제가 전화를 받았어요……."

"부인이 전화를 받으셨다고요? 부인을 직접 바꾸라고 하던가요? 이름을 대면서요?"
"예, 그랬어요. 에일린이 받았는데, 어느 남자가 저와 통화하기를 원한다고 했어요. 그래서······."
"남자라고요?"
"에일린이 남자라고 했어요. 하지만 제가 전화를 받았을 때는 확실치가 않았어요. 목소리가 굵은 여자 같기도 했으니까요. 목소리가 좀 이상했어요. 쉰 목소리에 속삭이는 듯한 음성이었으니까요."
"목소리를 바꾼 거죠. 그런데 편지를 돌려주는 대가로 그자는 얼마를 요구하던가요?"
"2만 5,000달러였어요."
"적은 액수군요."
"적은 액수라구요?"
하워드가 엘러리를 노려봤다.
"자네 아버님은 그 편지가 대외적으로 공표되는 것을 막기 위해서라면 그보다 더한 돈도 서슴없이 낼 거야. 그렇지 않은가?"
하워드는 아무 말도 하지 않았다.
"그게 바로 그자가 말한 얘기예요."
샐리가 우울한 어조로 말했다.
"그자는 돈을 마련할 수 있도록 이틀이란 시간 여유를 주겠다고 하면서, 나중에 다시 전화로 전달 방법을 알려주겠다고 했습니다. 자기의 요구를 거부하거나 자기를 속이려 들면 편지를 남편에게 팔아넘기겠다고 하더군요. 더 많은 돈을 받고 말입니다."
"그래 뭐라고 대답하셨습니까?"
"아무 말도 할 수 없더군요. 전 바보같이 졸도할 것 같았으니까요. 정신을 바짝 차리고는 돈을 마련해 보겠다고 했어요. 그러니까 전화를 끊더군요."
"그 협박꾼이 다시 전화하지 않았습니까?"
"오늘 아침에 전화가 왔어요."
"아!"
엘러리가 말했다. 그는 이어서 물었다.
"이번에는 누가 전화를 받았습니까?"
"제가 직접 받았어요. 집엔 저 혼자뿐이었으니까요."
제법 거세게 비가 내리고 있었다. 하워드가 심술궂게 말했다.
"차 덮개를 올리세요."
그러나 샐리는 대답했다.
"나무 아래라서 빗방울이 그렇게 많이 떨어지지는 않잖아. 소나기겠지."
그리고는 엘러리를 쳐다보면서 말했다.
"오늘 아침 하워드는 건축가한테서 미술관 설계도 복사본을 구하기 위해 시내로 들어가고 마침 없었어요. 남편과 시동생도 바로 뒤따라 차를 몰고 시내로 나갔죠. 전 하워드가 돌아올 때까지 기다렸어요. 그리고는 둘이 상의한 끝에 제가 아침 식사를 가지고 엘러리 씨께 간 거예요."
"오늘 아침엔 어떤 말을 하던가요?"
"돈을 직접 가지고 오지 않고 대신 다른 사람을 보내도 된다고 했어요. 하지만 한 사람만 와야 한다는 거였죠. 제가 경찰에 신고하거나 제삼자를 시켜 망보게 하면, 자기가 곧 알게 될 거고, 그렇게 되면 자기는 나타나지 않을 것이며, 일은 끝난 것이니, 사무실로 직접 남편을 찾아가겠다는 거예요."
"언제 어디서 만나기로 했죠?"
"홀리스 호텔 1010호실에서 만나기로 했어요."

셋째 날 129

"그렇군. 맨 위층이군요."
엘러리가 낮은 목소리로 말했다.
"내일 토요일 오후 2시예요. 누가 돈을 가져오든 1010호실은 자물쇠가 잠겨 있지 않을 거라고 했어요. 곧바로 방으로 들어가 거기에서 다시 다음 지시를 받으라는 겁니다."
그들이 매우 근심어린, 그런 강렬한 눈초리로 그를 바라보고 있었기 때문에 그는 시선을 다른 곳으로 돌렸다. 그리고는 호숫가까지 걸어갔다. 비는 이미 그쳐 있었다. 구름은 말끔히 걷히고, 하늘은 맑게 개어 있었다. 새들도 다시 돌아와 있었다. 대기 속에는 신선하면서도 촉촉한 기운이 감돌았다.
엘러리가 다시 그들에게로 돌아왔다.
"돈을 갖다 바치기로 결정하신 것 같은데요."
샐리는 당황해하는 눈치였다.
"결정을 내렸다고요?"
하워드가 으르렁거리듯 말했다.
"선생님은 이해를 못하시는 것 같은데요."
"난 충분히 이해하고 있어. 또 협박꾼들에 대해서도 잘 알고 있지."
"하지만 달리 방도가 없지 않아요?"
샐리가 울부짖듯 말했다.
"우리가 돈을 갖다 주지 않으면, 그자는 편지를 남편에게 가지고 갈 거예요!"
"무슨 수를 써서라도 회장님께는 탄로나지 않도록 하겠다는 건 확실한 겁니까?"
그들은 대답하지 않았다. 엘러리는 한숨을 쉬었다.
"그게 바로 고약한 점이죠. 2만 5,000 달러는 마련돼 있습니까?"

"제가 가지고 있습니다."

하워드가 트위드 재킷 안으로 손을 넣더니 길고 두툼한 마닐라 봉투를 하나 꺼냈다. 그리고는 그것을 엘러리에게 내밀었다.

"나한테 주는 건가?"

엘러리가 완전히 맥빠진 어조로 말했다. 그러자 샐리가 속삭이듯 말했다.

"하워드는 제가 직접 가지 못하게 하고, 저도 하워드가 가서는 안 된다고 생각하거든요…… 정신적으로 너무 부담이 커서 도중에 기억 상실 발작이 일어날지도 모르기 때문이죠. 그럼 일이 아주 난처하게 되거든요. 그뿐 아니라 우리 시내에 얼굴이 잘 알려져 있어요. 누가 우리를 보기라도 하면……."

"그럼 저보고 내일 대신 그 일을 해달라는 말씀입니까?"

"그렇게 좀 해주시겠어요?"

그녀의 목소리는 마치 바람이 빠져나간 풍선에서 마지막 공기가 새어 나갈 때처럼 탈진돼 있었다. 그녀에게는 분노, 죄책감, 수치, 절망 가운데 그 아무것도 남아 있는 것이 없었다.

'이 일의 결말이 어떻게 나든 상관없어. 그녀는 옛날로 되돌아갈 수는 없을 거야. 그녀는 이미 끝장난 셈이지. 지금부터는 디드리치가 문제될 뿐이야. 그는 이번 일에 대해서 전혀 알지 못하게 될 테고, 얼마 뒤에는 그녀들은 함께 얼마쯤 행복하게 살 수 있겠지.

그리고 하워드, 자네에겐 하나도 돌아오는 게 없을 걸세. 자넨 자네가 무의식 속에서 얻으려고 노력하고 있었던 것조차 잃고 말았네.'

"제가 뭐라고 그랬어요!" 하워드가 언성을 높였다. "아무 성과가 없을 거라고 제가 말하지 않았어요? 엘러리 선생님에게 이 일을 부탁할 수는 없어요. 제가 직접 하는 수밖에 없어요."

하워드에게서 엘러리는 봉투를 낚아챘다. 봉투는 봉함하지 않고 고무 밴드로 묶여져 있었다. 그는 고무 밴드를 벗기고 봉투 속을 들여다보았다. 봉투엔 빳빳한 500달러짜리 새 지폐 뭉치가 들어 있었다. 그는 미심쩍은 시선으로 하워드를 바라보았다.

"정확해요. 500달러짜리 50장입니다."

"부인, 그자가 소액권으로 가져오라고 말하지는 않던가요?"

"아니요. 그런 말은 없었어요."

그러자 하워드가 소리쳤다.

"그게 무슨 상관이죠? 그자는 우리가 지폐를 추적하지 않으리라는 걸 잘 알고 있는데요. 또 붙잡으려고 하지 않을 것도 뻔합니다. 그자가 불어버리기만 해도 일은 끝나니까요."

"아버진 그자의 말을 믿지 않을 거야!"

그녀는 하워드에게 쏘아붙이듯 말했다. 그리고는 곧 입을 다물고는 침묵에 빠져들었다.

엘러리는 고무 밴드로 다시 봉투를 묶었다.

"그걸 이리 주세요."

하워드가 말했다. 그러나 엘러리는 봉투를 호주머니에 넣고 있었다.

"내일 내게 필요한 것 아닌가?"

샐리는 놀란 듯 입을 벌렸다.

"그럼 그 일을 맡아주시겠어요?"

"한 가지 조건이 있습니다."

"아, 뭔데요?"

"제가 굶어 죽기 전에 점심 바구니를 끄르는 겁니다."

엘러리는 소설을 핑계로 저녁 식사에 참석하지 않음으로써 디드리치 앞에서 부자연스런 연기를 하는 고통으로부터 벗어날 수 있었다. 자기는 이미 하루의 상당 부분을 허비했으며, 작가들은 원래 원고 마감 날짜를 잘 지키기로 소문나 있기 때문에 자기도 약속을 지키기 위해서는 집필에 박차를 가해야 한다고 설명했다. 그는 뚜렷하게 말로 표현하지는 않았으나, 내일은 또 집필과는 관계없는 어떤 일이 예정되어 있기 때문에 집필 계획에 한층 더 차질이 생길 것이라는 것도, 은연중에 전달할 수 있었다.

그러나 그건 구실에 불과했다. 그는 무슨 일이 있더라도 혼자 있고 싶었다. 샐리는 진짜 이유가 무엇인지 궁금했지만 내색은 하지 않았다. 하워드는 노스 힐 드라이브로 돌아가는 동안 내내 졸고 있었다. 엘러리는 잠이란 죽음의 또 다른 형태라는 걸 상기했다.

사랑채에 도착한 다음 엘러리는 문을 닫자마자 전망창 앞에 있는 소파에 몸을 던지고는 라이트빌 시가지를 내려다봤다. 하워드나 샐리가 디드리치를 어떻게 대할 것인가는, 그와는 상관없는 그들만의 문제였다. 생각해 보면 그들은 또 이미 그런 훈련이 되어 있을 것이다. 모르긴 해도 거기에 대해서는 이미 도가 텄을지도 모른다.

엘러리는 유쾌하지 않은 이번 일 중에서도 샐리가 맡은 역할이 특히 마음에 들지 않았다. 엘러리는 자기의 기분이 어떤 것인지 생각해 봤다. 대체로 실망에 가까운 기분이었다. 샐리는 엘러리에게 환멸을 안겨 주었다. 엘러리는 자신의 이런 감정 속에는 분노도 꽤 포함되어 있다는 것을 인식하고 있었다. 그녀가 그의 자존심에 상처를 낸 것이다. 샐리가 보통이 넘는 여자라고 생각했으나, 알고 보니 그녀도 평범한 여자에 불과했던 것이다. 샐리 자신이 남편이 아닌 다른 남자를 사랑하고 있다는 것을 깨닫는 순간, 자신의 감정을 주체하지 못하고 충동에 몸을 내맡길 수도 있었을 것이다. 그러나 그 다른 남자가 하워드일 수는 없는 것이다. (엘러리에게는, 그 다른 남자가 자신일 수도 있다는 생각이 불현듯 떠올랐다. 그러나 그런 생각은 터무니없이 비과학적이며 무가치하다고 생각하면서 엘러리는 얼른 머리에서 그것을 지워 버렸다.)

엘러리는 하워드가 노이로제건 노이로제가 아니건 그에 대해서는 사실상 별 생각을 하지 않고 있었다. 그것이 지금 엘러리의 솔직한 심정이다.

생각이 하워드에게 미치자 생각은 꼬리를 물고 이어졌다. 자신의 웃옷 호주머니에 있는 두툼한 봉투 생각이 났다. 그러자 이번엔 그가 내일 만나기로 되어 있는 협박꾼이자 도둑인 그자의 정체가 하고 궁금해졌다. 그러자 생각이 어디로 향하든 풀 수 없는 문제만이 생각을 가로막곤 할 따름이었다.

잠에서 깨어난 엘러리는 자기가 깜박 잠이 들었다는 것을 알았다. 라이트빌의 하늘은 어두워 가고 있었다. 멀리 아래로 내려다보이는 골짜기에는 하나 둘 팝콘 같은 등불이 나타나기 시작했다. 그가 소파 위에서 돌아눕자 본채에 있는 창문이 시야에 들어왔다.

그는 유쾌하지 못했다. 거기에는 얽히고 설킨 밴 혼 가족들이 있었고, 그것이 자신에게 주어진 숙제였다. 그렇다, 그는 결코 기분이 좋지 않았다.

엘러리는 신음소리를 내면서 소파에서 내려와 책상 위 램프의 스위치를 손으로 더듬어 찾았다. 널따란 책상이 오늘따라 그에게 혐오감만 일으켰다.

그러나 서류 가방을 열고 타자기의 덮개를 벗긴 다음, 손가락을 굽혔다폈다하고, 턱을 문지르고 귀를 후비는 등, 집필에 들어가기 전이면 으레 하는 꼼꼼한 의식을 다 끝내자, 갑자기 일하는 것이 재미있게 느껴졌다.

엘러리는 자신이 집필 의욕에 휩싸여 있음을 발견했다. 두뇌엔 기름이 쳐지고 손가락 마디엔 힘이 오르는 듯했다.

타자기가 춤추며 요란스럽게 타닥거리고 뜀박질을 했다.

시간을 잊고 집중하고 있는 어느 순간엔가 버저가 울렸다. 그러나 그는 들은 척 만 척 일에만 몰두했는데, 어느 순간 그 소리가 그쳤음을 깨달았다. 틀림없이 그를 흠모하고 있는 로라가 본채 주방에서 신호를 보내고 있는 거겠지. 식사인가? 아냐, 아냐!

그는 계속 작업을 했다.

"퀸 선생!"

그 목소리에는 무언가 고집스러운 데가 있었다. 그러고 보니 그의 이름이 두세 번 불려진 것 같았다.

그는 돌아보았다. 문이 열려 있고, 문간엔 디드리치 밴 혼이 서 있었다.

순간 모든 것이 그의 뇌리를 스치고 지나갔다. 북쪽으로의 드라이브, 숲과 호수, 간통한 사람들의 이야기, 협박꾼, 그리고 그의 호주머니에 들어 있는 돈 봉투 등.

"들어가도 괜찮을까요?"

무슨 일이 생긴 건가? 디드리치가 사실을 알게 되었나?

엘러리는 회전의자에서 얼떨떨한 자세로 일어서면서 빙긋 웃었다.

"어서 들어오십시오."

"오늘 밤은 어떠세요?"

"힘들어요."

하워드의 부친은 특별히 신경을 써서 문을 닫는 것 같았다. 엘러리는 놀라움을 금치 못했다. 그러나 그는 돌아서면서 빙긋 웃고 있었다.

"2분 동안이나 노크를 하고 여러 차례 불렀는데도 대답이 없더군요."
"죄송합니다. 좀 앉으시죠."
"일하시는 데 방해하는 건 아닌지요?"
"천만의 말씀이세요. 오히려 제가 정말 고맙게 생각하고 있는데요."
디드리치는 웃었다.
"몇 시간이고 이렇듯 계속 앉아서 타자기를 두드리는 걸 보면 신기한 생각이 듭니다. 나 같으면 미치고 말 거요."
"지금 몇 시나 되었습니까, 회장님?"
"11시가 지났소."
"맙소사."
"한데 저녁 식사를 안 하셨죠? 로라 아줌마가 거의 울음을 터뜨리겠더군요. 그 아줌마가 선생과 인터폰으로 통화하려고 법석을 떨고 있길래, 그만두지 않으면 아주머니가 퀸 선생의 책 모두를 도서관에서 빌려 본 사실을 선생에게 일러바치겠다고 으름장을 놨죠. 그 아줌마는 말뜻을 알아들었는지 몰라도, 그만두더군요."
디드리치는 불안해하는 눈치였다. 불안해하고 근심스러워 보였다. 엘러리는 그것이 마음에 걸렸다.
"앉으시지요, 회장님. 앉으세요."
"정말 방해되는 게 아닙니까?"
"그러잖아도 곧 일을 끝내려던 참이었습니다."
"난 바보 같다는 생각이 듭니다."
그 거인은 커다란 의자에 앉으면서 말했다.
"다른 식구들에겐 선생을 귀찮게 해서는 절대 안 된다고 말하면서도……."

그는 말을 멈췄다. 그러다가 불현듯 다시 입을 열었다.

"이보세요, 퀸 선생. 선생하고 상의할 게 좀 있는데요."

드디어 올 것이 온 거야.

"오늘 아침 선생이 아직 자리에서 일어나시기도 전에 난 사무실로 출근했었습니다. 사실은 집을 나서기 전에 선생에게 말씀드리려고 했던 것인데……. 그래서 나중에 전화를 했더니 에일린이 선생과 아내, 하워드가 야외로 소풍 나갔다고 대답하더군요. 오늘 저녁엔 선생을 방해하고 싶지 않았습니다만……."

그는 손수건을 꺼내어 얼굴을 닦았다.

"하지만 선생에게 말씀을 드리지 않고는 잠자리에 들 수 없을 것 같았습니다."

"무슨 문제죠, 회장님?"

"세 달 전쯤 우리 집에 도둑이 들었었습니다……."

엘러리는 뉴욕의 웨스트 87번 거리가 그리워졌다. 그곳에선 간음이라는 것이 사전에서나 볼 수 있는 말이었고, 상호간의 관계에 얽매인 상류 사회 사람들의 어릿광대 놀음은 그의 캐비닛에 쌓인 서류 속에서나 가능한 일이었다.

"도둑이라고요?"

엘러리는 놀란 표정으로 반문했다. 그리고 자신이 연기를 참 잘하고 있다고 생각했다.

"예, 도둑놈이 집사람 침실에 침입해 보석 상자를 훔쳐갔죠."

디드리치는 땀을 흘리고 있었다…… 그만이 누릴 수 있는 일종의 사치 같다고 생각하며 엘러리는 부러운 마음이 들었다. 그는 엘러리가 이 일에 대해 전혀 모르고 있다고 생각하는지, 말하기가 몹시 거북한 모양이었다.

"그럴 수가…… 그런데 물건은 찾았습니까?"

셋째 날 137

"상자 말인가요? 아, 보석은 찾았어요. 집사람의 보석은 동부 여러 지역의 전당포에서 하나씩 둘씩 찾아냈죠……. 상자는 찾지 못했지만, 아마 버렸을 거예요. 별로 값나가는 물건이 아니니까요. 집사람이 학창 시절에 산 고물이니까요. 문제는 그게 아니라……."
디드리치는 다시 얼굴의 땀을 닦았다.
"그래서요?" 엘러리는 담배에 불을 붙인 다음 성냥불을 잽싸게 껐다. "저는 바로 그런 도난 사건 이야기를 좋아하거든요. 밴 혼 회장님. 별 손해는 없으셨다는 거죠. 그래서 어떻게 되었습니까?"
"그런데 도둑은 영 잡을 수가 없어요, 퀸 선생."
"그렇습니까?"
"예, 못 잡았죠." 디드리치는 큼직한 두 손을 마주잡았다. "도둑을 잡지도 못했고, 어떻게 생겼는지 그 인상착의도 알아내지 못했어요."
지금부터는 그가 무슨 말을 하든 상관없겠다고 엘러리는 느긋한 마음이 되었다. 그리고는 그 어느 때보다 유쾌하게 회전의자에 앉아 있었다.
"때로는 일이 그렇게 풀리는 수도 있지요. 석 달 전이라고 말씀하셨지요? 어떤 경우는 10년 뒤에 도둑이 잡히는 경우도 있는 겁니다."
"문제는 그게 아닙니다."
디드리치가 자기 손을 풀었다가 다시 마주잡았다.
"실은 어젯밤에……."
엘러리는 가벼운 오한을 느꼈다.
"어젯밤에 또 도둑이 들었어요."
'어젯밤에 또 도둑이 들었다?'
"그래요? 그런데 오늘 아침에 아무도 그런 말 않던데요?"

"사실은 내가 아무한테도 말하지 않았거든요, 퀸 선생."
'초점을 다시 맞추자. 그러나 서둘면 안 돼.'
"오늘 아침 제게 말씀해 주셨더라면 좋았을 텐데……. 발로 차서라도 절 깨우시지 그랬어요."
"오늘 아침엔 선생에게 알려야 할지 어쩔지 확신이 서지 않았거든요."
디드리치는 얼굴이 청동색인데 비해 피부는 회색이었다. 그는 자기의 큼직한 손을 계속 마주잡았다 풀었다 했다. 그러다가 갑자기 자리에서 벌떡 일어났다.
"난 이번 일을 아녀자처럼 생각하고 있었군요! 그 전에 좋지 못한 일을 당한 적이 있어서……."
'좋지 못한 일이라…….'
"오늘 아침에는 내가 맨 먼저 자리에서 일어났죠. 보통 때보다도 조금 일찍 말입니다. 아침 식사 때문에 아줌마를 성가시게 하지 않고 시내에서 식사를 해결할 생각이었어요. 내 책상 위에 있는 계약서를 가지러 서재에 갔더니 글쎄, 거기에 그게 있더란 말입니다."
"뭐 말입니까?"
"두 짝 유리문 중 한 짝이, 그 유리문을 통해 테라스로 나가게 되어 있는데 깨어져 있었어요. 도둑은 손잡이 가까이 있는 유리를 깨고는 안으로 손을 넣어 자물쇠를 열었던 거지요."
"흔한 방법이죠."
엘러리가 머리를 끄덕였다.
"무엇을 훔쳐갔던가요?"
"내 벽장 금고가 열려 있었소."
"한번 보고 싶네요."
"억지로 연 흔적은 발견할 수 없을 겁니다."

디드리치는 매우 침착하게 말했다.

"무슨 뜻입니까?"

"다이얼 번호를 알고 있는 사람이 연 겁니다. 밤에 누군가가 내 서재에 침입한 흔적이 없었다면, 난 금고를 일부러 열어 보지도 않았을 겁니다."

"다이얼 번호를 당장에 알아내는 방법도 있습니다. 밴 혼 회장님."

"그 금고는 사실 도난 방지 장치가 되어 있소."

디드리치는 굳은 표정으로 말했다.

"지난 6월 도난 사건이 있고 나서 새 금고를 설치했거든요. 제아무리 재주 있는 도둑이라도 그 금고를 열 가능성은 거의 없소, 퀸 선생. 어젯밤 도둑은 틀림없이 다이얼 번호를 사전에 알고 있었던 겁니다."

"무엇이 없어졌습니까?"

엘러리는 다시 한 번 물었다.

"사업상 많은 액수의 현금을 금고에 보관해 놓고 있지요. 그런데 그 현금이 없어졌습니다."

현금이라······.

"다른 것은 없어지지 않았나요?"

"그렇습니다."

"회장님이 많은 돈을 서재 금고에 보관하고 계신다는 걸 많은 사람들이 알고 있습니까?"

"그렇진 않아요."

디드리치의 입술이 일그러졌다.

"가정부조차도 몰라요. 우리 가족만 알고 있죠."

"알겠습니다, 얼마나 없어졌습니까?"

"2만 5,000달러요."

엘러리는 자리에서 일어나 책상 주변을 거닐며 라이트빌을 덮고 있는 어둠을 응시했다.

"누가 금고 번호를 알고 있지요?"

"나 말고 말입니까? 동생하고 아들놈, 그리고 집사람이죠."

"그렇습니까."

엘러리가 몸을 돌렸다.

"너무 성급한 결론을 내리시면 안 되리라 생각합니다. 부서진 유리는 어떻게 하셨습니까?"

"다른 사람이 오기 전에 모두 치워버렸어요. 유리 조각이 테라스 바닥에 널려 있었지요."

"테라스 바닥이라고요?"

"예, 테라스 바닥요."

그 말을 반복할 때의 모습이 어딘지 처량하게 보였다.

"창문 바깥쪽 말입니다. 퀸 선생. 그렇게 의아한 표정을 지으실 필요는 없습니다. 난 그게 무얼 의미하는지 오늘 아침 알아챘습니다……."

디드리치의 음성이 높아졌다.

"난 바보가 아닙니다. 그래서 유리 조각을 갖다 버렸고, 또 경찰에도 알리지 않은 겁니다. 창문 바깥쪽에 유리가 널려 있다는 건 안에서 깨뜨렸다는 게 되지요. 서재 안에서 말입니다, 퀸 선생. 집 안에서 일어난 일인데, 마치 밖에서 침입한 것처럼 어설프게 조작한 겁니다. 그걸 아침에 바로 알았지요."

엘러리는 다시 회전의자에 앉은 다음, 몸을 앞뒤로 흔들면서 낮게 휘파람을 불었다. 그 곡조를 디드리치가 들었다 하더라도 그의 기분을 별로 돋워 주지는 못할 것이다. 그러나 디드리치의 관심은 다른 곳에 가 있었다. 그는 화난 표정으로 방 안을 이리저리 거닐고 있었다. 마치 정력이 넘쳐흘러 그것을 발산할 마땅한 대상을 찾지 못해 초조해하는 모습 같았다.

"만약 우리 가족 중 누군가가 2만 5,000달러를 필요로 한다면, 왜 내게 직접 말하지 않았느냐 말입니다. 식구들 말은 무엇이든 들어 준다는 걸 모두 알고 있을 텐데 말이죠. 돈도 마찬가집니다. 누가 무슨 일을 했든, 또 무슨 문제에 있어 그랬든 난 상관하지 않아요!"

엘러리는 곡조에 맞춰 스스로 장단을 맞추면서 창 밖을 내다보고 있었다.

"이해할 수가 없어요. 난 오늘 밤 내내 기다렸어요. 저녁 식사를 하면서 식구 중 누군가가 내게 어떤 사인을 보내주길 말입니다. 말 한마디라도 좋고 표정으로라도 괜찮았습니다."

'그렇다면 회장님은 동생은 의심하지 않는다는 말씀이군요. 울퍼트는 낮엔 당신과 같이 근무를 하니까. 회장님은 동생을 당신 사무실에서 봤겠죠. 그러니 동생의 소행으로는 보지 않는다는 말씀이군요.'

"그러나 아무 일도 없었어요. 하지만 어떤 긴장감이 감돌고 있다는 걸 느꼈지요. 식구들 누구에게서나 그걸 느낄 수 있었지요."

디드리치는 발걸음을 멈췄다.

"퀸 선생!"

그는 굳은 목소리로 불렀다.

엘러리는 몸을 돌려 그를 바라보았다.

"가족 가운데 누군가 날 믿지 않는 겁니다. 그게 내겐 얼마나 쓰라린 일인지 선생이 이해해 주셨으면 합니다. 다른 일이라면 몰라도 ……. 뭐라 표현해야 좋을지 모르겠네요. 다른 일 같으면 얘기하거나 물어볼 수도 있고 간곡히 호소할 수도 있을 겁니다. 오늘 밤에도 난 그 문제를 꺼내려고 네 번이나 시도했지만, 그렇게 되지 않더군요. 입이 떨어지지 않았어요. 그런데 그러다 다른 일이 생긴 겁니다."

엘러리는 잠자코 기다렸다.

"누가 그런 짓을 했든 다른 가족이 아는 걸 원치 않을 거라는 생각이 들었죠. 정말 좋지 않은 일임에는 틀림없습니다. 그런데 말입니다."

그의 못생긴 얼굴이 바위 덩어리처럼 굳어 있었다.

"난 누가 그 돈을 훔쳤는지 알아내야 합니다. 돈을 다시 찾기 위해서가 아니죠……. 그 다섯 배 되는 돈일지라도 깨끗이 잊을 용의가 있으니까. 하지만 난 가족 가운데 누가 어떤 어려운 일에 부딪쳤는지 알 필요가 있거든요. 우선 누구 소행인지 알면 문제가 무엇인지 알아내는 일은 쉬워지니까요. 그렇게 되면 무슨 문제든 해결할 수 있을 겁니다. 현 단계에선 내가 먼저 물어보고 싶지 않습니다. 난 거짓말을……."

그는 잠시 망설이다가 단호한 어조로 말을 이었다.

"원하지 않아요. 사실을 알면 적절한 조치를 취할 수 있을 겁니다. 무슨 조치가 됐든 말입니다. 퀸 선생. 좀 알아봐 주시겠습니까…… 은밀하게 말입니다."

엘러리는 곧 대답했다.

"물론 알아보죠, 회장님."

마음이 내키는 게임은 결코 아니었다. 그러나 그가 이미 알고 있다는 것을 디드리치가 눈치 채서는 안 되었다. 절대로 알아서는 안 된다. 디드리치는 엘러리가 주저하는 눈치를 보이면 의심을 품을 것이다.

디드리치는 안심하는 눈치였다. 땀에 젖은 손수건으로 뺨과 턱, 이마 등을 훔쳐냈다. 그리고 빙긋 웃음까지 지어 보였다.

"이 말씀을 드리기가 얼마나 부담스러웠는지 모릅니다."

"그러셨겠죠. 한데 그 2만 5,000달러의 돈 말입니다. 몇 달러짜리 지폐로 되어 있었습니까?"

"모두 500달러짜리 지폐입니다."

엘러리는 천천히 말했다.

"500달러짜리 50장이라. 그런데 혹시 지폐의 일련번호라도 적어 놓으셨나요?"

"목록은 서재 책상 안에 있습니다."

"제가 가지고 있었으면 좋겠는데요."

디드리치 밴 혼이 맨 위 책상 서랍을 여는 동안 엘러리는 범행 단서를 찾는 척했다. 그는 창문과 벽 금고를 살펴보고는, 창문에서 금고에 이르는 선을 따라 꼼꼼하게 카펫을 조사했다. 그는 남쪽 테라스로 나가보기까지 했다. 엘러리가 다시 방으로 돌아오자 디드리치는 '라이트빌 은행'이라고 인쇄되어 있는 종이 조각을 그에게 건네주었다. 엘러리는 하워드에게서 받아 호주머니 안에 넣어 두었던, 바로 그 2만 5,000달러가 들어 있는 봉투 바로 뒤에 집어넣었다.

"또 필요한 것이 있습니까?"

디드리치가 근심스러운 얼굴로 물었다.

엘러리는 고개를 저었다.

"이 경우, 일반적인 방법으로는 별 도움이 될 것 같지 않군요. 제 지문 채취 장비를 가지고 오거나 아니면 디킨 서장 것을 빌려도 되겠죠. 아니, 그건 현명하지 못한 일인 것 같네요. 솔직히 말씀드려서 범인의 지문이 지워지지 않았다 하더라도……. 지문을 찾아내봤자 별 의미는 없을 겁니다. 더구나 내부에서 일어난 일일 때는 말입니다. 그런데 그게 뭡니까?"

"무엇 말입니까, 퀸 선생?"

아직 닫히지 않은 서랍 안에서 램프 불빛을 받아 번쩍이는 물체 하나가 보였다.

"아, 그건 제 겁니다. 6월 도난 사건이 일어난 다음 산 거죠."

엘러리는 그것을 집어 들었다. 스미스 앤드 웨슨 38구경 권총으로 총신이 짧은 니켈 제품이었다. 5개의 탄실엔 실탄이 장전되어 있었다. 그는 다시 권총을 서랍에 넣었다.

"좋은 총이군요."

"그래요."

디드리치는 방심한 듯한 어조였다.

"집을 지키기 위해서는 이상적인 무기라 생각돼 구입한 거죠."

엘러리는 방금 좋은 총이라고 한 말을 후회했다.

"그리고 6월의 도난 사건에 대해 말씀드리자면……."

"그것도 외부 사람의 소행이 아니라고 생각하십니까?"

"선생은 어떻게 생각하세요?"

"그렇게 의심할 만한 무슨 증거라도 있었나요? 지난밤에 일어난 일처럼 유리 조각이 바깥쪽에 떨어져 있다든가……."

"그런 건 없었습니다. 그때는 물론, 나로서는 알 수 없었죠……. 디킨 서장은 아무런 단서도 찾을 수 없다고 말하더군요. 내부 사건으로 의심할 만한 이유가 있었다면 나에게 말했을 겁니다."

"그렇겠죠. 디킨 서장이야말로 이른바 진실이라고 부를 수 있는 것에 대해서는 헌신적이라고 할 수 있으니까요."

"그런데 지금 생각해 보면 그 두 사건은 서로 관련이 있는 것 같아요. 보석은 값비싼 물건인데, 모두 전당포에 잡혀 있었거든요. 돈이 필요했던 거겠죠."
디드리치는 빙긋 웃었다.
"난 그래도 내 딴엔 스스로를 '큰손'이라고 생각했습니다. 사람들이 얼마나 자기 기만에 빠지기 쉬운가를 알 수 있는 얘기죠. 퀸 선생, 자러 가야겠습니다. 내일은 중요한 일이 기다리고 있으니까."
'저도 마찬가지지요, 그래요, 저도 마찬가지라고요.'
"편히 주무시오, 퀸 선생."
"안녕히 주무십시오, 회장님."
"무슨 일이든 알아내시면 연락 주시오."
"물론이죠."
"당사자에게는 말하지 말고……. 곧바로 내게 와 주세요."
"알겠습니다. 회장님, 누군가가 이곳을 배회하는 듯한 소리가 들리더라도 놀라진 마십시오. 바로 회장님의 유일한 식객이 냉장고를 덮치는 소리일 테니까 말입니다."
디드리치는 빙긋 웃은 뒤 다정하게 손을 흔들어 보이며 밖으로 나갔다.
엘러리는 그가 안됐다고 생각했다. 그리고 자신에 대해서도 스스로 동정을 금치 못했다.

로라는 그를 위해 진수성찬을 차려 놓았다. 다른 때 같으면 엘러리는, 오후 내내 굶었기 때문에 한 숟갈을 떠 넣을 때마다 로라에게 감사의 축복을 내렸을 테지만, 경우가 경우인 만큼 식욕이 나지 않았다. 그는 디드리치가 잠들 수 있을 정도의 충분한 시간 동안 로스트비프와 샐러드를 께지럭거린 다음 커피잔을 손에 들고 조용히 서재로 돌아왔다.
그는 책상 앞 의자에 앉아 자기 등이 출입문 쪽으로 향하도록 몸을 돌렸다. 그리고는 호주머니에서 두툼한 마닐라 봉투를 꺼내 그 안의 돈을 재빨리 세어 보았다. 지폐는 일련번호로 나가고 있었다. 그 돈들은 재무부에서 직접 입수된 것이었다. 지폐를 다시 봉투에 넣은 다음 그것을 호주머니에 넣었다. 그리고는 디드리치가 그에게 넘겨준 종이쪽지를 꺼냈다.

그의 호주머니에 있는 지폐가, 바로 그 전날 밤 디드리치의 금고에서 없어진 바로 그 지폐였다. 그 점에 대해서는 이미 그가 도난 사건을 들려주던 그 순간부터 확신하고 있었던 바였다. 다만 확인이 필요했을 뿐이었다. 이제 또 하나, 할 일이 남아 있었다.

"이제 들어와도 좋아, 하워드."

엘러리가 말했다.

하워드가 눈을 깜박거리면서 들어왔다.

"문 좀 닫아 주겠나?"

그는 잠자코 시키는 대로 했다. 그는 파자마에 가운을 걸치고, 맨발에 슬리퍼를 신고 있었다.

"이런 일엔 매우 서투르군, 하워드. 얘기는 어디까지 엿들었어?"

"전부 다 들었습니다."

"자네는 내가 서재로 다시 돌아와 무엇을 할 것인가를 알아보기 위해 기다리고 있었겠지?"

하워드는 주먹을 쥔 큰 손을 무릎에 얹어 놓은 채 안락의자 끄트머리에 앉아 있었다.

"엘러리 선생님……."

"설명할 필요 없네, 하워드. 자네는 그 돈을 간밤에 금고에서 훔쳤고, 지금은 내 호주머니에 들어 있지."

엘러리는 몸을 앞으로 굽히면서 말했다.

"자넨 지금 내가 어떤 입장에 놓였는지 알고나 있는지 궁금하군."

"다른 방법이 없었습니다."

엘러리는 그의 목소리를 거의 들을 수 없었다.

"전 무슨 수를 써서라도 그 돈을 마련해야 했습니다."

"왜 말하지 않았나? 자네 아버님 금고에서 꺼내온 돈이라고."

"샐리가 알면 안 되기 때문이죠."

"그래, 샐리는 모르고 있다는 거로군."

"모르고 있어요. 호숫가나 차 안에서는 말씀드릴 수가 없었어요. 샐리 때문이었죠."

"내가 오늘 오후 내내 사랑채에 혼자 있었을 때 말할 수도 있었을 텐데."

"선생님 일을 방해하고 싶지 않아서였죠." 하워드는 갑자기 얼굴을 들었다. "사실은 그 때문이 아닙니다. 말하기 두려웠어요."

"내일 그 약속을 취소할까봐 겁이 났나?"

"그게 아니라……. 엘러리 선생님. 그런 일은 이번이 처음입니다. 더구나 아버지의……."

하워드는 무겁게 자리에서 일어났다.

"돈은 건네지 않으면 안 됩니다. 믿지 않으시겠지만, 사실 제 자신을 위해서 그러는 건 아닙니다. 샐리를 위한 것도 아녜요. 전 선생님의 생각만큼 겁쟁이는 아닙니다. 전 오늘 밤이라도……. 지금 당장이라도…… 아버지에게 남자 대 남자로서 말씀드릴 수가 있습니다. 아버지에게 다 말씀드리고 샐리와 이혼해 주십시오, 전 샐리와 결혼하고 싶습니다. 이렇게 말할 수 있어요. 그 어른이 절 때리면 다시 일어서서 같은 말을 반복할 수도 있습니다."

'나도 자네가 그렇게 할 수 있다는 걸 믿고 있네, 하워드, 그렇게 함으로써 일종의 쾌감을 느끼게 되겠지.'

"하지만 이번 일에서 보호받아야 할 분은 아버지세요. 그 어른의 손에 그 편지가 들어가면 안 됩니다. 그럼, 그분은 돌아가세요. 아버진 2만 5,000달러 정도의 돈쯤이야 없어도 상관없겠죠. 수백만 달러를 갖고 계시니까요. 그러나 그 편지는 그분을 돌아가시게 할 거예요. 엘러리 선생님. 제가 거짓말로라도 돈이 필요하다는 그럴듯한 이유를 댈 수만 있었더라도, 아버지에게 즉시 그 돈을 달라고 했을 겁니다. 하지만 충분한 이유가 있어야 하거든요. 그 어른은 쉽게 속아 넘어가지 않아요. 그런데 전 그렇게 할 수 없었어요. 그래서 할 수 없이 금고에서 돈을 꺼낸 거죠."
"하지만 아버님이 자네가 범인이란 걸 아시게 되면 어떻게 할 건가?"
"그럼 딱 잡아떼야죠. 하지만 발각될 이유는 없을 겁니다."
"그분은 지금 자네가 아니라면, 샐리일 거라 생각하고 계시던데?"
하워드는 당황하는 것 같았다. 그는 화난 목소리로 말했다.
"제 불찰이죠. 뭔가 대책을 세워야겠네요······."
'불쌍한 하워드.'
"괜히 번거롭게 해드려 미안합니다. 제가 내일 홀리스 호텔에 가겠으니 돈을 도로 주시죠. 선생님은 이곳에 계시든지 떠나시든지 좋으실 대로 하세요. 저로서는 더 이상 이곳에 계셔 달라고 붙잡을 명분이 없군요."
그는 엘러리에게 다가와 손을 내밀었다. 그러나 엘러리가 말했다.
"내가 모르고 있는 것이 또 있나, 하워드?"
"없습니다. 이젠 없어요."
"6월의 그 도난 사건은 무엇이지, 하워드?"
"그건 제가 하지 않았어요!"
엘러리는 그를 한참 동안 쳐다봤다. 하워드도 같이 노려봤다.
"그럼 누가 한 일이지?"

"그걸 제가 어떻게 알아요? 어느 도둑놈 짓이겠죠. 그건 아버지가 착각하신 거라고요. 틀림없이 외부인의 소행일 겁니다. 우연히 일어난 일이죠. 도둑은 보석을 꺼내 보니 상자도 값이 나간다는 것을 알게 되었겠죠. 선생님, 이제 그만 봉투는 돌려주시고 이 일에서 아주 손을 떼시죠!"

엘러리는 한숨을 내쉬었다.

"잠이나 자게, 하워드. 그 일은 내가 알아서 처리할 테니까."

엘러리는 무거운 다리를 끌면서 숙소로 돌아갔다. 지칠대로 지쳐 있어서 호주머니의 돈 봉투까지 무겁게 느껴졌다.

그는 북쪽 테라스를 가로질러 풀을 돌아 길을 더듬어 나갔다. 이럴 땐 물 속에 몸을 던져 빠져 죽을 수도 없겠군, 그는 생각했다. 호주머니에서 돈이 발견될 테니까.

그러다가 그는 정원 돌의자에 몸을 부딪쳤다. 전신에 통증이 왔다. 비단 무릎에서 오는 아픔만은 아니었다.

바로 그 돌의자야!

어젯밤 노파가 이곳에 앉아 있었지.

그는 노파에 대해서는 까맣게 잊고 있었다.

# 넷째 날

 라이트빌의 토요일 오후는 가게마다 활기가 넘친다. 손님들로 북적대는 것이다. 윗동네 가게라면 어디랄것 없이 분주해서, 금전등록기는 몇시간이고 줄곧 튀어오르면서 끄릭끄릭 신음소리를 질러댄다. 광장과 아랫마을 큰길은 사람들로 뒤덮이고, 극장 매표소에 늘어선 행렬은 슬로컴과 워싱턴 거리가 만나는 로건 마켓까지 이어진다. 제즈릴 거리에 있는 주차장은 주차 요금을 35센트까지 올리고, 시내 전역──큰길, 휘슬링, 스테이트, 광장, 슬로컴, 워싱턴──에서는 낯선 얼굴들로 물결을 이룬다. 시골에서 올라온 뻣뻣한 바지를 입은 농부들이며, 뻣뻣한 신발을 신은 아이들, 줄무늬 무명옷을 입은 뚱뚱한 아낙네들이 바로 그들이다.
 어디를 가더라도 T형 포드와 지프가 흙받이를 질질 끌고 나타난다. 광장 한켠에 마련된 주차장은 마을의 건립자 라이트의 동상을 중심으로 디트로이트의 철강으로 만들어진 사슬이 둘러쳐져 있어서 보행자는 절대 뚫고 지나갈 수 없었다. 목요일 저녁과는 판이한 광경이다. 목요일은 주로 아랫마을 부대와, 곳곳에서 몰려든 군부대 악단들의 천하였다. 도로를 가로질러 군대식으로 질서정연하게 주차되어 있는 자동차 헤드라이트로 은빛 헬멧을 번쩍이면서 미육군 군악대가 수저(John Philip Sousa)의 행진곡을 연주하고 있으면, 형에게 물려받은 카키색 윗도리를 걸친 젊은이들이 가게 앞에 죽 늘어서서 휘둥그레진 눈으로 그들을 지켜보고, 또한 이 젊은이들을 의식한 어린 아가씨들이 삼삼오오 짝을 지어 사뿐사뿐 지나간다. 당연히 일반 상인들보다는 팝콘과 핫도그 장사들이 한몫 보는 날이기도 했다. 그러나 토요일은 또 달랐다.

상류 사회 인사들이 지역 사회의 문화, 사회, 정치 행사의 중요한 모임에 참석하기 위해 하이 빌리지로 내려오는 때가 토요일 오후이기 때문이다. (모임에 관한 한 토요일은 산업인의 날은 아니다. 상업에 종사하는 사람들은 그들의 이해와 상관없는 일들은 월요일에 처리하게 되는데, 토요일엔 장사가 잘 되고 월요일은 한산하기 때문에 당연한 이치라 하겠다. 라이트빌 소매상인 협회가 월요일 정오에 홀리스 호텔에서 모임을 갖고 돼지 갈비살과 잘게 썬 감자를 먹으면서 세금에 대해서 논의를 하는 것도 바로 이 때문인 것이다. 상공회의소 임원들은 목요일에 켈튼에 모여 햄 구이와 설탕에 절인 과자를 먹으며 미국인의 생활 방식에 대해 대화를 나눈다. 로터리 회원들은 업햄 하우스에 모여 튀김 통닭과 따끈한 비스킷, 나무딸기 등을 먹으면서 공산주의의 위협에 대해 의견을 나눈다.)

토요일 오후마다 힐 드라이브와 스카이탑 로드, 쌍둥이 언덕 등에 거주하는 귀부인들은 홀리스와 켈튼에 있는 댄스홀을 그들의 대화로 가득 채운다. 그들은 시 포럼 위원회, 라이트빌 로버트 브라우닝 학회, 라이트빌 부인 구호 협회, 라이트빌 도시 발전 클럽, 라이트빌 인종 차별 폐지 연맹 등등의 점심 식사 모임에 참석해야 하는 것이다. 그러나 이 모든 모임이 동시에 열리는 것은 아니다. 활동적인 부인들은 시차를 두고 하루에 두 번 혹은 세 번씩 점심 식사에 참석하기도 했다. 토요일이면 이 세 호텔의 댄스홀 메뉴에 채소가 많고 디저트에 과일이 많이 나오는 것도 바로 이 때문이었다.

이러한 상업, 문화, 사교 등의 소용돌이 속에서 범죄는 포트사이드만큼이나 멀리 떨어져 있는 듯했다. 사실상 토요일 오후 라이트빌에서는, 협박 갈취 같은 지저분한 개인적인 비행은 전혀 상상도 할 수 없는 일이다. 바로 그런 이유로 그 공갈 협박꾼은 디드리치 밴 혼의 돈 2만 5,000달러를 뜯어내려는 날을 오늘로 정했을 것이다.

엘러리는 하이 빌리지 입구 꾸불꾸불한 언덕길 중간쯤에 하워드의 수수한 차를 주차시켰는데, 그곳은 바로 어퍼 데이드 거리였다. 그는 차에서 내려 웃옷 호주머니를 한 번 손으로 만져 본 다음 광장을 향해 언덕길을 어슬렁어슬렁 걸어 내려갔다. 그가 일부러 어퍼 데이드 거리를 택한 것은, 토요일 오후에는 시내 중심지의 차량 가운데 일부가 어퍼 데이드까지 흘러 넘쳐, 자연스럽게 사람들 틈에 묻혀 버릴 수 있기 때문이었다. 그러나 엘러리는 그곳에 당도하여 놀라지 않을 수 없었다. 어퍼 데이드 거리는 거의 알아볼 수 없을 정도였다. 담장 덩굴이 덮인 회색 목조 가옥이 백 년 가까이 서 있던 자리에는, 나병 환자의 피부 같은 거대한 벽돌 주택 단지가 새로 들어차 있었다. 그리고 그 주변에는 번쩍거리며 바삐 돌아가는 새 가게들이 즐비했다. 석탄 하치장이 있던 곳에는 중고차 거래소가 새로 들어섰는데, 번들번들한 차들이 겹겹으로 수도 없이 들어차 있었다.

아 라이트빌이여!

엘러리는 더욱 우울해졌다. 그곳에 몰려든 상인들의 현수막 아래를 지나갈 때 그의 얼굴은 오렌지색, 흰색, 파란색, 황금색, 초록색 등의 여러 가지 네온 빛깔들로 번갈아 조명을 받았다. 그들은 태양의 모습으로 하늘에 떠 있는 하느님에 대항해 번쩍거리는 조명을 그렇게 내쏘고 있단 말인가? 엘러리는 자신의 추억 속에 소중하게 간직되어 있는 라이트빌이 지금의 모습과는 거리가 멀다고 생각했다. 공갈 협박이 난무하는 것도 이상할 것이 없었다.

그러나 언덕 아래 커브를 돌자 엘러리는 발걸음이 빨라졌다. 이제야 고향에 온 기분이 들었던 것이다. 이곳엔 옛날 그대로의 광장이 자리잡고 있었다. 원형의 광장 중심에는 라이트빌 창건자인 제즈릴 라이트의 동상이 서 있었는데, 더덕더덕 딱지 같은 것이 앉은 동상의 코에서부터 발밑에 있는 초록빛 나는 청색 말구유에 이르기까지 새똥이 떨어져 있었다. 광장을 중심으로 스테이트 거리, 로어 메인, 워싱턴, 링컨, 그리고 어퍼 데이드 등이 바퀴살 모양으로 사방팔방 뻗어나가고 있었다. 이곳도 옛날과는 모습이 달라져 있었다. 폭이 제일 넓은 스테이트 거리를 따라 시청이 있고, 시청 너머에는 메모리얼 공원이 있다. 또 카네기 도서관(도로레스 에이킨은 아직도 이곳에서 박제된 올빼미와 독수리를 내려다보고 있을까?)과 이미 낡아 버린 군 지방법원도 보인다. 로어 메인에는 비듀 극장과 우체국, 〈레코드〉지 본사 건물, 그리고 가게들이 늘어서 있었고, 워싱턴에는 로건 회사, 업햄 하우스, 프로페셔널 빌딩, 앤디 바이로바티얀 가게 등이 보였다. 또 링컨에는 식료품 가게와 마구간, 그리고 소방서 등이 있다. 그러나 어머니가 어린애에게 젖을 주듯 그 모든 거리에 활력을 불어넣는 것은 바로 광장 그 자체였다.

이곳에는 존 F. 라이트의 은행이 있지만, 그것은 이미 존 F. 라이트의 것이 아니고 디드리치 밴 혼의 것이었다. 그러나 건물 그 자체는 전과 같았다. 또 이곳에는 매우 오래된 블루필드 가게와 J.P. 심프슨의 전당포, 솔 가우디의 남성 양품점, 본턴 백화점, 던크 맥글린의 주류점 등이 있다. 그리고 가엾게도 하이 빌리지 약국은, 약국이 즐비하게 서 있는 체인 가운데 겨우 껴 있을 정도로 초라한 신세가 되어 있었다. 그런 가운데서도 홀리스 호텔의 현관은 위풍당당했다.

엘러리가 손목시계를 보니, 1시 58분이었다. 그는 홀리스 호텔 로비로 천천히 걸어 들어갔다. 그곳에서는 도시의 열정이 가득 느껴졌다. 그랜드 볼룸으로부터 교양 있게 음식 먹는 소리가 들려왔다. 로비도 들끓고 있었다. 벨보이들이 이리저리 바삐 뛰어다니고 있었다. 데스크에 있는 벨이 계속 울려댔다. 전화통은 불이 날 지경이었다. 신문 판매대와 담배 판매대에서는 마크 두둘의 아들인 그로버가 이제는 비대해진 몸으로 뉴스와 담배를 판매하고 있었다.

엘러리는 남들에게 눈길을 끌지 않도록 조심스레 로비를 가로질러 갔다. 그의 태도와 얼굴 표정에는 자신감과 일종의 유쾌한 호기심이 섞여 있었기 때문에, 라이트빌 사람들에게는 라이트빌 사람처럼, 외지 사람들에게는 외지인처럼 보였다. 그는 많은 사람들과 함께 떠밀려 탈 수 있도록 세 개의 엘리베이터 중 두 번째 엘리베이터를 탔다. 엘리베이터 안에서도, 안내인에게 층수도 말하지 않은 채 반쯤 몸을 돌리고 서 있었다.

엘리베이터가 6층까지 왔을 때에야 그는 안내인이 윌리 플라네츠키라는 것을 기억해냈다. 그를 마지막으로 본 것은, 군 지방 법원 맨 위층에 있는 군 구치소의 접수실에서 그가 근무하고 있을 때였다. 플라네츠키는 그 당시 중년이었는데, 지금은 머리가 하얗고 어깨가 구부정한 노인이 다 되어 있었다. 아, 세월이여! 어찌됐든 엘러리는 10층에서 윌리 플라네츠키에게 등을 돌린 채 게걸음으로 엘리베이터에서 내렸다.

에드가 후버처럼 보이는, 판매원 서류 가방을 든 신사가 그와 함께 내렸다.

그 신사가 왼쪽으로 갔기 때문에 엘러리는 오른쪽으로 향했다. 그는 신사가 문 열쇠를 따고 방으로 들어갈 때까지 방 번호를 찾는 척 했다. 그리고는 다시 재빨리 걸음을 되돌려 엘리베이터를 지나 그 남자가 1031호실로 들어가는 것을 확인하고서는 걸음을 재촉했다. 바닥에 붉은색 터키 카펫이 깔려 있어 발소리는 나지 않았다.

1010호실이 보이자 그는 계속 걸으면서 잠깐 뒤를 돌아봤다. 복도에는 아무도 없었고, 문을 열고 그를 엿보는 사람도 없었다. 1010호실 앞에서 걸음을 멈추고 다시 주위를 살펴봤다.

아무도 보이지 않았다. 그는 문손잡이를 돌려 봤다. 자물쇠가 잠겨 있지 않았다. 그러니 속임수는 아니었다. 엘러리는 문을 재빨리 안으로 밀었다. 그리고는 잠시 기다렸다. 아무 일도 없자 그는 안으로 들어가 얼른 문을 닫았다.

안에는 아무도 없었다. 수주일 동안 아무도 그 방안에 들어온 적이 없는 것처럼 보였다.

침대는 싱글이었고 욕실은 없었다. 하얀 세면대가 한쪽 구석에 있었고 수도관은 노출되어 있었다. 세면대 위에는 나무 막대로 된 수건걸이가 있었고, 세면대 너머에는 커다란 옷장이 보였다.

방은 더 이상 줄일 수 없으리만큼 최소한의 시설만을 갖추고 있었다. 황갈색 침대보가 덮여 있는 작은 침대와 침실 탁자, 속을 지나치게 많이 넣은 의자, 램프, 책상, 풀을 먹인 무명보가 덮여 있는 서랍장 등이 있었다. 서랍장 위에는 거울이 걸려 있었고 맞은편 침대 위 벽에는 〈산정에서의 일출〉이라는 제목이 붙은 판화가 걸려 있었다. 단 하나뿐인 창문에는 매끄럽고 얇은 베이지 색 커튼이 쳐져 있었는데, 표면이 여기저기 벗겨진 커다란 라디에이터 밑으로 5센티미터 되는 곳까지 내려와 있었다. 방바닥 전면에는 초록색 양탄자가 깔려 있었는데 완전히 퇴색돼 있었다. 침실용 탁자에는 전화가 놓여 있고,

책상 위에는 물병, 두꺼운 유리잔, 가장자리에 홈이 파진 네모난 유리 쟁반 등이 놓여 있었다. '홀리스 호텔 헌팅 룸' '미식가들에게 훌륭한 요리를 제공합니다'라고 인쇄된 메뉴판이 서랍장 위 거울에 비스듬히 기대어져 놓여 있었다.

엘러리는 옷장을 열어 봤다. 안에는 모자 선반에 있는 종이 세탁물 봉지와 바닥이 이상하게 생긴 도자기 말고는 아무것도 없었다. 노인들이 '천둥 항아리'라고 부르는 그 도자기라는 것을 알고는 얼마쯤 기뻤다. 라이트빌에서는 그래도 최고급 호텔인 것이다.

엘러리는 옷장 문을 닫고 주위를 살폈다. 범인이 정상적으로 방을 예약하지 않은 것이 분명했다. 수건걸이에는 수건이 걸려 있지 않았고 창문도 잠겨 있었다. 그럼에도 샐리에게 전화를 건 그자는 벌써 어제 아침에 1010호실이 이용 가능하다는 것을 알고 있었던 것이다. 그는 먼저 방을 사용할 수 있는지 여부를 확인하는 일부터 해야만 했을 것이다. 그리고는 선금을 지불하고 방을 예약했을 것이다. 그러나 그는 정식·수속을 밟지는 않았을 것이다. 홀리스 호텔 방들은 아직 실린더 자물쇠를 사용하지 않았다.

엘러리는 의자에 앉아 결론을 내렸다. 그 모든 것들을 종합해 볼 때 아주 주도면밀한 녀석의 소행임에 틀림없다고. 그는 직접 나타나지는 않겠지만, 어떤 방식으로든 접촉을 시도하리라. 전갈이 있을 것이다. 얼마나 더 기다려야 할지, 또 전갈은 어떤 방식으로 올지 궁금했다.

그는 긴장을 풀고 의자에 앉았다. 그러나 담배는 피우지 않았다.

10분이 지나자 그는 자리에서 일어나 방안을 이리저리 거닐었다. 그리고 옷장을 다시 한 번 들여다봤다. 쪼그리고 앉아서 침대 밑도 들여다봤다. 서랍장의 서랍도 열어 봤다.

그자는 경찰이나 혹 다른 사람이 있는지 확인하기 위해 기다리고 있는지도 모른다. 혹은 샐리 대신 온 사람이 이런 것에 경험이 있는 사람이라는 걸 알아차리고는 지레 겁먹고 도망쳤는지도 모른다.

엘러리는 10분만 더 기다려 보기로 했다. 그는 메뉴판을 집어들었다.

'사과 튀김을 곁들인 돼지고기 구이……'

그때 전화벨이 울렸다. 엘러리는 재빨리 수화기를 집어 들었다.

"여보세요?"

수화기에서 목소리가 들려왔다.

"돈은 서랍장 오른쪽 맨 위 서랍에 넣으시오. 방문을 닫고 업햄 하우스의 10호실로 가시오. 곧바로 들어가시오. 편지는 그곳 서랍장 오른쪽 맨 위 서랍에 있소."

"업햄 하우스 10호……."

"편지는 그곳에 8분 동안만 들어 있을 것이오. 당신이 지금 당장 출발하면 걸어가도 충분할 것이오."

"하지만 속임수가 아니라는 걸 어떻게……."

그러나 저쪽에서 철컥하고 수화기 놓는 소리가 들렸.

엘러리는 수화기를 놓고 서랍장으로 뛰어가 오른쪽 맨 위 서랍을 열어 돈 봉투를 그 안에 떨어뜨린 뒤, 서랍을 닫았다. 그리고 방 밖으로 달려 나가 문을 닫았다. 복도에는 아무도 없었다. 그는 엘리베이터 버튼을 눌렀다. 안에는 승객이 아무도 타고 있지 않았다. 그는 주근깨가 난 붉은 머리의 소년인 엘리베이터 안내인의 손에 1달러를 쥐어주면서 말했다.

"중간에 멈추지 말고 로비까지 곧바로 내려 가 주게!"

지금은 기품을 따질 때가 아니었다.

재빠른 하강이었다.

엘러리는 로비에 있는 사람들 틈으로 뛰어들면서 벨보이 하나를 만났다.

"10달러를 쉽게 벌고 싶은가?"

"물론입죠."

엘러리는 그에게 10달러를 주었다.

"가능한 한 빨리 10층으로 올라가 1010호실 방문을 지켜봐 주게. 사람이 나타나면 방문 손잡이를 닦는 시늉을 하든지 하여튼 적당히 얼버무리게. 아무 일 하지 말고 그저 기다리고만 있으란 말야. 1010호야. 난 15분 뒤에 다시 올 테니까."

그는 광장으로 뛰어나갔다.

업햄 하우스는 워싱턴 거리에 있었는데 광장에서는 300미터쯤 되었다. 2층 높이의 나무 기둥이 홀리스 호텔 입구에서도 보였다. 엘러리는 광장을 맴돌고 있는 군중들 사이를 헤집고 달려갔다. 링컨 거리를 가로질러 본턴 백화점, 그 전에는 마이론 가백의 소유였던 약국과 뉴욕 백화점 등을 지나쳤다. 그리고는 신호등을 무시한 채 워싱턴을 가로질러 뛰었다······.

그 전화 목소리가 계속 엘러리의 귀에 속삭이면서 그를 미치게 했다.

"돈은 서랍장 오른쪽 맨 위 서랍에······."

속삭이는 목소리도 경우에 따라서는 알아차릴 수가 있는데······ 사전 용지였다. 통화자는 그 사전을 만드는 데 쓰는 종이를 입에 대고 말을 했던 것이다. 그래서 떨리고 쉰 듯한 목소리였으며, 완전히 변성이 되어 남녀의 성도 구별할 수 없고, 나이도 알 수 없었던 것이다.

업햄 하우스 10호실이라. 1층일 것이다. 서쪽 날개 부분에 몇 개의 객실이 있었다. 서쪽 동······, 그가 걸음을 재촉하고 있는데, 누군가의 작은 손이 그의 마음의 문을 자꾸 노크하고 있었다. 웬일인지 미군 군복을 입은, 유쾌하게 생긴 흑인 얼굴이 계속 머리에 떠올랐다. 바로 아브라함 잭슨 하사였다. 잭슨 하사가 데비 폭스 사건 때 증언하던 일이 생각났다. 로건 시장에서 물품 배달 일을 하고 있던 그는 베야드 폭스 사건 때 포도 주스 6병을 어떻게 배달했는지 증언했었다. 로건 마켓이라……. 그것은 아직도 그곳에 있었다. 업햄 하우스 너머 워싱턴과 슬로컴이 교차하는 모퉁이에 위치하고 있었는데, 출입구는 슬로컴 쪽에 있었다. 잭슨이 그 당시 뭘했길래 여러 해가 지난 지금에 와서 그를 다시 괴롭히고 있는 것일까? 그는 그때 주스 상자를 로건 시장 뒤 골목길에 세워둔 트럭으로 배달했다고 말했다……. 그래…… 그게 바로 그 증언 내용이…… 시장 뒷길에는 또 비듀 극장 비상구와 업햄 하우스의 후문이 있었다. 후문! 건물 서쪽! 바로 그것이었다. 그곳은 사람들의 눈길을 피해 들어갈 수 있는 곳이다. 엘러리는 업햄 하우스 정문을 지나면서 시계를 보았다. 6분 30초가 지났다. 저쪽으로 골목길이 보였다…….

골목길에 들어서자마자 후문으로 뛰어갔다.

복도에는 파란색 카펫이 깔려 있고, 벽에 그 옛날 콩코드 다리의 민병대 그림이 그려진 벽지로 도배돼 있었다. 사람의 그림자는 보이지 않았다. 세 번째 방이 바로 그 10호실이었다.

문은 닫혀 있었다.

엘러리는 지체 없이 그곳으로 뛰어가 문을 열었다. 문은 바로 열렸다. 그는 서랍장 쪽으로 달려가 오른쪽 맨 위 서랍을 와락 잡아당겼다. 편지 다발이 그 안에 들어 있었다.

엘러리는 6분이 조금 지나 다시 홀리스 호텔의 세 번째 엘리베이터를 타고 10층에서 내렸다. 그는 계속 뛰어 왔던 것이다.

"이봐, 친구!"

벨보이는 비상구 쪽에서 머리를 내밀었다.

"예! 여기요."

엘러리는 숨을 몰아쉬면서 그가 있는 곳으로 달려갔다.

"어떻게 됐어!"

"아무 일도 없었어요."

"아무 일도 없었다고?"

"네."

엘러리는 보이를 위아래로 자세히 훑어보았다. 그러나 얼굴에는 호기심만 가득할 뿐이었다.

"1010호실엔 아무도 들어가지 않았단 말이지?"

"네."

"그 방에서 나온 사람도 물론 없고?"

"그럼요."

"계속 문을 지켜보고 있었나?"

"네."

"틀림없어?"

"틀림없어요."

보이는 목소리를 낮춰 물었다.

"탐정이세요?"

"글쎄, 그렇다고 볼 수 있지."

"애인인가요?"

엘러리는 수수께끼 같은 웃음을 빙긋 지었다.

"내가 자네에게 5달러를 더 주면, 이 일에 대해 없었던 것으로 해주겠나?"

"물론입죠."

엘러리는 보이가 엘리베이터 안으로 사라질 때까지 기다렸다. 그리고는 1010호실로 달려갔다. 그러나 돈이 들어 있던 봉투는 벌써 사라지고 없었다.

꾀를 써서 살아가는 사람이 남의 꾀에 넘어가다니! 충격이었다. 더구나 라이트빌에서 이처럼 의표를 찔린 것은 녹아웃을 당한 것이나 마찬가지였다. 엘러리는 어퍼 데이드 거리까지 천천히 걸어갔다.
 어떻게 해서 그 돈을 가져갔을까?
 그자는 1010호실에 숨어 있지도 않았었다. 엘러리는 처음과 마찬가지로 방을 모두 수색했다. 옷장도 비어 있었다. 서랍도 비어 있었다(난쟁이 같은 존재도 논리적으로 고려해야 하니까). 침대 밑에도 없었다. 욕실에도 없었다. 옆방으로 통하는 문도 열어보았다. 범인은 창문을 통해 들어갈 수도 없었을 것이다. 그 같은 인간 파리가 나타났다면, 그 밑에 있는 광장엔 사람들이 새해 전야제의 타임스 광장만큼이나 많이 모여들었을 테니까.
 그런데도 그자는 엘러리가 떠난 뒤 1010호실에 들어왔다가 엘러리가 다시 돌아오기 전에 나간 것이다. 아니 그 이전에……. 벨보이가 10층에 나타나기 이전에 이미 빠져나간 것이리라.
 그건 틀림없었다.
 엘러리는 자신의 순진함에 고개를 흔들었다. 벨보이가 거짓말을 한 것이 아니라면, 해답은 단순한 시간의 흐름 속에 있었다. 엘러리가 내려가는 엘리베이터에 들어서는 순간과 벨보이가 엘리베이터에서 나오는 순간의 바로 그 시간을 제외하고서는 빈 시간이 없었다.
 범인은 바로 그 시간에 일을 해치운 것이다. 그는 호텔 안, 그러니까 10층의 다른 방이나 9층, 아니면 아래층 로비에 있는 전화를 사용해 엘러리와 통화했을 것이다. 그는 편지를 회수할 시간을 제한했었다. 약은 놈이다! 좀 더 생각해 보았더라면, 범인이 제시한 시간이다 지났다고 해서 편지를 다시 회수하기 위해서 범인이 감히 엄햄 하우스에 나타나지는 못했을 것이라는 걸 쉽게 알 수 있을 것이다. 그러나 범인은 엘러리에게 생각할 시간적 여유를 주지 않았다. 그리고 또 한 가지 범인에겐 유리한 점이 있었다. 생각할 여유가 있건 없건, 샐리의 대리인인 엘러리로서는 범인의 지시에 따르지 않을 수 없게 되어 있었다. 피해자의 입장에서는 편지를 회수하는 것이 제일 중요한 일이기 때문에 대리인이 이 목적을 달성하기 위해서는 돈만 날리고 편지도 회수하지 못하는 위험까지도 무릅써야 했던 것이다. 범인은 바로 이 약점을 이용한 것이다.

엘러리가 나간 뒤 그는 1010호실에 들어와 돈을 챙기고 벨보이가 10층에 오기도 전에 사라진 것이다. 그는 비상 통로를 따라 아래층까지 걸어 내려간 다음 그곳에서 엘리베이터를 타고 내려갔을 수도 있다.

엘러리는 다시 홀리스 호텔로 되돌아가서 1010호실의 예약 관계를 조사하고 엄햄 하우스에도 들러 범인이 남겨 놓았을지도 모를 단서를 찾아볼 것인지 망설였다. 그러나 그는 어깨를 한번 으쓱하고는 하워드의 차에 몸을 실었다. 자칫하다가는 호텔 직원을 통해 이 일이 디킨 서장이나 디드리치 밴 혼이 운영하는 〈레코드〉지 기자에게까지 알려질 우려가 있었다. 경찰과 신문은 될 수 있는 한 피해야 한다.

엘러리는 자기가 왜 이런 골치 아픈 일에 휘말려들 정도로 정신이 나가 있었는지 스스로 의아하게 생각했다.

엘러리는 16번 도로상에 있는 술집 핫 스폿에 차를 주차시키고는 안으로 들어갔다. 음식점 안은 사람들로 붐비고 시끄러웠다. 그는 왼쪽 끝에서 두 번째 좌석으로 갔다.

"자, 같이 앉읍시다."

넷째 날 163

샐리 앞에 놓여 있는 맥주잔은 그대로 있었지만, 하워드 앞에는 위스키 잔이 세 개나 비어 있었다.

샐리의 얼굴은 창백했다. 입술에 립스틱을 발랐기 때문인지 더 창백해 보였다. 그녀는 쥐색 스웨터에 스커트를 입고, 어깨에는 개버딘 웃옷을 걸치고 있었다. 하워드는 짙은 회색 양복을 입고 있었다. 그들은 동시에 엘러리를 쳐다봤다.

엘러리는 말했다.

"조금만 자리를 저쪽으로 당겨주세요, 샐리 씨."

그리고는 사람들 쪽으로 등을 돌려 샐리 옆에 자리를 잡았다. 흰 앞치마를 두른 웨이터가 옆으로 지나가면서, '조금 있다가 주문받겠습니다'라고 말했다. 그러자 엘러리가 몸을 돌리지 않고 똑바로 앉은 채, '서두를 것 없어요'라고 대꾸했다. 그는 오른손으로 샐리의 맥주잔을 집어 들면서 왼손으로는 샐리의 무릎에 무엇인가를 떨어뜨렸다.

샐리가 아래를 내려다봤다.

그녀의 뺨이 붉어졌다.

하워드가 속삭였다.

"샐리, 오 제발."

"아, 하워드."

"제게로 넘겨주세요."

"탁자 아래로 드리지요."

엘러리가 말했다.

"웨이터! 맥주 두 잔하고 위스키 한 잔 더."

웨이터는 빈 잔을 거두어 가고 너덜너덜하고 때묻은 행주로 탁자를 닦기 시작했다.

"여긴 신경 쓰지 마세요."

하워드가 쉰 목소리로 말했다.

웨이터는 한번 노려보고는 서둘러 가버렸다.

엘러리는 자기 손에 다른 사람의 손이 와 닿는 것을 느꼈다. 그 손은 작고 부드럽고 뜨거웠다. 그 손은 곧 다시 제자리로 갔다.

그때 하워드가 말했다.

"네 통 다 있어요, 네 통 다, 엘러리 선생님……."

"틀림없지? 편지도 틀림없지?"

"네, 맞아요."

그러자 샐리가 고개를 끄덕였다. 그녀의 눈은 하워드를 향해 불타고 있었다.

"복사본이 아니고 원본이 틀림없겠지?"

"맞아요."

하워드가 다시 대답했다. 그러자 샐리가 다시 고개를 끄덕였다.

"탁자 아래로 해서 다시 돌려줘."

"당신에게?"

"하워드, 넌 하느님하고도 다툴 거니?"

샐리가 웃었다.

"조심해!"

웨이터가 맥주 두 잔과 위스키 한 잔을 탁자 위에 거칠게 내려놓았다. 하워드가 뒷주머니를 뒤졌다. 그러자 엘러리가 말했다.

"내가 낼게. 잔돈은 그냥 가져요, 웨이터."

"감사합니다!"

웨이터는 염치가 없다는 듯 서둘러 자리를 떴다.

"자, 하워드."

잠시 뒤 엘러리가 말했다.

"재떨이를 이쪽으로 주게."

엘러리는 손으로 재떨이를 잡고 무심결에 주위를 한번 둘러봤다.

넷째 날

그가 다시 시선을 들었을 때, 재떨이는 어느새 그와 샐리 사이의 좌석 위에 놓여 있었다.

"자, 한잔씩 마시세요. 그리고 함께 얘기 나눠요."

샐리는 탁자에 팔꿈치를 고이고 맥주를 홀짝홀짝 마셨다. 그리고 빙긋 웃어 보였다.

"엘러리 선생님, 죽는 날까지 매일 밤 무릎을 꿇고 이번 일에 대해 선생님과 하느님께 감사의 기도를 드리겠어요. 밤마다, 그리고 아침에도요. 이 일을 절대로 잊지 않겠어요. 절대로요."

엘러리가 말했다.

"여기 좀 내려다보세요."

샐리가 내려다봤다. 커다란 유리 재떨이에 한 무더기의 종이 조각이 쌓여 있었다.

"자네도 보이는가, 하워드?"

"네."

엘러리는 담배에 불을 붙인 다음 아직 타고 있는 성냥불을 왼손으로 옮겨 잡고서 재떨이에 떨어뜨렸다.

"옷 조심하세요."

그는 네 번 같은 행동을 반복했다.

하워드와 샐리가 따로따로 자리를 뜬 다음 엘러리는 세 번째 맥주잔을 앞에 놓고 생각에 잠겼다. 샐리가 먼저 자리를 떴는데, 어깨를 뒤로 젖힌 채 걷는 모습이 케토노키스 호수 위를 날던 새 떼처럼 가벼워 보였다.

하워드도 목소리를 높여 의기양양하게 이야기를 나눴다.

편지는 되찾아 불태워졌고 위험은 사라졌다. 이것이 바로 샐리의 걷는 모습과 하워드의 어조에 나타난 의미였다.

'그들에게서 환멸을 느낀다는 것도 부질없는 일이야.'

그는 그날 오후에 있었던 일들을 다시 되새겨 보았다. 협박범은 돈을 채 수중에 넣기도 전에 편지 원본을 호텔 방에 놔두는 모험을 감행했다. 정신이 멀쩡하다면 어떻게 그런 일을 할 수 있었을까? 홀리스 호텔 방 서랍장에 놓아둔 돈 봉투에 백지 조각만 들어 있었더라면 어떻게 되었을 것인가? 편지 원본은 당연히 회수되고 그 작자는 헛물만 켰을 것이다. 그러니 그는 당연히 편지의 복사본을 만들어 놓지 않았을까. 그렇게 되면 원본이 없어져도 범인에게는 아무런 손실이 없다. 복사본도 원본과 똑같이 이용될 수 있다. 특히 이번 같은 경우에는 더욱 그렇다. 하워드의 글씨체는 작고 특이했으며 인쇄하듯 또박또박했기 때문에 한눈에 알아볼 수 있었다.

'그들에게 지금 이런 말을 해 주는 것은 쓸데없는 일이야. 그리고 협박범이 다시 전화를 걸어오면 그땐 어떻게 하지, 하워드? 첫 번째엔 돈을 훔쳐야 했지만, 두 번째 요구는 어떻게 들어주지?'

그런데 다른 것이 또 있었다.

엘러리는 맥주잔을 손에 든 채 얼굴을 찌푸렸다.

다른 것이 또 있었다.

그것이 정확하게 무엇인지는 그 자신도 몰랐다. 그러나 그것이 무엇이든 그는 불안했다. 옛날에도 경험했던, 머리에 느껴지는 바로 그 통증이었다. 운명에 대한 예감이라고 할까.

무엇인가 잘못되어 있었다. 간음 사건도, 협박 사건도 아니며, 그가 지금까지 밴 혼 가정에서 겪었던 어떤 일도 아니었다. 그것들도 잘못된 것은 사실이지만 이것은 좀 달랐다. 모든 것을 포괄하는 그런 잘못이었다. 뭔가 크게 잘못된 일이 있었다. 다른 자잘한 잘못들과는 구분이 되는 뭐랄까, 구조적인 잘못이랄까…… 그래, 그게 적당한 표현이었다……. 구조적인 잘못! 그가 불안의 근원을 탐색해 들어가자 개개의 잘못을 구성 성분으로 가지고 있는 포괄적이고 구조적인 잘못이라는 개념이 막연하게나마 해답의 실마리를 제공해 줄 것처럼 생각되었다. 하나하나 뜯어보면 아무것도 보이지 않지만 전체를 놓고 보면 뭔가 패턴이 있는 듯했다.

'패턴이라고?'

엘러리는 잔을 비웠다.

그것이 무엇이든 진전되어가고 있었다. 그것이 무엇이든 쓰디쓴 결 말이 있을 뿐이었다. 그것이 무엇이든 그는 서성거리며 기다리는 편 이 나을 것이다.

그는 핫 스폿을 황급히 떠나 제한 속도 이상으로 차를 몰아 노스힐 드라이브로 돌아갔다. 마치 밴 혼 저택에 무슨 일이 일어나고 있는 데, 자기가 그곳에 빨리 도착해야 그 일을 막을 수 있다는 듯이.

그러나 걱정거리와 긴장으로부터 갑자기 해방되는 것이 이상한 게 아니라면, 그는 아무런 이상도 발견할 수 없었다.

저녁 식사 때 샐리는 활기에 넘쳐 있었다. 눈은 빛났고 하얀 이가 반짝거렸다. 그녀의 몸이 홀을 가득 채운 것 같았다. 엘러리는 그녀 가 밴 혼의 맞은편 식탁 끝에 앉아 있는 것이 얼마나 잘 어울리는 일 이며, 그곳에 아버지 대신 그 아들이 앉아 있었다면 얼마나 볼품없을 까 생각했다. 디드리치는 마치 환희에 넘쳐 있는 듯 보였으며, 울퍼 트조차도 샐리가 전에 없이 명랑한 데 대해 언급했지만 거기에는 가 시가 돋혀 있었다. 그러나 샐리는 그저 웃어 넘길 뿐이었다.

하워드도 기분이 좋아 보였다. 그는 미술관 프로젝트에 대해 장황 하게 이야기했는데, 그의 아버지도 만족해하는 눈치였다.

"전 스케치를 시작했는데, 잘 될 것 같아요. 썩 잘 되는 것 같아 요. 뭔가 될 것 같은 기분이에요."

"그 말을 들으니 생각나는데 말야, 하워드."

엘러리가 말했다.

"난 지금껏 한 번도 자네 작업실을 못 봤어. 혹 신성불가침이라면 몰라도……."

"좋아요! 그것 좋은 생각입니다. 지금 올라가시죠!"

"우리 모두 다 가요."

샐리가 말했다. 그녀는 남편을 의미심장하면서도 친근한 눈초리로 바라봤다.

그러나 울퍼트가 쏘아붙였다.

"형님은 오늘 밤에 허친슨 씨 일을 검토하기로 했잖아요. 난 그분께 내일 함께 서류를 검토하자고 약속했어요."

"하지만 오늘은 토요일 밤이고 내일은 일요일이잖니. 그 친구, 월요일 아침까지 기다리면 안 되나?"

"그 사람들은 적어도 월요일 아침에는 일을 시작하길 원하거든요."

디드리치가 얼굴을 찌푸렸다.

"제기랄! 좋아. 여보, 미안해! 당신이 오늘 밤은 안사람 역할뿐만 아니라 주인 역할까지도 맡아서 해야겠구먼."

엘러리는 크고 웅장한 어떤 것을 기대했었다. 휘황찬란한 커튼이 우아하게 늘어지고 여러 가지 완성 단계에 있는 거대한 돌 조각들이 여기저기 놓여 있는, 마치 할리우드의 방음 스튜디오에 있는 조각가의 그것에 방불할 줄 알았다. 그러나 사실은 그렇지 않았다. 작업실은 컸지만 소박했다. 기대했던 거대한 돌덩이들도 없었다.

"선생님은 건축가의 안목이 없으시네요. 이 방바닥이 돌덩이를 지탱해 낼 것 같아요?"

하워드가 웃으며 말했다.

커튼도 수수했다. 방에는 작은 틀, 조각용 바늘, 조각대, 꺾쇠, 등

넷째 날 169

근 끌, 바이스, 스크레이퍼, 정, 나무메 등의 도구들이 어지러이 널려 있었다. 하워드는 이 도구들은 돌뿐 아니라 나무나 상아를 조각하는 데 사용된다고 설명했다. 여기저기 작은 모델용 마네킹들과 대충 그린 스케치들도 흩어져 있었다.
"전 이곳에서 예비 작업만 하죠."
하워드가 설명했다.
"뒤채에 큰 창고가 있는데 원하시면 내일 그곳도 보여드리죠. 끝마무리는 그곳에서 하는데, 물론 돌로 만드는 작품이죠. 바닥이 단단해 웬만한 무게는 견디거든요. 또 그곳은 돌덩이를 들여오고 완성된 작품을 운반해 나가기도 용이하죠. 3톤이나 나가는 대리석을 이곳까지 끌어올리는 일을 한번 상상해 보세요!"
하워드는 미술관을 위해서 이미 여러 개의 스케치를 준비해 놓고 있었다.
"이것들은 모두 초안만 잡아본 겁니다. 전체 윤곽을 한번 잡아본 거죠. 구체적인 단계까진 아직 가지 않았으니까. 세부 스케치를 완성한 다음 점토를 가지고 먼저 일에 착수할 겁니다. 여기에서 오랫동안 작업을 한 다음에야 뒤채의 작업실로 옮겨갈 수 있을 거예요."
"아버님이 그러시던데 저 아래 작업실을 좀 고치고 싶다고 했다면서?"
샐리가 물었다.
"그래요. 바닥도 좀 보강해야 되고 서쪽 벽에 창문 하나를 더 내고 싶어요. 가능한 한 밝은 조명이 필요하거든요. 그리고 방도 더 넓혀야 해요. 제 생각엔 서쪽 벽을 헐고 적어도 면적을 반 이상 늘려야 할 것 같아요."
"조각 작품을 모두 한군데 모아 놓겠다는 건가?"

"아녜요. 원근법 때문이죠. 장식적인 기념 조각은 인물 조각이나 미켈란젤로가 했던 그런 조각과는 달라요. 그의 작품을 제대로 감상하기 위해서는 가까이 다가가서 봐야 합니다. 작품의 결이라든가 윤곽의 섬세한 굴곡을 봐야 하거든요. 그런 종류의 작품은 거리를 두고 보면 윤곽이 흐려져 모양이 없어져 버립니다. 그러나 제 경운 다릅니다. 거리를 두고 실외에서 볼 수 있어야 하거든요. 때문에 예리하고 뚜렷한 기법을 써야 합니다. 실루엣과 프로필이 명확해야 해요. 그리스 조각 작품이 실외에 나왔을 때 그처럼 돋보이는 것은 바로 이 때문이죠. 그리고 사실 제가 신고전주의를 선호하는 이유도 바로 그것 때문입니다. 전 엄격하게 말해서 야외 조각가거든요."

하워드는 이곳에 오니까 완전히 딴 사람이 되었다. 마음의 갈등이나 내성적인 성향은 사라지고 이마에 주름도 볼 수 없었다. 그리고 말하는 태도에서도 권위와 품위가 느껴졌다. 엘러리는 자기 자신에 대해 스스로 약간의 수치감을 느끼기 시작했다. 그는 디드리치 밴 혼의 미술관 '구매 행위'를 부의 역작용쯤으로 생각했었다. 그러나 엘러리는 이제야 그것이 재능 있는 한 젊은이에게는 가치 있는 조각 작품을 만들어낼 수 있는 좋은 기회라는 것을 깨달을 수 있었다. 그것은 사실은 새롭고도 대단히 만족스러운 현상이었다.

"이렇게 창작 활동의 현장을 보니까 사랑채에서 내가 하고 있는 하찮은 작업이 생각나는군. 내가 그곳에 가서 잠시 타자기를 괴롭히더라도 양해해 주시겠죠?"

엘러리가 웃으며 말했다.

엘러리는 섭섭해 하는 그들 둘을 남겨 놓은 채 하워드의 작업장을 떠났다. 그들은 머리를 맞대고 하워드가 스케치한 것을 보고 있었다. 하워드는 활기차게 이야기하고 있었고, 샐리는 눈을 반짝이면서 축축

한 입술을 반쯤 벌린 채 열심히 듣고 있었다.

그렇다면 일이 이렇게 끝난 것인가? 엘러리는 마음이 무거웠다. 설령 편지 문제가 해결되었다고 해도 그것이 증거의 모든 것은 아니었다. 그는 디드리치가 두 층이나 아래에 있는 서재에 있다는 것을 다행으로 생각했다.

만약 디드리치가 예리한 관찰력으로 그 사실을 알아내고, 그로 인해 편지 복사본이 한낱 휴지 조각으로 변한다면, 협박범이야말로 꼴 좋게 되는 셈이라고 엘러리는 생각했다. 그런데 문득 그녀의 모습이 다시금 눈에 들어왔다.

이때 엘러리는 맨 위층과 2층 사이 층계참이 휘어지는 곳을 돌던 참이었다. 어쩌면 그림자 같았다. 그 그림자의 영상이 화난 고양이처럼 구부러진 등 모양을 하고 있었기 때문에 그는 곧 노파라는 것을 알았다.

2층 마루까지 몇 안 되는 계단을 소리 없이 내려와 그는 벽에 몸을 납작하게 붙이고 서 있었다.

노파는 천천히 복도를 따라 움직이고 있었다. 숄을 머리 위로 푹 두르고, 낫처럼 휘어진 등을 흔들흔들 걸어가면서 뜻밖의 말을 중얼거렸다.

"그곳에선 악인도 죄많은 몸을 씻고, 고통받는 자도 지친 몸을 누이리라."

노파는 복도가 끝나는 곳에서 걸음을 멈췄다. 방문 앞이었다. 노파는 옷을 뒤지더니 놀랍게도 열쇠 하나를 끄집어냈다. 그리고 문을 열고 들어갔다. 엘러리는 안을 들여다보고 싶었지만 아무것도 보이지 않았다. 길쭉한 네모꼴의 외계와 다름없었다.

문이 닫히고 찰칵 문 잠그는 소리가 우주 공간 저 멀리서 들려오는 듯했다.

노파는 저 방에 살고 있었다.

그런데도, 이틀 반 동안 아무도 저 노파에 대해 이야기한 사람이 없었다. 하워드, 샐리, 디드리치, 울퍼트, 로라, 에일린까지도, 그 누구도 저 노파에 대해 말하지 않았다.

왜? 도대체 그 할머니는 누구인가?

노파는 꿈속에 나오는 마녀처럼 그의 의식 속에서 서성거렸다.

엘러리는 오기가 나서 계단을 뛰어 내려갔다. 저 노파가 이 집의 손님이든 아니든, 내 기필코 정체를 밝혀내리라!

## 다섯째 날

 엘러리가 계단 아래까지 왔을 때, 황급히 달려오는 발소리가 나서 올려다보니 샐리가 마치 슈퍼맨처럼 뛰어 내려오고 있었다.
 "무슨 일이오?"
 엘러리가 재빨리 물었다.
 "나도 모르겠어요."
 그녀는 몸을 가누기 위해 그의 팔을 붙잡았다. 엘러리는 그녀의 몸이 떨리고 있음을 느낄 수 있었다.
 "엘러리 씨가 나가고 나서, 저도 곧 하워드를 혼자 두고 밖으로 나와 제 방으로 갔어요. 그런데 남편이 서재로 곧 내려오라고 인터폰으로 부르잖아요."
 "회장님께서요?"
 그녀는 놀란 모습이었다.
 "그럼 혹시?"
 하워드도 요란스럽게 발자국 소리를 내면서 하얗게 질린 얼굴로 내려오고 있었다.

"방금 아버지가 인터폰으로 부르셨어요!"

울퍼트도 오고 있었다. 구식 목욕 가운 자락이 깡마른 다리 언저리에서 나풀거리고 목울대가 노인처럼 툭 튀어나와 있었다.

"형님이 나를 깨우셨어. 무슨 일이 생겼나?"

그들은 모두 말없이 서재를 향해 걸음을 재촉했다.

디드리치는 초조하게 그들을 기다리고 있었다. 책상 위 서류들은 한쪽으로 치워지고 머리카락은 곤두서 있었다.

"하워드!"

그는 하워드를 붙잡자마자 품에 꼭 껴안았다.

"하워드, 불가능하다고 생각됐던 일이 마침내 이루어지고 말았다!"

"여보, 너무하셨어요." 샐리가 살짝 노기 띤 웃음을 지으면서 말했다. "놀라 기절할 뻔했잖아요. 도대체 뭐가 이루어졌다는 거예요?"

"맞습니다! 층계를 내려오다가 목이 부러질 뻔했어요."

하워드가 볼멘소리를 했다. 디드리치는 손을 하워드의 어깨에 얹으면서 껴안은 팔을 풀었다.

"애야, 이제야 네가 누구라는 것이 밝혀졌다."

"여보."

"제가 누구라는 것이 밝혀졌다고요?"

하워드가 말을 받았다.

"무슨 말씀이세요, 형님?"

울퍼트가 큰 소리로 물었다.

"방금 내가 한 말 그대로야, 울퍼트. 아, 퀸 선생은 아마 무슨 영문인지 모르시겠지?"

"전 제 숙소로 가보겠습니다, 회장님. 그러잖아도 제 방으로 가고 있었는데……"

엘러리가 말했다.

"아닙니다, 무슨 말씀을. 하워드도 상관하지 않을 겁니다. 퀸 선생. 실은 하워드는 내 양자거든요. 갓난아기였을 때 누가 문간에…… 지금까지……."

디드리치가 껄껄 소리내어 웃었다.

"황새가 물어다 주었겠지요. 좀 앉으세요, 앉으시라니까요, 퀸 선생. 하워드, 너도 좀 앉고. 샐리, 당신은 내 무릎 위에 앉지. 하여튼 경사스러운 일이니까. 울퍼트, 너도 좀 웃어라. 허친슨 건은 시간을 두고 처리해야 돼."

저마다 자리를 잡고 앉자 디드리치가 엘러리에게 이야기를 들려주었지만, 그도 이미 다 알고 있는 내용이었다. 그러나 엘러리는 짐짓 놀라는 표정을 지으면서 곁눈질로 하워드를 가끔 훔쳐봤다. 하워드는 조용히 앉아 무릎 위에 손을 얹어놓고 있었다. 그의 얼굴 표정은 알 수가 없었다. 입을 꼭 오므리고 있는 것은 두려움 때문인가? 눈에는 엷은 막 같은 것이 끼어 있고 관자놀이의 맥박은 불규칙적으로 뛰는 것 같았다.

"1917년부터 사설탐정을 고용했지요."

디드리치가 샐리의 머리에 손을 얹은 채 이야기를 이어갔다.

"그해가 바로 우리가 하워드를 맡았던 해인데, 부모를 찾아주기 위해서였죠. 테드 파이필드 노인이었는데, 경찰서장으로 근무하다가 은퇴한 뒤 탐정 일을 개업한 분입니다. 사실상 그 사람은 그 일에 대한 수수료로 3년 간이나 거저 지탱한 것이나 마찬가지였지요. 울퍼트, 너도 기억하고 있겠지만, 내가 군대에 가 있는 동안에도 계속 그 일이 진행됐었지. 그러다가 그 노인이 아무런 단서도 찾지 못하자 포기한 거야."

하워드는 듣고 있는지조차 알 수 없었다. 샐리도 그것을 눈치 챈 모양이었다. 그녀는 마음이 불안하고 걱정이 되는 것 같았다.

"때로 아주 사소한 일이 매우 중요한 역할을 하는 걸 보면 이상한 생각이 든단 말야."

디드리치는 신이 나서 이야기를 이어갔다.

"두세 달 전에 홀리스 이발소에서 조 루핀에게 머리를 깎고 있는데……"

"그 이발소 말씀이군요."

엘러리는 옛날의 기억을 되살리면서 중얼거렸다. 조 루핀은 로어 메인 미용실에서 일하고 있던 그의 부인 테시 때문에 몇 년 전 이곳의 하이트 사건에 개입하게 되었었다. 바로 루이기 마리노가 소유주로 되어 있는 홀리스 이용원이었다. 그러고 보니 바로 그날 오후 홀리스 호텔 로비를 걸어가면서, 머리가 희끗희끗한 마리노가 비누칠한 손님의 얼굴 위로 몸을 굽히고 서 있는 것을 본 기억이 났다.

"…… 내 바로 옆자리에서 태양등을 쬐면서 앉아 있던 J.C. 페티글과 이야기를 주고받게 된 거야. 당신도 알잖아. 왜, 그 부동산 중개소를 하는……"

엘러리는 자신이 맨 처음 라이트빌에 오던 날 로어 메인에 있는 부동산 중개소에 들렸던 일이 기억났다.

"이미 세상을 뜬 노인들 이야기가 나오자 누군가가…… 아마 루이기였던 것으로 생각되는데 수년 전 작고한 테드 파일필드 이야기를 꺼내는 거야. 그러자 페티글 그 양반이 '이미 세상을 떴는지 어떤지는 모르겠지만, 파이필드는 사기꾼이야'라고 말참견을 하지 않겠어. 그리고는 그 노인에게 당했던 이야기를 들려주더군. 부동산 거래를 하다가 자기에게 죄다 덮어씌우고 줄행랑 친 사기꾼 놈을 잡아 달라고 테드 파이필드에게 한 밑천 톡톡히 털어 바친 모양인데, 테드 노인은 '조사한다'는 명목으로 그 동안 돈을 꼬박꼬박 다 챙기면서 완전히 꾸며낸 이야기로 때웠다는 거야. 단 한번도 라이트빌 밖으로 나가지도 않았고, 하다못해 조사를 위해 손가락 하나 까딱하지 않았다지 뭐야! 페티글 그 양반이 테드 파이필드의 사설탐정 면허를 취소해 버리겠다고 으름장을 놓자 그 악질은 두말 않고 돈을 다시 다 내주었다더구만.

그 이야기를 듣자 묘한 생각이 들더군. 나도 그 영감한테 3년 동안 적지 않은 돈을 갖다 바쳤으니까. 거기 이발소에 있던 사람들은 모두 그 노인에 대해 한마디씩 좋지 않은 말들을 하는 거야. 입맛이 쓰더군. 속임수에 잘 넘어가는 얼간이라고 조롱당하는 것은 싫거든, 화가 치밀었지만 그것보다 더 중요한 것은, 그 노인만 믿고 중대한 일을 맡겼던 것인데, 일이 그 모양이 되고 만 거야."

샐리는 얼굴을 더 심하게 찌푸렸다. 그녀는 남편의 목에 팔을 감고 가벼운 어조로 말했다.

"당신은 작가가 되었더라면 좋을 뻔했어요, 여보. 상세하게도 설명하시네요. 그런데 뭘 말하고 싶으신 거죠?"

울퍼트는 땀을 흘리면서 그저 잠자코 앉아 있었다. 디드리치가 심각한 표정을 지으며 다시 입을 열었다.

"되든 안 되든 한 번 더 해보기로 했어. 30년 전에 파이필드가 돈만 챙기고 나를 속였다는 사실을 알게 된 마당에, 일을 처음부터 다시 시작하기로 결심했던거야. 콘헤븐에 있는 이름 있는 조사 기관에 일을 맡겼거든."

"아버진 제게 한마디도 말씀해 주시지 않았잖아요?"

하워드의 목소리는 딱딱하고 낯설었다. 전혀 그의 목소리 같지 않았다.

"그래. 30년이나 지난 일이라 별 가망이 없어 그랬다. 손에 무언가 확실한 것이 잡히기 전에는, 괜한 기대만 갖게 하는 게 싫었어. 그런데 웬걸, 별 기대도 하지 않았던 게 제대로 들어맞은 거야. 파이필드가 나를 등친 거야. 그……."

샐리가 손으로 남편의 입을 막았다. 그러자 디드리치는 싱긋 웃었다.

"콘헤븐에서 바로 조금 전에 전화를 받았는데, 사장이 직접 전화를 한 거야. 애야, 글쎄, 우리가 원하는 사실 모두를 알아냈다는 게 아니겠니? 자기네들도 설마 그런 행운을 만나리라고는 생각지도 못했다면서. 처음에 일을 맡을 때만 해도 자기네들은 자기네들대로 시간만 낭비하고, 나는 또 나대로 돈만 허비하게 될 것이라고 말하던 사람들이었으니까. 그런데도 난 되든 안 되든 한번 해보기로 했던 건데 그게 딱 맞아떨어졌지 뭐냐."

그러자 하워드가 조금 전과 같은 딱딱한 어조로 물었다.

"제 친부모는 누구죠?"

디드리치는 잠시 망설이다가 부드러운 어조로 입을 열었다.

"그런데 그분들은 돌아가셨다는구나. 가슴 아픈 일이지만, 애야!"

"돌아가셨다고요?"

하워드가 말을 받았다. 그는 그 말의 내용을 삭이느라고 애를 쓰는 모습이 역력했다. 그분들은 돌아가신 것이다. 자기 친아버지 친어머니는 돌아가시고 이 세상에 살아 계시지 않는 것이다. 그분들을 볼 수 없을 것이고, 그분들의 모습이 어떠했는지도 결코 알 수 없을 것이다. 유감스러운 일이다. 아니 오히려 다행스러운 일일까?

샐리가 입을 열었다.

"글쎄, 난 아무렇지도 않은데요."

그녀는 남편의 무릎에서 내려와 책상 위에 걸터앉았다. 그리고는 서류 한 장을 손으로 만지작거렸다.

"하워드, 난 정말 아무렇지도 않아. 그분들이 살아 계신다면 오히려 더 일이 고약하게 꼬일 거야. 그분들은 널 전혀 알아보지 못할 거고, 너도 그분들을 전혀 모를 것 아니니. 모두 괜히 난처한 입장만 되고 좋을 사람은 아무도 없을 거야. 그러니 오히려 잘된 것 아니니, 하워드? 너도 그렇게 생각하면 그만인 게야."

"그래요."

하워드는 한곳만을 뚫어지게 바라보고 있었다. 엘러리에게는 그것이 마음에 걸렸다. 그의 눈동자가 점점 흐릿해져 갔다.

"좋아요. 그분들은 이 세상에 계시지 않아요. 하지만 도대체 그분들은 어떤 분들이었죠?"

"하워드, 네 친아버님은 농부셨어."

디드리치가 대답했다.

"그리고 물론 어머닌 농부의 아내셨고……. 몹시 가난하셨던가 보더라. 여기서 16킬로미터쯤 떨어진, 라이트빌과 파이델리티 중간의 한 초라한 농가에서 사셨던 모양이더군. 30년 전에 그 일대가 얼마나 허허벌판이었는가는 울퍼트, 너도 아직 기억하고 있겠지?"

"뭐, 농부라고?"

울퍼트가 말했다. 그가 말하는 태도를 보자 엘러리는 당장 그의 틀니를 그 목구멍 속으로 처넣어 주고 싶었다. 샐리는 섬뜩하리만큼 그를 쏘아보았다. 심지어는 디드리치조차도 얼굴을 찌푸렸다.

그러나 하워드는 그런 것에는 무감각했다. 단지 양아버지 디드리치를 물끄러미 바라볼 뿐이었다.

"조사 기관에서 수집한 자료에 의하면, 그분들은 너무 가난해서 일꾼들도 제대로 고용하지 못하셨던 것 같아."

디드리치가 말을 이었다.

"그분들은 손수 농사를 지으셨대. 그러니 생계를 제대로 꾸려나가기가 힘드셨던 거지. 그러는 가운데 네 친어머님이 아기를 갖게 된 거고, 그게 바로 너란다."

"그리고는 나를 제일 가까운 집 문간에 쌩하고 갖다 버렸죠."

하워드가 빙긋 웃었다. 그러나 엘러리는 하워드가 다시 한곳에 가만히 시선을 두고 있었으면 좋겠다고 생각했다.

"넌 한여름 밤 폭풍우가 심하게 쏟아질 때 태어난 거야."

디드리치가 빙긋 웃음으로 되받았으나 그의 얼굴에서는 이미 기쁨의 빛을 찾아볼 수가 없었다. 그는 하워드의 반응에 대해 잘못 판단한 자신에게 마치 화라도 내고 있는 듯 후회하고 불안해하고 신경이 곤두서 있는 듯했다. 그의 말이 조금 빨라졌다.

"콘헤븐 조사 기관에서는 자기네들이 찾아낸 기록을 토대로 그날 밤의 일을 재구성할 수 있었는데, 그날 밤의 폭풍우가 중요한 요인이라는 거야.

하워드, 사우스브리지 박사라는 라이트빌 의사가 와서 네 어머님의 출산을 돌본 모양인데, 네가 무사히 태어나고 필요한 조치가 끝나자 폭풍우가 심하게 몰아치는데도 마차를 타고 시내로 돌아간 모양이야. 그런데 도중에 말이 번갯불에 놀라서 날뛰는 바람에 사고가 났던 것 같다. 의사, 말, 마차가 모두 길에서 조금 벗어난 골짜기 밑에서 발견되었는데, 마차는 산산조각이 나고 말은 두 다리가 부러졌고 의사는 가슴이 으깨어져 발견될 무렵 이미 숨이 멎어 있더란다. 물론 의사는 시청에 네 출생 신고를 할 수 없었지.

조사 기관의 의견으로는, 그것이 네 친부모님이 너를 다른 집에 맡긴 이유들 가운데 하나였을 거라고 하더라. 그분들은 너 말고는 다른 자녀가 없었지만, 너를 제대로 양육할 수 없을 만큼 가난했던 거야. 그래서 사우스브리지 의사의 사고 소식을 듣자 출생 신고를 아직 하지 않았을 것으로 판단하고, 좀더 부유한 사람에게 아기를 맡길 생각을 하게 된 거지.

그분들하고 사우스브리지 박사만이 네 출생에 대해 알고 있었는데, 의사는 이미 세상을 뜨고 없었고······.

그분들이 어째서 하필이면 우리 집 문간에 너를 갖다 놓았는지도 물론 아무도 알 수 없어. 그 일이 우리와 어떤 개인적인 관계를 가지고 있다고는 보기 어렵고, 우리 집이 어느 정도 여유가 있어 보였던 모양이야. 적어도 가난한 농부 부부에게는 그렇게 보였을지도 몰라."

"그분들이 갓난아기를 위해 그렇게 하셨을 거라고 가정을 하시는군요."

하워드가 빙긋 웃으며 말을 이었다.

"물론 자식을 위해서 그러셨겠지."

"그분들은 단순히 갓난아기를 원하지 않았기 때문에 그랬다고 볼 수도 있는 것 아녜요?"

"하워드, 가슴을 치면서 한탄만 하지 말고, 제발 잠자코 있어요."

샐리가 재빨리 말을 받았다. 그녀는 몹시 염려가 되었다. 걱정이 되었고 불안했으며, 또 남편에 대해서 화도 났다.

디드리치가 매우 급하게 말을 이었다.

"아무튼 콘헤븐 탐정들은 사우스브리지 박사의 예약 수첩을 찾아낸 결과 이러한 사실들을 알게 된 거야. 박사의 옷 속에 있던 작은 노트였는데, 장의사가 발견하여 고인의 유품과 함께 보관해 두었던 모양이야. 조사원들이 박사의 옛날 집 다락방에서 찾아냈다는 거야. 농가를 떠나면서 박사가 직접 자필로 기록한 사내아이의 출생 연월일이, 너를 내가 발견했을 때 담요에 꽂혀 있었던 쪽지의 내용과 완전히 일치된다는구나, 하워드. 그리고 난 물론 그 쪽지를 내내 보관해 오다가 그걸 그 조사 기관에 보냈는데, 그 사람들의 말로는 의심할 여지없이 그 농부의 필체와 일치한다는 거지 뭐냐. 그분의 옛날 저당 문서를 어디서 하나 찾아낸 모양이야. 하워드, 내가 하려는 이야기는 여기까지다."
디드리치가 안도의 숨을 내쉬면서 결론을 지었다.
"이제 넌 더 이상 과거에 네가 누구였는지에 대해 생각하지 말고, 현재의 너 자신에 관한 일에만 관심을 가지면 되는 거야."
"오늘 밤 처음으로 시원한 말씀을 하시네요, 여보!"
샐리가 큰 소리로 말했다.
"이제 우리 모두 커피나 한잔씩 하면 어때요?"
"잠깐만요."
하워드가 말했다.
"그럼 전 어떻게 되는 거죠?"
"어떻게 되다니?"
디드리치가 몸을 움찔했다. 그리고는 쾌활하게 말했다.
"넌 내 아들이야. 하워드 헨드릭 밴 혼이지. 달리 어떻게 달라지는 건 아니잖니?"
"제 말은 제가 옛날에 누구였느냐는 겁니다. 진짜 성씨가 무엇이었느냐는 거죠."
"내가 말하지 않았던가? 웨이였다는 거야."
"웨이라고요?"
"그래, W-a-y-e야."
"웨이라."
하워드는 입맛을 다셨다.
그는 별로 구미에 맞지 않는 듯 머리를 가로 저었다.
"이름은 없었나요?"
"없었다더라. 이름은 장차 진짜로 너를 길러줄 양부모에게 맡기려

했던 것 같아. 오히려 잘된 일 아니니? 좌우간 사우스브리지 박사의 수첩에는 아기의 세례명이 나와 있지 않아."
"세례명이라고요? 부모님은 크리스천이셨나요?"
"그게 무슨 상관이 있어? 크리스천이든, 유대교도든, 마호메트 교도든 넌 지금 그대로의 너 자신인 거야. 이젠 이 얘기는 그만 해요!"
샐리가 말했다.
"네 부모님들은 크리스천이셨대. 종파는 나도 몰라."
"그분들은 돌아가셨다고 하셨죠?"
"그래."
"어떻게 돌아가셨죠?"
"글쎄……. 애야, 네 어머니 말이 옳다."
디드리치가 갑자기 자리에서 일어섰다.
"이 일에 대해서는 이젠 충분한 얘길 했다."
"그분들은 어떻게 돌아가셨죠?"
울퍼트의 눈이 빛났다. 마치 몸놀림이 민첩한 작은 동물처럼 그의 시선이 디드리치에게서 하워드에게로 재빠르게 움직였다.
"그분들이 내게 너를 맡긴 지 10년쯤 지나 그분들의 농가에 화재가 발생했단다. 그래서 두 분 모두 불에 타 목숨을 잃었다는구나."
디드리치는 피곤한 듯 부자연스런 몸짓으로 머리를 긁적였다.
"정말 유감스러운 일이다, 애야, 내가 괜히 바보스러운 짓을 한 것 같다."
엘러리는 하워드의 눈에 덮인 엷은 막 같은 것을 신기한 듯 바라봤다. 기억 상실증 발작을 일으키려는 초기 증상이 아닌가 하는 의심이 들었다. 그러자 가슴이 덜컥 내려 앉았다.
엘러리는 재빨리 말을 꺼냈다.

"하워드, 지금의 이야기가 마음을 불안하게 하고 흥분시킬지도 모르지만, 어쨌든 자네 어머니 말씀이 옳아. 오히려 그쯤 되면 일이 잘된 거야."

하워드는 엘러리에게는 시선도 주지 않았다.

"제 친부모는 아무것도 남긴 것이 없었나요, 아버지? 뭐 사진 같은 것이라도 말입니다."

"애야······."

"대답 좀 해 줘요, 제기랄!"

하워드는 일어선 채로 몸을 흔들고 있었다. 디드리치도 충격을 받은 것 같았다. 샐리가 안심시키려는 듯 남편의 팔을 붙잡고 서서는 하워드에게서 눈을 떼지 않았다.

"글쎄······. 불이 난 뒤 네 친어머님의 친척 한 분이 장례식을 치르고 남은 것들은 모두 거두어 가지고 간 모양이더라. 농장은 저당 잡혀 있었고······."

"어떤 친척이죠? 그분은 누구죠? 지금 어디에 있죠?"

"그분은 지금 어디에서도 찾을 수 없다, 하워드. 얼마 뒤, 곧 그곳을 떠났으니까. 탐정 사무소에서도 그 사람의 주소에 대해서는 아무것도 모른다는 거야."

"알겠어요."

하워드가 말했다. 그리고는 느리고 탁한 목소리로 물었다.

"그런데 그분들 무덤은 어디죠?"

"그건 말해 줄 수 있다."

디드리치가 재빨리 대답했다.

"두 분은 파이델리티 묘지에 나란히 묻히셨어. 자, 이젠 커피나 한 잔씩 할까, 여보?"

그가 갑자기 기운이 솟아난 듯 말했다.

다섯째 날 185

"나도 한 잔 하고 하워드도……."

그러나 하워드는 이미 서재에서 나가고 있었다. 그는 눈을 크게 뜨고 손을 약간 들어올린 불안정한 자세로 걷고 있었다. 그들은 계단을 따라 올라가는 그의 불안정한 발자국 소리를 들을 수 있었다.

얼마 뒤 위층에서 '쾅' 하고 문이 닫히는 소리가 들렸다.

엘러리는 화가 난 샐리가 신중하지 못한 행동을 할까봐 염려되었다.

"당신, 정말 현명치 못한 일이었어요! 하워드는 조금만 혼란해도 의식을 잃는다는 걸 알잖아요."

"하지만, 여보."

디드리치는 비참한 심정으로 말했다.

"그 애가 그걸 알게 되면 오히려 좋아할 줄 알았지. 꼭 알고 싶어 했던 거잖아?"

"사전에 저하고 상의라도 한번 하셨으면 좋았을 걸 그랬어요."

"그래, 정말 미안해, 여보."

"미안하다구요! 하워드의 얼굴을 좀 보시기나 했어요?"

그는 어리둥절한 눈빛으로 아내를 쳐다보았다.

"여보, 난 당신을 이해할 수 없어. 당신은 늘 하워드가 자기 부모에 대해서 뭔가 알게 되면 좋을 거라고 생각……."

그때 엘러리가 나섰다.

"제가 주제넘게 말할 계제도 아니고 또 아무도 저보고 말해 달라고 부탁한 것도 아니지만, 제가 부인에게 한마디 말씀드리고 싶은 것은, 제 생각으로는 하워드에게 회장님만이 하실 수 있는 바로 그 일을 적절하게 하신 것 같습니다. 물론 하워드에게는 큰 충격일 겁니다. 정서적으로 안정되어 있는 사람이라도 그 충격이 대단할 테니까요. 하지만 하워드가 자신의 출생에 대해 모르고 있다는 것이 실은 우울증의 중요한 원인이었거든요. 그러니까 지금 당장은 충격이 크더라도 시일이 지나면 오히려……"

그녀는 말뜻을 이해했다. 그녀의 눈꺼풀이 사뿐히 내리깔리는 것을 보면 알 수 있었다. 그러나 여성이라면 누구나 그렇듯이 아직도 화가 풀리지 않고 있었다. 오히려 아까보다 화가 더 나 있는지도 모른다. 그러나 그녀는 단지 다음과 같이 말했을 뿐이다.

"글쎄, 제 생각이 잘못될 수도 있겠죠. 미안해요, 여보!"

그러자 울퍼트 밴 혼이 정말 충격적인 말을 내뱉었다. 그때까지 그는 깡마른 무릎을 몸 앞에 곧추세운 채 상체를 멀리 앞으로 내밀고 앉아 있었는데, 장난감 병정처럼 갑자기 몸을 꼿꼿이 일으켜 세웠다. 목욕 가운이 아래로 처지면서 야위고 털북숭이인 가슴이 훤히 들여다보였다.

"형님, 그럼 형님의 유언장은 어떻게 되는 겁니까?"

디드리치는 그를 물끄러미 쳐다봤다.

"나의 무엇이라고?"

"하긴, 형님은 늘 전문 용어에 대해서는 깜깜했으니까요."

이제 울퍼트의 목소리는 신랄하다 못해 쇳소리가 났다. 요란한 톱소리와 비슷했다.

"형님의 유언장, 유언장 말입니다. 유언장은 매우 중요한 문서가 될 수도 있으니까요. 상황이 이렇게 된 마당에는 유언장 때문에 많은 문제가 생길 수도 있고……."

"상황이라니? 울퍼트, 도대체 '상황'이 어떻단 말이냐?"

"그럼 형님은 지금 상황이 정상적이라고 생각하세요?"

울퍼트는 계면쩍은 듯 빙긋 웃음을 지었다.

"형님에게는 상속인이 셋 있습니다. 나하고 형수하고 하워드죠. 그런데 하워드는 양자고, 형수는 최근에 결혼한 부인이고요……."

엘러리는 '최근에 결혼한 부인'이라는 말에서 색다른 어감을 느낄 수 있었다.

디드리치는 매우 조용히 앉아 있었다.

"내가 알기로는 우린 똑같이 나누어 가지기로 되어 있는데요?"

"울퍼트, 난 네 말 뜻을 모르겠다. 도대체 뭘 말하고 싶은 거죠?"

"형님의 유산 상속인 중 한 사람이, 웨이라는 성씨를 가진 것으로 밝혀졌습니다."

울퍼트가 히죽 웃었다.

"그런 것이 변호사에게는 문제될 수도 있어요."

"엘러리 씨와 저는 정원에 나가 잠깐 바람이나 쐬겠어요."

샐리가 말했다. 벌써 엘러리는 의자에서 반쯤 몸을 일으키고 있었다. 그러자 디드리치가 부드럽게 말했다.

"잠깐만 기다려요."

그는 자리에서 일어나 동생에게로 가더니 그를 내려다보며 서 있었다. 동생은 불안한 듯 자리를 뒤로 밀치고 자신의 회색빛 의치를 드러내 보였다.

"이봐 동생, 그런 건 문제되지 않아. 난 내 유언장에 하워드의 이름을 똑바로 명시해 놓았어. 그 아이의 법적 이름은 하워드 헨드릭밴 혼이야. 그 이름을 그 애가 먼저 고치려 하지 않는 한, 그 유언장은 앞으로 어떠한 변동도 없을 거야."

말을 하는 디드리치의 몸집이 유난히 커보였다.

"울퍼트, 왜 네가 새삼스럽게 이 문제를 끄집어내는지 난 그게 이해되지 않아. 너도 내가 애매모호한 말을 싫어한다는 걸 잘 알지? 도대체 무슨 생각을 하고 있는 거야. 무슨 속셈이지?"

울퍼트의 참새 같은 눈 속에 다시 악마의 그림자가 나타났다. 두 형제 가운데 하나는 앉고 하나는 선 채로 서로 노려보고 있었다. 엘러리는 그들의 숨소리를 들을 수 있었다. 디드리치는 숨을 깊이 쉬고 있는 반면 울퍼트는 코를 훌쩍거리면서 짧고 격렬하게 호흡하고 있었다. 위기의 순간이었다. 파리 한 마리의 날갯짓이 산사태를 몰고 올 수도 있는 순간이었다. 혹은 단순히, 그렇게 느껴지는 것인지도 몰랐다. 왜냐하면 결코 울퍼트가 진실을 '알고 있다'고는 할 수 없었기 때문이다. 울퍼트는 원래 야비한 인간이었기 때문에, 무지가 빚어낸 행동에서조차도 뭔가 썩은 냄새가 났다. 울퍼트는 시체에서 나옴직한 역겨운 냄새를 풍기고 있었다.

위기의 순간은 지나가고, 울퍼트는 삐걱거리는 소리를 내면서 자리에서 일어났다.

"형님, 형님은 정말 바보 천치십니다."

그는 그렇게 내뱉으면서 '오즈의 허수아비'처럼 서재 밖으로 성큼성큼 걸어 나갔다.

디드리치는 그 자리에 똑같은 자세로 서 있었다. 샐리는 그에게로 다가가서 발돋움을 하고는 그 뺨에 키스했다. 그리고는 엘러리에게 눈인사를 하고 나가 버렸다.


"아직 가지 마세요, 퀸 선생."

엘러리는 문간에서 몸을 돌렸다.

"기대했던 것과는 크게 어긋나 버렸군요."

디드리치는 푸념하듯 말하고는 자신의 말투에 스스로 웃음을 참지 못하면서 의자에 앉으라는 몸짓을 했다.

"삶이란 우리를 늘 절름발이처럼 만들어 버려요, 안 그래요? 앉으세요, 퀸 선생."

엘러리는 하워드와 샐리가 함께 위층으로 올라가지 않았기를 마음

속으로 빌고 있었다.

"동생이 불운한 생활을 하고 있다는 이유로, 동생의 입장을 옹호했던 일이 기억납니다."

디드리치는 얼굴을 일그러뜨린 채 말을 이어갔다.

"그런데 그때, 불행은 늘 누구와 함께 동행하려 한다는 걸 잊고서 말해 주지 않았어요. 그건 그렇고, 2만 5천 달러 건은 어째 좀 진전이 있습니까?"

엘러리는 자리에서 튕겨지듯 일어날 뻔했다.

"글쎄요……. 회장님, 겨우 하루밖에 지나지 않았잖습니까."

밴 혼은 머리를 끄덕였다. 그는 책상 앞에 가 앉더니 서류를 뒤적였다.

"로라가 그러는데, 오늘 오후에 외출하셨다고요. 제가 생각하기로는……"

'빌어먹을 여자 같으니' 하고 엘러리는 생각했다.

"글쎄요, 예. 좀 나가긴 했지만……."

"이렇게 간단한 일은……." 디드리치는 신중한 어조로 말했다. "제 말뜻은 이 정도는 어린애 장난 같은 걸 거라고 생각했다는 거죠."

"때로는 아주 쉬운 사건이 예상외로 어려울 수도 있으니까요."

엘러리가 말했다.

"퀸 선생."

디드리치가 천천히 말을 꺼냈다.

"선생은 누가 돈을 가져갔는지 알고 계시죠?"

엘러리는 눈을 깜박였다. 그는 자기 자신, 밴 혼, 샐리, 하워드, 그리고 라이트빌, 이 모두에 대해 화가 났다. 무엇보다도 자신에 대해 더욱 화가 났다. 아무리 우수한, 이른바 '퀸'이라는 상표가 붙었더라도 어처구니없는 횡설수설에 넘어갈 디드리치가 아니라는 걸 진작에 알았어야만 했다.

엘러리는 재빨리 결심했다. 그리고 침묵을 지켰다.

"알고는 계시지만, 말씀하시지는 않겠다는 거죠?"

그의 큰 몸집이 마치 갑자기 쉬고 싶다는 생각에 사로잡힌 듯, 한쪽으로 얼굴을 돌린 채 책상 뒤에서 맴돌았다. 그러나 구부정한 어깨가 많은 말을 하고 있었다. 가슴 밑바닥에서 계속 꿈틀대는 그 무엇인가를 그는 지그시 억누르고 있는 것 같았다.

엘러리는 계속 침묵을 지켰다.

"제게 말할 수가 없는 그럴 만한 사연이 있으신 줄 알고 있겠습니다."

그는 자리에서 벌떡 일어섰다. 그러나 그는 더 이상 움직이지 않고 뒷짐을 진 채 어둠에 잠긴 바깥을 내다보며 그대로 서 있었다.

"당연히 그럴 만한 사연이 있으실 겁니다."

그는 되풀이해서 말했다.

그러나 엘러리는 잠자코 앉아 있을 수밖에 없었다.

디드리치의 억센 어깨가 아래로 축 처졌고, 두 손은 부들부들 떨렸다.

그런 그의 모습이 이상하게도 죽음과 같은 인상을 주었다. 지금 당장 부검을 해본다면 밴 혼은 의심 때문에 죽은 것으로 판명이 날 것이다. 그는 아무것도 모르는 채 모든 것을 의심하고 있다. 밴 혼 같은 사람에게는 모든 것을 의심해야 하는 이런 상황이 죽음과도 다름없는 것이리라.

그러자 그때 그가 몸을 돌렸다. 엘러리가 방금 전 느꼈던 죽음의 대상이 무엇이든, 디드리치는 이미 그것을 해부한 뒤 내던져 버린 듯했다.

"싸움에 지고도 졌다는 사실을 모를 만큼 분별력 없는 내가 아닙니다. 이 나이면 그 정도는 당연히 분별할 줄 알아야겠죠. 선생이 말씀하기를 꺼려하시니까 일은 이걸로 끝난 겁니다. 퀸 선생, 모두 없었던 일로 하겠습니다."
엘러리는 '감사하다'는 말밖에 할말을 잊고 있었다.

라이트빌에 대해 그들은 잠시 이것저것 이야기했지만, 대화가 매끄럽게 풀리지 않았다. 기회가 오자 엘러리는 재빨리 자리에서 일어나 그만 가보겠다고 인사를 했다. 그러나 문간에서 엘러리는 걸음을 멈췄다.
"디드리치 회장님!"
디드리치는 놀란 표정을 지었다.
"하마터면 또 잊을 뻔했군요. 아주 연로하신 그 할머닌 누구시죠? 정원과 2층에서 뵌 적이 있습니다. 어두컴컴한 침실로 들어가시던데요."
"그러니까 선생 말씀은……."
"그분에 대해서 모르신다고는 하지 마세요."
엘러리는 단호하게 말했다.
"그러시면 전 고함을 지르며 어둠 속으로 뛰쳐나갈 겁니다."
"저런, 아무도 말씀드리지 않던가요?"
"듣지 못했어요. 전 궁금해 미칠 지경입니다."
디드리치는 자지러지게 웃었다. 그리고는 웃느라고 비어져 나온 눈물을 닦으며 어둠 속에서 엘러리의 팔을 더듬어 붙잡더니 말했다.
"자, 다시 들어가 브랜디나 한잔 합시다. 우리 어머니예요."

어디에도 수수께끼 같은 구석은 없었다. 디드리치의 어머니 크리스티나 밴 혼은 나이가 거의 백 살이 다 되었다. 그보다는 탄생 백주년이 다가오고 있다는 표현이 더 적절하리라. 그 노파에게는 시간에 대한 의식이 없었기 때문이다. 40년 전이나 지금이나 노파에게는 달라진 것이 전혀 없었다. 마음의 황량한 벌판을 헤매는, 다시 말해 변화가 정지된 존재였다.

"아무도 그분에 대해 이야기하지 않은 것은, 일상적인 의미에서 그분이 우리와 함께 '살지' 않으시기 때문이죠."
디드리치가 브랜디를 마시면서 이야기를 꺼냈다.
"어머닌 딴 세상, 그러니까 아버지의 세상에서 살고 계시지요. 아버지가 돌아가신 뒤부터 행동이 이상해지셨어요. 그때 울퍼트와 난 아직 나이가 어렸지요. 어머니가 우리를 돌본다기보다는 우리가 어머닐 보살펴드리는 경향이 점점 더 많아졌어요. 네덜란드의 엄격한 칼뱅파 가정에서 태어나셨지만, 아버지와 결혼하신 뒤로는 지옥불 속에서 사신 셈이라고나 할까요. 아버지가 돌아가신 뒤로는 그분을 추억한다는 의미에서 그분의 뭐랄까……"
디드리치는 적당한 말을 찾아 헤매다가 이윽고 말을 이었다.
"그분의 맹렬한 신앙심을 그대로 당신 것으로 간직하시게 된 겁니다. 어머닌 놀랍도록 강인한 체질을 타고 나셨어요. 의사들도 그분의 정력에는 탄복한답니다. 완전히 독립적인 삶을 영위하시는데, 우리와 어울리시는 일도 없고 진지도 따로 드시죠. 밤에도 거의 절반은 불도 켜지 않고 지내세요. 성경은 깡그리 외고 계시지요."
디드리치는 엘러리가 자기 어머니를 정원에서 뵈었다는 말을 듣고는 놀랐다.
"여러 달 동안 방에서 나가시는 일조차 없죠. 당신 스스로 혼자 생활하시고, 이상하리만큼 당신의 프라이버시를 고수하세요. 로라와 에일린을 싫어하셔서 당신 방에 들어오지도 못하게 하십니다."

다섯째 날 193

디드리치는 킬킬거리며 웃었다.
"그렇기 때문에 식사는 쟁반에 담아 방 밖에 갖다 놔드리고, 새 침대보 같은 것들도 마찬가지죠. 그 방을 한번 보시는 게 좋을 겁니다. 퀸 선생…… 방을 아주 정갈하게 해 놓으시기 때문에 방바닥에 떨어진 음식도 집어 먹을 수 있을 정도예요."
"어머님을 한번 만나 뵙고 싶네요, 회장님."
"그러세요?"
디드리치는 기뻐했다.
"자, 가십시다."
"이렇게 늦은 시간에요?"
"어머닌 올빼미세요. 밤 시간의 절반쯤은 주무시지도 않고 일어나 계십니다. 대개는 낮에 주무시는 것 같아요. 놀라운 양반이지요. 어쨌든 제가 말씀드린 대로 그분에게는 시간이란 아무 의미도 없습니다."
이층으로 올라가는 도중에 디드리치가 물었다.
"우리 어머닐 아주 똑똑히 보셨나요?"
"그렇지는 않습니다."
"그러시다면 보시고 놀라지는 마세요. 어머닌 아버지가 돌아가시던 날 이 세상과는 인연을 끊었으니까요. 20세기가 막 시작될 그 무렵 스스로 행렬에서 벗어나신 뒤로 계속 혼자 그 자리에 머물러 계신 겁니다."
"죄송한 말씀이지만, 마치 소설에 등장하는 인물 같겠는데요."
"적어도 5편 이상의 소설에 등장하는 그런 인물이라고나 할까요."
디드리치가 킬킬거리며 웃었다.
"한 번도 자동차라고는 타보신 적이 없으며, 영화도 보시지 않아요. 전화기에는 손도 대시려 하지 않고, 비행기는 아예 그 존재조차 부인하시죠. 라디오는 완전히 마법이라고 생각하세요. 전 어머니가 문자 그대로 연옥에서 사신다고 믿고 계신 게 아닌가 하고 자주 생각합니다. 악마가 직접 다스리는 연옥 말입니다."
"텔레비전에 대해서는 뭐라 말씀하시나요?"
"난 거기에 대해서는 생각조차 하기 싫습니다."

노부인은 방에 있었는데, 무릎 위에는 펼치지도 않은 성경을 올려놓고 있었다. 얼굴은 이미 미라가 되어 있었고, 디드리치의 얼굴을 그대로 빼다 박은 듯했지만 쭈글쭈글했다. 아직도 억세 보이는 턱과 의기양양해 보이는 광대뼈는 창백한 가죽으로 덮여 있었다. 눈은 디드리치의 눈처럼 얼굴 전체를 압도하고 있었는데, 한때는 빼어나게 아름다웠을 것 같았다. 검은 옷을 입고 있었고, 대머리인 듯한 머리에는 검은 솔이 덮여 있었다. 손은 가냘프지만 독자적인 삶을 살았음을 드러내고 있었다. 굵고 딱딱하고 혹투성이인, 푸른빛 도는 손가락은 무릎 위의 성경 위에서 가볍게, 그러나 끊임없이 움직이고 있었다.

탁자 위에 놓여 있는 쟁반은 거의 손도 안 댄 채 그대로 있었다.

마치 딴 세상의 전혀 다른 집 안으로, 그것도 먼 옛날로 걸어 들어온 느낌이었다. 그 방은 그 저택의 다른 부분과는 아무 관계도 없는 것처럼 보였다. 방은 오래되고 초라했으며, 가구는 흠집투성이에 조잡하기 짝이 없는 수제품이었다. 벽지는 오래되어 누렇게 퇴색되었고, 바닥에 깔린 양탄자도 닳고 닳아 색깔조차 분명하지 않았다. 장식이라곤 거의 없었다. 벽난로는 까맣게 그을려 있었다. 이가 빠지고 평범한 델프 도자기(네덜란드 델프트에서 만든 도자기)가 진열된 네덜란드제 찬장이, 가운데가 푹 꺼진 커다란 침대 너머에 어울리지 않게 놓여 있었다.

그 어디에서도 아름다움이라고는 찾아볼 수 없었다.

"아버님이 돌아가셨던 방입니다."

디드리치가 설명했다

"이 집을 지을 때 그대로 이곳에 옮겼지요. 어머닌 이 방이 아닌 다른 곳에서는 마음이 편안하지 못하실 겁니다…… 어머니?"

노인은 그들을 보자 반가운 기색을 보였다. 먼저 아들을 올려다본 다음에 엘러리를 봤다. 그리고는 말라 쭈그러진 입술을 벌리고 싱긋 웃어 보였다. 그러나 엘러리는 곧 알아차렸다. 그녀의 기쁨이란, 엄한 훈육 선생이 회초리를 막 들려고 할 때 느끼는 그런 종류라는 것을.

"너 또 늦었구나, 디드리치."

목소리가 놀라울 정도로 깊고 우렁찼다. 그러나 꺼졌다 켜졌다 하는 무선 신호음처럼 이상하게 흔들렸다.

"아버님이 하시는 말씀을 잊지 말아라. '항상 몸을 청결하게 해야 한다.' 어디 손 좀 보자!"

디드리치는 두말 않고 그의 커다란 손을 내밀었다. 노부인은 손을 잡아 들여다본 다음 다시 뒤집어 봤다. 검사하는 동안 자기가 쥐고 있는 손이 엄청나게 크다는 것을 알아챈 듯 그녀의 표정이 부드러워졌다. 노부인은 디드리치를 쳐다보면서 말했다.

"이제 얼마 안 남았다. 금방일 거야."

"뭐가 얼마 안 남았어요, 어머니?"

"넌 곧 어른이 될 거야!"

그녀는 짤막하게 잘라 말하고는 자신의 기지가 재미있다는 듯 깔깔 웃어댔다. 갑자기 그녀는 엘러리에게로 시선을 돌렸다.

"저 애는 나한테 잘 들르지 않더라. 계집애도 그렇고."

"선생을 하워드로 착각하시는 겁니다."

디드리치가 속삭였다.

"어머닌 또 샐리가 내 아내라는 것도 잊어버리시는 것 같아요. 종종 샐리를 하워드의 처라고 하시거든요…… 어머님, 이분은 하워드가 아녜요. 친구분이세요."

"하워드가 아니라고?"

그녀는 곤혹스러운 표정을 지었다.

"친구라고?"

그녀는 마치 움직이는 작은 의문 부호처럼 엘러리를 물끄러미 지켜보았다. 갑자기 그녀는 흔들의자 안에서 몸을 뒤로 빼더니 격렬하게 의자를 흔들기 시작했다.

"왜 그러세요, 어머니?"

디드리치가 물었다. 그녀는 대답을 하지 않았다.

"친구분이라구요!"

디드리치가 반복했다.

"그래!"

그의 어머니가 말했다. 엘러리는 겁이 났다. 그녀의 눈초리가 그렇게 사나워 보일 수가 없었다.

"흉허물 없이 사귀던 친구마저, 내 빵을 먹던 벗들마저 우쭐대며 뒷발질을 합니다!"

그는 시편 41편에서 인용한 글임을 알고 마음이 불안해졌다. 그녀는 그를 하워드로 착각했다. 그리고 '친구'라는 말을 듣자 마음이 풀어진 그녀는, 엘러리가 놀랄 만큼 적절한 인용구를 성경에서 끌어온 것이다.

노부인은 몸을 움직이지 않고 가만히 있더니 한마디 짧게 쏘아붙였다.

"유다야!"

말 속에는 독기가 서려 있었다. 부인은 다시 몸을 흔들기 시작했다.
"어머니는 선생님을 싫어하시는 것 같군요."
디드리치가 미안한 듯 말했다.
"그렇군요. 그만 나가는 게 좋겠어요. 어머님 마음을 불편하게 해 드리면 안 되죠."
엘러리가 중얼거렸다.
디드리치는 몸집 작은 백 살의 노인에게 몸을 굽혀 키스하고 방을 나서려 했다.
그러나 크리스티나 밴 혼은 아직 볼일을 마친 게 아니었다. 엘러리에게는 좀 기분 나쁠 만큼 거칠게 의자를 흔들며 소리쳤다.
"우린 죽음과 계약을 맺었어!"
디드리치가 문을 닫는 순간 엘러리는 아직도 자신을 노려보고 있는 자그마한 노부인의 사나운 눈초리를 볼 수 있었다.
"싫어하신다는 말씀이 맞군요."
엘러리는 웃으면서 말했다.
"마지막으로 하신 그 말씀의 뜻이 뭐죠? 제겐 좀 불쾌하게 느껴져서요."
"원체 연로하신 양반이니까." 디드리치가 말했다. "돌아가실 날이 얼마 안 남았다는 걸 알고 계시는 거죠. 선생에 대해 말씀하신 것은 아닙니다."
어둠에 싸인 정원을 가로질러 사랑채로 향하면서 엘러리는 골똘히 생각에 잠겼다. 과연 노부인이 다른 사람을 염두에 두고 한 말이 아니라고 딱 잘라 말할 수 있을까? 그토록 의미심장한 마지막 눈빛을 그냥 무시하라고······?
사랑채에 이르자 빗발이 가늘게 떨어지기 시작했다.

# 여섯째 날

좀처럼 잠을 이룰 수 없었다. 초조해진 엘러리는 사랑채 주변을 이리저리 돌아다녔다. 창 너머로 흥에 겨운 라이트빌의 들뜬 광경이 내려다보였다. 아랫마을의 술집들은 왁자지껄 소란스러울 것이다. 컨트리클럽은 여름이 되었으니 토요일 밤의 댄스파티가 한창 무르익고 있겠지. 파인 그로브는 재즈 음악으로 흥청거릴 것이다. 은빛 사슬 같은 16번 도로에 접해 있는 핫 스폿과, 올슨의 길가 선술집의 번쩍이는 간판이 눈에 보이는 것 같았다. 언덕 위로 은은한 불빛이 떠오르고 있는 것으로 보아 그랜존, F. 헨리 미니킨, 에밀 포헨버거 박사, 리빙스턴, 라이트 같은 명사들이 집에서 손님을 '접대하고 있다'는 모양이었다.

지금 생각하면 라이트가가 순수하고 그리운 오래된 추억처럼 느껴진다. 그러나 말도 안 되는 소리이다. 그 사건이 일어났을 때, 라이트가는 결코 순수하지도 그리운 추억도 아니었기 때문이다. 엘러리는 자기의 기억도 세월과 함께 보통 사람들처럼 추억으로 변해버렸다고 생각했다. 또는 현실과 비교할 때 과거가 더욱 그렇게 느껴질 따름인지도 모를 일이다. 그러나 양식은 이 설을 반대했다. 간통과 협박이라는 죄는 간계를 부린 살인과 비교하면 그 죄가 훨씬 가볍기 때문일 것이다.

그렇다면 밴 혼 사건이 특별히 사악하게 느껴지는 이유는 무엇인가? 분명히 사악했기 때문일 것이다. 그래, 틀림없다.

'우리는 죽음과 계약을 맺고 지옥과도 협정을 체결했다. 우리가 거짓말을 구실로 삼고 허위 속에 숨어 살기 때문이다……. 침대는 다리를 뻗기에는 너무 짧고 이불은 몸을 다 가리기에는 너무 작기 때문이다.'

엘러리는 얼굴을 찌푸렸다. 이사야는 하느님의 진노를 가지고 에브라임을 위협했었다. 크리스티나 부인은 성경을 잘못 인용한 것이다.

'하느님은 페라짐 산에서처럼 일어서실 것이며, 기비온 골짜기에서처럼 진노하시리니, 그의 기이한 일을 이루시고 그의 놀라운 역사를 다 성취하시리라.'

엘러리는 미끄러워 손에서 잘 빠져나갈 뿐 아니라, 손에 만져지지도 않는 무엇인가를 붙잡으려는 느낌 때문에 마음이 답답했다. 아무것도 이해할 수 없었다.

그는 이미 무덤 속에 들어가 있는 쭈글쭈글한 미라 할멈처럼 자기 자신이 무능한 것 같이 여겨졌다. 그는 책꽂이에서 빼낸 성경책을 다시 제자리에 갖다 놓고 자기를 책망하는 듯한 타자기 쪽으로 다가갔다.

엘러리는 두 시간쯤 뒤 자기가 타자 친 것을 검토해 봤다. 정말 무감각한 것 같았다. 두 쪽하고도 열한 줄이었다. 여기저기 X표 한 것이 눈에 많이 띄었고, 두세 번 고친 단어가 많은데도 내용은 신통치 않았다. 샌본(Sanborn)이라고 써야 할 곳에 밴 혼(Vanhorn)이라고

써 놓기도 했다. 여주인공은 206쪽에 걸쳐서 자유로운 생활을 하고 있었는데, 갑자기 나이 든 걸 스카우트 단원이 되어 있었다.

그는 두 시간에 걸쳐 쓴 원고를 다 찢어 버리고 타자기에 덮개를 씌운 다음 파이프에 담배를 채웠다. 그리고는 스카치를 한 잔 따른 다음 현관으로 어슬렁거리며 걸어갔다.

빗줄기가 거세어져 있었다. 수영장은 달처럼 보였고, 정원은 검은 스펀지 같았다. 그러나 현관은 아직 비에 젖지 않은 상태였다. 그는 대나무 안락의자에 앉아 세차게 쏟아지는 빗줄기를 바라보았다.

본채 북쪽 테라스는 마치 폭격을 당하기라도 하는 듯 비 세례를 맞고 있었다. 그는 오랫동안 구경하는 일에만 몸을 내맡겼다. 불안감에서 잠시 해방되어 머리를 식히려는 의도 말고는 딴 생각이 들지 않았다. 집 전체가 그의 생각처럼 어둠 속에 잠겨 있었다. 노부인이 아직 잠들지 않았을지도 모르지만 불은 이미 꺼져 있었다. 노부인도 자기처럼 어둠 속에 혼자 앉아 있다면, 지금 무슨 생각을 하고 있을지 궁금했다.

엘러리는 얼마나 오랫동안 그곳에 앉아 있었는지 의식할 수 없었다. 그러나 그것을 의식했을 때 그는 자리에서 일어나 있었고, 파이프 담배는 이미 다 타서 재가 되어 현관 바닥 빈 술잔 옆에 흩어져 있었다.

그는 설핏 잠이 들었다가, 무언가로 인해 잠에서 깨어난 것이다.

비는 여전히 쏟아지고 있었고, 정원은 수렁이 다 되어 있었다. 천둥소리를 들은 것 같은 희미한 기억이 남아 있었다.

그러자 빗소리를 뚫고 또 한 번 천둥소리가 났다. 그러나 그것은 천둥소리가 아니었다.

헛돌고 있는 자동차 엔진 소리였다. 자동차 한 대가 차고 쪽에서 본채 건물을 돌아 나오고 있었다.

차가 모습을 드러냈다.

하워드의 로드스터였다.

누군가가 냉각돼 있는 엔진을 달구기 위해 클러치를 밟으면서 가속 페달을 짧은 간격으로 밟고 있었다. 차 안에 있는 사람이 누구든 그 사람은 차에 대해 잘 모르는 사람임에 틀림없었다.

그가 누구이든…….

물론 하워드일 것이다.

그때, 엔진이 꺼졌다.

엘러리는 윙윙거리는 시동 장치의 볼멘소리를 들을 수 있었다. 시동은 다시 걸리지 않았다. 그러자 잠시 뒤 그 소리가 멎었다. 로드스터의 문이 열리고 누군가가 자갈 깔린 길 위로 뛰어내리는 소리가 들렸다.

어두운 그림자가 재빨리 차를 돌아 나타나더니 보닛을 들어올렸다. 잠시 뒤 가느다란 빛이 차 엔진 속을 이리저리 움직였다.

틀림없이 하워드였다. 길이가 긴 트렌치코트와 하워드가 애용하는 가장자리 테가 넓은 카우보이모자를 잘못 볼 수는 없었다.

도대체 어딜 가려는 거지? 눈부신 헤드라이트의 불빛 뒤에서 바삐 움직이는 그 사람은 어딘지 허둥대고 있었다. 폭풍우가 쏟아지는 밤 늦은 시각에 저렇게 허둥대면서 어딜 가려는 것일까?

몇 시간 전에 서재에서 보았던 하워드의 얼굴이 되살아났다. 그의 아버지가 콘헤븐 탐정 사무소에서 알아낸 것을 이야기할 때, 입을 꼭 다문 채 눈빛은 흐릿해지고 관자놀이에서는 맥이 뛰던 하워드의 모습, 불안정한 걸음으로 작업실로 올라가던 그 불규칙한 발자국 소리…….

'지금 기억 상실 발작의 초기 징후를 목격하고 있는지도 몰라.'

엘러리는 스위치를 올려 불을 켤 틈도 없이 사랑채로 달려갔다. 외투를 찾아 들고 다시 밖으로 뛰어나오는 데, 15초도 채 걸리지 않았다. 그는 달리면서 외투를 몸에 걸쳤다. 그러나 이미 엔진은 그르렁거리고 있었고 보닛이 닫히며 차가 움직이기 시작했다. 엘러리는 정원을 철벅거리고 가로질러 달리며 고함을 치려 했으나 그만두었다. 소용없는 일이었기 때문이다. 소리를 쳐봤자 엔진 소리와 폭풍우 때문에 하워드는 듣지도 못할 것이다. 차는 이미 차도를 향해 방향을 틀고 있었다.

엘러리는 있는 힘껏 달렸다. 차고 안에 키가 꽂혀 있는 차가 한 대라도 더 있기를 바랄 뿐이었다.

첫 번째 차에 키가 꽂혀 있었다.

그는 샐리의 컨버터블을 차고로부터 재빨리 몰고 나가면서, 비록 옆엔 없지만 그녀에게 고맙다는 축복의 말을 잊지 않았다.

몸은 이미 젖어 있었다. 운전대를 잡은 지 10초도 되지 않아 머리끝에서 발끝까지 흠뻑 젖었다. 지붕이 뒤로 접혀 있었기 때문이다. 차 덮개 조작 스위치를 찾았다. 얼른 알아볼 수가 없자 아예 포기해 버렸다. 더 이상 물에 젖을 수도 없으니 상관없었다. 게다가 길이 꼬불꼬불했기 때문에 주의를 집중해야만 했다.

하워드의 로드스터는 흔적없이 사라졌다. 엘러리는 노스 힐 드라이브에서 저택 경내로 들어가는 입구 바로 밖에 차를 급정거시키고, 양방향 중 어느 쪽으로든지 즉시 차머리를 돌릴 준비를 했다.

오른쪽 힐 드라이브 방향에는 아무것도 보이지 않았다.

그러나 왼쪽, 그러니까 북쪽으로 점점 작아져가는 자동차 후미등이 보였다. 엘러리는 최대한 샐리의 컨버터블을 왼쪽으로 꺾은 다음 가속 페달을 밟았다.

엘러리는 처음에 하워드가 마호가니 산으로 향하는 줄 알았다. 케토노키스 호수 쪽으로 가면 그것은 속죄를 하기 위한 것이고, 패리시 호수 쪽으로 가면 원죄의 현장을 찾아가기 위한 것이라고 생각했다. 의식을 잊어버린 상태에서도 막연하게 정신적 위기를 겪었던 바로 그 현장을 찾아가 보고 싶은 충동을 느꼈을지도. 물론 이 모든 것은 앞에 보이는 것이 하워드의 차라는 전제 아래서만 가능하다. 만약에 그렇지 않고 하워드가 노스 힐 드라이브에서 남쪽, 그러니까 시내 쪽으로 차를 몰았다면 그를 찾을 길은 영영 없어지게 된다.

 엘러리는 페달을 더 세게 밟았다. 시속 105킬로미터에 다다르자 앞차와의 거리가 좁혀지기 시작했다.

 차가 도로에서 빠른 속력으로 벗어나면서 탐정으로서의 그의 이력이 지저분하게 끝나는 바로 그 순간, 그 차가 하워드가 아닌 시골 주정뱅이 차라는 것을 발견하게 된다 하더라도 할 수 없는 일이라고 엘러리는 생각했다.

 비가 그의 코끝을 타고 줄기차게 쏟아져 내렸다. 신발이 너무 젖어 있었기 때문에 그의 오른발이 가속 페달에서 계속 미끄러져 내렸다. 그러나 갑자기 앞차와의 간격이 빠른 속도로 줄어들기 시작했다. 그러다가 그가 뒤쫓고 있는 차의 브레이크 등이 반짝였고, 그래서 그도 브레이크를 밟았다. 어째서 속도를 줄이는 것일까?

 앞차가 왼쪽으로 급커브를 꺾는 순간 교차로의 깜박이는 신호등을 보고서야 그 이유를 알게 되었다. 그리고 로드스터가 하워드의 차라는 것을 알 수 있었다. 그것은 곧 시야에서 사라졌다.

 어두운데다 비까지 오고 있었기 때문에 도로 안내판이 보이지 않았다. 그러나 왼쪽은 서쪽이니까 그들은 라이트빌을 끼고 도는 셈이었다. 그는 앞차 꽁무니의 붉은 등과 일정한 거리를 유지했다. 하워드는 속도를 늦춰 시속 40킬로미터 쯤으로 달리고 있었는데, 그 이유는 알 수 없었다. 그러나 엘러리는 덕분에 상향 헤드라이트를 끌 수가 있었고, 따라서 자신의 차를 그만큼 덜 노출시킬 수 있었다.

결국 호수로 가는 것은 아니었다.

그러면 어디지?

하워드 자신도 모르고 있는 것은 아닐까?

엘러리는 처음으로 자기가 라이트빌에 잘 왔다는 생각을 했다.

문득 그는 왜 하워드가 속도를 늦추었는가를 알게 되었다.

그는 무엇인가를 찾고 있었다.

그때 로드스터의 후미등이 두 번째로 시야에서 사라졌다.

결국 하워드는 자기가 찾고 있는 무엇인가를 찾은 것이다.

잠시 뒤 엘러리도 그것을 찾아냈다.

갈림길이었다. 거기에 도로 표지판이 서 있었다. 표지판에는 다음과 같이 표시돼 있었다.

파이델리티 3.2km

갈림길은 비포장도로인데다 진흙투성이의 수렁이 되어 있었다. 진흙이 차바퀴에 달라붙을 뿐만 아니라, 마치 도망치는 여우 모양으로 길이 고르지 못하고 U자로 꺾여지기도 했다. 엘러리는 30초도 채 안 돼 하워드를 시야에서 놓치고 말았다.

엘러리는 컨버터블과 씨름을 하면서 고래처럼 입에 거품을 물고 저주를 퍼붓기 시작했다.

속도계는 처음에 30킬로미터로 떨어졌다가 다음에는 23, 그러다가 마침내 시속 14킬로미터 이하로 떨어졌다. 그는 악착같이 운전대를 붙들고는 있었지만, 하워드를 따라잡느냐 마느냐는 이미 관심 밖이었다. 그는 마치 작은 호수 안에 앉아 있는 것 같았다. 움직일 때마다 철버덕거렸다. 빗물이 그의 맨살을 타고 흘러내렸다. 이미 오래 전에 다시 상향 헤드라이트를 켰지만, 시야에 들어오는 것은 끊임없이 퍼붓는 빗줄기와 길 양쪽의 비에 흠뻑 젖은 나무들뿐이었다. 길가에 움츠리고 서 있는 초라한 집 몇 채를 지나쳤다.

그 순간 멈춰 서 있는 하워드의 로드스터를 지나쳤다.

시가지를 지나친 적이 없는 것은 물론이고 갈림길에서 아직 3킬로미터도 더 오지 않은 곳이다. 왜 하워드는 아무것도 없는 이 허허 벌판에 차를 멈춘 것일까?

'기억 상실증 환자들은 자기들만의 논리가 있는지도 몰라.'

하워드의 차는 남쪽을 향하도록 돌려 세워져 있었다.

그래서 엘러리도 좁은 길에서 간신히 컨버터블을 앞뒤로 움직여 남쪽을 향하도록 해 놓았다. 그는 미끄러지는 차를 간신히 달래 하워드의 로드스터로부터 20미터쯤 떨어진 곳에 정차시키고 엔진과 헤드라이트를 끈 다음 차에서 내렸다.

길은 발목까지 진흙 속에 빠져 들어갔다.

로드스터에는 아무도 타고 있지 않았다.

엘러리는 하워드 차의 발판에 지친 듯 걸터앉아 빗물이 흘러내리는 얼굴을 문질렀다.

하워드는 대체 어딜 갔을까?

문제는 그것이 아니었다. 사실 이제는 아무 것도 문제될 것이 없었다. 다만 더운 물로 목욕이나 하고 옷을 갈아입고 싶다는 마음이 굴뚝같았다. 하지만 지금으로서는 어쩔 수 없는 일이었다. 그런데 하워드의 행방은 엘러리에게 있어 하나의 단순한 흥밋거리 이상이었다.

발자취라도 있었으면 좋으련만. 그러나 이런 진흙탕은 바다와 마찬가지로 발자취를 남겨두지 않는다.

그에게는 손전등도 없었다.

잠시 기다려 보자고 엘러리는 생각했다. 그래도 나타나지 않으면 그걸로 끝이다. 찾아본다는 것은 불가능했다. 달도 없고……

그는 내키지는 않았지만, 몸에 익은 습관대로 발걸음을 옮겨 하워드의 로드스터 문을 열고 손으로 계기반을 더듬었다.

하워드가 차 열쇠를 가져간 사실을 발견한 순간 그는 앞쪽의 불빛을 보았다.

꾸벅꾸벅 절을 하듯 불빛은 위아래로 움직이다가는 잠시 사라지곤 했다. 그러나 다시 나타나 한동안 한 지점에 고정되는 듯하다가는 다시 상하로 움직이곤 했다. 그러다 다시 사라진 다음 몇 걸음 더 먼 곳에서 나타나곤 했다.

불빛은 꽤 멀리 떨어진 곳에서 이런 곡예를 연출하고 있었다. 그곳은 길 위가 아니라 길에서 벗어난 곳이었다.

저기가 들판이던가?

때로는 불빛이 지면 가까이서 움직이다가 때로는 사람의 허리 높이까지 올라오곤 했다.

그러다가 불빛이 한 곳에 멈췄기 때문에 엘러리는 넓은 모자를 쓴 거무스레한 모습을 어렴풋이 볼 수 있었다.

하워드가 손전등을 사용하고 있다!

엘러리는 손을 내밀어 더듬더듬 로드스터를 돌아 앞으로 걸어갔다. 컨버터블 차내의 장갑 서랍에 손전등이 있을 테지만, 그걸 가지러 가다가는 꼭 보아야 할 것을 놓치고 말 것 같았다. 엘러리가 불을 비추게 되면 하워드는 놀란 나머지 도망갈지도 몰랐다.

로드스터 너머 젖은 돌담이 엘러리의 손에 와 닿았다. 높이가 허리께까지 오는 담이었다.

그는 담을 뛰어넘어 담 저쪽 가시덤불 속으로 떨어졌다.

그러나 그는 거머리처럼 집념이 강했으므로 재빨리 가시덤불로부터 몸을 일으켜 불빛을 향해 비틀거리며 앞으로 나아갔다.

길은 몹시 울퉁불퉁했다. 작은 구릉지대를 오르기도 하고 내리막길을 미끄러져 내리기도 했다. 그는 차갑고 단단하며 비에 젖은 어떤 물체에 부딪히기도 했다. 한번은 풀이 우거진 곳에 납작하게 깔려 있던 돌부리에 걸려 넘어지기도 했다. 때때로 코가 나무에 부딪히기도 했다.

그곳은 그가 일찍이 어둠 속에서 헤맸던 곳 중 가장 종잡을 수 없는 지형이었다. 발은 수시로 함정에 빠지곤 했다. 불빛을 놓쳐서는 안 되기 때문에 더욱 힘들었다. 그놈의 빌어먹을 불빛, 움직이지 말고 한군데 가만 있었으면! 하지만 그것은 춤추듯 계속해서 움직이고 있었다.

게다가 그 불빛에 한 발자국도 더 가까이 다가서지 못했다는 것을 알자 엘러리는 더욱 분통이 터질 것만 같았다.

그것은 멀리서 마치 도깨비불처럼 춤추면서 조금도 이쪽과 가까워지지 않은 채 엘러리를 유혹하고 있었다.

발부리가 어떤 물체에 부딪히면서 그는 두 번째로 넘어졌다. 그러나 이번에는 넘어지면서 그 무엇인가에 머리를 부딪쳤다. 머리가 떨어져나가는 것 같았다. 그는 죽는 줄 알았다. 모든 것이 정지되는 것 같았다. 비, 추위, 하워드, 춤추는 불빛…… 모든 것이 정지되는 것 같았다.

엘러리가 다시 눈을 떴을 때, 불빛은 그가 누워 있는 곳에서 6미터도 채 떨어져 있지 않았다. 분명히 레인코트를 입고 스테트슨 모자를 쓴 하워드가 불빛 앞에 서 있었다. 불빛은 이제 움직이지 않았다. 엘러리는 그 불빛으로 자신이 넘어져 있는 곳과, 무엇에 걸려 넘어진 것인지, 그리고 그의 옆머리를 친 게 무엇인가를 알 수 있었다.

그는 잡초에 뒤덮인 네모진 작은 흙무더기에 걸려 넘어졌던 것이다. 머리맡에는 대리석 기둥이 서 있고, 기둥 꼭대기에는 돌 비둘기가 장식되어 있었다.

그의 관자놀이를 친 것은 그 돌 비둘기였으며, 그가 의식을 잃고 누워 있는 동안 하워드는 원형을 그리면서 돌아다니다가 마침내 엘러리가 누워 있는 곳에서 불과 몇 미터 떨어지지 않은 곳에서 자신이 찾고 있던 무덤을 발견해 낸 것이었다.

그들이 있는 곳은 바로 파이델리티 묘지였다.

엘러리는 몸을 일으키고는 무릎을 꿇었다. 대리석 비석이 그와 하워드 사이에 있었다. 하워드에게 발각될 위험은 거의 없었다. 하워드는 엘러리 쪽으로 등을 돌리고 있었고, 자기의 손전등에 비쳐지는 광경에 정신을 완전히 집중하고 있었기 때문이다.

엘러리는 이름 모르는 그 비석에 몸을 바싹 붙이고 자신의 눈앞에 펼쳐지고 있는 광경에 시선을 집중했다.

갑자기 하워드가 앞으로 뛰쳐나갔다. 불빛이 미친 듯이 반원을 그리다가 이윽고 한 곳에 멈췄다. 하워드가 무덤에서 흙을 한줌 손에 쥐어드는 것이 보였다.

하워드는 자신이 집어든 흙이 어떤 악마적인 힘이라도 지닌 것처럼 비석을 겨냥하더니 정면으로 내던졌다.

그는 다시 허리를 굽혔고, 불빛은 다시 반원을 그리다가 고정적으로 한 군데를 비쳤으며, 다시 흙을 내던졌다.

억수같이 퍼붓는 빗속을 뚫고 한밤중에 수킬로미터를 달려와 비석에 진흙을 던진다, 이것은 논리적으로 볼 때 그동안의 악몽에 대한 완전한 대단원처럼 보였다. 적어도 엘러리에게는 그렇게 보였다. 손전등이 땅에 내려놓여진 채 그 불빛이 진흙투성이가 된 비석을 비추고 있는 동안, 하워드는 자기 레인코트 호주머니에서 끌과 망치를 꺼내더니 앞으로 달려가, 비가 줄기차게 퍼붓는 어둠 속에서 불꽃을 흩날리며 비석을 쪼아대기 시작했다. 그것은 마치 미지의 세계를 찾아 헤매다가 마침내 최종 형상을 더듬어 찾게 된 조각가의 포즈, 그것이었다.

엘러리가 다시 정신이 들었을 때, 주위는 아직 캄캄한 묘지 그대로였다.

하워드는 없었다.

하워드의 흔적이라고는 진흙투성이의 도로를 향해 천천히 움직이고 있는 손전등뿐이었다.

엘러리가 자리에서 막 일어나려는 순간 그 불빛은 사라졌다.

잠시 뒤 엘러리는 로드스터의 희미한 엔진 소리를 들었다. 그 소리도 곧 사라져버렸다.

엘러리는 비가 이미 그친 것을 알고는 놀랐다.

엘러리는 돌 비둘기 장식이 있는 비석에 몸을 기댔다. 하워드의 뒤를 따라가기에는 너무나 늦었다.

그러나 아직 늦지 않았더라도 그 뒤를 따라가지는 않았을 것이다. 그의 젖은 발 아래에 누워 있는 유령들이 모두 일어나 엘러리를 잡아당겼다 하더라도 그를 그 무덤들 밖으로 쫓아내지는 못했을 것이다.

엘러리에게는 해야 할 일이 남아 있었다. 그 일을 마치기 위해서라면 새벽까지라도 그곳에 머무를 각오가 되어 있었다.

곧 달이 떠오를 것이다.

엘러리는 몸에 찰싹 달라붙는 자기 코트 단추를 풀고 흙 묻은 손으로 웃옷 호주머니에서 담배 케이스를 더듬어 찾았다. 은제 케이스였기 때문에 담배는 젖지 않았을 것이라고 생각했다. 그는 상자 뚜껑을 열고 마른 담배 한 대를 꺼내어 입에 문 다음, 담배 케이스를 다시 호주머니에 넣고 라이터를 더듬어 찾았다.

그는 라이터를 꺼내 뚜껑을 열고 불을 켠 다음 손바닥으로 불꽃을 가리고 하워드가 조금 전 악마를 쫓던 그 장소를 찾아 흙무더기를 세 개나 넘어갔다.

엘러리는 손으로 그 작은 불꽃을 계속 가리면서 나아가다가 어느 순간 걸음을 멈췄다.

엘러리는 몸을 굽혔다. 그 비석은 이곳에서도 가장 초라한 비석 같았다. 둘레에 우거진 잡초보다도 키가 크지 않았으나, 폭은 두 무덤이 벌어진 그 폭과 비슷했다. 모세의 십계명 돌판처럼 머리 부분은 둥글게 되어 있고, 가운데는 갈라져 있었다. 돌 자체가 견고하지 못한데다 풍화 작용 탓에 표면이 매끄럽지 못했다. 그런데다가 하워드가 흙으로 지저분한 타격을 가했기 때문에, 이제는 마치 살해당한 것처럼 쌍둥이 무덤 사이에 비스듬히 서 있었다.

비석에 새겨진 글자의 일부는 무자비한 끝에 손상을 입어 읽는 데 힘이 들었다. 출생일과 사망일 등은 간신히 그것이 숫자라는 것만 알아볼 수 있을 뿐이었다. 참을성 있게 살펴본 다음에야 겨우, '하느님이 함께 하시도다'라는 묘비명을 어렴풋이 판독할 수 있었다. 그러나 그 무덤에 쓰인 이름에 대해서는 의심할 여지가 없었다. 비석 맨 위쪽에는 대문자로 똑똑하게 다음과 같이 쓰여 있었다.

아론과 매티 웨이

엘러리는 다시 차를 몰고 돌아가, 하워드의 로드스터 옆에 주차시켰다. 하워드의 차를 보고도 놀라지는 않았지만 안심이 되었다. 그는 하워드는 나중에 보기로 하고 우선 본채를 돌아 사랑채로 갔다.

현관에 진흙이 묻어 뻣뻣해진 겉옷을 벗어 놓고 나머지 옷도 욕실로 가면서 벗었다. 뼛속까지 스며든 한기가 완전히 가시고 굳어진 근육이 다 풀릴 때까지 샤워를 하면서 살을 박박 문질러 씻었다. 그리고는 물기를 닦은 뒤 깨끗하고 마른 옷으로 갈아입고, 거실에 들러 손전등을 비춰가며 스카치위스키를 한 잔 따라 마셨다. 그는 이어 먼동이 터오는 것을 바라보면서 본채로 향했다.

그는 침실 문들을 지나 조용히 위층으로 올라갔다. 불빛은 어디에도 보이지 않았다. 그는 손전등을 켜지 않은 채 더듬거리면서 조심스레 발걸음을 옮겼다. 그러나 맨 꼭대기 층 마루까지 가서는 손전등을 켰다. 짙은 회갈색 카펫에 난 진흙 발자국이 계단에서 하워드의 침실까지 이어져 있었다. 침실 문이 반쯤 열려 있었다.

엘러리는 문간에서 멈췄다.

침대까지 진흙 자국이 이어져 있었다. 침대 위에는 하워드가 옷을 입은 채 잠들어 있었다. 레인코트도 그대로 입고 있었다.

빗물에 흠뻑 젖은 모자는 베개 위에 잔뜩 쌓인 진흙더미 위에 입을 크게 벌린 채 놓여 있었다.

엘러리는 문을 닫고 빗장을 질렀다.

그리고는 창문 블라인드를 내리고 불을 켰다.

"하워드!"

그는 잠자코 있는 하워드를 흔들어 깨웠다.

하워드는 알아들을 수 없는 말을 신음이라도 하듯 내뱉으면서 머리를 뒤로 젖힌 채 코를 골며 돌아누웠다. 그는 이를테면 혼수상태에 빠져 있었다. 엘러리는 흔들어 깨우는 일을 그만두었다.

젖은 옷부터 벗겨야지, 그렇지 않으면 폐렴에 걸릴지도 모른다고 엘러리는 생각했다.

그는 젖은 코트의 단추를 풀기 시작했다. 방수 처리가 돼 있어서인지 안감은 젖어 있지 않았다. 옷을 계속 잡아당겨 소매 하나를 빼냈다. 그리고는 하워드의 육중한 몸을 일으켜 코트를 몸에서 벗겨낸 다음 나머지 소매 하나를 마저 빼냈다. 그는 하워드의 신발과 양말, 그리고 진흙이 덕지덕지 묻어 있고 무릎까지 젖어 있는 바지를 벗겼다. 그리고는 담요를 수건 삼아 다리의 물기를 닦아냈다. 침대는 엉망이었다.

하워드의 머리도 손질했다.

머리를 매만지자 하워드는 몸을 뒤척였다.

그는 마치 몸에서 무언가를 떼어내려고 발버둥치는 것처럼 사지를 자꾸 내저었다. 신음 소리도 났지만 잠에서 깨지는 않았다. 몸을 모두 닦아내자 또다시 반혼수상태의 깊은 잠에 빠져드는 것 같았다.

엘러리는 얼굴을 찌푸리면서 허리를 폈다. 그는 침실용 장롱 위에서 그가 찾고 있는 위스키를 발견하고는 그쪽으로 걸어갔다.

하워드가 눈을 떴다.

"엘러리 선생님!"

눈은 충혈되어 있었고, 표정은 어리둥절해 보였다. 그리고는 갑자기 공포에 휩싸이는 듯했다.

그는 엘러리를 손으로 붙잡았다.

"무슨 일이죠?"

혀가 굳어 있었다.

"하워드, 자네가 말해 보게."

"또 그 일이 생긴 거죠? 그렇죠!"

엘러리는 어깨를 으쓱했다.

"글쎄, 일이 생긴 건 사실이야, 하워드. 자네가 마지막으로 기억하고 있는 일은 뭐지?"

"서재에서 위층으로 올라왔죠. 그리고 잠시 제 일을 한 것뿐인데…

…"
"그래, 그건 나도 알고 있어. 그뒤의 일 말야."
하워드는 눈을 지그시 감았다. 그리고는 머리를 흔들었다.
"기억 나지 않습니다."
"자넨 위층으로 올라와 잠시 자기 일을 했지……."
"어디서요?"
"그래, 어디서 했지?"
"어, 선생님이 도리어 질문을 하시네!"
하워드의 웃음소리가 가늘게 떨려 나왔다.
"무슨 일이 있었어요? 전 저쪽 작업실에서 작업을 했는데요."
"작업실이라…… 그 다음에 아무 일 없었나?"
"빌어먹을, 모르겠어요. 공백일 뿐이죠. 선생님, 가만, 그럼 바로 그……."
그는 말을 멈추었다.
엘러리가 머리를 끄덕였다.
"지난번처럼 그랬다는 거지요?"
하워드는 벌거벗은 다리를 치켜들었다. 그는 몸을 떨기 시작했다. 엘러리는 밑에 깐 담요를 잡아빼어 허벅지에 담요를 덮어 주었다.
"아직도 어두운데요."
하워드의 음성이 높아졌다.
"벌써 하루가 지났나요?"
"아니야. 아직 같은 날 밤이야. 새벽녘이지."
"또 발작한 겁니까? 제가 무슨 짓을 했죠?"
엘러리는 하워드를 유심히 살펴보았다.
"제가 어딘가를 갔겠죠? 어디에 갔었죠? 선생님은 보셨습니까? 저를 따라오셨나요? 하지만 선생님은 옷이 젖지 않으셨는데요?"

"난 자넬 따라갔었어. 옷은 갈아입었지."
"제가 무슨 짓을 했지요?"
"우선 담요로 발부터 덮게. 그럼 이야기 해 줌세. 자넨 정말 아무 것도 기억이 나지 않는단 말이지?"
"기억이 나지 않아요! 정말 제가 무슨 짓을 했지요?"
엘러리는 그에게 자초지종을 말해 주었다.

하워드는 이야기를 마치자, 정신을 차려야겠다는 듯이 머리를 좌우로 흔들었다. 그리고는 머리를 긁고 목덜미를 문지르면서 코를 잡아당겼다. 그는 방바닥에 놓여 있는 옷을 내려다보았다.
"자넨 하나도 기억이 나지 않는단 말이지?"
"예, 그래요!"
하워드는 엘러리를 쳐다봤다.
"믿어지지 않는 이야기군요…… 특히 제가…….
그는 시선을 돌렸다.
엘러리는 하워드의 레인코트를 집어 들어 호주머니에 손을 넣고 뒤졌다. 끌과 망치를 보자 하워드는 얼굴이 매우 창백해졌다.
그는 침대에서 내려와 맨발로 이리저리 방안을 거닐기 시작했다.
"제가 그런 일을 했다면, 전 정말 무슨 일을 저지를지 몰라요."
그는 흥분한 어조로 중얼거렸다.
"그 전에 발작을 일으켰을 때에도, 아무도 제가 무슨 일을 했는지 몰라요. 이렇게 마음대로 돌아다니다가는 큰일을 저지를 것 같아요."
"하워드."
엘러리는 침대 옆 안락의자에 몸을 던지듯 주저앉았다.
"자넨 아무에게도 해를 끼치지는 않았어."

"하지만 왜 제가 그 무덤을 손상시켰을까요. 왜 그랬을까요?"
"그동안 자넨 과거 사실이 알려지는 것을 두려워하다가, 마침내 자기 출생 신분을 알게 되자 그 충격 때문에 다시 발작을 일으킨 것으로 보여. 자넨 무의식 상태에서 그동안 자네를 버린 친부모에 대해 품어왔던 깊은 원한과 두려움, 증오를 표출시킨 거야…… 난 물론 심리학적으로 말하고 있는 것일세."
"전 아무 증오심도 느끼지 않는데요!"
"물론 그렇겠지!"
"전 그런 감정을 가졌던 기억조차 없어요!"
"의식적으로는 그렇겠지."
하워드는 바로 옆 작업실로 통하는 문간에 멈춰 섰다. 그는 잠시 그 어두컴컴한 방 안을 들여다보고 있었다. 그러다가 마침내 작업실 안으로 걸어 들어갔다. 엘러리는 이리저리 걸어 다니는 발자국 소리를 들을 수 있었다. 발자국 소리가 멎더니 전등이 모두 켜졌다.
"엘러리 선생님, 이리 좀 와 보세요."
"맨발로 다니지 말고 발에 무엇을 좀 신지그래."
엘러리는 안락의자에서 힘겹게 일어났다.
"제 발 걱정은 하실 필요 없구요! 이쪽으로 빨리 와 보세요!"
하워드는 작업대 옆에 서 있었다. 점토로 만들어진 수염 난 주피터 상이 그 위에 놓여 있었다.
엘러리가 궁금하여 물었다.
"무슨 일이야?"
"제가 어젯밤 서재에서 올라온 뒤 이 방에서 작업을 했다고 했죠? 이게 바로 제가 한 일입니다."
"주피터 상 말인가?"
"아녜요, 이것 말입니다."

하워드는 조각 좌대를 가리켰다. 세공용 점토에는 날카로운 도구로 다음과 같이 새겨져 있었다.

H.H. WAYE

"자넨 그 작업을 한 걸 기억하고 있나?"
"그럼요! 제가 왜 그렇게 했는지도 기억해요."
하워드는 귀에 거슬리는 웃음소리를 냈다.
"난 내 본래 이름이 어떻게 보일까 보고 싶었어요. 언제나 내 작품에 H.H. 밴 혼이라고 서명했습니다. H.H.는 그대로 사용해야 했습니다. 친부모가 이름을 지어주지 않았으니까. 하지만 웨이는 제 진짜 성이 아닙니까. 그런데 말이에요, 새로운 사실을 알았어요."
"뭔데, 하워드?"
"이름이 마음에 든다는 겁니다."
"마음에 든다고?"
"네, 마음에 들어요. 지금도 그렇구요. 아버지가 처음 그 말씀을 하셨을 때만 해도 내겐 별 의미가 없었거든요. 그런데 이리로 올라온 뒤로…… 말하자면 그 이름이 내 마음에 들기 시작했다는 겁니다. 여기 좀 보세요."
하워드는 벽으로 달려가 판자에 붙여 놓은 몇 장의 스케치를 손으로 가리켰다.
"이름이 어찌나 마음에 들었던지, 미술관에 사용하려고 준비한 스케치에 전부 H.H. 웨이라고 서명해 놓았지요. 그 이름을 내 공식 서명으로 사용할 생각까지 했는 걸요. 제가 친부모를 증오한다면, 그 이름을 그렇게 좋아할 리 없겠지요?"
"의식적으로 그럴 수도 있을 거야. 자신의 증오심을 감추기 위해서 말이야."

"제 원래 이름에 그토록 애착을 느끼는데도 기억상실이라는 발작을 일으켜서, 억수같이 퍼붓는 빗속을 16킬로미터나 달려가 무덤에 침을 뱉는단 말입니까?"

하워드는 창백한 얼굴로 의자에 가서 털썩 주저앉았다.

"그러니까 결국 이야기가 이렇게 되는군요."

그는 천천히 말을 이었다.

"기억상실이 일어나면 평소와 전혀 다른 사람이 된다는 거로군요. 제대로 의식이 있을 때는 꽤 괜찮은 녀석이지만, 기억을 잃으면 미치광이나 악마 같은 존재가 된다는 거죠. 지킬 박사와 하이드처럼!"

"또 지나치게 과장하는군."

"과장이라고요? 자기 친부모의 묘비를 훼손하는 일이 이성을 가진 행동이라곤 볼 수 없겠지요. 그건 비열한 짓입니다. 나라마다 문화가 다르다손 치더라도, 어느 나라나 부모에 대한 공경은 공통적인 것입니다. 조상 숭배든 단순히 부모에 대한 존경심이든 말입니다!"

"하워드, 자넨 이제 그만 잠자리에 드는 게 좋겠어."

"부모의 묘에 손상을 입힌다면, 언젠가는 살인이나 강간, 방화 따위의 범죄를 저지르지 말란 법도 없지 않겠어요?"

"하워드, 자넨 말이 좀 지나쳐. 가서 잠이나 자게."

그러나 하워드는 감정이 격해져서 엘러리의 손을 꼭 붙잡은 채 놓아 주지 않았다.

"절 도와 주세요, 지켜 주세요. 제발 절 혼자 놔두지 마세요!"

그의 눈엔 공포의 빛이 역력했다.

'이 젊은이는 몸을 기대고 의지할 상대로 바꾸었군. 디드리치 대신

이제 내가 이 청년의 아버지인 셈인가!'

가까스로 엘러리는 하워드를 잠자리에 들게 할 수 있었다. 그는 하워드가 기진맥진해 잠 속으로 곯아떨어질 때까지 침대 옆에서 지키고 서 있었다.

엘러리는 본채에서 나와 차고로 갔다. 그리고는 컨버터블과 로드스터에 붙어 있는 진흙을 제거하느라 지겨운 한 시간을 보내야 했다.

엘러리가 잠자리에 들었을 때는 사랑채 창문으로 어느덧 일요일 아침햇살이 스며들고 있었다.

## 일곱째 날

벌써 7일째다. 이날 엘러리는 모든 작업, 특히 소설 쓰는 일을 잠시 중단하고 휴식을 취했다. 그는 일부러 특정 출판업자에 대해서는 생각조차 하지 않으려 했다. 계약을 이용해 횡포를 부리곤 하는 출판업자들이 없지 않았다. 엘러리는 출판과는 상관없는 편지를 몇 통 쓰고는 느긋한 기분으로 휴식에 들어갔다.

이 마을에는 교회가 있었다.

교회가 얼마나 그의 마음에 들지는 알 수 없었지만 다행히도 성 바울 교회의 치처링 목사의 그날 설교는 그런대로 괜찮았다. 목사의 목소리는 우레처럼 울려 퍼졌다. 훈계하고 심판하면서 불만을 토로하는 예레미야를 방불케 했다.

"오, 가슴이여! 내 가슴이여! 고통은 가슴 깊이 가라앉아 내 심장을 울립니다."

목사의 목소리는 맨 뒷자리까지 들려왔다.

"나는 침묵할 수 없습니다. 오, 나의 영혼이여! 온 나라가 황폐해지고 말 것입니다. 비통한지고! 내 영혼은 살인자들 때문에 비탄에 빠져 있나이다."

이 말을 들은 하워드는 몸 둘 바를 몰랐고, 울퍼트는 쓴웃음을 지었으며, 샐리는 지그시 눈을 감았다. 디드리치는 굳은 표정을 하고 조용히 듣고 있었다. 그러나 설교 끝부분에 이르자 치처링 목사는 갑자기 예레미야에서 누가복음 6장 38절로 옮겨갔다.

"베푸십시오, 그러면 여러분도 받게 될 것입니다. 말에다 누르고 흔들어 넘치도록 후하게 담아서 여러분의 가슴에 안겨 줄 것입니다. 여러분이 남에게 되어 주는 만큼 여러분도 되돌려 받게 될 것입니다."

뒤에 곧 알게 됐지만, 한 교구위원이 새 성단을 기증한 것이다. 지금의 성단은 낡아서 사용할 수 없게 되었기 때문이었다. 이 마음이 후한 하느님의 종은, 이름이 널리 알려진 인사라는 것도 밝혀졌다.

"다시 한 번 말씀드리지만, 이분은 고명하신 분입니다."

치처링 목사는 우레와 같은 목소리로 노래하듯 읊조렸다.

"물론 세속적인 의미에서도 그렇지만 그보다 하느님 보시기에 그렇다는 겁니다. 하느님을 두려워하는 이 형제는 이 지상에 보화를 쌓아 놓았기 때문에 선행을 행한 것이 아닙니다. 물론 지상에 보물을 쌓기도 했겠죠, 그렇지 않고서야 그 형제가 이번 일을 어떻게 할 수가 있겠습니까? 그 일이야말로 천국에 보화를 쌓는 일이 아닐 수 없습니다. 좀먹지도 않고 녹슬지도 않는 보화를 쌓는 일이 아닐 수 없습니다. 이제 이 목자가 나팔을 불어, 주님 안에서 선을 베푼 형제님은 디드리치 밴 혼 씨라고 공표하더라도 주님은 저를 용서해 주시리라고 생각합니다!"

그러자 신도들은 웅성거리면서 목을 길게 빼고 그 주님의 종에게 빙긋 웃음을 보냈다. 디드리치는 몸을 좌석에 더 깊이 움츠리면서도 겸손해하는 기색 없이 목사를 쳐다보고 있었다. 그러나 목사의 탄식

섞인 설교로 침통해 있던 분위기가 그 일로 말미암아 한결 밝아졌다. 마지막 찬송가가 우렁차게 울려 퍼지고 예배가 끝났을 때, 사람들은 모두 정신적으로 감동을 받은 채 교회를 떠났다.

　엘러리조차도 성 바울 교회를 찬미하며 그곳을 떠났다.

　그리고 나서는, 밤과 닭 내장을 안에 채워 구운 칠면조, 설탕에 절인 고구마, 레몬 셔벗 수플레 등을 먹으면서 유쾌한 시간을 보냈다. 식후에는 멘델스존의 〈엘리야〉를 들었는데, 샐리는 심각한 표정이었고, 디드리치는 흥분했다. 하워드는 새로 녹음된 이 곡을 몇 주 전에 사 놓았었다. 가족 모두가 영혼의 목마름을 느끼고 있는 이 시점에서 그가 그런 음악을 틀어 놓았다는 것은, 어찌 보면 현명한 일이었다. 그날엔 또 라이트빌 전통에 입각한 저녁 사교 모임이 있었는데, 귀부인과 신사 양반들은 판에 박힌 어구들을 능란하게 구사하며 간혹 가다가는 재담도 몇 마디씩 곁들였다. 엘러리는 오히려 그들 모두가 한 번도 만난 적 없던 사람들이라는 게 다행스러웠다.

　그날은 제법 유쾌하게 끝나고 있었다. 라이트빌에서 일요일 저녁은 언제나 일찌감치 막이 내린다. 11시 30분 이전에 사람들은 모두 떠나고 엘러리도 자정 이전에 잠자리에 들었다.

　그는 어둠 속에 누워 그날의 모든 사람들, 심지어는 하워드나 울퍼트까지도 얼마나 우아하게 행동했던가를 생각하고 있었다. 인간은 얼마나 많은 이중 인격적 요소가 있는가, 삶을 지탱하기 위해서는 사실 그 이중성이라는 것을 갖지 않을 수 없는 모양이었다. 마지막으로 그는 그놈의 소설인가 뭔가 하는 것을 다 끝마칠 때까지는 자기의 영혼을 거두어가지 말 것을 주님께 기도드렸다. 내일 아침에는 무엇보다도 소설 쓰는 일에 몰두할 것을 다짐하다가 잠이 든 모양이었다. 다음 순간 그는 낡은 수영복 차림으로 케토노키스 호수에 뛰어들고 있었다. 샐리의 누드 조각상 발밑 진흙투성이 호수 바닥에서 그는 네 통의 편지를 손으로 붙잡으려고 허우적거렸다. 샐리의 조각상은 어느 결엔가 디드리치의 모습으로 바뀌어 있었고, 그것이 엘러리에게는 전혀 이상하지 않았다.

월요일 오전 10시 51분, 타자기가 훌륭하고 근사한 단어들을 기세 좋게 쏟아내고 있을 때 갑자기 문이 열렸다. 깜짝 놀란 엘러리는 30센티미터쯤 뛰어오르면서 몸을 돌렸다. 샐리와 하워드가 문간에 서 있었다.

"그자가 또 전화했어요."

순간 엘러리는 시간이 거꾸로 흐르는 듯한 느낌을 받았다. 어제라는 시간은 깨끗이 사라지고 토요일에 머물고 있는 것 같았다. 그래서 그 홀리스 호텔에 와 있는 듯한 착각도 들었다.

그러나 엘러리는 시치미를 떼고 물었다.

"누가 또 전화를 했다고요?"

"그 협박범 말예요."

"그 빌어먹을 돼지 새끼 말입니다."

하워드가 흥분한 목소리로 말했다.

"전화가 방금 왔습니까?"

샐리는 몸을 떨고 있었다.

"그래요. 전 제 귀를 의심할 정도였으니까요. 일이 다 끝난 걸로 알고 있었는데······."

"전처럼 성별도 분간 못하겠고 속삭이는 듯한 그런 목소리던가요?"

"그래요."

"그자가 무슨 말을 했는지 말해 보시죠."

"로라가 전화를 받았는데, 밴 혼 부인을 바꾸라고 하더래요. 그래서 제가 전화기를 들자, '보내주신 돈은 고맙게 받았습니다. 이제 두 번째 돈을 부쳐 주셔야죠'라는 게 아니겠어요. 처음엔 무슨 말인지 몰랐죠. 그래서, '아니, 전액 다 받지 않았어요?'라고 물으니까, '2만 5,000달러를 받았는데, 돈이 더 필요해'라고 말하는 겁니다.

그래서 제가 말했죠. '무슨 말을 하는 거예요. 난 당신이 내게 넘긴 물건을 지금 가지고 있다구요——로라나 에일린이 듣고 있을지도 몰랐기 때문에 편지라고는 하지 않았어요——그 물건은 이미 없어졌어요. 없애 버렸죠'라고 했더니, '복사본이 아직 있어'라고 대답하지 않겠어요?"

그러자 하워드가 목소리를 높였다.

"복사본? 복사본을 가지고 뭘 하겠다는 거죠? 나 같으면 호통을 쳤을 겁니다."

"사진 복사라는 걸 들어본 일이 있는가, 하워드?"

엘러리가 물었다.

하워드는 충격을 받은 표정이었다.

"'내게 복사본이 있지'라고 말하더군요······."

샐리가 숨가쁜 목소리로 말을 이었다.

"'복사본도 원본과 다를 바 없으니까 이제 그것을 팔려는 거지' 이러지 않겠어요?"

"그래서요?"

"더 이상 돈이 없다고 말했죠. 그것 말고도 많은 이야기를 했어요. 그렇지만 귀담아 들으려 하지 않던 걸."

"이번엔 얼마를 요구하던가요?"

엘러리는 사전에 그들이 현명한 충고를 받아들였다면, 저렇게 자지러지게 놀라지 않아도 됐을 거라는 안타까운 생각이 들었다.

"2만 5,000달러를 더 내라는 겁니다!"
"2만 5,000달러라고!"
하워드가 소리쳤다.
"어디서 또 2만 5,000달러를 구하라는 거야? 그자는 우리가 금덩어리로 만들어진 줄 아는 모양이지."
"조용히 좀 해, 하워드. 부인, 계속 말씀하세요."
"라이트빌 철도 역 대합실에 최근 설치된 셀프 서비스 수하물 보관함에 2만 5,000달러를 갖다 놓으라는 거예요."
"몇 번 보관함에?"
"10번 보관함요. 오늘 아침 막 도착한 우편물 속에 열쇠가 들어 있을 거라고 했어요. 그 열쇠를 가지러 달려갔다가 이제 막 오는 길이에요."
"샐리 씨 앞으로 부쳤던가요?"
"네, 제 앞으로 왔어요."
"열쇠를 손으로 만졌습니까?"
"네, 봉투에서 꺼내 살펴봤어요. 하워드도 그랬고요. 그러면, 안 되나요?"
"뭐 상관없을 겁니다. 놈은 아주 조심성이 있어서 여기저기에 지문 따윈 남겨놓지 않았을 테니까. 봉투는 그대로 가지고 계십니까?"
"네!"
하워드는 주위를 한번 조심스럽게 살펴본 다음 호주머니에서 봉투를 꺼내 엘러리에게 건네주었다.

표면이 매끈매끈한 값싼 봉투로 싸구려 잡화점 문구 코너에서 누구라도 구할 수 있는 것이었다. 주소는 타자로 쳐져 있었고, 겉봉에는 아무것도 부착되어 있지 않았다. 엘러리는 아무 말 없이 봉투를 호주머니에 넣었다.

"그 열쇠는 여기 있어요."

샐리가 말했다.

엘러리는 그녀를 바라보았다.

샐리의 얼굴이 붉어졌다.

"10번 보관함 바로 위 맨 꼭대기에 사람 눈에 띄지 않게 벽쪽으로 밀어 놓아두라고 했어요."

그녀는 엘러리에게 열쇠를 내밀었다.

그러나 엘러리는 열쇠를 받지 않았다.

잠시 뒤 그녀는 수줍은 듯이 그것을 책상 위에 갖다 놓았다.

"이번에도 날짜를 지정했습니까?"

엘러리는 마치 아무 일 아니라는 듯 물었다.

그녀는 멍한 표정을 지은 채 전망 창으로 라이트빌을 내려다보고 있었다.

"오늘 오후 5시까지 돈을 역 보관함에 갖다 놓지 않으면, 오늘 밤 안으로 그 편지를 남편에게 보내겠다는 거예요. 중간에 제가 가로채지 못하도록 남편 사무실로 직접 보내겠대요."

"5시라. 그렇다면 기차역이 가장 붐비는 러시아워에 가져가겠다는 거로군."

엘러리가 생각에 잠기며 말했다.

"슬로컴, 밴녹, 콘헤븐 등으로 가는 기차가 한창 붐비는 시간인데…… 일을 꽤 서두르는 것 같죠?"

"시간 여유가 있을 만도 한데 말예요."

샐리가 말했다.

"협박범에게서 무엇을 기대할 수 있겠어요…… 그자에게서 스포츠맨십 같은 걸 기대할 수 있다고 보셨습니까?"

"저도 압니다. 선생님께서 우리에게 경고하셨지요."

샐리는 아직도 그를 바라보고 있지 않았다.

"나는 지나간 이야기를 하고 있는 게 아닙니다. 미래에 일어날 수 있는 일을 말하고 있을 뿐이지요."

"미래라고요!"

하워드가 갑자기 대화에 끼어들었다. 엘러리는 의자에 앉은 채 뒤로 몸을 젖히면서 호기심 가득 담긴 눈으로 그를 바라보았다.

"어떤 미래 말인가요? 지금 무슨 말씀을 하시는 거죠?"

샐리도 그를 바라보고 있었다.

"자넨 이 일이 이번만으로 끝날 거라고는 생각하지 않겠지?"

"하지만……!"

"그 복사본을 돌려주겠다는 말은 없었죠, 부인?"

"없었어요."

"하긴 그런 말을 했다손 치더라도 달라질 게 없죠. 복사본은 10부, 100부, 1000부도 만들어 놓았을 수 있으니까."

샐리와 하워드는 아무 말없이 서로를 바라보았다.

그렇게 보기 좋은 광경은 아니었다. 엘러리는 몸을 돌려 하늘을 쳐다봤다. 갑자기 그들이 측은한 생각이 들었다. 그들의 어리석음이나 약점을 용서해 줄 수도 있을 것 같았다. 엘러리는 잠깐 자신의 어리석음과 약점에 대해서도 생각해 봤다. 지금 생각해 보니, 좀더 냉철한 자세로 쉽게 용서하지 말고 냉소적으로 굴었어야 했다는 생각이 들었다. 그러나 감정이 개입될 수밖에 없는 그런 상황에서 그는 형편없는 감상주의에 빠질 수밖에 없었고, 또 그들 두 사람은 나이도 어리고 어려운 현실에 봉착해 있었던 것도 사실이었다.

엘러리는 다시 그들에게로 몸을 돌렸다. 샐리는 커다란 의자에 태아처럼 웅크리고 앉은 채 얼굴을 두 손으로 감싸고 있었고, 하워드는 자기 행위에 완전히 열중한 듯한 표정으로 술을 따르고 있었다.

"이건 시작에 불과합니다."

엘러리는 부드럽게 말했다.

"그자는 계속 돈을 요구할 겁니다. 부인과 하워드가 가지고 있는 모든 것을 모조리 빼앗아간 다음 결국 그 편지를 회장님께 팔아넘길 겁니다. 이젠 더 이상 어떤 요구에도 응하지 마세요. 두 분이 함께 오늘 아침 당장 회장님한테 가서 모든 걸 말씀드리세요. 그렇게 하실 수 있겠어요? 아니면 어느 한 분만이라도 먼저……."

샐리는 더욱 깊이 웅크렸으며, 하워드는 스카치위스키 잔을 들여다보고 있었다.

엘러리는 한숨을 내쉬었다.

"총살당할 걸 예상하고 있는 사람과 같은 경우죠. 하지만 일이 터지기 전이, 오히려 막상 일이 터졌을 때보다도 더 견디기 힘들죠. 한 방이면……."

"엘러리 씬 제가 두려워하고 있다고 생각하시는 모양인데요."

샐리는 이미 얼굴에서 손을 내린 상태였다. 조금 전까지만 해도 그녀는 울고 있었지만, 지금은 화가 난 것 같았다. 지난 토요일 밤처럼 화가 나 있었지만, 지금은 그날과는 다른 이유 때문일 것이다.

"실은 제 남편이 마음에 걸려요. 그분은 충격으로 돌아가실 거예요."

그녀는 의자에서 벌떡 일어났다.

"저는 괜찮아요."

그녀는 낮지만 격한 음성으로 말했다.

"제가 원하는 건 지금까지의 모든 일을 잊고 새롭게 출발하는 거예요. 전 그이와 화해할 거예요. 전 그렇게 할 수 있어요. 필요하면 하워드를 다른 곳으로 보낼 수도 있을 겁니다. 전 그렇게 인정머리 없게 행동할 겁니다. 선생님은 제가 얼마나 무정해질 수 있는지 모르실 거예요. 그리고 이번이 그 기회라고 생각할 수도 있겠지요."
그녀는 몸을 돌리며 말했다.
"아마······."
그녀는 목소리를 낮췄다.
"다음번까지는 시간이 얼마나 있을지 모르죠. 만약 다음에도 또 요구해 온다면······."
"이 봉투는 말입니다."
엘러리는 호주머니를 손으로 두들겼다.
"토요일 오후 5시 30분에 라이트빌 우체국 소인이 찍힌 것으로 돼 있습니다. 제가 첫 번째 2만 5,000달러를 지불한 지 불과 두세 시간밖에 지나지 않은 때죠. 그러니까 그자는 업햄 하우스에서 돈 봉투를 가져간 직후 편지를 부쳤다고 보아야 합니다. 그렇다면 세 번째 요구를 해 오기 전에 어느 정도 시간 여유를 가질 가능성이란 전혀 없는 것 아닙니까?"
"그자가 완전히 그 짓을 그만둘지도 모르죠."
샐리의 얼굴이 벌겋게 상기돼 있었다.
"돈이 더 이상 없다는 걸 알면 그만둘 수도 있어요. 그리고 그자가 ······ 그 동안 죽게 될지도 모르고요!"
엘러리가 말했다.
"하워드, 자넨 어떻게 생각하나?"
"아버지가 아시면 안 됩니다!"
하워드는 스카치 위스키를 단숨에 마셨다.
"그렇다면 요구대로 돈을 주겠다는 건가?"
"그렇게 해야죠!"
샐리도 나섰다.
"그렇게 해야만 해요."

엘러리는 자기 배 위로 손을 깍지 끼면서 물었다.
"어떻게요?"
하워드는 있는 힘을 다해 위스키 잔을 벽난로 속으로 던졌다. 난로 벽면에 부딪쳐 산산조각이 난 그것은 다이아몬드 같았다.
"다이아몬드 같군. 모두가 다이아몬드라면 좋겠다."
하워드가 중얼거렸다.
"부인! 왜 그러시죠?"
엘러리가 놀란 나머지 앞으로 몸을 숙이면서 물었다. 샐리가 야릇한 표정을 지으며 대답했다.
"곧 돌아올게요."
정원에 이르자 그녀는 달리기 시작했다. 그들은 샐리가 수영장을 돌아 테라스를 가로질러 집 안으로 달려 들어가는 것을 지켜봤다.
하워드는 고개를 가로 저었다.
"오늘 아침엔 일이 죄다 꼬이는 것 같아요."
그는 변명조로 말했다.
"유리잔을 깨뜨린 건 사과드립니다. 유치하죠?"
그는 다른 잔을 가지고 오더니 또 술을 따랐다.
"수치스러운 짓을 위해……."
엘러리는 그가 술을 단숨에 들이키는 것을 지켜봤다.
하워드는 시선을 돌려 버렸다.
3분 뒤 테라스에 샐리가 다시 나타났다. 그녀의 손은 웃옷 오른쪽 호주머니에 꽂혀 있었다. 그녀는 침착한 걸음걸이로 테라스와 정원을 가로질러 오더니 사랑채 현관에 당도하자 걸음을 재촉했고, 집안으로 들어와서는 문을 '쾅' 하고 닫았다.
하워드는 그녀를 빤히 쳐다봤다. 그녀는 오른손을 그에게 내밀었다. 손에는 다이아몬드 목걸이가 매달려 있었다.

"금고에서 가지고 왔어."

"당신 건가요?"

"그래. 내 거야."

"하지만 목걸이를 처분할 순 없어요!"

"이걸 전당잡히면 2만 5,000달러는 마련할 수 있을 거야. 아버지가 10만 달러는 주고 샀을 거야."

그녀는 엘러리에게 몸을 돌렸다.

"보시겠어요?"

"매우 아름답군요."

엘러리는 그것을 받으려고 하지 않았다.

"그래요. 매우 아름다워요."

그녀의 목소리는 차분했다.

"지난 결혼기념일에 남편이 선물한 거예요."

"안 돼. 그건 너무 위험해."

하워드가 말했다.

"하워드!"

"아버진 틀림없이 목걸이가 없어진 걸 아시게 될 거예요. 그럼 어떻게 설명하죠?"

"하워드도 그 2만 5,000달러를 마련하기 위해 모험했잖아?"

"아니, 그건 내가……."

"네가 그 돈을 어디에서 가져왔든 거기에 대한 기록은 남아 있을 거야. 쪽지라든가 뭐 그런 것 말야. 그건 물론 모험이었겠지. 이젠 내 차례야. 하워드, 자, 받아."

하워드는 얼굴이 붉어졌다.

결국 하워드는 그것을 받아들었다. 전망 창으로 들어온 햇살에 반사된 다이아몬드가 주위에 영롱한 빛을 뿌렸다. 그의 손에 불이 붙은

일곱째 날 231

듯했다.
"하지만 이것을 현금으로 바꿔야죠. 어떻게 했으면 좋을지 모르겠는걸요."
하워드가 중얼거렸다. 무능하고 의존적인 하워드의 모습 그대로였다.
"이건 아주 어리석은 짓입니다."
엘러리가 회전의자에 앉은 채 말했다.
하워드가 고뇌에 지친 듯한 표정으로 말했다.
"이제 선생님한테는 아무 일도 부탁드리지 않겠어요……."
"나보고 이걸 전당잡혀 달라는 뜻이지?"
"이런 일을 잘 알고 계시잖아요. 전 아무 것도 모르거든요."
하워드가 더듬거렸다.
"그래, 바로 그 점이 내가 이번 일을 완전히 미친 짓이라고 생각하는 이유야."
"하지만 우린 그 돈을 마련해야만 되는걸요."
샐리가 굳은 목소리로 말했다.
엘러리는 어깨를 으쓱했다.
그녀는 이제 간절하게 애원하고 있었다.
"엘러리 씨, 이번 일만 해주세요. 부탁입니다. 제 목걸이니까 제가 책임지죠. 하워드의 말이 맞아요…… 다시는 이런 일을 부탁드리지 않겠어요. 무슨 일이 일어나도요. 하지만 이번 일만은 꼭 좀 해주셨으면 해요."
"부인께 한 가지만 묻고 싶은데요."
엘러리가 단호하게 말했다.
"어째서 직접 그 일을 하시지 않죠?"
"사람들 눈에 띌 염려가 있어요. 남편이나 시동생, 아니면 남편 회사 사람들의 눈에 띌지도 모르죠. 제가 전당포에 들어가거나 나오는 걸 그네들 중 누군가가 볼지도 몰라요. 작은 도시에 대해서 엘러리 씬 잘 모르실 거예요. 일단 그런 게 다른 사람들 눈에 띄면 눈 깜짝할 사이에 소문이 날 겁니다. 남편도 틀림없이 알게 될 거구요. 누군가가 필시 남편에게 말할 테니까요. 무슨 말씀인지 아시겠죠?"

그러자 하워드가 끼어들었다.

"그렇습니다. 저도 입장이 꼭 같거든요."

'저 친구는 샐리가 이야기를 꺼낼 때까지는 미처 그 일에 대해 생각조차 해보지 않았을 거야. 그러면서도 붙잡고 늘어지다니!'

"아니면 전당포 주인이 발설할 수도 있고, 또……."

엘러리는 눈썹을 치켜 올렸다.

"분명하게 해둡시다. 그러니까 부인께선 제가 이 목걸이를 부인 것이라는 걸 밝히지 말고 전당잡혀 달라는 것 아닙니까?"

"바로 그거예요. 남편이 모르도록 하자는 거죠……."

"전 도무지 이해되지 않는데요." 엘러리의 표정은 어두웠다. "이 정도의 목걸이라면 라이트빌에서는 이름이 나 있을 겁니다. 설사 전당포 주인이 못 알아본다 하더라도 누군가 다른 사람이 그것을 보는 순간……."

"하지만 남편은 그것을 뉴욕에서 산걸요." 샐리는 진지한 표정으로 말했다. "그리고 전 한 번도 그걸 걸어 본 적이 없어요. 집에서 손님을 접대할 때조차 목에 건 적이 없거든요. 제가 그걸 받은 것도 불과 몇 개월 전이에요. 특별한 행사 때 걸기 위해 일부러 아껴 두고 있었죠. 그러니까 시내에서는 아는 사람이 없어요……."

"다른 곳에서 전당잡힐 수도 있지 않을까요?"

하워드가 말참견을 했다.

"라이트빌 밖으로 나갈 시간적 여유가 없네, 하워드. 한번도 본 적 없는 사람이 전당포에 들어가 10만 달러짜리 목걸이를 내놓고는, 아무런 질문도 받지 않고 전당포 주인의 돈 2만 5,000달러를 받아 가지고 나올 수 있으리라고 생각하나? 이곳에는 광장에 심프슨의 전당포 하나밖에 없기 때문에 여기저기 다닐 필요도 없어. 심프슨은 내가 전당 물건의 소유주라는 걸 확인하거나 아니면 소유주의 위임장을 요구할 거야. 또 그 사람이 2만 5,000달러라는 현금을 당장에 마련할 수 있을까? 어리석은 정도가 아니야. 불가능한 일이지."

엘러리는 머리를 저었다.

그러나 그들은 서로 번갈아가며 집요하게 그에게 매달렸다. 나중엔 지겨운 생각조차 들었다.

"언젠가 제게 심프슨 씨를 알고 있다고 직접 말씀하셨잖아요. 라이트 씨 가족들을 만나기 위해서 라이트빌에 오셨을 때부터 말예요. 하이트 사건 때지요, 아마……."

샐리가 말했다.

"제가 심프슨을 직접 알고 있었던 건 아녜요. 우린 짐 하이트의 재판 때 잠깐 만났을 뿐입니다. 그 사람은 검찰 측 증인이었지요."

"하지만 그 사람은 선생님을 기억하고 있을 거예요. 선생님은 고명하신 분이거든요. 시내 사람들은 선생님을 아직도 잊지 않고 있어요!"

하워드가 목소리를 높여 말했다.

"그럴지도 모르지. 하지만 심프슨이 2만 5,000달러라는 현찰을 금고에 보관하고 있을까?"

"그 사람은 시내에서 가장 돈이 많은 사람 축에 끼여요."

샐리가 의기양양한 어조로 대꾸했다.

"라이트빌 은행과도 굉장한 액수의 돈을 거래하고 있어요. 가끔은 거액의 대출도 하고요. 바로 지난 해 시도니 글래니스가 어느 제비족에게 걸려들었는데, 그때도 편지 건이었죠. 액수는 잘 모르지만, 좌우간 시도니가 돈을 갈취당한 거예요. 그런데 시도니는 어머니에게 많은 보석을 물려받았거든요. 그래서 시도니는 그 제비족이 자신의 남편 클로드 글래니스에게 편질 넘기는 것을 막기 위해 보석을 심프슨 씨에게 전당잡힌 일이 있어요. 심프슨이 그 여자에게 얼마를 주었는지 확실한 건 모르지만, 1만 5,000달러도 더 된다는 말을 들었습니다. 제비족이 붙잡히고 이 이야기가 세상에 알려지자 클로드 글래니스는 권총 자살했지만, 협박범이 체포되기 전부터…… 그자는 지금 교도소에 들어가 있어요……, 시내 사람들은 모두 진작에 그 일을 알고 있었지요……."

"그런데 부인은 왜 지금 이번 일에 대해서는 시내 사람들이 모르게 될 거라고 생각하시는 거죠?"

"그야 선생님이 다른 분이 아닌 바로 엘러리 퀸 씨이기 때문이죠."
그녀가 말을 이었다.

"심프슨 씨에게, 비밀을 요하는 사건을 맡아 라이트빌에 내려와 있다, 사람들의 눈을 속이기 위해 밴 혼 씨 집에 머물고 있는데, 사건 의뢰인의 이름을 밝힐 수는 없지만 그분의 목걸이를 전당잡힐 일이 있다는 식으로 말씀하실 수 있지 않겠어요? 제가 선생님이 말씀하실 각본을 다 써드리는 꼴이 됐네요. 제발 그렇게 해주세요!"

엘러리의 몸속에 있는 모든 분별 있는 세포 조직들이 그에게 소리쳐 명령하는 것 같았다. 당장 자리를 박차고 일어나, 짐을 꾸려 행선지가 어디든 라이트빌 역을 출발하는 첫 기차를 타라고.

그러나 엘러리는 그렇게 하는 대신 다음과 같이 대답했다.

"이 일이 어느 방향으로 풀려나가든 사전에 경고해 두겠는데요, 앞으로 전 일체 이런 유치하고 위험한 일엔 간여하지 않을 겁니다. 앞으로는, 진실이 아닌 것에 대해 눈감아 달라는 부탁은 하지 마세요. 난 거절할 거니까…… 보관함 열쇠하고 목걸이, 이리 주세요."

한 시가 조금 지나 엘러리가 시내에서 돌아왔다.
샐리와 하워드는 엘러리를 기다리고 있었던 모양이다. 그가 모자를 벗자마자 그들이 벌써 현관문에 나타났다.
그는 '일을 끝냈습니다'라고 한마디 하고는 그대로 말없이 서 있었다. 혼자 쉬고 싶다는 표시였다.
그러나 샐리는 안으로 들어와 의자에 앉았다.
"말씀 좀 해주세요."
그녀가 간청했다.
"일이 어떻게 되었습니까?"
"부인의 예상은 그대로 들어맞았습니다."
"거봐요. 심프슨 씨가 뭐라고 하던가요?"
"저를 기억하고 있더군요."
엘러리는 웃었다.
"사람들이 그렇게 잘 속아 넘어가는 걸 보면 전 마음이 우울해집니다. 더구나 빈틈없다는 사람들이 그러니 말입니다. 그런 걸 잊고 지내다가 번번이 예상이 빗나가는 경험을 하거든요…… 글쎄, 제가 말을 꺼내기도 전에 심프슨 씨 혼자 다 알아서 하더군요. 제가 뭔가 거창하고 은밀하며 중요한 일을 맡은 것으로 생각하는지 협조해 주겠다고 하며 매우 허둥대는 모습이었어요."
그는 다시 웃었다.
샐리는 천천히 의자에서 일어섰다.

"돈은 어떻게 되었습니까? 심프슨 씨가 그 많은 돈을 마련하는 일은 어렵지 않았습니까?"

하워드가 물었다.

"조금도 어렵지 않았어. 가게 문을 닫고 심프슨이 직접 은행에 가서 한 보따리의 돈을 지고 왔으니까."

엘러리는 라이트빌이 내려다보이는 쪽으로 몸을 돌렸다.

"심프슨은 매우 감격하고 있는 것 같았어. 목걸이며 나 자신이며, 또 마치 전세계에 조직을 가지고 있는 그런 어마어마한 사업에 자기가 참여하고 있는 듯한 느낌이, 깊은 감명을 준 것 같았어…… 돈은 지금 역 10번 보관함에 들어 있어. 열쇠는 보관함 맨 꼭대기 벽쪽에 밀어놨고…… 높이가 꽤 높아 우연히 지나가는 사람들 눈에는 띄지 않겠어. 그자는 미리 다 확인해 놓았더군."

그리고는 이렇게 덧붙였다.

"두 분은 지금 제 마음이 어떤지 아세요?"

그는 몸을 돌렸다.

"모르시겠어요?"

그들은 엘러리 앞에 나란히 선 채 그를 바라만 보다가 나중에는 시선을 돌렸다. 그러자 샐리가 무언가 말하려고 했다.

"고맙다는 말씀은 필요 없습니다. 이제 내 일에만 전념할 수 있도록 해주셨으면 합니다."

엘러리가 말했다.

월요일 저녁 엘러리는 가족들이 함께하는 저녁 식사 모임에 가지 않았다. 로라가 쟁반에 식사를 가지고 왔기에 그는 그녀가 보는 앞에서 순순히 그릇을 다 비웠다.

그는 밤이 깊도록 작업에 파묻혔다.

화요일 아침 엘러리가 면도 도구를 막 치우고 있는데, 거실 쪽에서 소리가 들렸다.

"퀸 씨, 일어나셨습니까?"

목소리의 주인공이 몰리아티 교수였더라도 그는 그보다 더 놀라지는 않았을 것이다. 엘러리는 면도기를 손에 든 채 셔츠 바람으로 문간 쪽으로 갔다.

"일에 방해가 되지는 않는지 모르겠습니다."

오늘 아침 울퍼트 밴 혼은 유별나게 친절하며 열성적인 태도를 보였다. 그는 이를 드러내면서 얼굴 가득 웃음을 띠고 소년처럼 손을 호주머니에 꽂고 있었다.

"아녜요. 괜찮습니다. 밤새 안녕하셨습니까?"

"예, 퀸 씨도 밤새 별 일 없으셨어요? 문이 열려 있길래 자리에서 일어나셨나 하고요. 밤새도록 방에 불이 켜져 있던데요."

"예, 세 시 반까지 일했습니다."

"예, 그러셨군요."

울퍼트는 어질러져 있는 책상을 보면서 빙긋 웃었다. 저 사람은 눈을 가늘게 뜨고 있지 않는데도 이상하게 교활해 보인단 말씀이야. 엘러리는 속으로 생각했다.

"이게 바로 작가의 책상이라는 거군요. 놀랍습니다. 놀라워요, 그렇다면 통 잠을 못 주무셨겠네요."

'이제 게임이 시작되겠군.'

"거의 자지 못했죠."

엘러리가 빙긋 웃었다.

"때로는 사람의 마음도 마치 물건처럼 그렇게 굳어지기도 하는 모양이에요. 마음이 다시 가벼워지기 위해선 많은 시간이 걸리기도 하죠."

"어쨌든 자리에서 일어나셨으니 저로서는 다행스럽습니다."
'드디어 올 게 왔군.'
"일요일 이후로는 못 본 것 같군요. 치처링 목사님에 대해서는 어떻게 생각하세요?"
'아직 조금 더 시간이 있어야겠군.'
"나름대로 진지한 분이더군요."
"그래요. 하하! 신앙심이 매우 깊은 분이시죠. 그분을 보면 돌아가신 우리 아버지 생각이 나요."
울퍼트는 조소하는 듯한 웃음을 지었다.
"물론 아버진 근본주의자이긴 했지만 말이에요. 아버진 형과 저에 대해 어찌나 엄하게 대했던지 우린 아버지만 보면 무릎이 떨릴 정도였어요. 아 참, 이렇게 쓸데없는 잡담을 늘어놓고 있을 때가 아니죠."
울퍼트는 목소리를 낮추고 도끼 모양의 머리를 곧추세웠다.
"엘러리 씬 오늘 아침도 우리와 함께 식사하실 생각이 아니었죠? 어젯밤에도 같이 식사를 하지 않으셨기에 전 또……."
엘러리는 빙긋 웃음으로 응답했다.
"오늘 아침엔 특별한 메뉴라도 있습니까?"
놀랍게도 울퍼트가 눈을 찡긋했다.
"초특급 메뉴지요!"
"에그 베네딕틴(프랑스 산 리큐어의 한 종류)인가요?"
울퍼트는 박장대소했다.
"좋지요! 하지만 그보다 훨씬 더 좋은 거죠."
"그럼 가서 먹어야겠네요."
"그런데 먼저 귀띔 하나 해드리죠. 우리 형님은 형편없는 얼간이시라 형식을 싫어하거든요. 형님으로 하여금 말마디나마 뽑게 만들려면, 문자 그대로 군대라도 동원해야 할 겁니다. 무슨 뜻인지 아시겠어요?"
"모르겠는데요."
"좌우간 빨리 옷 입으세요. 서커스라도 벌어질 모양이니까."
그러나 엘러리는 마음이 가볍지 않았다.

아침 식사 내내 울퍼트는 킬킬거리다가 자기 형에게 알 수 없는 애매한 말을 하는 등 평소 그와는 다른 수상쩍은 행동을 멈추지 않았다. 자신의 문제에 골몰해 있는 하워드조차 눈치를 채고 놀란 표정으로 물었다.
"삼촌이 왜 저러시죠?"
"글쎄, 뭔가 새 사람이 되려고 결심한 모양인데 괜히 트집 잡지 말아라."
디드리치가 메마른 목소리로 말했다.
그러자 모두 웃음을 터뜨렸는데, 그중에서도 울퍼트가 제일 큰 소리로 웃었다.
"도련님, 짓궂게 굴지 마시고 다 털어놓으세요."
샐리가 빙긋 웃으며 말했다.
"뭘 털어놓아요? 하하!"
울퍼트가 아무 일도 없다는 듯 말했다.
"동생을 너무 몰아세우지 말아요, 여보. 울퍼트는 거의 웃는 일이 없는 사람이잖아."
그녀의 남편이 말했다.
울퍼트가 엘러리에게 눈짓을 하면서 말했다.
"좋아요, 더 이상 형님에게 피해를 주지 않기 위해서라도 다 털어놓아야겠네……."

"뭐, 나 말인가? 내가 놀림감이 되어 있었단 말이지?"
"그럼 시작합니다."
"그래, 맘대로 해봐라."
갑자기 샐리와 하워드도 긴장이 되었다.
'추격자가 없는데도 죄 있는 사람은 도망가는 법이지.'
"형님, 오늘 밤 어딜 가실 작정이죠?"
"어딜 가다니? 어디 갈 데가 있어?"
"틀린 말씀. 형수!"
울퍼트가 커피 잔을 들어올리면서 말했다.
"커피 좀 더 주세요."
커피를 따르는 샐리의 손이 약간 떨렸다.
"얼른 속 시원히 말씀하세요. 도대체 무슨 말씀들이세요."
하워드가 화가 난 듯한 목소리로 말했다.
"그래, 하워드. 너도 관련된 일이야. 하하하!"
"좋아."
디드리치가 조용하게 말했다.
"넌 오늘 밤 어디에 갈 작정이냐고 나에게 물었겠다?"
울퍼트는 뼈가 앙상한 팔꿈치를 식탁 위에 괴고 커피잔을 들어 한 모금 마시고는 잔을 다시 탁자 위에 내려놓았다. 그리고는 수줍은 듯 집게손가락을 휘둘렀다.
"내가 먼저 이야기를 해서는 안 될 것 같은데요."
"그럼, 하지 말아라."
디드리치는 재빨리 의자를 뒤로 밀었다.
"하지만 터뜨리지 않기에는 너무나 좋은 소식인걸요."
울퍼트가 서둘러 말했다.
"오늘 아침 사무실에 가면 어차피 아시게 될 텐데요. 형님을 초청하기 위해서 대표단을 파견한답니다."
"날 초청한다고? 어디서? 무슨 일로? 무슨 대표단이라는 거지?"
"미술 박물관 위원회의 그 늙다리 여자들 말이죠…… 클래리스 마틴, 해미온 라이트, 도널드 매켄지 부인, 에밀린 듀프레 등등, 그 일당 말입니다."
"그런데 이유는 뭐야. 그리고 어디로 초대한다는 거야."
"오늘 밤 열리는 파티죠."
"무슨 파틴데!"
디드리치는 놀란 듯한 목소리로 물었다.
"형님!"
울퍼트가 의기양양하게 말했다.
"형님은 위원회가 형님의 기부금에 대해 야단법석을 떨지 말고 조용했으면 좋겠다고 말씀했죠? 그런데 오늘 밤 형님은 홀리스 호텔 그랜드 볼룸에서 열리는 대연회에 주빈으로 초청되는 겁니다. 예술의 보호자, 문화의 후원자, 미술 박물관이 세워질 수 있도록 만든 장본인인 디드리치 밴 혼을 위한 기념 만찬이 베풀어진단 말씀이죠."
"기념 만찬이라고?"
디드리치가 힘없는 목소리로 말했다.
"그래요, 수프와 생선 요리를 들면서 연설도 하고 작품 전시도 하죠. 오늘 밤 우리 밴 혼 가족들은 이른바 공공 재산이 되는 겁니다. 위대한 그분은 중앙에 좌정하고 그 오른쪽엔 아름다운 부인, 그리고 왼쪽엔 재능 있는 아들이 있지요. 모두 화려하게 차려입고 말입니다!"
울퍼트가 다시 웃었다. 그러나 이번에는 으르렁거리는 소리처럼 들렸다.

"이번 일에서도 어디 한번 도망가 보시죠, 형님. 비밀을 하나 더 알려드리죠."

그는 또 눈짓을 보냈다.

"제가 그분들에게 이번 일을 꾸미도록 부추겼지요!"

엘러리는 디드리치가 평소 그답게 처신한 것은 다행한 일이라고 생각했다. 디드리치는 당황했고, 울퍼트는 즐거워했다. 샐리는 궁지에 몰린 동물이 최후의 반격을 준비하듯 눈매가 사나워졌다. 하워드는 축 처진 채 입을 다물기 위해 애를 썼다.

엘러리도 얼마쯤 역겨운 생각이 들었다. 디드리치는 고함을 치기 시작했다. 자기는 절대로 그런 일을 하지 않겠다, 자기 허락도 없이 그런 일을 강제로 할 수는 없다는 것이었다. 하지만 울퍼트는 연회 약속은 이미 결정이 났고, 만찬을 주문했으며, 초대장이 모두 발송되었다고 약을 올리고 있었다.

그러는 동안 샐리와 하워드는 자제력을 되찾았다.

마침내 디드리치가 두 손을 들면서 말했다.

"여보, 할 수 없게 되었소. 그래도 한 가지 다행한 일은 당신이 한번 맵시를 낼 수 있는 기회가 왔다는 거지. 내가 준 다이아몬드 목걸이를 하고 나와요."

그녀는 J.P. 심프슨의 금고 안에 들어 있을 그 목걸이를 자기 목에 한 번 걸어보는 것이 세상에서 제일 즐거운 일인 것처럼, '물론이죠, 여보'라고 빙긋 웃음으로 응답하면서 고개를 뒤로 젖혀 남편에게 키스했다.

디드리치와 울퍼트는 자리를 떠나고 세 명의 공모자들만 그대로 자리에 앉아 있었다. 로라가 들어와 아침 식사 그릇을 치우기 시작했다. 샐리가 머리를 흔들자 로라는 문을 '쾅' 닫고 밖으로 나갔다.
"어디 다른 데로 가는 게 좋겠는데요."
마침내 엘러리가 입을 떼었다.
"내 작업실로 가지요."
자리에서 일어서는 하워드의 몸은 딱딱하게 굳어 있었다.
작업실에 들어서자 샐리는 기어코 자제력을 잃고 말았다. 그녀의 몸은 계속 떨리고 있었다. 엘러리와 하워드는 아무 말이 없었다. 다리를 넓게 벌리고 서 있는 하워드는 뻣뻣하게 굳어 있었다. 엘러리는 작은 주피터 상 앞을 이리저리 거닐었다.
"미안해요."
샐리는 가쁜 숨을 쉬었다.
"난 잘못된 일만 골라서 하는 데 천재인 것 같아요. 하워드, 우린 이제 어떻게 되는 거지?"
"저도 모르겠어요."
"이것은 이를테면 응징인 것 같아."
샐리는 의자 팔걸이를 붙잡고 앉아 천장의 서까래를 바라보면서 지친 듯이 말했다.
"한 가지 곤경을 겨우 빠져나오면 또 다른 곤경에 빠지고…… 정말 우스꽝스러운 일이야. 다른 사람에게서 이런 일이 일어났다면, 나도 아마 웃었을 거야. 우린 성냥갑에서 나오려고 온 힘을 다해 발버둥치고 있는 딱정벌레 같다고나 할까. 그나저나 그 목걸이에 대해선 뭐라고 설명하지?"
엘러리는 그녀가 목걸이를 전당잡히기로 작정했을 때 바로 그 점을 생각했어야 했다고 말하지는 않았다.
"난 시간 여유가 있을 거라 생각했어."
그녀는 한숨을 내쉬었다.

"때가 되면 방법이 생길 것으로 생각했는데…… 벌써 일이 이렇게 되고 말다니. 너무 빠른 거야……."

그래, 그게 바로 이 문제의 심상치 않은 점일 거라고 엘러리는 생각했다. 중압감, 서로 밀치며 몰려오는 사건에서 받는 그 중압감이 문제이다. 사건들은 이제 그것들을 수용하기에는 너무 협소한 장소에 빼곡하게 쌓여 있는 셈이었다. 무언가가 터져 나오고 말 것이다…… 중압감이란 것이 바로 심상치 않은 요인이었다. 심상치 않은 요인…… 그 어구가 저절로 반복되었기 때문에, 그는 마침내 그것을 정말로 의식하기에 이르렀다. 심상치 않은…….

하워드도 무엇인가를 계속 반복해 말하고 있었다. 그의 표정은 밝지 않았다.

"무슨 말을 하고 있는 거야, 하워드?"

"아무것도 아녜요."

샐리가 말했다.

"하워드는, 그 목걸이도 6월에 도난당한 그 칠기 상자에 다른 보석하고 같이 넣어 두었다가, 그때 함께 없어졌다고 말하라는 거예요."

"그리고 그 뒤에 찾지 못했다고 말이에요! 그 점이 중요하지요!"

"하워드, 네 말은 아무 도움도 되지 않아. 난 그때 상자 안에 있는 아버지에게 보석 목록을 작성해 드렸어. 목걸이는 상자에 없었으니까 목록에도 올라 있지 않아. 내가 뭐라고 말하면 좋겠어? 깜박 잊었다고? 목걸이는 아래층 아버지 금고 안에 내내 있었어. 그리고 그것을 가지러 서재로 갔었다고 네게 말했잖아? 아버지도 그것을 거기서 보셨을 거야. 자주 금고를 사용하시니까. 내가 알기로는 네 삼촌도 금고를 자주 사용하는 것 같거든."

"울퍼트 삼촌 때문이라구요!" 하워드는 험상궂은 얼굴로 울퍼트라는 어구를 붙잡고 늘어졌다. "송장 같은 그 양반만 아니었어도 일이 이렇게 되지는 않았을 거야!"

"그만둬, 하워드!"

"잠깐만요."

"뭔데."

"잠깐, 잠깐만요." 하워드의 목소리는 부드러웠지만, 맑진 않았다. "문제를 해결할 방법이 하나 있긴 있어요. 마음에 들진 않지만……."

"무슨 방법이지?"

하워드는 그녀를 바라봤다.

"무슨 방법이야, 하워드?"

그녀는 어리둥절한 모습이었다.

하워드는 매우 조심스러운 어조로 말했다.

"강도당한 것 같이 꾸미는 겁니다."

"강도라고?"

그녀는 몸을 곧추세우며 아연실색했다.

"그래요! 어젯밤에요. 아버지와 삼촌은 오늘 아침 틀림없이 서재에 들어가지 않았어요. 그러니까, 금고 문을 우리가 열어 놓는 겁니다. 그리고 유리창도 깨뜨리고요. 그런 다음 어머닌 사무실로 아버지한테 전화 해서……."

"하워드, 무슨 말을 하는 거야?"

'하워드는 샐리가 지난번 강도 사건에 대해 모르고 있다는 걸 잊은 거야. 그녀가 무슨 영문인지도 모르고 있다는 걸 이제야 눈치를 챈 거지. 그래서 얼버무리려고 하는 거야.'

"그럼, 부인이 한번 좋은 방법을 말해 보세요."

엘러리가 짤막하게 말했다.

샐리는 엘러리를 잠시 바라보다가 재빨리 시선을 돌렸다.

"엘러리 선생님, 선생님은 어떻게 생각하세요?"
하워드의 목소리는 매우 분별 있는 것처럼 들렸다.
"생각은 많이 하고 있지, 하워드. 그러나 모두가 유쾌하지 못한 생각들뿐이야."
"저도 알아요, 하지만 제 질문의 뜻은……."
"그건 소기의 성과를 얻지 못할 거야."
"다른 방도는 없을까요?"
"사실대로 다 털어놓는 거야."
"그건 절대로 안 됩니다!"
"자네가 내게 물었잖나. 난 거기에 대해 대답을 했고, 이제 이 일이 너무 복잡하게 얽혀 있어. 거기서 헤어날 가망성이 없기 때문에 다른 방도는 없다는 얘기야."
엘러리는 어깨를 으쓱하면서 말을 덧붙였다.
"사실 전에도 다른 방도는 없었어."
"안 돼! 난 아버지에게 말씀드릴 수가 없어요, 그렇게는 하지 않겠어. 아버지에게 그렇게 큰 상처를 줄 수는 없어요!"
엘러리는 그를 바라봤다.
하워드는 시선을 돌렸다.
"좋아, 그럼 자네 방식대로 하게. 나도 나 자신을 다치게 하고 싶진 않으니까."
"하지만 저는 좀 달라요."
샐리가 신음하듯 말했다.
"전 저 자신에 대해선 생각하지 않고 있어요. 절대로 생각지 않아요."
침묵이 흐르는 가운데 엘러리가 입을 열었다.
"우린 이제 어느 정도 마무리 단계에 온 것 같은데……."

하워드가 갑자기 입을 열었다.

"선생님이 제안하신 건 아무것도 없잖습니까?"

"하워드, 내가 자네에게 분명하게 말했잖나. 전당포에 가는 일이 내가 할 수 있는 마지막 일이라고. 난 전적으로, 그리고 확고부동하게 이 모든 일에 대해 반대하고 있어. 내가 자네의 어리석은 행동을 막을 수 없다면, 적어도 그 일을 더욱 악화시키는 일만은 하지 말아야 할 것 아닌가?"

하워드는 짤막하게 머리를 끄덕였다.

"샐리?"

그녀는 의자에서 일어섰다.

엘러리는 무언가 분석해 보기를 원하는 내부의 힘에 이끌려 그들을 따라 디드리치의 서재에까지 갔다. 그가 할 수 있는 최선의 길은 짐을 꾸려 이곳을 떠나는 것이었다. 그런데도 엘러리는 마치 자기가 문제의 일부분이나 되는 듯, 서툰 곡예를 연출하고 있는 그들의 뒤를 계속 좇고 있었다. 그건 단순한 호기심일 수도 있었다. 혹은 호기심과 이를테면 왜곡된 충성심 같은 것일 수도 있었고, 양심에 대한 강박감일 수도 있었다. 마치 일단 하나의 계약에 동의하면, 그 계약이 자기하고는 상관없는 다른 계약들로 대체되더라도 끝까지 그 계약을 지켜야 할 의무가 병행되는 것처럼, 양심의 명령에 복종하고 있는지도 몰랐다.

그들은 서재로 들어갔다. 샐리는 출입문 쪽으로 등을 돌려 앉고 엘러리는 구석에 서 있었다.

그들은 아무 말도 하지 않았다.

하워드는 손수건을 돌돌 말아 쥐고 있었다. 마치 한편의 팬터마임을 보는 것 같았다. 하워드는 그렇게 손수건을 가지고 금고를 열었다. 그리고는 손수건으로 손을 감은 다음 금고 안의 물건을 이리저리 헤쳐 놓으면서 재빨리 움직였다. 그리고는 벨벳 상자를 꺼내들고 그 뚜껑을 열었다. 상자는 비어 있었다.

"바로 이 상자죠?"

"맞아."

하워드는 상자를 열어젖힌 그대로 금고 바로 밑 방바닥에 떨어뜨렸다. 그는 금고도 열어 놓은 채 그대로 두었다.

'이제 어떻게 하지?'

그 장면은 엘러리로서도 얼마쯤은 학술적 흥밋거리였다.

하워드는 프랑스식 문 쪽으로 성큼성큼 걸어갔다. 도중에 그는 자기 아버지 책상에서 쇠로 된 문진을 집어 들었다.

"하워드!"

엘러리가 불렀다.

"왜 그러시죠?"

"밖에서 도둑이 침입해 들어온 것처럼 하려면 유리를 테라스 쪽에서 깨뜨리는 게 좋을 거야."

하워드는 깜짝 놀란 표정을 지었다. 그리고는 이내 얼굴이 붉어졌다. 그는 손수건으로 감싼 손으로 문을 열고 나가 다시 문을 닫은 다음, 문진을 가지고 손잡이에서 제일 가까운 쪽 유리를 깨뜨렸다. 유리 조각이 서재 바닥에 비 오듯 쏟아져 내렸다.

하워드는 다시 서재 안으로 들어왔다. 이번엔 그대로 문을 열어 놓았다. 그는 주위를 살펴봤다.

"뭐 잊어버린 게 없나요? 아, 그렇군. 그것 있죠?"

"뭐 말야?"

샐리는 멍한 표정을 지었다.

"이제 당신 차례예요. 아버지에게 전화하세요."

샐리는 침을 삼켰다.

그녀는 유리 조각을 밟지 않으려고 조심하면서 책상을 돌아 커다란 의자에 가 앉았다. 그리고는 전화기를 앞으로 당겨 번호를 돌렸다.

엘러리와 하워드는 아무 말도 하지 않았다.

"밴 혼 씨 좀 부탁합니다. 아녜요, 디드리치 밴 혼 씨 말이에요. 예, 아내 되는 사람입니다."

그녀는 잠시 기다렸다.

엘러리가 책상 가까이로 다가갔다.

"당신이오?"

엘러리는 수화기에서 들려오는 굵직한 목소리를 들었다.

"여보, 제 목걸이가 없어졌어요!"

하워드는 몸을 돌려 호주머니에서 담배를 뒤졌다.

"목걸이가 없어졌다고? 여보, 무슨 얘기야?"

샐리는 울음을 터뜨렸다.

'당신의 그 모든 눈물로도, 단 한마디의 단어조차 씻어 없앨 수는 없을 거요.'

"오늘 밤 목에 걸고 나가기 위해 금고에서 꺼내려고 가보니까……"

"금고에 없단 말이지?"

"없어요!"

'우세요, 부인, 우세요.'

"당신이 전에 꺼냈다가 잊어버리고 다른 곳에 둔 것 아냐?"

"금고가 열려 있고 테라스로 통하는 문이……."

"뭐라구?"

'부인, 그분이 무엇을 알고 있는지, 또 뭘 의심하고 있는지, 부인은 모를 거요. 조심해야 해요.'

"여보, 어쩌면 좋아요."

'우세요, 부인, 우세요.'

"여보, 울지 마. 퀸 선생에게……, 그분 거기 계셔?"

"예, 계셔요!"

"전화 좀 바꿔, 울지 말라니까. 목걸이 하나 가지고 뭘 그래?"

샐리는 아무 말 없이 전화기를 엘러리에게 내밀었다.

'그까짓 거 10만 달러어치밖에 안 되는 걸 가지고 뭘 그래.'

엘러리는 수화기를 받아들었다.

"전화 바꿨습니다."

"현장을 살펴보셨습니까?"

"그 프랑스식 문을 부수고 들어왔더군요. 벽에 있는 금고가 열려 있어요."

디드리치는 유리 조각에 대해서는 묻지 않았다. 그는 다만 상대방이 말하기만을 기다리고 있었다. 그러나 엘러리도 잠자코 기다릴 뿐 말이 없었다.

"우리 집사람에게 아무것도 손대지 말라고 말씀 좀 해주세요. 바로 집으로 가겠습니다. 그동안 현장을 떠나지 마시고 감시 좀 해주시겠소?"

"그렇게 하겠습니다."

"고맙소."

디드리치는 전화를 끊었다.

"어떻게 됐죠?"

하워드의 얼굴은 보기 흉하게 일그러져 있었다. 샐리는 그저 가만히 앉아 있을 뿐이었다.

"나보고 현장을 감시하라고 부탁하셨어. 아무도 물건에 손대지 못하게 하라는 말씀이야. 집으로 곧 오시겠다셔."

"아무도 손대지 못하게 하라고요?"
샐리가 자리에서 일어났다.
"제 생각으로는 회장님이 경찰에 알릴 것 같아요."

디킨 경찰서장은 그동안 많이 늙은 것 같았다. 전에도 몸이 깡말랐었는데 지금은 허약해 보이기까지 했다. 푸석푸석한 피부와 머리는 반백이 다 되어 있었다. 원래 큰 코가 더 커 보였다.
그러나 그 두 눈은 전과 다름없이 성에 낀 유리 같은 모습 그대로였다.
디킨은 두 형제를 양옆에 대동하고 들어왔다. 엘러리가 그곳에 있다는 걸 알고 왔으련만, 늘 하던 습관대로 그의 시선은 먼저 깨어진 유리 쪽으로 향했고, 그 다음엔 열려 있는 금고 쪽으로 향했다. 세 번째야 비로소 엘러리를 쳐다봤다. 그제서야 그의 시선이 다정해 진 것 같았다. 그는 엘러리에게로 다가와 악수를 청했다.
"무언가 문제가 생길 때가 아니면 우린 서로 만나지 못하는 것 같군. 이곳에 내려왔다는 걸 왜 나한텐 알려주지 않았지요?"
그가 큰 소리로 말했다.
"전 뭐랄까, 그러니까 숨어 지내는 셈이지요, 서장님. 밴 혼 회장님 가족분들이 저를 돌봐주고 있는 셈이죠. 책을 좀 쓰고 있으니까요."
"글을 쓰는 사이사이 이분들을 좀 더 잘 보살펴 드릴 수도 있었을 텐데."
디킨이 싱긋 웃으면서 말했다.
"저도 면목 없습니다."
라이트빌의 경찰 총수는 깡마른 턱을 문지르며 서 있었다.
"다이아몬드 목걸이라고요? 아, 안녕하세요, 부인."

그는 하워드에게도 고개를 끄덕였다.

그때 샐리가 외쳤다.

"여…… 여보!"

디드리치는 한 팔로 그녀를 감싸 안았다.

울퍼트는 문간에 선 채 아무 말도 없었다. 그는 화난 표정으로 주위를 둘러보고 있었다. 무언지 벌레 같은 걸 찾고 있는 표정이라고 엘러리는 생각했다.

디킨 서장은 프랑스식 문 쪽으로 걸어가 방바닥에 있는 유리 조각과 문에 뻥 뚫린 구멍을 바라봤다.

"지난 6월에 이어 두 번째 일어난 강도 사건이군요. 누군가가 부인에게 원한을 품고 있는 것 같습니다."

"이번에도 지난번처럼 일이 잘 해결됐으면 좋겠어요, 서장님."

디킨은 금고 쪽으로 갔다.

"무언가 찾아내셨습니까, 퀸 선생?"

디드리치가 물었다. 그는 턱을 앞으로 쭉 내밀고 있었다.

"디킨 서장님도 말씀이 있으시겠지만, 아주 분명한 사건입니다, 회장님. 그건 그렇고요, 서장님이 오셨으니까 전 가도 되겠죠? 서장님의 수사 능력에 대해 전 늘 대단한 존경심을 가지고 있으니까요."

"고맙소이다."

디킨은 벨벳 상자를 집어 들면서 말했다.

디드리치는 '나도 동감이오'라고 말하듯 엄숙하게 머리를 끄덕여 보였다.

이 정도라면 디드리치라도 완전히 화가 날 거라고 엘러리는 생각했다. 지난번은 2만 5,000달러의 돈이더니 이번에는 다이아몬드 목걸이였다. 아무리 화를 내도 탓할 수 없는 노릇이었다.

디킨은 서두르지 않았다. 그는 늘 그랬다. 그는 서서히 밀려오는 조류처럼, 어찌 보면 분통터질 것 같은 그런 신중함을 보여주었다. 막상 움직임은 거의 볼 수 없지만, 언젠가는 모든 것을 삼켜버리는 그 조류를 결국은 아무도 막을 수가 없게 된다. 사람들은 그것을 잘 알고 있었다.

샐리와 하워드는 그를 흥미 있게 바라보고 있었다.

"부인!"

샐리가 소스라치게 놀랐다.

"아! 모두 말씀이 없으셔서……, 너무 조용하네요. 왜 그러시죠, 서장님?"

"부인께서 마지막으로 목걸이를 보신 게 언젠가요?"

"한 달도 더 되었어요."

샐리가 재빨리 대답했다.

'대답이 너무 빠르군.'

"그렇지 않아, 여보."

디드리치가 얼굴을 찌푸리면서 말했다.

"2주 전이었다는 걸 벌써 잊었나? 누군가에게 보여주려고 금고에서 꺼낸 일이 있잖아?"

"맞아요. 밀리 버넷트에게 보여주었죠."

샐리의 얼굴이 주홍색이 되었다.

"잊어버렸어요. 제가 바보예요."

"2주라고요?"

디킨은 그 사실을 반추하면서 서 있었다.

"그리고 나서 그걸 본 사람은 또 없습니까?"

"하워드, 너 본 적 있니?"

디드리치가 물었다.

못생긴 하워드의 얼굴이 돌처럼 굳어 있었다.
"저 말이에요?"
하워드는 불안한 듯한 표정을 지으며 웃었다.
"저 말인가요, 아버지?"
"그래."
"제가 어떻게 그걸 봅니까? 저는 금고 가까이 갈 까닭이 없는 걸요."
디드리치가 흥분한 듯한 목소리로 말했다.
"네가 혹시 보았을지도 모른다고 생각해 봤을 뿐이다."
'그는 의심하고 있는 거야. 확실히 알지는 못하지만 의심하고 있어. 그런 것이 사람 잡는 일이지. 심증은 가지만 확증은 없다? 이것이 바로 사람을 잡는 거야. 하워드? 있을 수 없는 일이야. 샐리? 생각조차 할 수 없는 일이지. 하지만⋯⋯.'
디드리치는 몸을 돌렸다.
"월요일 아침에도 금고에 있었어요."
그의 동생이 말했다.
"어제라고?"
디드리치가 울퍼트를 날카롭게 쏘아봤다.
"확실하냐?"
"확실해요."
울퍼트는 습관처럼 희미한 웃음을 지었다.
"허친슨 건 관계 서류가 필요해 금고를 열었는데, 목걸이가 거기에 있던데요."
그러자 디킨이 물었다.
"이 상자 안에 말입니까, 울퍼트 밴 혼 씨?"
"예, 맞습니다."

"상자는 열려 있던가요?"

"아니에요…… 하지만……."

"그렇다면 어떻게 목걸이가 그 안에 있다는 걸 아셨습니까?"

디킨이 온화한 목소리로 말을 이었다.

"이 일에 대해서는 신중하셔야 합니다, 울퍼트 밴 혼 씨. 사실을 말씀하실 땐 말입니다. 혹시 상자를 열어보셨나요, 울퍼트 밴 혼 씨?"

"사실대로 말씀드리면, 열어 봤습니다."

솜털이 많이 난 울퍼트의 귀 가장자리가 빨갛게 물들어갔다.

"열어 보셨다고요?"

"그저 보았을 뿐입니다. 제가 거짓말을 하고 있다고 생각하십니까?"

울퍼트는 화가 나 있었다.

디드리치가 갑자기 큰 소리로 외쳤다.

"그게 무슨 상관입니까? 도난 사건은 어젯밤에 일어났어요. 어젯밤 늦게까지 저 유리는 아무 이상 없었어요. 목걸이를 마지막으로 본 것이 언젠가 하는 것이 무슨 상관있습니까?"

'그는 벌써 후회하고 있는 거야. 이 사건에 디킨을 끌어들인 데 대해 쓴맛을 다시고 있어. 쓰디쓴 후회를 하고 있어.'

경찰서장이 말했다.

"이 일에 대해서는 나중에 통지해 드리겠습니다, 밴 혼 씨."

그가 뭔가 결정적이며 위협적인 말을 했다는 것을 그들이 채 알아차리기도 전에 디킨은 자리를 떴다.

디드리치는 시내로 다시 돌아가지 않았다. 울퍼트는 사무실로 돌아갔지만, 디드리치는 문을 닫아 걸은 채 거의 하루 종일 서재에서 나오지 않았다. 한번은 엘러리가 참고 문헌을 가지러 서재 문 가까이 가봤다. 그러나 방 안을 이리저리 거닐고 있는 디드리치의 발자국 소리를 듣고는 다시 발걸음을 사랑채로 돌렸다.

하워드도 작업실로 들어가서는 두문불출이었다.

샐리는 자기 방에 있었다.

엘러리는 계속 작품을 썼다.

5시에 디드리치가 사랑채 문간에 모습을 나타냈다.

"아, 수고하십니다."

그는 자기와의 싸움에서 마침내 이겼다는 표정이었다. 주름살은 전보다 더 깊이 패인 것 같았지만, 자기 자신을 잘 억제하고 있는 듯했다.

"대표단의 노부인들을 만나 보셨습니까?"

"위원회 말씀인가요? 만나지 못했습니다. 난 글을 쓰느라……."

"마호메트에게 다가오는 산더미 같다고나 할까……, 하여튼 난 할 말이 없습니다. 나 자신 바보같이 느껴지더라구요, 물론 우린 참석해야겠죠."

"모든 사람에게는 저마다 고통이 있기 마련이죠."

엘러리가 웃으면서 말했다.

그러자 디드리치가 가벼운 웃음을 빙긋 지으며 대답했다.

"욥기에 그런 말이 나오던가요? 아버님이 곧잘 인용하시곤 했는데, 맞아 그래. '불똥이 위로 올라가듯 사람은 고통에서 피할 길이 없도다.' 우리 가운데 어떤 사람들은 우리 자신이 마치 아세틸렌 불꽃의 공격을 받고 있기라도 한 것 같은 표정을 짓고 있어요…… 그건 그렇고 일하시는 걸 방해하고 싶지는 않지만, 한 가지 생각난 것이 있어 찾아왔습니다. 그 기념 파티인가 뭔가에 선생도 함께 가시는 것 말입니다. 아까 얘기를 못했는데, 선생도 함께 가셨으면

합니다만…….”
"초대해 주셔서 감사합니다만 전 참석하지 못할 것 같습니다."
엘러리는 재빨리 대답했다.
"아닙니다. 함께 가신다면 우린 매우 고맙겠습니다."
"야회복도 가지고 오지 않았고……."
"내게 야회복 한 벌이 여분으로 있으니까, 그걸 입으셔도 됩니다."
"그걸 입으면, 마치 그 안에서 헤엄치는 것 같을 텐데요. 어쨌든 그건 회장님을 위한 행사 아닙니까."
"그러니까 이곳에 혼자 남으셔서 애꿎게 타자기만 못살게 구시겠다, 이겁니까?"
"타자기는 아직 제대로 써먹지도 못했는걸요. 그렇지만 솔직히 말씀드려서, 그렇게 써먹고 싶습니다."
"나는 선생이 정말 부러워요!"
그들은 그 말에 서로 다정히 웃었다. 그리고 얼마 뒤 디드리치는 손을 흔들며 자리를 떴다.
정말 강인한 사람이었다.

엘러리는 밴 혼 가족이 외출하는 것을 지켜봤다. 디드리치는 연미복에 실크해트로 화려하게 차려 입고 샐리가 나올 때까지 문을 열어 놓고 있었다. 샐리는 큼직한 밍크 외투를 입고 치자나무 꽃장식을 달고 있었으며, 흰 가운은 계단에 끌릴 정도였다. 거미줄 같은 얇은 천으로 된 장식물을 머리에 쓰고 있었다. 그들 뒤에 울퍼트가 장의사 조수 같은 모습으로 따라 나왔다. 하워드가 운전하는 캐딜락 리무진이 도착하자 디드리치와 샐리는 뒷좌석에 타고 울퍼트는 하워드 옆에 자리를 잡았다. 라이트빌 상류 계급 사람들은 운전기사를 고용하는 일이 별로 없었다.

몸집이 큰 차는 굉음을 내면서 차도를 달려 내려가다가 길모퉁이를 돌아 사라졌다.

그들은 서로 한마디도 주고받는 것 같지 않았다.

엘러리는 타자기 있는 데로 다시 돌아왔다.

7시 30분에 로라가 나타났다.

"사모님께서 선생님이 집에서 저녁 식사를 드실 것이라고 하셨어요."

"아, 로라 아주머니, 귀찮으실 텐데 걱정 안 하셔도 됩니다."

"귀찮기는요. 식당에서 드실 건가요, 아니면 제가 식사 쟁반을 이곳으로 가지고 올까요?"

"이곳으로 가지고 오시면 좋지요. 좋으실 대로 하세요. 전 상관없습니다."

"알겠어요."

그러나 로라는 돌아가지 않고 멈칫거리고 있었다.

"왜 그러세요? 무슨 일 있습니까?"

그녀가 가지 않으니까 괜히 신경이 쓰였다.

"퀸 선생님, 무슨 일이라도 생겼나요? 말하자면……."

"무슨 일이라뇨?"

로라는 앞치마를 손으로 만지작거렸다.

"사모님께서 방에서 하루 종일 울고 계시고, 회장님도……, 그리고 오늘 아침에는 또 경찰서장님과 함께 오셨지 뭐예요."

"글쎄요. 하지만 무슨 일이 정말 있었다 치더라도 아주머니와는 상관없는 일 아니겠어요?"

"아, 물론 그렇구말구요, 선생님."

로라가 음식 쟁반을 가지고 다시 나타났을 때, 그녀의 입은 굳게 다물어져 있었다.

일곱째 날 259

엘러리는 그녀가 자신의 우상에게서 중대한 결점이라도 발견한 모양이라고 생각했다.

소설은 잘 진행되고 있었다. 계속해서 타자기가 종이를 토해 냈으며, 그의 귀에는 타자기 소리밖에는 아무 소리도 들리지 않았다.
"엘러리 선생님!"
그는 하워드가 옆에 서 있는 것을 보고는 놀랐다. 문이 열리는 소리조차 듣지 못했던 것이다.
"벌써 돌아왔는가, 하워드? 지금 몇 시지?"
하워드는 모자를 쓰고 있지 않았다. 그의 야회복은 단추를 잠그지 않아 열려 있었고, 흰 목도리의 양끝이 축 늘어져 있었다. 그의 눈빛은 심상치 않은 데가 있었다.
엘러리는 의자를 뒤로 밀었다.
"본채로 좀 와주시겠어요?"
"하워드, 무슨 일인가?"
"우린 지금 만찬에서 방금 돌아왔거든요. 디킨 서장님이 집에서 우릴 기다리고 있더군요."
"디킨 서장이? 서장님이 지금 이곳에 와 있단 말이지? 난 일에 몰두해 있었기 때문에 아무것도 모르고 있었는걸……."
"서장님이 저보고 선생님을 모시고 오라고 했습니다."
"나를?"
"예."
"무슨 일 때문인지 이유도 말하지……."
"예, 그냥 모시고 오라고만 했어요."
엘러리는 셔츠의 옷깃 단추를 채우고 재킷을 집어 들었다.
"엘러리 선생님!"

"왜 그래?"
"서장님이 심프슨 씨와 함께 왔어요."
"전당포 주인 심프슨 말이지?"
"예, 그 전당포 주인 말입니다."
엘러리는 곧 마음을 굳게 먹었다.

J.P. 심프슨은 머리가 벗겨지고 눈은 포도 빛이 나는 시골 사람이었다. 작은 몸집에 뭔가 부단히 냄새를 맡고 있는 듯한 인상을 주는 사람이었다. 때묻은 스프링코트는 단추가 채워져 있었고, 손에 모자를 꽉 쥐고 있었다. 그는 디드리치의 큰 의자 가장자리에 앉아 있었다. 그러다가 엘러리와 하워드가 들어가자 서둘러 의자에서 일어나 의자 뒤로 재빨리 몸을 빼냈다. 샐리는 모피 외투를 입고 프랑스식 문 옆 그늘진 곳에 서 있었다. 흰 장갑 낀 그녀의 손은 차림표 종이를 구겨 쥐고 있었다.

디드리치의 얼굴에는 낭패 당했을 때의 표정이 그대로 나타나 있었고, 코트와 실크해트는 방바닥에 떨어져 있었다. 목도리는 하워드처럼 아직 목에 그대로 감겨 있었다. 그의 머리는 헝클어진 상태였다. 그러나 그는 매우 침착했다.

울퍼트는 자기 형 뒤에서 서성거렸다.
디킨 서장은 책장에 기대어 서 있었다.
"디킨 서장님!"
디킨 서장은 책장에서 몸을 떼면서 호주머니에 손을 넣었다.
"이번 일에 대해 엘러리 씨에게 몇 가지 물어보는 것이 좋을 것 같아서 오라고 했어요."
"무슨 일 말입니까?"
'마치 아무것도 모르는 사람 같군.'

"자, 퀸 선생이 오셨습니다. 이제 어떻게 되는 겁니까, 서장님?"
디드리치가 거칠게 말했다.

디킨 서장이 호주머니에서 손을 빼내자 그 손에는 다이아몬드 목걸이가 들려 있었다.

"이게 부인의 목걸이 맞죠?"

샐리가 움켜쥐고 있던 차림표 종이가 방바닥으로 떨어졌다.

샐리가 몸을 구부렸다. 그러나 디킨 서장의 동작이 더 빨랐다. 그는 재빨리 그것을 주워 정중하게 그녀에게 건네주었다. 엘러리는 이 사람 예의 하나는 깍듯하다고 감탄해 마지않았다. 자연스럽게 그녀 곁으로 다가가는 동작이 일품이었다. 정말 라이트빌에서 썩기는 아까운 사람이었다.

"감사합니다."

샐리가 말했다.

"맞습니까, 부인?"

샐리는 목걸이를 그녀의 장갑 낀 손에 걸쳐 봤다.

"맞아요, 틀림없어요."

그녀는 가느다란 목소리로 말했다.

"그런데 서장님! 그걸 어디서 찾았어요?"

디드리치가 물었다.

"거기에 대해서는 심프슨 씨가 말씀드릴 겁니다, 회장님."

전당포 주인은 흥분해서 말했다.

"그걸 전당잡고 돈을 대출해 주었어요! 어제죠, 어제 오후였습니다."

"주위를 잘 살펴보세요, 심프슨 씨."

서장은 한껏 점잖빼는 말투였다.

"목걸이를 전당잡힌 사람이 여기 있습니까?"

심프슨은 분노에 떠는 손가락으로 엘러리를 가리켰다.

심지어는 울퍼트까지도 소스라치게 놀랐다. 디드리치는 충격을 받은 모양이었다.

"이 신사분 말입니까?"

디드리치는 믿을 수 없다는 표정으로 물었다.

"퀸. 엘러리 퀸, 바로 이분이 맞아요."

엘러리는 얼굴을 찌푸렸다. 샐리와 하워드에게 이미 말하지 않았던가? 이 일은 결코 성공하지 못할 거라고 말이다. 이제 그들은 진퇴양난의 궁지에 빠지고 만 것이다. 그는 서글픈 시선으로 샐리와 하워드를 바라봤다. 샐리는 목걸이를 손에 거머쥔 채 내려다보고 있었다. 하워드는 놀라는 척하려고 애쓰고 있었다.

'이 모두가 얼마나 어리석은 일인가.'

"퀸 선생이 이것을 전당잡혔다는 말입니까? 퀸 선생이?"

디드리치가 묻고 있었다.

"자신의 고객을 위하는 일이라고 했어요."

몸집이 작은 전당포 주인이 언성을 높였다.

"완전히 사기 친 거죠. 전 항상 뉴욕 사람들은 믿을 수 없다고 말해 왔거든요. 몸집이 큰 만큼 더 교활한 것 같아요. 알고 보니 훔친 물건이었는데, 그것도 모르고 있었지 뭡니까? 왜 내게 사실대로 말하지 않았죠, 엘러리 씨? 왜 밴 혼 부인 것을 훔쳤다고 말하지 않았느냐 말입니다."

그는 팔걸이의자 뒤에서 춤추듯 움직이고 있었다.

디드리치가 웃었다.

"글쎄, 솔직히 말씀드려서 무슨 말을 해야 할지, 어떻게 생각해야 할지 알 수 없군요, 퀸 선생?"

그는 맥이 풀린 듯 말을 하다 그만두었다.

일곱째 날 263

'소년 소녀들아, 이제 너희들 차례다…….'
엘러리는 다시 하워드를 쳐다보았다.
그런데 이상한 일이 일어났다.
하워드가 시선을 다른 곳으로 돌린 것이다.
'하워드가 시선을 돌렸어…….'
그러나 그는 엘러리의 시선을 의식했음에 틀림없었다.
엘러리는 하워드의 시선을 붙잡는 데 성공했다.
그러나 하워드는 다시 시선을 다른 곳으로 돌렸다.
그러자 엘러리는 재빨리 샐리에게로 시선을 돌렸다.
그러나 샐리는 목걸이의 다이아몬드 알을 세는 척 딴전을 피웠다.
'이럴 수가, 저들이 이렇게 배신할 수가 있단 말인가? 하워드!
샐리!'
이번에는 엘러리가 기어코 샐리로 하여금 고개를 들도록 만들었다.
그러나 샐리 역시 그를 못 본 체했다.
그러자 엘러리는 갑자기 자신의 목이 뻣뻣해지는 것을 느꼈다. 그것은 분노하고 있다는 징조였다. 아마 지금까지 그렇게 분노한 적은 없었을 것이다. 너무나 분노했기 때문에, 만약 입을 열기라도 하면 무슨 일이 터질 것만 같았다.

디드리치는 그를 위아래로 훑어보고 있었는데, 맥 풀린 모습은 아니었다. 차라리 의문에 가득 찬 모습이었다. 거기에는 이를테면 기쁨이랄까, 뭐 그런 것도 섞여 있었다. 그로 말미암아 의문의 윤곽이 더욱 뚜렷이 드러났다.

'그는 지금 마음이 즐거운 거야. 그러니 이 일에 매달리겠지. 그는 지금까지 허우적거리고 있었는데, 이제 구명대가 던져진 거야. 그것을 붙잡으려 필사적일 수밖에.'
엘러리는 여유 있게 담배에 불을 붙였다.

"엘러리 씨."
디킨 서장은 정중한 태도로 입을 열었다.
"일이 이상하게 돌아가고 있다는 것을 굳이 말씀드릴 필요는 없겠지요…… 당신에겐 필시 어떤 사유가 있을 테니까. 하지만……."
"그렇습니다. 사유를 들어봐야 합니다!"
심프슨이 큰 소리로 말했다.
"말씀해 주시겠소?"
서장은 공손한 태도를 잃지 않았다.
엘러리는 담배를 피우면서 기다렸다.
디킨 서장의 눈빛이 흐려졌다.
"말씀해 보시죠, 퀸 선생!"
이번엔 디드리치가 채근했다. 목소리가 차가웠다.
'이제 구명대를 붙잡았다는 건가?'
"책을 쓴다고 했던가요?"
울퍼트 밴 혼이 한마디 터뜨렸다. 그는 몸을 흔들면서 즐거운 듯 헛기침을 해댔다.
"퀸 선생!"
디드리치가 다시 독촉했다.
'사형 선고를 내리기 전에 말할 기회를 주시겠다, 이거지. 제기랄, 내가 만약…….'
"퀸 선생, 제발 말씀 좀 해주세요!"
"제가 무슨 말씀을 할 수가 있겠습니까?"
엘러리는 빙긋 웃었다.
"염치가 없다고 말해야 할까요? 아니면 모욕을 당했다거나 분노를 느낀다고 해야 할까요? 의외였다고 말해야 할까요?"
디드리치는 생각에 잠기는 듯했다. 그러다가 마침내 조용히 입을 열었다.
"이건 아주 교묘한 일처럼 보이는군요."
"교묘하다고요?"
"지금 생각해 보니 이것 말고도 다른 일들이 있었지요."
"무슨 일 말입니까?"
"금요일 아침에 일어났던 도난 사건 말입니다."
디킨이 재빨리 물었다.
"그건 또 무슨 얘기죠, 밴 혼 씨?"
"지난 금요일 이른 아침에 누군가가 내 금고에서 돈을 훔쳐갔습니다, 서장님. 현금 2만 5,000달러가 없어졌지요."
'샐리, 빨리 도망쳐요. 저분을 보세요. 얼른 자리를 피하라구요.'
"하지만 당신은 신고조차 하지 않았잖습니까."
디킨이 눈을 깜박이며 말했다.
"형님, 형님은 저한테도 말씀하시지 않았습니다. 왜 그러셨지요?"
울퍼트가 말했다.
"그때도 선생은 이곳에 계셨죠, 퀸 선생?"
디드리치가 말했다.
엘러리가 생각에 잠긴 채 고개를 끄덕였다.
"그때도 저기 저 프랑스식 문이 깨져 있었어요, 서장님. 주말을 이용해 고쳐놓았습니다만. 그런데 그때는 서재 안쪽에서 유리를 깨뜨렸어요. 지금에야 솔직하게 털어놓는데……, 난 그때 그것이 내부인의 소행이라고 생각했습니다…… 그러니까, 우리 집에서 일하는 가정부 가운데 한 사람이 한 짓으로 보았죠."
'회장님답지 않은 말씀이세요. 가정부 소행이라고요? 그래요, 그 밖에 달리 말씀하실 수야 없겠죠.'
"하지만 지금 와 생각해 보니, 그때 그 사건은 교묘한 속임수였던 것 같단 말입니다."

"아마추어처럼 보이도록 하기 위해서란 말씀이죠? 그럴 수도 있겠지요."

디킨이 천천히 고개를 끄덕였다.

"왜 그 사람을 쳐다만 보고들 계십니까?"

심프슨이 날카로운 목소리로 말을 이었다.

"그 사람이 도대체 누굽니까? 신입니까? 아니면 무슨 대단한 존재라도 된단 말입니까? 천만에요. 내게 사기 친 사람일 뿐이에요! 사기꾼입니다!"

디드리치는 턱을 문지르면서 얼굴을 찌푸렸다.

"심프슨 씨, 퀸 선생이 목걸이를 전당잡힌 것이 틀림없습니까?"

"틀림없냐고요? 회장님, 손님들 얼굴을 기억하는 것이 제 직업입니다. 목숨 걸고 맹세하지만, 틀림없어요. 틀림없고말고요. 진짜 빳빳한 달러로 거액을 내주었으니까. 저 사람에게 직접 물어보세요. 어서 물어보시라니까요!"

"당신 말이 맞아요, 심프슨 씨. 내가 밴 혼 부인의 목걸이를 전당잡혔습니다…… 그렇습니다."

엘러리는 어깨를 으쓱했다.

그때, 샐리가 가느다란 목소리로 말했다.

"실례하겠어요."

그녀는 방에서 나가려고 했다.

디드리치가 그녀를 불러 세웠다.

"여보!"

그러자 그녀는 발걸음을 멈추고, 돌아보았다. 그 순간 엘러리는 아름다운 그녀 얼굴에서 이상야릇한 표정을 보았다. 샐리는 결심을 못 내리고 망설이는 것 같았다. 엘러리는 그녀가 도망이라도 치려나 보다고 무거운 마음으로 생각했다.

"우린 이 일에 대해서 좀더 깊이 파고들 필요가 있다고 봅니다."

디드리치가 차가운 목소리로 말했다.

"난 솔직히 이번 일을 믿을 수가 없어요. 퀸 선생, 선생은 남의 물건에 함부로 손대는 그런 분이 아닌 걸로 알고 있습니다. 선생은 고명하신 분입니다. 선생이 이런 일을 하실 때에는 대단한 사유가 있으리라고 생각하는데요, 그 사유를 좀 말씀해 주시겠습니까?"

"말씀드릴 수 없습니다."

엘러리가 말했다.

"말할 수 없다고요?"

디드리치의 턱이 굳어졌다.

"예, 말씀드릴 수 없습니다, 회장님. 하워드가 제 대신 답하도록 하겠습니다."

'샐리에겐 시키면 안 돼. 샐리는 자진해서 하도록 해야 해. 그게 중요한 점이야. 그래, 그게 중요한 거야.'

"하워드라고요?"

"예, 하워드 말입니다. 전 지금 기다리고 있는 중입니다."

엘러리가 말했다.

"하워드라고요?"

디드리치가 다시 물었다.

"무슨 할말이 없는가, 하워드?"

엘러리가 부드럽게 물었다.

"할말이라고요?" 하워드가 혀로 입술을 축였다. "제가 무슨 말을 하죠? 그러니까 무슨 말씀인지 전혀 이해가 가지 않는데요."

"퀸 선생!"

디드리치가 엘러리의 팔을 잡았다. 엘러리는 거의 울부짖고 싶은 심정이었다.

"퀸 선생, 내 아들이 이번 일과 어떤 관계가 있습니까?"

"마지막 기회를 주겠네, 하워드."

하워드가 엘러리를 노려봤다.

엘러리는 어깨를 으쓱했다.

"회장님, 하워드가 목걸이를 저에게 건네주었습니다. 하워드가 그걸 담보로 돈을 마련해 달라고 부탁했지요."

하워드는 몸을 떨기 시작했다.

"그건 터무니없는 거짓말이에요. 무슨 이야기를 하는 건지 전 전혀 알 수 없어요."

그가 쉰목소리로 말했다.

'분명하군. 끝난 일이야. 다음은 샐리 차렌데.'

샐리는 그곳에 마냥 서 있었다.

'그녀는 지금 저기에 서 있지만 방에서 나가려고 했어. 그녀는 자신이 정말 무정해질 수도 있다고 말했어. 하워드도 무슨 일이든지 하겠다고 말하지 않았나. 디드리치가 진실을 모르도록 하기 위해서는 거짓말이나 도둑질, 배신 등 무엇이나 마다않고 하겠다는 얘긴데, 그건 당신네들의 진심이었겠지?'

샐리를 이 일에서 제외시켜야 할 아무런 이유가 없었다. 그러나 막연한 어떤 생각 때문에 엘러리는 입을 열 수 없었다. 순전히 감정 문제라고 할 수밖에 없었다. 게다가 그녀도 그걸 알고 있었다. 조그맣고 사악하며 의기양양한 저 여자가 그걸 알고 있다는 것이 눈빛 속에 역력히 드러나 있었다. 그러나 샐리는 따지고 보면 몸집이 작지도 않고 사악하지도 않았다. 그녀는 그들 중 그 누구보다도 선량하고 몸집이 큰 사람인지도 모른다. 그는 그녀를 이번 일에서 제외시킬 수 있다는 것이 기쁘기까지 했다. 하워드가 그녀를 끌어들이지 않은 상태에서 일의 자초지종을 다 들추어낸다면 그녀는 무사할 것이다. 하워드는 아마 그녀를 끌어들이려 하지 않을 것이다. 그녀를 위해서가 아니라 자기 자신을 위해서 그렇게 나오지는 않을 것이다.

엘러리는 자세를 바로잡았다. 디드리치는 엘러리와 하워드를 번갈아가며 보고 있었다. 그러다가 이상스런 행동을 하기 시작했다. 그는 샐리에게 성큼성큼 다가가 그녀의 손에 들려 있는 목걸이를 빼앗았다. 그리고는 금고 쪽으로 가더니 목걸이를 금고 안에 던져 넣고는 금고 문을 '쾅'하고 닫은 다음 다이얼을 돌려버렸다.

그는 침착한 표정으로 디킨을 향해 몸을 돌렸다.

"디킨 서장님, 이제 일은 끝났습니다."

"고소하지 않겠다는 말씀입니까?"

"예, 하지 않아요."

디킨의 흐릿한 눈빛에 약간의 변화가 왔다.

"하긴 그건 회장님 거였으니까."

"잠깐만요."

심프슨이 날카롭게 언성을 높였다.

"일이 끝났다고요? 그럼 제가 목걸이를 담보로 빌려준 돈은 어떻게 되는 겁니까? 내 돈은 완전히 떼이는 겁니까?"

"금액이 얼마입니까?"

디드리치가 정중하게 물었다.

"2만 5,000달러죠!"

"2만 5,000달러라고요?"

디드리치의 입술이 굳어졌다.

"지난번 일이 생각나는군. 그렇잖습니까, 퀸 선생? 그건 그렇고, 그 액수가 맞습니까?"

"예, 정확합니다."

디드리치는 책상으로 다가가더니 무거운 침묵이 계속되는 가운데 수표를 썼다.

디킨 서장과 심프슨이 자리를 뜨고 울퍼트가 그들을 배웅하러 나간 사이 디드리치는 책상에서 일어나 샐리의 팔을 붙잡았다.
그녀의 몸은 떨리고 있었다.
"오, 여보."
그녀가 간신히 말했다.
그는 그녀를 데리고 문 쪽으로 갔다. 하워드도 따라갔지만, 디드리치의 큰 몸집이 길을 막았다.
바로 하워드의 코앞에서 문이 닫혔다.
하워드가 큰 소리로 외쳤다.
"선생님은 왜 일을 폭로하려고 하셨죠? 도대체 무슨 생각으로 그러신 겁니까?"
그는 주먹을 쥔 채 안색이 붉으락푸르락했다. 울분을 참지 못해 금방이라도 엘러리에게 달려들 태세였다.
"내가 왜 그것을 폭로했느냐고, 하워드?"
엘러리는 믿어지지 않는다는 표정으로 물었다.
"그래요! 왜 끝까지 우리 편을 들어주지 않느냐는 겁니다!"
"자네 말은, 어째서 내가 저지르지도 않은 죄를 저질렀다고 자백하지 않았느냐는 건가?"
"선생님은 한마디로 말씀하실 필요가 없었어요! 그저 입만 다물고 계셨으면 되었을 거라는 말이지요!"
'그래, 내가 참아야지.'
"심프슨이 나를 알아보는데도 말인가?"
"아버지는 절대로 고소하지는 않았을 거란 말입니다."

'머리가 완전히 돌았군.'
"선생님은 우리와 한 약속을 어기셨어요! 아버지가 의심하도록 하셨단 말입니다! 그리고 난 거짓말을 하지 않을 수 없게 되었죠. 아버진 내가 거짓말한다는 걸 아세요. 아버지는 우리의 비밀을 내게서 캐내지 못하면 언젠가는 샐리에게서라도 기어코 알아내고 말 거예요!"
'잠깐만.'
"내 생각은 말야, 하워드. 샐리 씨는 자신의 일은 자신이 잘 알아서 챙길 거로 보네. 아버진 자기 부인이 이번 일에 관계되었다고는 생각하지 않고 있어. 다만 자네를 의심하고 있을 뿐야."
"그건 사실이지요."
갑작스럽게 타올랐던 분노가 갑작스럽게 수그러들었다.
"그건 저도 인정합니다. 선생님은 샐리만은 이 일에 끌어들이지 않으셨으니까요."
"어때? 이 정도면 그래도 도량이 넓은 퀸이 아닌가? 어쨌든 아버지는 단순히 자네가 도둑질을 했다는 점만을 생각하고 계셔. 아버진 자네와 샐리와의 관계를 알 턱이 없지. 다시 한 번 말하지만, 이만하면 그래도 마음 넓은 퀸이 아니겠나?"
하워드의 안색이 창백해졌다.
그는 안락의자에 털썩 주저앉아 손톱을 깨물기 시작했다.
"솔직히 말해 나는 이 모든 일이 너무 당황스러울 뿐이야. 내 평생 처음으로 말이 안 나올 정도일세. 난 당연히 자네 머리를 한대 갈겼어야 마땅하겠지만, 자네가 정상이 아니기 때문에 참고 있는 거야."
엘러리는 전화기를 끌어당기려고 손을 뻗었다.
"왜 그러시죠?"

하워드가 중얼거리듯이 물었다. 엘러리는 책상에 가 앉았다.
"내가 계속 이곳에 머물러 있으면, 그렇지 않아도 복잡하게 얽혀 있는 일이 더 복잡해질 것 같아. 게다가 이제 나도 신물이 났네…… 이런 어리석고 어처구니없는 일에서 완전히 손을 떼려고 해. 자네와 샐리가 잘 알아서 꾸려가게…… 어차피 내 충고는 듣지도 않을 테니까. 이런 불륜 관계 때문에 내가 이곳에 온 것도 아니고, 처음부터 이럴 줄 알았더라면 아예 오지도 않았을 거야. 자네의 기억 상실 발작에 대한 내 충고는 물론 자네가 그대로 따르지도 않겠지만, 뉴욕에서 말한 그대로야. 일급 신경정신과 의사에게 가서 자네 마음속에 있는 것을 숨김없이 털어놓는 거야. 또 하나 말하고 싶은 것은……."
엘러리는 가볍게 빙긋 웃으며 말했다.
"난 이번에 중요한 교훈을 하나 배웠어. 다시 말해, 파리에서 몇 주 동안 만난 것을 바탕으로 한 남자의 성격에 대한 결론을 내려서도 안 되고, 더구나 여자의 경우는 무엇을 그 바탕으로 한다 해도 성급하게 결론을 내려서는 안 된다는 거야."
그는 전화를 걸어 교환을 불렀다.
"지금 떠나시려는 겁니까?"
"그래, 오늘 밤 곧장. 교환……."
"잠깐만요. 택시를 부르시려는 거죠?"
"교환, 잠깐만요. 그래, 하워드, 왜?"
"오늘 밤엔 기차가 없어요."
"아, 교환, 됐어요."
엘러리는 천천히 수화기를 제자리에 갖다 놓았다.
"그렇다면 오늘 밤은 호텔에서 묵어야겠군."
"그건 어리석은 일입니다."

"또 위험하기도 하고? 하워드 밴 혼 집에서 초대한 어떤 손님이 라이트빌에서의 마지막 밤을 홀리스 호텔에서 보냈다고 소문이 날지도 모르니까 말이지?"
하워드는 얼굴이 붉어졌다.
엘러리는 웃었다.
"좋은 수라도 있는가?"
"제 차를 타고 가세요. 굳이 오늘 밤에 떠나시겠다면, 제 차를 이용하면 되지 않아요? 뉴욕의 한 차고에 주차해 놓으면, 제가 뉴욕에 가는 길에 다시 몰고 오면 되니까요. 어차피 전 박물관 프로젝트에 쓸 물건들을 사기 위해 주말쯤엔 뉴욕에 가야 해요. 아버지에게 오늘 밤 선생님이 갑자기 떠나시기로 했다는 것과 제 차를 빌려 드렸다는 것을 말씀드릴게요. 그건 사실이니까."
"하지만 그건 위험한 일이야, 하워드."
"위험하다고요? 왜요?"
"디킨 서장이 뒤쫓아 올지도 모르거든. 자동차 절도로 나를 체포하려고 말야."
엘러리가 말했다.
하워드가 중얼거리듯 말했다.
"선생님도 참 재미있으신 분이세요."
엘러리는 어깨를 으쓱했다.
"그래, 좋아. 한번 모험을 해보겠어."

엘러리는 계속 차를 몰았다. 도로에는 밤늦은 시각이라 차가 거의 보이지 않았다. 하워드의 로드스터는 탈출의 기쁨을 흥얼거렸고, 하늘에는 별이 반짝였다. 연료 탱크엔 기름이 가득 차 있었고, 엘러리의 마음은 즐겁고 평화로웠다.

처음부터 일이 잘못된 것이다. 하워드의 기억 상실증에 간여한 게 잘못이었다. 그러나 그때는 그 일이 하나의 풀리지 않는 수수께끼였고, 또 호감과 호기심이라는 인간적인 요인도 작용했던 게 사실이다. 그러나 그리고 나서 패리시 호수에서 샐리와 하워드의 불륜에 얽힌 사건을 알게 되었을 때, 재빨리 떠났어야 했다. 설령 그곳에 계속 머물러 있었더라도 협박범과의 협상에는 어떠한 역할도 맡지 않겠노라고 단호히 거절했어야 했다. 사건의 어느 단계에서든 그가 좀더 현명하게 행동했었더라면, 마지막에 가서는 하워드에게 배신당하는 수모만은 면할 수 있었을 것이다. 그러므로 사실, 자기 자신 말고는 아무도 탓할 사람이 없었다.

그러나 그러한 고통스러운 경험을 겪기는 했지만, 마음은 편안했다. 그의 여행용 가방 위에는 마음을 달래주는 평화로움이 내려와 앉아 있는 것 같았다.

라이트빌이 뒤로 멀어짐에 따라 그의 아픈 상처도 빠른 속도로 사라져갔다. 디드리치 밴 혼과 그의 고민, 그리고 샐리 밴 혼과 그녀의 걱정거리, 이런 것들도 이제는 눈에 보이는 것 같았다. 있는 그대로의 하워드의 모습도 이제는 제대로 볼 수 있을 것 같았다. 잔인한 과거사로 말미암아 정서적으로 불안정하고 도덕적으로 타락의 길을 걷고 있는 청년으로서, 동정의 대상은 될지언정 분노의 표적일 수는 없었다. 그러나 울퍼트는 생각만 해도 역겨운 존재였고, 기억에서 완전히 지워버리고 싶을 뿐이었다. 어두운 토굴에서 이가 다 빠진 입으로 성경 구절을 중얼중얼 외고 있는 크리스티나 밴 혼은 유령이라고 할 수조차도 없는 존재였다.

'성경, 성경이라!'

엘러리는 도로 옆에 차를 세운 뒤 두 손으로 핸들을 꽉 잡고 몸을 앞으로 숙인 그 자세 그대로 앉아 있었다. 심장은 아직도 격렬하게 뛰고 있었으며, 머리 속은 갖가지 상념들로 가득 차 있었다.

생각을 정리하는 데는 시간이 꽤 걸렸다. 의문점은 명료해질 때까지 파고들어야 하고, 소용없는 군더더기는 골라내어 잘라버려야 한다. 사건의 전모가 그림처럼 뚜렷하게 드러나기 위해서는, 질서정연한 사고 과정이 확립되어야만 한다. 사건의 규모가 컸기 때문에 상당한 거리를 유지하지 않으면 그 전모는 파악되지 않을 것이다.

그러나 그것이 있을 수 있는 일인가? 정말로 있을 수 있는 일인가?

그렇다. 그에게는 착오가 있을 수 없었다. 절대로 있을 수 없었다.

개개의 조각들은 저마다 가공할 만한 색채를 띠고 있었고, 이 조각들을 짜맞추어 결합해 놓으면 하나의 엄청난 패턴이 되었다. 단순하게 엄청나기도 하고, 엄청나게 단순하기도 한 하나의 패턴이.

패턴…… 엘러리는 항상 그의 마음 한구석을 불안하게 했던 패턴에 대해 생각이 미쳤다. 풀리지 않는 상형문자 같았던 패턴의 의미를 알아내기 위해서 애도 많이 썼었다. 그러나 이것은 이를테면 로제타 스톤(나일 강 부근에서 발견된 현무암 돌조각. 이집트 상형문자 해독의 단서가 됨)이라고 할 수 있었다. 착오란 있을 수 없었다.

그런데 조각 하나가 빠져 있었다.

어느 조각일까?

천천히. 하나……, 넷……, 일곱…….

'창백하게 생긴 말(馬)이었다. 그리고 그 말 위에 걸터앉아 있는 것은 죽음이었다.'

그는 시동을 걸고 차를 출발시켰다.

그리고는 가속 페달을 힘껏 밟았다.

'먼저 수킬로미터 떨어져 있는 심야 식당까지 되돌아가자.'

퀭한 눈의 식당 종업원이 물끄러미 바라보고 있었다.
공중전화기에 동전을 떨어뜨리는 엘러리의 손은 떨리고 있었다.
"여보세요?"
'빨리 좀 받아라!'
"여보세요! 밴 혼 회장님이세요?"
"그런데요?"
'무사하군.'
"디드리치 밴 혼 회장님, 맞습니까?"
"맞습니다! 누구신가요?"
"엘러리 퀸입니다."
"퀸 선생이라고요?"
"예, 회장님."
"하워드가 잠자리에 들기 전에 내게 말하더군요. 선생이 오늘 밤 갑자기……."
"괜찮습니다! 회장님은 무사하시군요. 중요한 건 바로 그겁니다."
"무사하다니요? 물론 무사하구 말구요. 무엇 때문에 그런 걸 물으시는 겁니까? 무슨 이야깁니까?"
"회장님은 지금 어디 계세요?"
"지금 어디에 있느냐고요? 퀸 선생, 도대체 무슨 일입니까?"
"말씀해 보세요! 지금 어느 곳에 계십니까?"
"서재에 있어요. 잠이 오지 않아 그동안 미뤘던 서류를 정리하려고요."
"가족들은 모두 댁에 계십니까?"
"동생만 제외하고는 모두 집에 있어요. 동생은 디킨 서장과 심프슨 씨하고 함께 시내에 다시 들어갔는데, 우리가 그동안 협상해 오던 계약 관계를 깜박 잊었다고 하면서, 그 일 때문에 밤을 꼬박 새워야겠다는 쪽지를 남겨 놓았어요. 그리고……."
"회장님, 제 말씀을 잘 들으세요."
"퀸 선생, 오늘 밤은 더 이상 무슨 이야기든 들을 힘이 없어요."
디드리치는 지쳐 있는 목소리였다.
"무슨 일인지 모르지만, 나중에 말씀하시면 안 됩니까? 난 사실 무슨 영문인지 모르겠어요."
그는 노기를 띤 목소리로 말했다.
"선생은 급작스럽게 짐을 꾸려서 떠나시더니만……."
엘러리가 재빨리 말했다.
"제 말씀을 잘 들으세요, 듣고 계십니까?"
"듣고 있습니다!"
"제가 지금부터 말씀드리는 대로 정확하게 따르셔야 합니다."
"무얼 말입니까?"
"서재 문을 걸어 잠그시고 그대로 서재 안에 계십시오. 꼼짝도 하지 마십시오."
"뭐라구요?"
"문을 걸어 잠근 채 안에 계시라구요. 출입문뿐 아니라 창문도 말입니다. 프랑스식 창도 다 걸어 잠그고 아무에게도 문을 열어 주지 마세요. 이해하시겠어요? 저 외에는 말입니다. 아시겠습니까?"
디드리치는 말이 없었다.
"밴 혼 회장님, 아직 듣고 계세요?"
"예, 듣고 있어요. 예, 잘 알아들었습니다. 선생이 하라는 대로 하겠습니다. 그런데 지금 계신 데가 어딥니까?"
디드리치가 매우 느리게 대답했다.

"잠깐만 기다려 주십시오, 여보게!" 엘러리는 카운터에 있는 사람을 불렀다.

"왜 그러시죠?"

"여기서 라이트빌까지는 얼마나 되오?"

"라이트빌이라고요? 71킬로미터쯤 되지요."

"밴 혼 회장님!"

"왜 그러세요, 퀸 선생."

"전 지금 라이트빌에서 71킬로미터쯤 떨어진 지점에 와 있습니다. 가능한 한 빠른 속도로 차를 몰고 가겠습니다. 40분이나 45분쯤 걸릴 것 같은데, 남쪽 테라스에 있는 프랑스식 창으로 가겠어요. 제가 노크하면 누구냐고 물으세요. 그러시면 됩니다. 그런 다음, 반드시 그런 다음에만 문을 열어 주세요. 그리고 다시 강조하지만, 반드시 저라는 걸 완전히 확인한 뒤에만 문을 여세요. 무슨 말씀인지 아시겠죠? 잊어버리시면 안 됩니다. 누구를 막론하고 절대로 문을 열어 주시면 안 됩니다. 아시겠지요?"

"잘 알아들었소."

"그것만 가지곤 아직 부족합니다. 스미스&웨슨 38구경 권총이 아직도 회장님 책상 서랍에 있나요? 거기에 없으면 그냥 두시고, 절대 그걸 가지러 서재 밖으로 나가시면 안 됩니다!"

"권총은 아직 책상 서랍에 있어요."

"그럼 꺼내세요. 그리고 손에 들고 계세요. 좋습니다, 이제 전화를 끊고 출발하겠습니다. 수화기를 놓으시면 즉시 문단속하시고 창문에서 멀리 떨어져 계십시오. 곧 회장님을 찾아뵙겠습니다."

"퀸 선생!"

"예!"

"도대체 무엇 때문에 이러시는 겁니까? 선생이 말씀하시는 걸 만약 누가 옆에서 들었다면, 지금 내 목숨이 위험하다고 생각하겠습니다."
"사실, 그렇습니다."

## 여덟째 날

43분 후에 엘러리는 프랑스식 창문을 노크했다. 서재는 어둠에 싸여 있었다.
"누구세요?"
유리창 너머 디드리치가 어디쯤에 앉아 있는지 분간하기 힘들었다.
"퀸입니다."
"누구시라고요? 다시 한 번 말씀해 보세요."
"접니다, 엘러리 퀸요."
열쇠가 돌아갔다. 프랑스식 창을 열고 안으로 들어가 그는 곧 문을 잠갔다. 어둠 속에서 더듬더듬 커튼을 친 뒤, 비로소 그가 입을 열었다.
"이제 불을 켜도 좋습니다, 밴 혼 회장님."
탁상용 램프에 불이 켜졌다.
디드리치는 책상 맞은편에 서 있었다. 그의 손에 들려 있는 38구경 권총이 불빛에 번쩍였다. 책상 위엔 금전 출납부와 서류들이 어지럽게 널려 있었다. 파자마와 헐거운 가운 차림의 그는 맨발에 가죽 슬리퍼를 신고 있었다. 얼굴이 아주 창백했다.

"불을 끄신 것은 아주 좋은 생각이었습니다. 저도 미처 그 생각은 못했네요. 이제 총은 치우시죠."

엘러리가 말했다.

디드리치는 권총을 책상 위에 놓았다.

"아무 일도 없었습니까?"

엘러리가 물었다.

"아무 일도 없었소."

엘러리는 싱긋 웃었다.

"전속력으로 달려왔죠. 만약에 오늘 밤 꿈을 꾼다면 차 운전을 하는 꿈을 꿀 것 같아요. 발을 편히 해도 괜찮겠죠?"

그는 디드리치의 회전의자에 몸을 맡기고 두 다리를 쭉 폈다.

몸집 큰 디드리치의 입 한쪽 가장자리 근육이 계속 씰룩거렸다.

"더 이상 못 기다리겠습니다, 퀸 선생. 도대체 무슨 영문인지 이젠 말씀하시지요. 지금 당장 말입니다."

"물론이지요."

엘러리가 말했다.

"내 목숨이 위험하다니 그건 무슨 이야깁니까? 이 세상에 원수진 사람은 한 사람도 없다고 자신 있게 말할 수 있는데요. 내 목숨을 노릴 만큼 그렇게 원수진 사람은 없단 말입니다."

"아닙니다. 있습니다, 회장님."

"누군데요?"

그는 책상에 몸을 기대면서, 막노동으로 다져진 두 주먹을 불끈 쥐었다.

그러나 엘러리는 의자에 몸을 더욱 깊숙이 묻었다.

"누굽니까?"

"회장님."

엘러리는 디드리치를 쳐다봤다.

"전 방금 너무도 중대한 사실을 발견했습니다. 한 시간 반쯤 전만 해도 이곳으로 돌아올 생각은 전혀 없었습니다. 비록 국회를 통과한 법일지라도 저를 다시 이곳으로 되돌아오게 하진 못했을 겁니다. 그럼에도 이렇게 부랴부랴 돌아온 데는 이유가 있습니다.

제가 지난 목요일, 기차에서 이곳에 내린 뒤 많은 일들이 일어났습니다. 처음에 그 일들은 서로 아무 관계가 없는 것처럼 보였어요. 그러다가 어렴풋이 그 윤곽이 보이기 시작했는데, 분명하고 일상적인 윤곽만이 나타났었지요. 그런데 좀더 큰 연결 고리, 그러니까 모든 것을 포괄하는 어떤 것, 어떤 패턴 같은 것이 있을 것이라는 막연한 생각 때문에 전 늘 마음이 무거웠습니다. 그 패턴이 어떤 것인지 알 수 없었지요. 느낌이라고나 할까, 직관이라고나 할까, 뭐 그런 거였습니다. 저처럼 인간 영혼의 어두운 구석만을 뒤지고 돌아다니게 되면, 누구든지 어떤 특별한 센스 같은 것이 생기게 마련이죠."

디드리치의 눈빛은 여전히 얼음처럼 차가웠다.

"전 그것을 제 상상력 탓으로 돌리고 깊이 파고들지 않았습니다. 그런데 조금 전 라이트빌을 떠나는 도중, 번쩍 하고 어떤 빛이 스쳤다고나 할까요. 번개에 비유한다는 건 상투적인 표현이겠죠."

엘러리가 속삭이듯 말했다.

"하지만 달리 적절한 표현이 없어요. 아무튼 어떤 빛이 저를 강타한 것입니다. 맑은 하늘에 날벼락 같은 거겠죠. 그 빛 속에서 전 제가 찾고 있던, 일종의 패턴을 볼 수 있었습니다."

엘러리는 천천히 말을 이어 나갔다.

"끔찍하고도 화려한 패턴의 전체 모습이 보였던 겁니다. 전 그 안에서 장엄하다고 할까요, 그런 것을 봤습니다. 그래서 화려하다는 표현을 쓴 겁니다. 원래는 천사의 계열에 속했던 사탄의 장엄함 말입니다. '어둠의 천사'에게는 일종의 아름다움이 있거든요. 그리고 악마도 자신의 목적을 위해서라면 성경을 인용하는 걸로 알고 있습니다. 이런 말이 회장님에게는 횡설수설로밖에는 안 들리겠지만, 전 아직도 제가 받은 충격에서 완전히 헤어나지 못하고 있습니다."
"누굽니까?"
디드리치가 으르렁거리는 듯한 목소리로 재차 물었다.
"선생이 알아냈거나 아니면 풀어낸 것, 아니 그걸 무어라 부르든간에, 그게 대체 뭐요?"
그러나 엘러리는 계속 말했다.
"이 패턴의 악마적 특징은 필연성입니다. 일단 옷감이 펼쳐지고, 가위를 집어 들면, 마지막 옷단까지 완전히 잘라야만 합니다. 그래야만 완전한 작품이 됩니다. 완전하지 않으면 아무것도 아니죠. 바로 그 때문에 목숨을 걸고 단숨에 여기까지 달려온 겁니다. 그 무엇도 멈추게 할 수 있는 것은 없지요. 그 야심은 반드시 실현되어야만 할 것입니다. 반드시 그래야만 할 겁니다."
"야심을 실현한다고요?"
"끝장을 봐야 한다는 거죠."
"무슨 끝장이죠!"
"제가 말씀드렸죠. 살인, 바로 그겁니다."
디드리치는 그를 잠시 바라봤다. 그리고는 안락의자에 앉아 머리를 뒤로 기댔다.
'미심쩍은 부분이 남아 있다거나 불확실하다는 것은 이 양반에겐 곧 패배를 의미하는 걸 거야. 이 양반은 무엇이든 정체를 확실히 알기만 하면 그것과 맞서 싸울 수 있지. 그러니 먼저 안다는 게 중

요한 거야.'
"좋아요."
디드리치가 쩌렁쩌렁한 목소리로 말했다.
"살인 사건이 일어난다고 칩시다. 내가 바로 그 표적이라는 겁니까? 그렇습니까, 퀸 선생?"
"그건 우리가 느끼는 지구의 중력처럼 확실해요. 그 패턴은 지금 단계에서는 아직 불완전합니다. 그것을 완성시킬 수 있는 오직 한 가지 일이 남아 있는데, 그것이 바로 살인이지요. 제가 그 패턴과 패턴을 만든 디자이너를 알아냈을 때, 회장님이 피해자가 될 수 있는 유일한 인물이라는 사실도 알게 되었습니다."
디드리치는 머리를 끄덕였다.
"그런데, 퀸 선생, 도대체 누가 나를 죽이려 노리고 있는지 이제 말씀해 주시겠습니까?"
그들의 시선이 서로 마주쳤다.
엘러리가 말했다.
"하워드입니다!"

디드리치는 의자에서 일어나 다시 책상 쪽으로 갔다. 그리고는 담배 상자를 열었다.
"피우시겠어요?"
"예, 감사합니다."
그는 탁상용 라이터를 엘러리에게 내밀었다. 불꽃은 흔들리지 않았다.
"난 이 살인 얘기만 제외하고는 무엇이든 받아들일 각오가 돼 있었습니다. 그렇다고 내가 반드시 선생이 내린 결론을 그대로 받아들인다는 뜻은 아니죠. 선생이 맨 처음 오셨을 때 내가 분명히 밝힌 것처럼, 난 선생의 직업 정신에 대하여 대단한 존경심을 가지고 있습니다. 그러나 선생이 지금 하신 말씀을 사실 그대로 믿는다는 것은 어리석은 일일 겁니다."

"저 또한 회장님이 제 말을 그대로 믿어주시리라 기대하지 않습니다."

디드리치는 푸른 담배 연기 사이로 엘러리를 바라봤다.

"그것이 참말이라는 걸 증명하실 수 있겠어요?"

"이렇게 말하는 게 어떨지 모르겠습니다만, 사실 그 자체가 스스로 사실임을 입증하는 법입니다. 아까도 말씀드린 것처럼 그건 완전하니까요."

디드리치는 말이 없었다.

그러다가 입을 열었다.

"하워드로 말하면, 퀸 선생…… 그 애는 내 아들입니다. 내 피를 그 애가 직접 물려받지 않았다는 건 아무 문제도 되지 않아요. 자녀가 부모를 살해하는 이야기를 쓸 경우, 어떤 작가들은 부모 자식 간의 혈연관계를 배제하는 식으로 이야기를 전개시키던데, 나도 미스터리소설을 많이 읽다 보니 그 수법에는 꽤 익숙해져 있어요. 작가들은 그럴 때 가해자를 양자로 만드는 수법을 씁니다. 그러나 그렇다고 문제가 달라지는 건 아니지요. 가족 사이에 형성되는 유대 관계는 평생 동안 함께 사는 데서 비롯되는 것이지 사실 유전자하고는 아무 관계가 없다고 봅니다. 난 하워드를 갓난아기 때부터 키워 왔습니다. 내 자신이 그 아이 세포마다 들어 있으며, 그 아이 자신도 내 세포 하나하나에 들어 있는 거요.

내가 최선을 다했다는 건 하느님도 아시겠지만, 막상 이루어 놓은 게 별로 신통치 않다는 건 인정합니다. 그러나 살인이라고요? 하워드가 살인을 하게 되고 게다가 그 대상이 아버지인 나라고요?

그건 꾸며도 너무 꾸며낸 이야깁니다. 너무나 믿을 수 없어요. 우린 30년 이상 함께 살아 왔습니다. 난 당신의 그 말을 받아들일 수 없습니다."
"저도 회장님의 기분은 이해합니다."
엘러리가 짜증스러운 듯 말을 이었다.
"유감스러운 일이죠. 그러나 제 결론이 잘못되었다면, 전 앞으로 다시는 아예 결론 따위는 내리지 않겠습니다. 회장님, 만약 그렇다면 전, 전 아예 무얼 생각한다는 그 자체를 그만두겠습니다."
"너무 과장되게 말씀하시는군."
"아닙니다. 진심입니다."
디드리치는 화난 모습으로 담배를 입에 문 채 방 안을 이리저리 거닐기 시작했다.
"그러면 대체 이유가 뭡니까? 무슨 이유로, 평범한 이유일 수는 없을 거요. 난 하워드에게 해줄 수 있는 건 다 해주었거든……"
그가 차갑게 물었다.
"한 가지가 빠졌죠. 그런데 불행하게도 그 한 가지야말로 하워드가 가장 원하는 겁니다. 이건 단순히 그 친구 생각일 수도 있겠죠. 그렇더라도 결국 마찬가지지만요…… 뿐만 아니라……"
엘러리는 중얼거리듯 말을 이었다.
"하워드는 회장님을 사랑합니다. 그 친군 회장님을 자기중심적으로 너무나 사랑하기 때문에, 일정한 전제 조건 아래서는 아버질 살해한다는 게 어찌 보면 완전히 논리적일 수가 있다는 거죠."
"난 선생이 무슨 말씀을 하시는지 전혀 이해되지 않습니다."
디드리치가 큰 소리로 외치듯이 말했다.
"난 단순한 사람이고 단순한 말에 익숙해져 있어요. 나를 살해하는 것으로 끝을 맺게 되어 있다는 그 패턴인지 뭔지 하는 것이 대체 뭐요? 다른 사람도 아닌 바로 하워드가 말이야!"

"하워드를 여기에 직접 불러다 놓고 설명을 드렸으면 좋겠는데요……."

디드리치가 문 쪽으로 가려 했다.

"안 됩니다!"

엘러리가 펄쩍 뛰었다.

"회장님이 혼자 거기에 가시면 안 됩니다!"

"어리석은 수작은 이제 그만두시지."

"회장님, 하워드가 어떤 식으로 그 일을 저지르려고 하는지, 그리고 언제 실행에 옮길지 저도 잘 모릅니다. 하지만 오늘 밤 벌써 실행에 옮기려고 할지도 몰라요. 바로 그 때문에 제가……, 왜 그러시죠?"

"오늘 밤 실행에 옮긴다고요?"

디드리치는 천장 쪽으로 시선을 보내면서 거의 동시에 머리를 흔들었다.

"왜 그러시죠?"

"아무것도 아닙니다. 그럴 리 없지. 선생 때문에 내가 너무 신경이 날카로워진 거겠지……."

디드리치는 짤막하게 웃었다.

"내가 하워드를 데리고 오지요."

그가 문을 채 열기도 전에 엘러리가 그의 팔을 붙잡았다.

잠시 뒤에 디드리치가 말했다.

"정말로 확신하고 있군."

"그렇습니다."

"그럼 좋습니다. 집사람하고 난 딴 방을 쓰지요. 하지만 그건 너무 황당무계한 이야기 같은데!"

"제가 이제 말씀드릴 이야기에 비하면, 그 이야긴 황당무계한 정도가 아니라 오히려 그 100분의 1에도 미치지 못합니다, 회장님. 자, 계속 말씀하세요!"
디드리치는 얼굴을 찌푸렸다.
"오늘 밤 그 일이 있은 뒤, 선생이 떠나고 나서 아내의 신경이 무척 날카로워져 있었어요. 지금까지 아내의 신경이 그렇게 날카로웠던 적은 없었거든요. 2층에서 샐리는 내게 알리고 싶은 중요한 이야기가 있다고 말하더군요. 지금까지 내게 내내 숨겨 왔으나, 더 이상 숨길 수 없는 그런 내용이라는 겁니다."
'시기가 너무 늦었어요, 샐리.'
"그래서요?"
디드리치는 엘러리를 노려봤다.
"어떤 이야기인지, 선생도 거기에 대해 무언가를 알고 계시겠죠!"
"그럼 부인은 결국 아무 말씀도 하지 않으셨나요?"
"난 목걸이 때문에 아직도 마음이 편안하지 않거든요. 솔직히 말해 난 그때 집사람 말을 들을 기분이 아니었어요. 그래서 나중에 이야기하자고 했던 겁니다."
"하지만 문제는 그게 아니죠, 회장님! 방금 회장님은 마음이 편치 않다고 하셨는데, 그 이유가 뭐죠?"
"그게 무슨 상관이지, 퀸 선생? 도대체 그게 무슨 상관이 있다는 거요?"
"무엇 때문에 마음이 불안하신 겁니까?"
디드리치는 담배꽁초를 힘껏 벽난로 속으로 던졌다.
"아내는 내게 말해 줄 것이 있다고 했어요."
그가 큰 소리로 외치듯 말했다.
"난 오늘 밤 할 일이 있으니까, 나중으로 미루자고 했지요. 아내가 좋다고 하면서, 오늘 밤을 그냥 넘길 수 없으니 이따가 내가 다시 오면 이야기를 하겠다는 겁니다. 그러면서 침실에서 기다리겠다고 했어요. 그리고 내가 너무 늦게까지 일을 하게 되면, 혹 자기가 잠들지도 모르니까, 그렇게 되면 자기를 깨워 달라고……."
"침대에서라구요? 침대에서 말이지요?"

침실 문은 활짝 열려 있었다.
디드리치가 전등 스위치를 넣자, 갑자기 방이 두 사람을 향해 불쑥 다가오는 듯했다. 침대나 주위의 어떤 물체보다 특히 침대에 누워 있는 샐리가 가장 강렬하게 시야로 뛰어 들어왔다.
이상한 일이었다. 샐리는 이미 주위의 다른 생명 없는 물체처럼 죽어 있었다.
뒤틀린 모습으로 추하게 죽어 있었다. 생전의 모습과는 전혀 달랐다. 괴물 같은 얼굴 속에서 유일하게 남아 있는 생전의 모습이라곤, 처음 만났을 때 그토록 엘러리의 신경을 곤두서게 했던 그 희미한 웃음뿐이었다. 이제 유일하게 남아 있는 그 미소는 엘러리의 마음에 위안을 주었다. 엘러리는 손가락을 그녀의 머리카락 속에 넣어 목에 나타나 있을 자국을 보기 위해 머리를 똑바로 놓았다. 반 고흐가 손가락으로 쓰다듬듯 캔버스 위에 그림을 그렸던 것처럼, 그녀의 목에는 죽음에 얽힌 사연이 강렬한 색채로 그려져 있었다.
마치 폭력이라는 철로 된 틀 속에 끼워놓은듯 그녀는 몸을 뒤틀며 누워 있었다. 그녀의 팔과 다리가 흐트러진 이불과 함께 어지럽게 늘어져 있었다.
찢겨진 목은 섬뜩하리만큼 차가웠다.
엘러리는 발걸음을 옮기다 디드리치의 몸을 떠밀고 말았다. 디드리치는 몸의 균형을 잃고 침대 위 샐리의 다리에 엉덩방아를 찧으며 주저앉았다. 그는 멍하니 눈을 뜬 채 마치 의식을 잃은 듯 그 자리에 우두커니 앉아 있었다.

엘러리는 디드리치의 침실용 장롱에서 손거울을 꺼내 시체의 입에 갖다 댔다. 이미 목숨이 끊어진 것을 알았지만 늘 하던 버릇대로 그렇게 했을 뿐이었다. 엘러리는 자기 목 밑에 울혈 같은 것이 생겨 숨쉬기가 거북했지만, 고통을 의식하진 못했다. 그의 내부 어디에선가 이 엄청난 범죄는 바로 너 때문이라고 책망하는 소리가 들렸지만 그것도 듣지 못했다. 샐리의 입술에 칠해진 립스틱 때문에 빨갛게 얼룩진 거울을 다시 제자리에 갖다 놓은 다음에야 비로소 그는 자기 몸속 어디에선가 반복해서 들려오는 그 목소리를 들을 수 있었다. 그러나 이미 그는 부리나케 방에서 나가고 있었다.

하워드는 자기 작업실에 붙어 있는 침실에 누워 있었다.

평상복 차림이었으며, 파이델리티 묘지에서 광란의 밤을 보낸 바로 다음날 아침처럼 정신이 멍한 상태였다.

'자넨 누구보다도 자네 병을 정확하게 진단한 거야, 하워드. 자넨 하이드의 경우처럼 자네가 매우 끔찍한 살인을 할 것이라고 예언했잖은가?'

하워드의 손에 무엇인가가 들려 있었다.

엘러리는 그의 한 손을 들어 올렸다. 조각가 하워드의 투박한 두 손가락 사이에는 부드럽고 긴 머리카락이 네 가닥 쥐어져 있었고, 엄지손가락만 제외하고는 나머지 모든 손톱 밑에는 샐리의 피 묻은 목살점이 붙어 있었다.

# 아홉째 날

 디킨 서장은 밤새 들락날락했다. 하나 같이 처음 보는 낯선 얼굴들뿐이어서 그렇게라도 하는 것이 마음이 가라앉았던 것이다. 지금 주지사로 연임 중인 젊은 카터 브레드포드의 후임으로 온 비둘기 부리 같은 입을 가진 필 헨드릭스 검사는 어디에 있는 것일까? 천식 증세가 있고 구스베리 술을 즐겨 마시며 신경이 예민한 세일럼슨 검시관은 어디로 갔는가? 중풍 환자인 덩컨 장의사 덩크 씨는 어떻게 되었을까? 오호, 통재라! 헨드릭스는 워싱턴에서 정적(政敵)을 물리치느라 정신이 없고, 세일럼슨은 쌍둥이 언덕 묘지에 고이 잠들어 있었다. 그리고 두 세대에 걸쳐 라이트빌 주민들을 장사지내 주었던 덩컨 1세도 지금은 먼지가 되어 허공을 떠돌고 있다. 무슨 일이 있어도 자기는 꼭 화장하라고 그가 신신당부 유언을 남겼으니까.
 무뚝뚝해 뵈는 한 젊은이가 계속 엘러리를 탐색하는 듯했는데, 알고 보니 그가 바로 라이트 군에서 발생한 흉악범들에 대해 복수의 여신 역할을 하고 있는 찰란스키라는 이름의 검사였다. 긴 코와 메스처럼 예리한 눈을 가진 검시관은 동작이 민첩하고 말라빠진 외과 의사였는데, 이름은 그럽이었다. 아직 관청에서 운영하는 시체 공시소가 없었기 때문에 살이 통통하게 찐 덩컨 2세가 라이트빌의 장의사였다. 그는 검시관, 찰란스키 검사, 디킨 경찰서장 등과 장례문제에 대해서 의논하기 시작했다. 그는 시체 안치대 위에서 태어나 관을 요람으로 삼고, 시체에 바르는 향유를 이유식 삼아 양육되었음에 틀림없을 것 같았다. 사춘기 시절에는 자기 부친 가게의 주말 손님들을 짝사랑했을 것이다. 엘러리는 통통하게 살찐 덩컨 씨가 죽은 샐리의 시체를 바라보는 눈초리가 마음에 들지 않았다.

수요일 오전에는 다부진 몸매의 남자가 짙은 향수 냄새를 풍기며 나타났다. 바로 질펀트 후임으로 온 군 보안관 모슬리스였다. 그는 전임자보다 하나도 나을 게 없는 위인 같았다! 다행히 모슬리스 보안관은 밖에 있는 신문 기자들이 자기 이름의 철자를 정확하게 쓰는 것을 확인하고는 곧바로 그곳을 떠났다.

그것 말고도 많은 사람들이 와 있었다…… 주 경찰관, 라이트빌의 무전 순찰 경관, 공무원으로 보이는 검은 가방을 든 사람들, 그리고 일반 구경꾼들이었다. 일반 구경꾼들 중에는 대지주의 저택 주변을 맴돌면서 오랫동안 억눌러 왔던, 호기심 많은 미국인의 전통적 특권을 행사하는 시내의 주민들도 상당수 섞여 있을 것이라고 엘러리는 생각했다.

라이트빌에서 일어나는 살인 사건이라고 해서 다른 지역에서 일어나는 살인 사건보다 더 기분 좋아야 할 이유는 결코 없을 것이다. 그런데도 엘러리는 이상하리만큼 마음이 편안했다. 물론 마음 한구석만 그러했을 뿐, 그는 전반적으로 피로감과 불쾌감으로 가득 차 있었다. 잠도 자지 못했고, 순식간에 몇 년은 더 늙어 보이는 디드리치 밴 혼을 옆에서 지켜봐야 하는 아픔을 겪기도 했다. 울퍼트 밴 혼은 거실 한구석으로 자기 형을 끌고 가 두 시간 동안이나 하워드에 대해 얘기하면서, 그가 소년 시절부터 행실이 바르지 못했다는 것을 늘어놓았고, 디드리치는 그것을 참고 들어 주어야만 했다. 하워드가 얼룩뱀을 잡아 토막 낸 이야기에서부터 파리 날개를 잡아뗀 이야기, 아홉 살 때는 자기 침대에 엉겅퀴를 잔뜩 갖다 넣었다는 이야기, 부모가 누구인지 악마만이 알고 있는 애새끼를 데려다 길러봤자 아무 소용이 없을 거라고 늘 경고했었다는 이야기 등등이었다.

물론 하워드도 그 자리에 있었다. 눈은 충혈돼 있었으며, 머리는 헝클어지고, 완전히 당혹한 표정을 짓고 있었다. 그는 다만 디킨이 지프라고 부르는, 엘러리에게는 생소한 라이트빌 경찰관의 감시를 받으면서 자주 화장실을 드나들었다. 이 경관의 보고에 의하면, 하워드는 화장실에 가서 단지 손을 문질러 씻을 뿐이라는 것이었다. 그런 탓으로 시간이 흐를수록 그의 손은 더욱 하얘지고 물에 불어 쭈글쭈글해져, 나중엔 파도에 씻겨 해변에 올라온 물체처럼 보였다. 수요일 아침부터 하워드는 정말 문젯거리가 아닐 수 없었다. 질문에는 대답하지 못하고, 오직 되물을 뿐이었다. 콘헤븐 주립병원 수석 신경정신과 의사는 범죄 장면에 대해 그와 2시간 동안 이야기를 나눈 다음 무언가 생각에 잠긴 듯한 표정을 지으며 밖으로 나갔다.

엘러리는 이 의사와 이야기를 나누면서 하워드의 기억 상실증에 대해 말해주었다. 주 형사위원회의 신경정신과 자문위원이기도 한 이 의사는 많은 의사들이 그러하듯, 알 듯 모를 듯한 애매모호한 표정을 지으며 연신 머리를 끄덕였다.

그러나 한 가지 작은 위안은 있었다. 사건의 전말이 이제 완전히 드러났으며 끝마무리도 눈앞에 보인다는 것이다.

엘러리는 디킨과 찰란스키에게, 사건에 대해 자기가 뭔가 기여할 수 있는 중대한 정보가 있으니 하워드를 다른 곳으로 이송하기 전에, 이번 사건의 진실을 밝히기 위해 기회를 달라고 요청했다. 그렇지 않으면 하워드에 대한 형사 사건은 왜곡되고 논리성이 결여되어 불완전해질 것이라고 했다. 적어도 그 사건이 이치에 닿게 밝혀지려면, 그렇게 할 필요가 있다고 엘러리는 말했다. 그리고 그는 신경정신과 의사도 계속 남아 있어 줄 것을 요청했다. 그는 귀찮다는 표정을 지어 보였지만, 결국은 남아 있었다.

수요일 오후 2시 30분에 주방으로 디킨 서장이 들어왔다. 주방에서 엘러리는 구운 오리 고기를 허겁지겁 먹고 있는 중이었다(로라와 에일린은 방문을 걸어 잠그고는 하루 종일 모습을 나타내지 않고 있었다).

"엘러리 씨, 준비가 다 되었으면 시작합시다. 우리도 준비됐으니까."

디킨 서장이 말했다.

엘러리는 브랜디에 담근 복숭아를 한 입 더 씹어 삼킨 다음 입가를 손으로 닦으면서 일어섰다.


"크리스티나 밴 혼 씨가 이 자리에 나와 계시지 않군요."
엘러리는 거실에서 말했다.

디킨 서장이 몸을 일으키자, 엘러리는 재빨리 말했다.

"상관없습니다. 그 할머닌 이 사건에 대해 성경 구절을 인용하는 것 말고는 아무것도 우리에게 도움될 게 없을 테고 오히려 방해만 될 것입니다. 이번 사건에 대해서는 아는 게 없을 테니까 그냥 위층에 계시도록 내버려 두십시오. 그런데 디드리치 씨."

그가 디드리치 밴 혼을 그렇게 호칭한 것은 처음 있는 일이었다. 디드리치는 자기가 성이 아닌 이름으로 불려지는 것에 대해 약간 놀라는 눈치였다. 그는 매우 놀란 듯이 쳐다봤다.

"전 유감스럽지만, 지금부터 디드리치 씨의 감정을 상하게 할지도

아홉째 날 295

모르겠습니다."

디드리치는 손을 내저었다.

"난 이 일이 어떻게 된 영문인지 알고 싶을 뿐이오."

그는 정중한 어조로 말했다. 그리고는 덧붙였다.

"그것 말고는 이제 별 관심도 없으니까."

그러나 그 마지막 말은 혼잣말처럼 들렸다.

의자에 앉아 있는 하워드의 모습은 어깨와 무릎밖에 보이지 않았다. 수염도 깎지 않고 수면 부족에다 누구 하나 위로해 주는 사람도 없었다…… 이미 소외되고 유리된 채 그의 눈만이 유일하게 현실과의 접촉을 유지하고 있었다. 그러나 그의 눈은 차마 볼 수가 없었다. 사실상 신경정신과 의사와 울퍼트 말고는 아무도 그에게 관심을 갖는 사람이 없었다. 그 두 사람은 다른 곳은 아예 쳐다보지도 않고 하워드에게만 내내 시선을 고정시켰다.

엘러리가 머뭇거리는 어조로 입을 열었다.

"여러분이 이 사건 하나하나의 특정한 단계를 잘 이해할 수 있도록 하기 위해서, 사건의 발단부터 시작하겠습니다. 그러니까 8, 9일 전 하워드가 뉴욕에 있는 제 아파트를 찾아왔을 때 일어났던 일부터 말씀드리겠습니다. 그리고 될 수 있으면 간단하게 요점만 이야기하겠습니다."

엘러리는 지난 8일 동안에 일어났던 사건에 대해 모두 이야기했다. 하워드가 바워리 여인숙에서 의식이 되돌아왔던 일, 그가 엘러리에게로 왔던 일, 그의 기억 상실 발작에 관한 이야기, 그의 두려움들, 엘러리에게 라이트빌에 와서 자기를 지켜봐 달라고 했던 요청, 엘러리가 밴 혼 저택에서 보냈던 첫날밤의 이야기, 그날 밤 저녁 식사 때 미술관 전면을 장식하게 될 고대의 신들을 조각할 공식적인 조각가로서 하워드를 지명하라는 디드리치의 조건을 미술박물관 위원회가 수

락했다는 소식을 울퍼트가 전하던 일, 그 일을 맡게 된 데 대해 몹시 흥분한 하워드가 스케치를 하고 그 뒤 며칠 동안 점토를 사용해 소형 모델을 만드는 작업을 했던 일.

둘째 날에 샐리, 하워드, 엘러리 셋이서 케토노키스 호수까지 차를 몰고 갔을 때 하워드와 샐리가 디드리치에게서 받고 있는 은혜에 대해 했던 이야기…… 원래 버려진 아이였던 하워드가 지금처럼 된 것은 모두 디드리치 덕분이라는 것, 폴리 거리의 사라 메이슨이었던 샐리는 디드리치가 아니었으면 가난하고 무지한 생활에서 헤어나지 못했을 것이라는 것, 그러고 나서 그들이 패리시 호수 별장에서 불륜을 저질렀던 사실을 엘러리에게 고백했던 일(엘러리는 이 대목을 이야기하면서, 불에 타서 재가 되는 종이처럼, 자기 자신의 내부 속으로 자꾸만 쪼그라들고 있을 디드리치 밴 혼을 될 수 있는 한 보지 않으려고 애썼다).

엘러리는 이어서 하워드가 샐리에게 썼던 네 통의 편지에 대한 이야기와 지난 6월 샐리가 가지고 있었던 이중 바닥으로 되어 있는 칠기 상자가 도난당한 이야기, 엘러리가 도착하기 바로 전날 갑자기 협박범에게서 전화가 걸려온 일, 두 번째 협박 전화와 그 협상 과정에서 엘러리가 수행했던 역할, 케토노키스 호수에 갔던 바로 그날 밤에 디드리치와 했던 이야기, 그 이야기를 하면서 디드리치가 6월에 보석 상자뿐 아니라 바로 그 전날 밤에 있었던 도난 사건에 대해서도 이야기한 일을 계속 밝혀 나갔다. 디드리치는 자신의 서재에 있는 벽 금고에서 500달러 지폐로 2만 5,000달러가 없어졌다고 했는데, 알고 보니 이 돈은 하워드가 협박범에게 건네주라고 케토노키스 호숫가에서 봉투에 넣어 엘러리에게 건네 준 바로 그 돈이었다는 것, 바로 그날 밤 디드리치가 마침내 하워드의 친부모가 웨이라는 이름의 가난한 농부였고, 그들은 오래 전에 이미 세상을 떴다는 사실을 알아냈다는 이야기, 거기에 대한 하워드의 반응, 일요일 꼭두새벽에 파이델리티 묘지에서 있었던 에피소드, 하워드가 기억 상실 발작을 일으켜 그의 친부모 묘비를 진흙과 끌, 망치 등으로 훼손한 일 등도 속속 밝혀 나갔다.

그리고 나서 엘러리가 하워드에게 새벽에 하워드가 했던 행적에 대해 알려 주었던 일, 하워드가 자기에게 진흙으로 만든 주피터 모델을 보여주었는데, 거기에는 H.H. 밴 혼이라는 그가 늘 사용하는 서명 대신 H.H. 웨이라는 서명이 새겨져 있었다는 것, 그리고 뒤에 일어났던 모든 사건들, 그러니까 협박범에게서 걸려온 세 번째 전화, 하워드의 부탁을 받고 엘러리가 샐리의 목걸이를 전당포에 전당잡혔던 일, 엘러리가 도둑으로 몰렸을 때 뜻밖에도 하워드가 사실을 부인했던 일 등도 모두 밝혀졌다.

디드리치는 이 모든 이야기가 진술되는 동안 의자 팔걸이를 붙들고 놓지 않았으며, 하워드 또한 조각 작품처럼 미동도 하지 않고 앉아 있었다.

"지금까지 일어났던 일은 대충 이렇습니다."

엘러리는 계속해서 말했다.

"여러분은 이 모든 일들이 서로 아무 관련이 없는 것처럼 보일 것이고, 또 그렇기 때문에 왜 이런 일로 시간을 빼앗고 있는지 의아하게 생각하실 겁니다. 그 이유는 이 모든 것들이 아주 밀접한 관계에 있기 때문입니다. 저마다의 사건 가운데, 일부는 사소한 사건처럼 보이기도 합니다만, 따지고 보면 하나하나가 모두 사건 전체와 중요한 연관을 가지고 있는 거죠."

엘러리는 이야기를 계속했다.

"어젯밤, 난 여길 떠나 뉴욕의 내 집으로 돌아가고 있었죠. 사실 난 하워드에게 혐오감을 느꼈고, 샐리 씨에게는 실망감을 느꼈습니다…… 한 마디로 모든 것에 신물이 났습니다. 그런데 라이트빌을 떠나 꽤 멀리 갔을 때 갑자기 어떤 생각이 머리에 떠올랐습니다. 그것은 절대 무조건적인 것이었기 때문에 모든 것을 간단히 뒤바꿔 놓았습니다. 그래서 전 처음으로 이번 사건의 진상을 파악하게 된 것입니다."

그는 목소리를 가다듬기 위해 잠시 이야기를 멈췄다. 그러자 찰란스키 검사가 입을 열었다.

"퀸 선생, 선생은 지금 선생이 무슨 이야기를 하고 계시는지 알고 있습니까? 솔직히 말씀드려 난 전혀 모르겠는데요."

그때 디킨 서장이 말했다.

"검사님, 난 이 사람이 전에 이런 식으로 이야기하는 걸 들은 적이 있습니다. 계속 더 들어봅시다."

"어떻든 논리성이 결여되어 있어요. 지금까지의 내용으로만 본다면, 이러한 신문은 법적 근거도 없고요. 난 도무지 무슨 이야긴지도 모르겠습니다. 어쨌든 하워드에 대해서는 변호사가 변론을 해야겠지요."

"이건 검시관의 신문 사항에 속한다고 보는데요."

그러프 검시관이 나섰다.

"이건 앞으로 불법 기소라고 주장할 어떤 근거를 마련하기 위한 술책일 수도 있습니다, 검사님."

"이야기를 계속 들어봅시다. 뭔가 중요한 이야기가 나올 겁니다."

디킨이 말했다.

"무슨 이야기 말입니까?"

검사가 빈정댔다.

"나도 아직 잘 모르지만, 언제나 저 사람 말에는 무언가가 있습니다."

엘러리가 나섰다.
"고맙습니다, 서장님."
찰란스키와 그러프가 어깨를 으쓱하자 그가 다시 입을 열었다.
"뉴욕으로 돌아가다 전 도로 옆에 차를 세우고 사건을 하나하나 다시 정리하기 시작했습니다. 모든 걸 다시 재검토해 본 거지요. 이번에는 전과 달리 판단의 기준이 있었습니다."
"무슨 기준이죠?"
찰란스키가 물었다.
"성경입니다!"
"뭐라고요?"
"성경 말입니다, 검사님."
"내 생각으로는……."
검사가 얼굴에 쓴웃음을 짓고 주위를 돌아보면서 말했다.
"콘브랜치 박사의 도움이 필요한 사람은 하워드가 아니라 오히려 선생인 것 같군요."
"좀더 이야기를 들어봅시다, 검사님."
신경정신과 의사가 말했다. 그러면서도 그는 시선만은 여전히 하워드에게서 떼지 않았다.
"하워드가 여섯 가지 행위를 저질렀다는 것이 곧 분명해졌습니다."
엘러리가 말을 계속했다.
"그리고 이 여섯 가지 행위에는 아홉 가지의 범죄가 내포돼 있음이 판명되었습니다."
이 말을 듣자 찰란스키의 얼굴에서 쓴웃음이 사라지고, 다리를 꼬고 앉았던 검시관은 오만한 그 긴 다리를 풀고는 얌전히 앉았다.
"아홉 가지 범죄라고요? 그게 뭔지 알아요, 검시관?"
찰란스키가 엘러리의 말을 그대로 되풀이했다.

"제가 어떻게 알겠습니까."
"이야기나 계속 들어봅시다. 퀸 선생, 아홉 가지 범죄란 뭐요?"
디킨이 말했다.
엘러리가 말을 받았다.
"아홉 가지 범죄는 서로 다른 범죄입니다. 하지만 넓은 의미에서 그것들은 결국 같은 범죄죠. 다시 말해 그 범죄들은 서로 연속되고 서로 결부돼 있다는 것, 곧 하나의 패턴을 가지고 있었다는 뜻입니다…… 그것들은 상호 보완적 관계를 가지고 있습니다. 그러니까 개개의 범죄가 결합돼 하나의 전체를 이루고 있었다, 이겁니다. 일단 그러한 관계를 파악하게 되자……."
엘러리는 이야기를 계속했다.
"여러분, 아시겠습니까? 일단 그걸 알게 되자 말입니다. 앞으로 일어날 하나의 범죄를 예측할 수 있었습니다. 그건 필연적입니다. 피할 수 없는 결론이었으니까. 그뿐이 아닙니다. 일단 일정한 그 패턴의 전모를 이해하게 되면……, 제가 디드리치 밴 혼 씨에게 그랬던 것처럼……, 누구든지 열 번째 범죄가 무엇이며, 누가 범죄의 대상이 될 것이고, 범인은 누구인가를 정확하게 예견할 수 있을 것입니다. 저도 꽤 경험이 많다고 자부합니다만, 지금까지 그렇게 완벽한 사건은 만나보지 못했거든요. 좀 외람되지만, 여러분들 중에서도 아마 그런 경험을 가지신 분은 안 계실 것이라고 봅니다. 또 앞으로도 그런 경험은 장소 여하를 불문하고 어느 누구도 갖지 못하리라고 생각합니다."
순간 많은 사람들의 숨소리와, 밖에서 무슨 일인지 화가 난 주경찰관의 큰 소리 말고는 아무 소리도 들리지 않았다.
"유일하게 예측하기 어려웠던 것은 시각이었지요. 열 번째 범죄가 언제 저질러질 것인가는 저도 알 수 없었습니다."

아홉째 날 301

엘러리가 힘차게 말을 이었다.

"제가 라이트빌에서 거의 80킬로미터 떨어진 지점에서, 차에 앉아 골똘히 생각하고 있는 그 시각에도 일이 저질러질 수 있었기 때문에 전 가장 가까운 공중전화로 달려가 디드리치 밴 혼 씨에게 전화를 걸어 범죄를 막기 위한 필요 조치들을 곧장 취하도록하고 전속력으로 이곳까지 오게 된 겁니다.

전 오늘 밤 밴 혼 부인이 어떻게 해서 남편 침실에서 잠들게 되었는지 그 과정은 알지 못합니다. 하워드의 손은 어둠 속에서 부친의 목을 찾아 더듬다가 부친 대신에 자기가 사랑하는 여인의 목을 눌러 질식시킨 것입니다. 하워드가 의식 불명 상태에 있지 않았다면, 손의 감촉으로 자기의 착오를 알아차리고 범행을 중단했을 것입니다. 그러나 의식 불명 상태에 있었기 때문에 그 청년은 다만 살인기계에 불과했으며, 그 기계는 일단 시동이 걸리자 다른 모든 기계처럼 맡은 일을 끝까지 해내고 만 것입니다."

엘러리는 말을 이었다.

"이상이 이야기의 전체 줄거리입니다. 이제 사건의 전체적 구도를 밝혀줌과 동시에 열 번째 범행을 예측할 수 있게 해준, 아까 말씀드린 아홉 가지 범죄를 내포하고 있는 하워드의 여섯 가지 행위에 대해서 말씀드리겠습니다. 첫째!"

엘러리는 잠시 말을 멈추었다. 그러다가 단숨에 말을 마쳤다.

"하워드는 고대 여러 신들을 조각하는 작업을 하고 있었습니다."

그는 또 잠시 말을 멈추었다. 건전한 상식을 가진 사람들에게, 그처럼 이야기 전체의 흐름에서 빗나간 말을 받아들여 달라고 요청한다는 것은 사실상 무리였다. 그래서 그는 잠시 기다려 보기로 한 것이다.

"고대 여러 신들이라고요? 어떤 종류의 신들······."

검사는 어리둥절한 표정으로 물었다.

"무슨 뜻이지요, 엘러리 씨? 그게 범죄란 말입니까?"

디킨 서장이 걱정스러운 표정으로 물었다.

"범죄죠, 서장님."

엘러리가 말했다.

"게다가 실은 하나의 범죄가 아닙니다. 두 개의 범죄죠."

찰란스키는 입을 벌린 채 의자에 더 깊숙이 앉았다.

"둘째, 하워드는 실제로 그의 조각 작품들……, 그러니까 자신이 한 스케치나 미리 만든 모형들에 대해서 H.H. 웨이라는 의미심장한 서명을 사용하는 단계에 이른 것입니다."

찰란스키는 고개를 흔들었다.

"H.H. 웨이."

노기를 띠지 않고 그렇게 말한 것은 검시관이었다. 그는 마치 그 이름이 귀에 익은 것처럼 말하면 어떻게 들리는지 한번 알아보기 위해서 그렇게 해본 것처럼 보였다.

"그것도 또 범죄인가요?"

검사가 짜증스러운 얼굴로 물었다.

"그렇습니다, 검사님. 아주 모독적인 범죄죠."

엘러리가 말했다.

"셋째, 하워드는 자기 아버지에게서 2만 5,000달러를 훔쳤습니다."

그 말을 듣자 사람들은 긴장을 풀면서 뭔가 다행스럽게 여기는 눈치였다. 마치 우르두어(인도의 회교도들 사이에 쓰이는 언어)로 강연하던 연사가 영어로 한 마디 한 것 같은 그런 분위기였다.

"그것이 범죄라는 데 대해 전 동의하겠습니다."

찰란스키는 주위를 둘러보면서 웃었다. 그러나 다른 사람들은 그의

아홉째 날 303

말에 대해 아무런 반응도 보이지 않았다.

"이 사건의 전체 구도를 이해하게 되면 하워드의 행위는 설사 그것이 반드시 형법상의 범죄는 아니더라도, 사실 모든 것이 범죄 행위라는 걸 알게 될 겁니다, 검사님."

"넷째, 하워드는 아론 및 매티 웨이의 무덤을 훼손했습니다."

"이제 이야기가 좀더 견실해지는 것 같군요."

그로프 검시관이 말했다.

"그건 범죄 행위가 되죠, 찰란스키 검사님. 기물 손괴죄 같은 거 아니겠어요?"

"정확히 말해서 그건 아니고요, 형법에는……."

"하워드가 자기 부모의 묘를 모독하는 과정에서 저지른 2가지 죄목은 말입니다, 찰란스키 검사님……."

엘러리가 말했다.

"이른바 법전에서는 발견되지 않을 겁니다. 계속 이야기를 해도 될까요?

다섯째, 하워드는 자기 어머니와 불륜의 애정 관계를 맺었습니다. 그것도 두 가지 범죄 행위가 됩니다.

그리고 마지막으로 여섯째, 하워드는 벤 혼 부인의 목걸이를 전당잡히도록 제게 건네 준 사실을 부인함으로써 괘씸하게도 거짓말을 한 겁니다.

이것이 여섯 가지 행위와 아홉 가지의 범죄입니다. 검사님들의 형법보다 훨씬 더 오래 전에 절대자에 의해 규정된, 인간이 범해선 안 되는 가장 흉악한 열 가지 범죄 중 아홉 가지죠, 찰란스키 검사님."

"어느 절대자 말인가요?"

"보통 대문자 G로 시작되는 절대자지요."

찰란스키는 자리에서 벌떡 일어섰다.

"방금 누구라고?"

"하느님입니다."

"뭐라고요?"

"구약 성서를 통해 우리가 알고 있는 바로 그 하느님 말입니다. 그리스나 로마 가톨릭 신자들과 대부분의 개신교 신자들, 그리고 성서에 처음으로 하느님에 대해 기록한 고대 유대인들이 아직도 그분을 그렇게 부르고 있지요. 그렇습니다, 찰란스키 검사님, 하느님이죠…… 그리스도교 주석서에는 여호와(Jehovah)로 번역되어 있는 히브리어의 야훼(Yahweh) 말씀입니다. '말로 표현할 수 없는' 혹은 '전달할 수 없는' 절대자의 이름입니다, 찰란스키 검사님…… 이름이야 어쨌든, 모세를 시내산 구름 속으로 불러들여 40주야를 그곳에 머물게 한 바로 그 주님 말씀입니다, 검사님. 주님은 시내산에서 모세와의 대화를 마치면서 당신이 손가락으로 직접 쓰신, 돌로 된 두 개의 증거판을 모세에게 주었죠.

하워드는 이 여섯 가지 행위를 실행하는 과정에서 바로 그 열 가지 명령 중 아홉 가지를 범했습니다."

신경정신과 의사가 몸을 움직였다. 자기도 어떤 의미심장한 공상을 하고 있는 것처럼 그렇게 불안하게 몸을 움직였다.

그러나 하워드를 포함하여 다른 모든 사람들은 조용히 앉아 있었다. 하워드는 현실 세계를 떠나 오직 그 자신만의 세계에 숨어들어간 듯했다. 하워드의 그 무서운 세계 속에는, 아무도 감히 들어가 볼 엄두도 못 낼 것 같았다. 심지어는 엘러리마저도.

"로마 판테온 신전에 있는 신들의 모습을 조각하는 것은, 두 가지 계명을 어기는 것입니다…… '우상을 만들지 말라'와 '다른 신을 섬기지 말라'는 계명입니다."

엘러리는 이어서 말했다.

"하워드가 자신의 조각 작품에 H.H. 웨이(Waye)라고 서명한 것은, '너는 너의 하느님의 이름을 망령되이 일컫지 말라'는 계명을 어긴 겁니다. 이것은 이를테면 범행성 질병을 앓고 있는 하워드의 마음이 어떻게 작용하고 있는가를 보여주는 아주 재미있는 본보기거든요. 이 대목에서 하워드는 신비 철학에 대한 지식을 이용하여 성경의 모든 문자, 단어, 숫자, 악센트 등은 그 안에 숨은 뜻이 있다고 믿던 중세의 신지(神智) 학자(주관적으로 신을 인지하거나 신과의 합일이 가능하다고 주장하는 신비주의자)들의 흉내를 내고 있습니다. 구약 성서 최대의 수수께끼는 하느님 자신이 직접 모세에게 계시로 알렸던 하느님의 이름입니다. 하느님의 이름은 제가 아까도 말씀드렸듯이, 네 글자로 이루어진 낱말 속에 숨겨져 있습니다. 하느님의 이름은 네 개의 자음으로 구성되어 있는, IHVH에서 YHWH에 이르기까지 다섯 가지 방식으로 쓰여졌지요. 거기에서부터 원래의 하느님의 이름이 여러 가지로 재구성되었던 겁니다. 이들 재구성된 이름 가운데 현대에 와서 가장 보편적으로 받아들여지는 이름은 야훼(Yahweh)입니다. 그런데 'H.H. Waye'라는 이름을 구성하고 있는 글자를 순서를 바꾸어 재결합하면 바로 'Yahweh'가 되거든요."

찰란스키가 입을 쩍 벌렸다. 그러자 엘러리가 말했다.

"그렇죠. 아주 황당무계하죠, 찰란스키 검사님."

엘러리는 말을 이었다.

"하워드가 디드리치의 금고에서 2만 5,000달러를 훔친 것은 '도둑질하지 말지어다'라는 계명을 어긴 겁니다."

엘러리가 계속해서 말했다.

"지난 일요일 이른 아침에 파이델리티 묘지에 있는 아론과 매티웨이의 무덤을 훼손한 것은 두 가지 계명, 곧 안식일을 기억하고 그것을 거룩하게 지키라는 것과 네 부모를 공경하라는 계명을 어긴 것입니다."
그는 희미하게 빙긋 웃었다.
"이 자리에 성 바울 교회의 치처링 목사님을 모셨으면 좋을 뻔했어요. 지금 말씀드린 것들 가운데 몇 가지에 대해서는 전문가의 자문을 받을 필요가 있거든요. 넷째 계명에 나오는 안식일은……, 로마 가톨릭과 루터 교회에서는 셋째 계명으로 나오지만 유대교, 그리스 정교, 그리고 대부분의 개신교에서는 넷째 계명으로 되어 있지요. 원래 이스라엘 사람들이 전통적으로 지켜온 이 안식일은 물론 토요일에 해당합니다. 초기 그리스도교도들은 지금의 일요일에 해당하는 '주일' 그러니까 예수님의 부활을 주마다 기념하는 날과는 별도로 안식일을 지켰던 것입니다. 사도 바울이 처음부터 유대교의 안식일은 반드시 지킬 필요가 없다는 지시를 내렸는데도 예수님이 부활하고 수세기에 걸쳐 안식일이 이중으로 지켜졌던 것으로 알고 있습니다. 그건 어떻든 상관없습니다. 그리스도교도인 하워드에게, 안식일은 일요일을 의미합니다. 그런데 하워드가 자기 부모에 대해서 불경스러운 행동을 감행한 것이 바로 일요일이었습니다."
엘러리는 말을 이었다.
"샐리와 사랑에 빠져 패리시 호숫가에 있는 밴 혼 별장에서 불륜의 관계를 가진 것은 두 가지 계명, 즉 '네 이웃의 아내를 탐하지 말라'는 것과 '간음하지 말라'는 두 가지 계명을 어긴 것이 됩니다."
엘러리는 재빨리 아홉 번째 계명으로 넘어갔다.
"하워드가 목걸이를 저당 잡히도록 내게 준 사실을 부인한 것은, '네 이웃에 대하여 거짓 증언하지 말라'는 계명을 어긴 것이 되지요."

그들은 마법에 걸린 듯 멍하니 앉아 있었다. 그들이 설령 이 마법을 깨뜨릴 수 있었다 하더라도 그들은 그렇게 하지 않았을 것이다.
엘러리는 이야기를 이어갔다.
"어젯밤, 하워드의 차 안에 앉아 이들 아홉 개의 조각을 서로 맞추면서 저는 스스로에게 질문을 던져 보았습니다. 이것이 모두 우연의 일치일 수 있는가? 하워드로 하여금 십계명 중 아홉 계명을 어기도록 이끌어간 것은 단순한 우연에 지나지 않을까? 그러나 제 대답은 부정적인 것이었습니다. 십계명을 그렇게 체계적으로 어겼는데도 이를 우연으로 돌린다는 것은 도저히 이치에 맞지 않다고 생각한 거죠. 그러므로 이들 아홉 개의 계명은 그가 의도적으로 파계한 것입니다. 모세의 십계명을 행동 지침으로 삼아 체계적, 계획적으로 이들 계명을 어긴 겁니다. 하워드가 십계명 중 아홉 개를 이미 깨뜨렸다고 한다면……."
엘러리가 소리를 높여 말했다.
"이제 여기서 멈추려 하지도 않을 것이고, 멈출 수도 없을 것입니다. 열이면 완전하지만, 아홉은 아직 완전하지 않습니다. 아직 남아 있는 계명, 아직도 위반하지 않은 계율은 다른 모든 계명보다 상위에 있고, 현대인들이 도덕적으로는 아니더라도 사회적으로 가장 소중하게 여기는 계율입니다. 그것은 바로 '살인하지 말라'는 것입니다. 열이면 완전하지만 아홉은 그렇지 못하기 때문에 열 번째 계명이 살인을 금하는 도덕률이라면, 하워드는 사회에 대한 자신의 엄청난 항거의 대단원으로서 살인을 계획하고 있으리라고 전 생각했던 겁니다.
하워드는 누구를 살해할 계획을 세우고 있었을까요? 하워드가 저질러 온 행위의 여러 징후를 보나 행위의 밑바닥에 깔려 있는 심리적 의미로 보나 결론은 단 하나뿐입니다. 하워드가 원하는 것이 무엇이겠습니까? 자신이 원하고 있다고 생각한 것은 또 무엇이겠습니까? 제가 이 질문을 던지는 것은, 콘브랜치 박사님! 하워드는 샐리를 진정으로 사랑한 것이 아니라 다만 본인이 그렇게 생각했을 뿐이었다는 게 비전문가로서의 제 생각이기 때문입니다.

하워드는 자신이 디드리치 씨의 아내를 원하고 있다고 생각했죠. 그런데 소기의 목적을 달성하는 데 누가 장애물이 되겠습니까? 오직 디드리치 씨가 있을 뿐입니다. 그러므로 디드리치 씨를 제거하는 것은 하워드에게는 곧 그의 아내를 손에 넣는 것을 의미했던 거죠. 디드리치 씨를 살해하려다가 착오로 샐리를 죽이게 된 것은 논리적인 관점에선 전혀 중요하지 않습니다. 비극적인 사고일 뿐이죠.

심리학적인 경로를 통해서 보더라도 하워드가 노리는 사람은, 결국 디드리치라는 결론에 도달하게 됩니다. 10년 전 제가 파리에서 하워드를 처음 알게 된 이래 마음속으로 추호도 의심하지 않았던 사실은, 유년 시절 이래로 그의 정서적 메커니즘의 주된 추진력을 이루고 있는 것은 이른바 오이디푸스적 충동이라는 것입니다. 하워드가 디드리치 밴 혼을 숭배하고 있었던 것은 의심의 여지가 없습니다. 파리에 있었던 하워드의 작업실에는 제우스, 아담, 모세——그 무렵에도 벌써 모세가 등장하고 있었던 거죠——하여튼 그런 따위의 조각상이 진열되어 있었는데, 그런 조각 작품들은 본질적으로 디드리치 씨인 겁니다. 그리고 10년이 지나 제가 디드리치 씨를 직접 만났을 때, 그 조각 작품들은 용모나 체격면에서도 디드리치 씨를 그대로 닮았다는 것을 알게 되었습니다.

하워드가 성장 과정을 더듬어 보면 그 젊은이가 아버지를 우상화

한 것은 필연적임을 곧 알게 될 겁니다. 자기가 알지도 못하는 친모가 젖먹이인 자기를 버렸는데, 거구에다 힘이 세며 어느 모로 보나 훌륭한 남자 중의 남자가 자기를 양자로 삼아 보호해 주면서 자기 부모 노릇을 동시에 해주었습니다. 그런데 그 과정에 오이디푸스의 경우처럼 부친 살해의 씨앗이 함께 존재했던 거지요. 우상인 아버지가 아들을 배척하고 애정을 밖에서 들어온 이방 여인에게로 옮기자 사랑이 증오로 변한 겁니다. 그 순간 증오의 씨앗이 움튼 겁니다. 디드리치가 샐리를 아내로 맞아들인 것과 때를 같이하여 하워드의 발작이 최초로 시작되었으니까요. 그리고는 이어서 아버지를 훔쳐간 여인과 '사랑에 빠진' 겁니다! 콘브랜치 박사님, 제 생각 중 잘못된 점을 지적해 주신다면 저는 그것을 기꺼이 받아들이겠습니다. 하워드의 샐리에 대한 사랑은 진정한 사랑이 아니었다는 것이 바로 제 주장입니다. 그건, 자기를 배척한 부친을 벌함과 동시에, 부친과 그러한 결과를 가져온 그 여인의 관계를 파괴함으로써 부친의 애정을 되찾기 위한 이중 목적의 무의식적 시도였던 것입니다.

이제 주목할 만한 사실 하나를 말씀드리겠습니다. 그러니까 자기를 배신한 부상(父像)을 살해하는 과정에서, 아들은 또 다른 아버지의 이미지를 살해하는 방법을 사용했다는 것입니다!"

콘브랜치 박사는 어리둥절한 눈치였다. 엘러리는 몸을 앞으로 숙이면서 신경정신과 의사에게 말했다.

"하워드의 양할머니인 크리스티나 밴 혼은, 살아 계시는 여호와를 설교해 온 이른바 광신적 근본주의자를 남편으로 섬겼기 때문에 강박적이리만큼 항상 하느님의 말씀에 사로잡혀 있었습니다. 이러한 분위기에서 살아온 하워드가 가부장적인 권위를 가진 존재로서 하느님이라는 개념에 완전히 젖어 있었다는 것은 극히 당연한 일입니다. 그렇기 때문에 우리는 하워드의 계획이 완벽하다는 것을 다시 한 번 확인할 수 있는 것입니다. 하워드는 의도적으로 하느님의 십계명을 어김으로써 모든 아버지의 이미지 중에서도 가장 큰 아버지의 이미지를 파괴하고 있는 것입니다."

엘러리는 정상인들이 정신병자에 대해 가지는 그런 연민과 혐오의 감정으로, 관절에 힘이 다 빠져나가 살덩어리처럼 흐느적거리는 하워드를 바라보았다. 그리고는 아주 부드럽게 말했다.

"이제 여러분들은 왜 제가 여러분의 시간을 빼앗게 되었는지, 그 이유를 아시게 되었을 줄 믿습니다. 지금까지 하워드의 행위는 전체적으로 마음의 균형을 잃은 사람만이 저지를 수 있는 행위인 것입니다.

전 하워드의 정신병에 대해 의사들이 어떤 이름을 붙일지 잘 모릅니다. 그러나 콘브랜치 박사님. 결국 살인으로 끝맺는 일련의 죄를 범하면서 십계명을 하나의 패턴으로 사용하고, 의식적이든 무의식적이든 교활하고 집요하게 그 패턴을 추구한 것으로 본다면, 이런 경우 범법자는 정상적인 처벌 규정을 따르기보다는 자격 있는 신경정신과 의사의 진단을 받을 필요가 있다고 봅니다.

다시 말해 이 사람은 보통 살인자처럼 다루어져서는 안 된다고 생각합니다. 이 사람은 범죄적인 관점에서 정신이상잡니다. 하워드는 사실상 그가 마땅히 가야 될 곳, 즉 정신병원에 수용되어야 하며, 그러한 조치를 취하는 데 있어서 도움이 된다면, 전 어느 곳 어느 때라도 제 이야기를 들려드리고 아까와 같은 성경적 분석을 할 용의가 있습니다."

엘러리는 디드리치 밴 혼 쪽으로 시선을 돌렸다가 곧 다른 곳으로 눈을 돌렸다. 디드리치는 울고 있었다.

잠시 디드리치의 우는 소리밖에는 아무 소리도 들리지 않았다. 그러다가 그 소리마저 그쳤다.
 찰란스키 검사는 콘브랜치 박사를 쳐다보고는 목소리를 가다듬었다.
"박사님, 이 일에, 이 일에 대해 박사님은 어떻게 생각하십니까?"
"이 사건의 법의학적 측면에 대해 지금 당장 제 의견을 말씀드리기는 좀 곤란합니다, 찰란스키 검사님. 시간 여유가 필요하고, 조사도 많이 해봐야 하니까요."
"좋습니다!"
검사는 무릎 위에 팔꿈치를 올려놓았다.
"검찰의 입장에서는 피고 측 변호사의 주장과는 상관없이, 검시가 끝나는 대로 기소할 작정입니다."
디킨 서장이 몸을 뒤척였다.
"콘헤븐 실험실 결과는요?"
"이 모임이 있기 직전 그곳에서 전화로 예비 통보를 받았습니다, 디킨 서장. 하워드의 손가락 사이에서 발견된 네 개의 머리카락은 밴 혼 부인의 머리카락과 동일한 것임이 과학적으로 입증되었습니다. 또 실험실 소견에 의하면 하워드의 손톱 밑에서 나온 살점 등도 밴 혼 부인의 목에서 떨어져 나온 것이랍니다. 사실상 그것에 대해서는 아무 의문점도 없습니다. 그러나 우린 법적으로도 그 범죄를 입증할 수 있다고 생각합니다. 솔직히 말씀드려서 범인이 밴 혼 부인을 부인인 줄 알면서도 살해했는지 아니면 어두워서 밴 혼 씨로 착각하고 죽였는지, 사실 전 지금으로서는 별 관심이 없습니다. 어느 쪽이든 살해 의도는 분명하거든요. 하워드는 정부(情夫)가 본남편을 살해한 최초의 사람은 아닙니다. 사실상……."
검사의 얼굴에 빙긋 웃음 같은 것이 나타났다.
"그러한 동기로 살인하는 경우가, 부친에 대한 증오심이라든가 뭐 그런 환상적인 동기보다 훨씬 많으니까요. 글쎄요, 제 생각은 그렇습니다……"
찰란스키는 일어서려 했다.
하워드가 입을 열었다.
"이제 절 구속하시려는 겁니까?"
하워드의 작업실에 있는 점토로 빚은 주피터 상이 입을 열고 말을 했더라도 그들은 더 놀라지 않았을 것이다.
하워드는 찰란스키나 엘러리를 바라보는 것이 아니라 디킨 경찰서장을 바라보고 있었다.
"자넬 구속할 거냐고? 그래, 하워드."
디킨이 마음이 편치 않은 듯 말했다.
"사건이 대체로 그렇게 결론난 것 같군그래."
"구속되기 전에 해야 할 일이 좀 있는데요."
"화장실에 가겠다는 건가?"
"옛날부터 써오던 수법이지. 자네에겐 그런 게 별 도움이 안 될 거야, 밴 혼. 아니, 웨이던가? 집은 안팎으로 꽤 빈틈없이 엄호가 돼 있으니까."
찰란스키가 빙긋 웃었다.
"저 애가 정신이 돌았나?"
그러프 검시관이 점잔빼듯 느린 어투로 말했다.
"전 도망가려는 게 아닙니다. 제가 가면 어디로 가겠어요?"
하워드가 말했다.
그러프와 찰란스키가 웃었다.
"어째서 그 애의 말을 듣지 않습니까?"
디드리치가 얼굴에 경련을 일으키며 자리에서 일어났다.
하워드는 처음과 같은 침착하고 차분한 목소리로 말했다.

아홉째 날 313

"전 단지 제 작업실에 잠시 가보고자 할 뿐입니다."
잠시 아무도 입을 열지 않았다.
"뭣 때문에 그러지, 하워드?"
마침내 디킨이 물었다.
"전 앞으로 그걸 다시 볼 수 없을 것 같거든요."
"괜찮을 것 같은데요, 검사님. 도주할 수는 없을 테고, 본인도 그것은 알고 있으니까."
디킨이 말했다.
검사는 어깨를 으쓱했다.
"범인 호송 책임은 서장 책임이니까요, 나 같으면 허락하지 않겠습니다."
"박사님 생각은 어떠신지요?"
경찰서장은 얼굴을 찌푸리면서 물었다.
신경정신과 의사는 머리를 흔들었다.
"무장한 경호 경관이 수행하지 않으면 허락해선 안 되지요."
디킨은 주저하고 있었다.
"하워드, 자넨 작업실에서 뭘 하려고 하는가?"
엘러리가 물었다.
하워드는 대답하지 않았다.
"하워드……."
이번에는 디드리치가 다시 입을 열었다.
하워드는 방바닥만 내려다보면서 아무 말 없이 서 있었다.
콘브랜치 박사가 말했다.
"왜 대답이 없나, 하워드? 도대체 자네가 하고자 하는 것이 뭐야?"
그러자 마침내 하워드가 대답했다.

"제 조각 작품을 모두 부수려고요."

"지금의 상황으로 봐서는 꽤 그럴듯한 요구 사항입니다."

신경정신과 의사가 말했다.

그는 디킨 쪽을 보면서 고개를 끄덕였다.

디킨은 고맙다는 표시를 하며, 하워드 등 뒤에 서 있는 키가 큰 경찰관에게 말했다.

"자네가 같이 가게, 지프."

하워드는 몸을 돌려 밖으로 걸어 나갔다.

경찰관은 벨트를 치켜 올리면서 오른손으로 권총 손잡이를 더듬어 찾았다. 그리고는 하워드의 등 뒤에 바싹 붙어 방 밖으로 따라 나갔다.

"너무 오래 지체하지 말게!"

디킨이 소리쳤다.

디드리치는 무겁게 다시 자리에 앉았다. 하워드는 밖으로 나가면서 아버지는 쳐다보지도 않았다. 엘러리에게도 역시 눈길을 주지 않았다. 엘러리는 창문께로 가 정원을 내려다봤다. 그곳에는 세 명의 경관이 늦은 오후의 햇살 속에서 담배를 피우며 웃고 있었다.

3분도 채 지나지 않아 물건 깨지는 소리가 요란스럽게 들려오자 모두들 주위를 살펴보다가 천장 쪽으로 고개를 들었다.

두 번째와 세 번째 소음이 연속해 들려오더니, 그리고 나서 계속해서 뭔가를 부수는 규칙적인 소리가 빠른 속도로 이어졌다. 그러다가 숨을 돌리기 위해 휴식을 취하는지 아무 소리도 들리지 않다가 이어 우상 파괴를 위한 최후의 일격이 가해졌다.

침묵이 계속되었다.

그들은 모두 층계 밑이 보이는 출입문 쪽에 서서, 경찰관을 대동하고 나타날 그 우상 파괴자를 기다리고 있었다. 그러나 아무도 나타나지 않았다. 파괴자도 경찰관도 보이지 않았다. 복도와 계단에는 아무도 없었다.

디킨은 복도로 나가 떡갈나무 층계 기둥에 손을 얹었다.

"지프! 이제 데리고 내려와!"

그가 소리쳤다.

지프는 대답이 없었다.

"지프!"

이번에는 공포감이 스며 있는 울부짖음이었다.

그러나 지프는 여전히 대답이 없었다.

"제기랄!"

디킨이 말했다. 순간적으로 뒤쪽을 바라보는 그의 얼굴은 진흙 빛처럼 창백했다.

그는 곧 층계를 올라갔고, 다른 사람들도 뒤를 따랐다.

경찰관은 하워드의 작업실 닫힌 문 앞에 큰 대(大)자로 누워 있었다. 그의 왼쪽 귀 위에는 자주색 혹이 나 있었다. 그는 일어서려고 안간힘을 썼지만 그의 긴 다리는 경련을 일으키고 있었다.

권총은 이미 권총집에서 사라지고 없었다.

"문 앞에 막 도착하자마자 제 배를 쳤습니다."

그는 헐떡거리며 말했다.

"제 권총을 빼앗아갔습니다. 그것으로 저를 쳤지요, 그래, 정신을 잃었습니다."

디킨은 문을 거칠게 흔들었다.

"문이 잠겼는데, 하워드!"

엘러리가 소리쳤다.

그러자 찰란스키 검사가 그를 옆으로 밀어내고 소리쳤다.

"하워드, 문 열어. 빨리 못 열어!"

그러나 아무 반응이 없었다.

"열쇠 있습니까, 밴 혼 씨?"

디킨 서장이 숨을 가쁘게 몰아쉬며 물었다.

디드리치는 아무 말 없이 그를 바라보기만 했다. 말을 이해하지 못한 것이다.

"문을 부숴야겠어요."

그들은 문에서 좀 떨어진 곳에서 일제히 문으로 뛰어들 태세였다. 그 순간 총소리가 났다.

단발의 총성이었고, 바로 뒤이어 방바닥에 무엇인가 금속성 소리를 내며 쓰러지는 소리가 들렸다.

사람의 몸이 쓰러질 때 나는 소리보다 더 무겁고 더 둔탁한 소리는 없다.

그들은 문을 부수고 달려들어갔다.

하워드는 작업실 중앙 대들보에 매달려 있었다. 그의 두 팔은 축 늘어져 있었고, 바닥에 흥건하게 고여 있는 피 위로는 아직도 팔목으로부터 피가 떨어지고 있었다. 그는 끌로 자기 몸에 자상을 낸 것이다. 그리고는 조각용 도르래에서 떼어낸 밧줄을 가지고 의자에 올라가 밧줄을 대들보에 맨 다음, 밧줄 양끝을 목둘레에 단단히 묶고서는 의자를 발로 찼다. 이어 그는 권총을 입 안에 집어넣고 방아쇠를 당긴 것이다. 38구경 권총 실탄은 입천장을 뚫고 들어가 정수리 살 조각과 함께 밖으로 빠져나갔다.

찰란스키 검사는 얼굴을 찌푸리면서 서까래에 박혀 있는 권총 실탄을 손으로 빼내더니 손수건에 쌌다.

그러프 검시관이 말했다.

"최악의 방법으로 죽고 싶었던 모양이군."

조각용 점토, 찰흙, 돌 조각 따위가 작업실 바닥에 어지러이 널려 있었다. 울퍼트 밴 혼은 주피터 상의 커다란 돌 조각이 발에 밟히자 깽깽거리면서 발목을 문질렀다.

신문들은 들떠서 기사를 실었다.
퀸 경감의 말대로였다.
"살인, 섹스, 신이야말로 신문사 판매부장들이 꿈에 그리는 사건이지."
십계명에 대해 엘러리가 늘어놓았던 설교가 어느새 고스란히 신문사로 들어가 있었다.

　엘러리 퀸의 걸작 사건
　저명한 탐정가의 텐 스트라이크
　모자이크 살인사건, 마침내 임자를 만나다
　명탐정, 성서로 악인을 잡다
　E.Q, 승리 기록을 갱신하다.

엘러리로 하여금 어색한 느낌을 갖지 않을 수 없게 하는 몇몇 신문의 제목 내지는 부제들이었다. 미국과 캐나다의 전 신문에서 오려낸 스크랩이 엘러리의 아파트 마룻바닥을 하얗게 뒤덮었다. 퀸 경감은 아들의 스크랩북을 좀더 화려하게 장식하기 위해 힘들여 번 돈을 쓰고 있었다. 사실 스크랩북 자체도 아들의 아이디어가 아니라 경감의 아이디어였다. 3주 동안 엘러리의 집 앞 좁은 길은 갈수록 미어터졌다. 현명하거나 어리석은 사람 할 것 없이 계속 줄을 잇고 있었으며, 전화기도 쉬지 않고 계속 울렸다. 인터뷰를 요청하는 기자들이 쇄도

하고, 밴 혼 사건을 다룬 장편소설을 이미 타자기로 쳐온 대필 작가들이 탐정의 허락을 얻으러 왔다. 잡지 편집자들이 계속 전화를 걸어 왔고, 사진작가들은 문 밖에 진을 치고 있었다. 광고 대행사 직원들도 두 곳이나 찾아왔는데, 하나는 크림 샴푸 광고에, 또 하나는 '살인'이라는 이름이 붙은 새 향수 광고에 명탐정의 얼굴을 쓰고 싶어 했다. 그들은 유명세가 붙을 대로 붙은 이 사건과 상품을 역동적으로 관련시킬 수 있을 것이라고 생각하고 있었다. 라디오 방송국도 이에 질세라 공세를 폈다. 일요일 오후에 방송될 '성경과 하워드 밴 혼 사건'이라는 이름의 프로그램에 개신교, 가톨릭, 유대교 등을 대표하는 저명한 성직자들과 함께 출연해 주십사 하는 제의였다. 뿐만 아니라 이 와중에도, 명예훼손으로 고소하겠다고 협박하면서 거액의 돈을 요구하는 무리도 있었다.

엘러리는 격분한 나머지, 신분을 알 수는 없지만 십계명 이야기를 언론에 퍼뜨린 그 수다쟁이 놈팡이에 대해서는 자기가 먼저 손 좀 봐주어야겠다고 으름장을 놓았다. 틀림없이 콘브랜치 박사가 심오하고 고답적인 심리적 동기에서 정보를 흘린 것이 분명하다고 하면서, 그 뒤 엘러리는 수개월 동안이나 그에게 욕을 해댔다. 아버지는 그를 달랬다. 그리고 숨김없이 이야기를 털어놓자면, 기적이라고나 할 그 아홉 번째 날 이후 엘러리는 발각될 염려가 없는 때를 틈타 퀸 경감이 힘들여 번 돈을 애써 투자한, 그 두꺼워질 대로 두꺼워진 스크랩북을 몰래 훔쳐보았다. 가장 겸손한 사람일지라도 그럴 때면 황홀감에 흠뻑 젖어들기 마련이다. 또 한 번은 그를 가리켜 '가장 눈부신 업적을 이룩한 87번가의 신동'이라고 칭송한 달콤하기 그지없는 잡지 기사를 마지막 대목까지 전부 통독했다.

그러나 엘러리의 생애에 열광적인 간주곡을 끼워넣어준 수많은 저널리즘의 문장 가운데서도 어떤 신조어의 천재가 비교적 품위 있는 정기 간행물에 기고한 '정신분열증적인 독서가'라는 제목의 일요판 특집기사는 단연 압도적이었다. 여기 실린 보기드문 걸작 문구는 훗날 범죄학 사건에까지 실리게 되었다.

어원학의 아인슈타인이라고 할 만한 이 사람은 엘러리를 가리켜 다음과 같이 표현했다.

"그는 앞으로 '십계와 열 가지 논리를 지닌 탐정'으로 기억될 것입니다."

　이로써 죽음의 장을 덮고
　새로운 삶의 장을 여노라.

# 제2부 열흘째 불가사의

수수께끼는 하루 더 길어졌으니
이제 열흘간의 수수께끼가 되었구나.
——셰익스피어 《헨리 6세》

# 열째 날

 그가 잡는 것은 인간이다. 그는 마법의 무기로 단단히 무장하고 죄악으로 가득 찬 세상을 헤집고 다니면서 피로 물든 사냥을 끝낼 때마다 그 명성을 드높였다. 그 어떤 악당도 그처럼 맹렬하고 교묘하고 뜨거운 열정으로 목표물을 잡을 수는 없었다. 왜냐하면 리처드의 아들인 이 엘러리야말로 법을 수호하는 진정한 사냥꾼으로, 아무도 뛰어넘을 수 없는 탁월한 실력을 지녔기 때문이다.

 밴 혼 사건을 성공적으로 해결한 뒤 엘러리는 생애에서 가장 바쁘고 눈부신, 성공적인 한 해를 보냈다. 사방팔방에서 온갖 사건들이 그에게로 날아들었다. 더러는 바다 건너 외국에서까지 의뢰가 들어왔다. 그해에 그는 유럽으로 두 번, 남아메리카로 한 번, 상하이로 한 번 여행을 다녀왔다. 로스앤젤레스는 열렬히 그를 환영했고 시카고며 멕시코 시도 예외는 아니었다. 퀸 경감은 아들을 보기 힘들어지자 차라리 서커스의 광대로 키우는 게 나을 뻔했다고 불평했다. 베리 형사 부장은 경찰본부 옆길에서 엘러리와 스쳐 지나가고서도 3미터나 가서야 간신히 기억이 떠오를 정도였다.

위대한 탐정의 고향 뉴욕에서는 일거리가 끊이지 않았다. 뉴욕이라는 거친 도시에서도 그의 명성은 울려 퍼졌다. 경련을 일으켜 바르르 떨던 어느 선태식물 학자 사건이 있었는데, 그 사건에서 엘러리는 명확하게 추론을 해내었다. 자기 엄지보다 크지 않은 마른 물이끼 덩어리를 근거로, 결국은 뉴욕에서도 신망이 높은 병원에서 그 학자를 수술시켜 생명을 구하는 명성을 얻었다. 그리고 아데리나 몽퀴 사건이 있었다. 그 사건에 대한 엘러리의 놀라운 해법은 호기심 많은 그 숙녀의 유언 집행자들과의 합의에 의해 1972년 이전까지 밝힐 수 없게 됐지만…… 그러한 사건들이야 그저 예로 들어본 것일 뿐, 전부 엘러리의 비망록에 기록되어 있고 세월이 지나면 이런저런 형태로 출판이 될 것이다.

출판을 보류시킨 것은 엘러리 자신이었다. 사실 근육질이 아닌 그는 작년 9월 이래로 급격히 살이 빠져 자신조차 놀랄 지경이었다.

"이거 안 되겠군. 엘러리, 넌 이제 그만 쉬어야겠다."

8월의 어느 날, 이른 아침을 먹으면서 퀸 경감이 말했다.

"저는 벌써 쉬고 있습니다. 어제 바니 쿨을 만났더니 내게 경고하더군요. 만약 관상동맥 혈전증으로 영광스럽게 죽고 싶거든 지난 11달 동안 지내온 그대로만 계속하면 된다고요."

"제발 좀 이성을 찾으렴. 어쩌려고 그래?"

"글쎄요…… 저는 20권 정도의 책을 쓰기에 충분한 소재를 모아왔지요. 그런데 책 쓸 시간은 물론, 거기에 대한 계획조차 세울 시간이 없는 것 같아요. 이제부터는 책만 쓰려고 합니다."

"그 크리플러 사건에 대한 것 말이냐?"

"저는 그 책을 조문의 뜻으로 토니에게 넘겼는데요."

"맙소사!"

경감의 머리맡에 있는 서가에는 이미 스크랩 한 권도 더 들어갈 공간이 없었다. 그의 장한 일을 더 스크랩할 여지가 없는 것이다.

"그렇지만 왜 그리 서두르는 거냐? 먼저 휴식을 취해야지. 어디든 좀 다녀와라."

"떠나는 건 이제 지겨워요."

"난 네가 어디든 엉덩이를 제대로 붙이고 앉아 있는 걸 상상하기 어려워."

노신사는 커피포트를 집으면서 말했다.

"자, 너는 이 아편굴 같은 서재에 틀어박혀 있으니 내가 너를 볼 수가 없지 않니. 아니, 너 또 그 누더기 같은 흡연용 재킷을 입고 있구나!"

엘러리는 씨익 웃었다.

"제가 이미 말씀드렸지요. 책을 쓰기 시작한다고요."

"언제부터 말이냐?"

"방금, 오늘 아침부터요."

"넌 어디서 그런 힘이 나느냐…… 그 낡은 걸 버리고 왜 새 것을 입지 않니? 뭔가 좀 요란한 재킷을 입어보는 게 어때."

"이 재킷을 버리라고요? 그건 저의 글 쓸 때의 습관인걸요."

"농담하지 마라."

식탁에서 서둘러 일어나면서 아버지는 아들을 책망했다.

"제 할 탓이지. 저녁에 보자, 애야."

엘러리는 서재에 들어가 문을 닫아걸고, 자신의 집필을 위한 모든 준비를 했다.

책을 쓰기 위해 구상하는 과정과 집필을 준비하는 과정은 기술적으로 다르다. 후자의 경우는 타자기를 검사하고 청소하고, 리본을 갈고, 연필을 깎고, 되도록이면 힘이 덜 들도록 팔에서부터 정확히 닿을 수 있는 거리에 백지를 놓아두고, 그 기계와 정확하게 들어맞는 각도에 노트와 개요를 놓아두는 일 등이 있다. 하지만 저작의 초기 상황인 구상단계는 이와는 완전히 다르다. 작가의 머리가 아이디어로 꽉 채워져 있어 초조하게 불꽃을 튀기고 있어도 소도구 따위를 손질할 필요는 전혀 없다. 그 단계에서는, 걸레 조각처럼 너절하고 가련하기 짝이 없는 작가 자신의 자아만이 존재할 뿐이다.

자, 이제 밴 혼 사건 이후, 그해 8월 어느 화창한 이른 아침, 서재에 앉아 있는 엘러리를 관찰해 보자.

그는 열정으로 후끈 달아올라 있었다. 마치 장군처럼 자신의 마음속 대군을 지휘하면서 카펫 위를 서성거렸다. 그의 이마는 훤했고, 눈은 뭔가에 골몰한 듯 초점이 모아져 있었지만 고요했다. 두 다리는 서성거리면서도 서두르는 기색이 없이 침착했다. 손 또한 가지런히 모으고 있었다.

자, 이제 20분 뒤의 그를 보자.

그의 다리는 펌프처럼 오르내리고 그의 두 눈은 거칠다. 이마를 찡그리고 손은 어쩔 수 없이 주먹을 쥔다. 그는 벽에 기대어 차가운 벽면을 더듬는다. 그는 의자로 달려가 마치 애원하듯이 무릎 사이에 손을 맞잡고 의자 끝에 앉는다. 그러다가 훌쩍 뛰어 일어나 파이프를 채우다 말고, 궐련에 불을 붙여 두어 번 빨다 만 채 물고 있다. 그는 손톱을 물어뜯는다. 머리를 긁적이며 잇새를 쑤신다. 코를 후비다가는 저고리 주머니에 손을 집어넣는다. 의자를 차고 일어나 책상 위에 놓인 아침 신문 톱기사를 흘끗 보고는 얼른 고개를 돌려 버린다. 그리고는 창가로 다가가 유리 위를 기어오르는 파리에 대해 과학적으로 흥미를 느낀다. 오른쪽 주머니에 손을 집어넣고 담뱃가루를 똘똘 뭉친 그는 우연히 같은 주머니에 들어 있는 종이를 만지게 된다. 종이를 구긴 채로 꺼낸 그는 자기도 모르게 종이를 바라본다.

종이에는 이렇게 씌어져 있다.

밴 혼
노스 힐 드라이브
라이트빌

1

엘러리는 책상 앞 의자에 앉았다. 그는 종이 쪽지를 압지 위에 놓고, 책상 위에 한 팔을 편편하게 편 다음 손으로 턱을 괴고 코에서 5센티미터쯤 떨어진 그 종이를 뚫어지게 바라보았다.

'밴 혼. 노스 힐 드라이브. 라이트빌.'

밴 혼 사건에서 남은 것이라고는 그게 다였다.

이제 거의 일 년이 다 되어가는 그 장면이 기억났다.

그는 작년에도 지금과 똑같이 흡연용 재킷을 입고 있었다.

'아이쿠! 지난번에도 이걸 입고 있었구나.'

그는 하워드에게 집에 가라고 돈을 좀 주고는 그를 아래층으로 내려 보냈었다. 하워드는 소리쳐 택시를 불렀고…… 헤어지려고 악수를 나누는 순간, 방문하려고 했던 하워드의 집이 어딘지 모른다는 생각이 퍼뜩 떠올랐었다. 그 때문에 함께 웃고 나서 하워드는 자기가 입고 있는 엘러리의 옷에서 검은 공책을 꺼내 한 장을 찢어내더니 주소를 갈겨썼다.

바로 이 종이였지.

엘러리는 위층으로 올라가 라이트빌에 대해 생각했었다. 그리고는 흡연용 재킷 호주머니에 그 종이 조각을 쑤셔 넣었고, 여기에 지금 그대로 남아 있다. 왜냐하면 그 뒤로는 그 재킷을 입은 일이 없어 거기에 그대로 걸려 있었기 때문이다.

그게 다였다.

작은 글씨를 자세히 들여다보자 하워드 생각이 났다. 샐리, 디드리치, 울퍼트, 그리고 그 노파도 생각이 났다.

파리 한 마리가 무엄하게도 글자 위에 내려앉아 있었다. 엘러리는 입술을 오므리고 파리를 향해 입김을 불었다. 파리는 날아가고 종이가 뒤집혀졌다.

뒷면에도 글씨가 있었다!

똑같이 작고, 마치 새긴 듯한 글씨였다. 그러나 이쪽 면은 글씨로 꽉 채워져 있었다.

엘러리는 호기심이 생겼다. 자리에서 일어나 그 종이를 집으려고 손을 내밀었다.

하워드의 글씨, 검은 공책. 그러나 이것은 주소도 전화번호도 아니었다. 한 페이지가 작은 글씨로 꽉 차 있었다. 문장과 문장이 꼬리에 꼬리를 물고 있었다.

일기?

그 쪽지는 한 문장의 중간에서부터 시작되고 있었다.

그가 S에게 붙여준 바보 같은 애칭들. 그는 자기들끼리만 있을 때 말고는 그 이름들을 사용하지 않을 정도는 되지 않는가. 그런데 왜 그것이 나를 괴롭히지? 아! 정직하자. 너는 이유를 안다······ 그러나 젠장, 그건 어리석은 짓. 그들이 결혼하기 전에 그녀는 '리아'라고 불렸다······ 리아!!! 바로 그렇게, 내가······ 지나치게 감상적이며 닥치는 대로 휘갈겨 쓴 그 노트에 그 자신의 필체로······, 그리고 결혼 뒤에는 '살로미나'라고 했다. 이런 이름들을 그는 어디서 만들어 냈는지?!! 꽤 영리해······, 그 위대한 D. 밴. H. 살로미나······,

샐리……, 샐……, 바보 같은 변화군. 그리고 빌어먹을, 그녀의 진짜 이름은 뭐가 잘못되었다는 거지? 나는 사라가 좋아. 나는……, 아아……, 이 이름은 피해야지, 그 이름을 쓰는 것조차 해서는 안 돼. 그만두자. 잠이나 자야지. 아, 잠의 나라가 그립구나.

일기, 맞아!
하워드가 입을 열어 말한 적이 없는 일이었다.
리아! 살로미나!
그 이름들이 주는 어감은 얼마나 우스운가.
리아! 살로미나! 디드리치는 어디서 그런 이름들을 찾아냈나? 생각이 오락가락하다가 갑자기 멈췄다.
엘러리는 케토노키스 호수로 돌아가 호숫가에 세워둔 컨버터블의 샐리 옆에 앉았다. 그녀는 주위를 둘러보며 다리를 포갰다. 멋진 다리였다. 하워드는 조약돌을 발로 차면서 그들과 좀 떨어진 이끼 낀 바위 위에 있었다. 엘러리는 그녀에게 담배를 건넸다.
"제 이름은 사라 메이슨이었습니다."
엘러리는 그녀의 목소리와 호수 위에 뜬 통나무에서 날아오르는 새들의 날갯짓 소리를 들을 수 있었다.
"나를 샐리라 부르기 시작한 것은 디드리치였어요."
리아, 그리고 살로미나는?
결혼하기 전에는 '리아'라 부르고……, 그들이 결혼하기 전에 말이다. 사라 메이슨이 아니라…… '리아 메이슨', 아마 디드리치는 '사라'라는 이름을 싫어했을 것이다. '사라 메이슨'이란 이름은 잘못 그려진 그림을 떠올리게 했다. 입술을 꽉 깨문 선생이나, 실타래 같은 머리에 수건을 두르고 거실 덧창을 내린 채 집 안에서 왔다 갔다 하고 있는 뉴잉글랜드 가정주부를 그린 그림…… '리아 메이슨'은 젊고 부드럽고 신비로운 느낌을 준다. 그 편이 샐리에게 더 잘 어울린다. 또 디드리치 밴 혼에 대해서도 무엇인가를 말해 준다. 무엇인가 비밀스럽고 달콤한 것을.

결혼하고 나서부터는 살로미나라. 친근한 울림. 아니, 사실은 그렇지 않아. 친근하게 들리게 하는 것은 첫 두 음절이다. 헤로디아스의 딸…… 엘러리는 씨익 웃었다. 그러면 '살로메(Salome)'는 왜 안 되지? 왜 하필 '살로미나'야……? 이나(ina)라는 접미어는 그 자체가 벌써 여성 접미사다. 아냐, 아마 '리아(Lia)'처럼 순전히 디드리치가 고안한 것일 거야. 확실히 음악적이다. 에드거 앨런 포의 발명품이라도 되는 것 같다.

그는 다시 의자에 앉아 파이프에 불을 붙여 물었다. 기분 좋게 한 모금 빨아들이고는, 회상의 장면들이 제멋대로 뛰놀지 않도록 마음의 고삐를 잡아당겼다.

그는 연필을 집어 들고 스크랩 철에 낙서하기 시작했다.

리아 메이슨?

그는 그 이름을 적었다. 음, 아주 멋지다.

이번에는 고딕체의 굵은 글씨로 다시 적었다.

**LIA MASON**

호, 이건 무엇이지? LIA MASON—A SILO MAN!

그는 농사꾼 냄새가 나는 이 어구(*여기서 SILO는 곡물이나 목초를 저 장발효시켜 사료로 만드는 저장고*)를 적어 보았다. 이제 그는 아래와 같은 말을 얻었다.

**LIA MASON**
**A SILO MAN**

그는 이름 철자를 1분 이상 더 검토하고는 아래와 같이 적었다.

O ANIMALS(오! 동물이여)

주문? 그는 킬킬거렸다.
또 하나의 변이형이 재빨리 떠올랐다.

NAIL AMOS(예언자 아모스를 못박아라)

그리고……,

SIAM LOAN(샴의 공채, 샴은 태국의 옛 이름)
MAIL A SON(아들에게 편지)
ALAMO SIN(앨라모 요새의 죄)
MONA LISA(모나 리자)

모나 리자.
모나 리자?
모나리자!
그거다. 바로 그거다. 빙긋 떠오르는 그 웃음, 그 현명하고 슬프고 수수께끼 같고 모순에 가득 찬 그 웃음 띤 얼굴! 그는 전에 샐리를 어디서 만났는지 궁금했었다. 그러나 그는 결코 그녀를 전에 만난 적은 없었다. 샐리는 '라 지오콘다'가 아니라, 다 빈치의 모나리자처럼 그런 웃음을 띠고 있었다. 그리고…….
디드리치가 그것을 보았을까?

분명히 디드리치는 그것을 보았다. 그래서 디드리치가 사랑에 빠졌다.
디드리치는 그것을 알아보았나? 그러한 것으로?
엘러리의 눈에는 구름이 끼었다.
그는 스크랩 철을 다시 들여다보았다.

MONA LISA
SAL

그는 거의 자동적으로 아직 다 끝내지 못한 변이형을 끝마쳤다.

SALOMINA

살로미나.
리아 메이슨, 모나 리자, 살로미나.
리아 메이슨, 모나 리자, 살로미나.

맥박이 마구 뛰기 시작했다.
한 남자가 한 여자와 사랑에 빠진다. 그녀는 모나리자를 그대로 빼닮은 웃음으로 그를 유혹한다. 그녀의 이름은 메이슨이다. 그 남자는 원기 왕성한 청춘의 시절은 이미 지나 있었고, 여자는 젊었다. 그 여자는 그의 첫사랑이었고, 유일한 사랑이다. 그의 정력은 마치 굶주린 자의 식욕처럼 절실한 것이다. 특히 결혼 전에는 더욱 그럴 것이다. 그는 사랑의 포로가 될 것이고, 그 여자의 모든 것이 그 남자의 눈에는 신비롭고 아름답게만 비칠 것이다. 그 남자는 처음부터 민감하고 기민하다. 그 모나 리자의 발견은 참으로 감미로운 사건이다. 그는 그것을 가지고 논다. 그것은 그를 즐겁게 한다. 그는 그것을 적는다. *Mona Lisa*.

그는 갑자기 자신이 쓴 사라 메이슨(Sara Mason)이라는 이름의 성을 구성하는 다섯 글자가 'Mona Lisa'와 일치한다는 것을 알게 된다. 이제 그는 기쁨을 감출 수가 없다. 그는 'Mona Lisa'에서 M, A, S, O, N을 덜어낸다. 세 글자가 남는다. L, I, A. 이게 바로 실제의 이름이 아닌가! 그것은 'Leah'처럼 발음된다. 세상이 밝아지는 것 같다. 리아…… 리아 메이슨……, 모나 리자, 리아 메이슨.

그는 자신의 연인에게 비밀스럽게 세례를 준다. 그 뒤로 그의 마음 깊은 곳에서는 사라가 리아가 된다.

어느 날 그는 그녀에게 문을 열어 준다. 그리고 큰 소리로, '리아!'라고 외친다. 그러나 그녀는 여자다. 찬양하는 말이 귀에 거슬릴 리 없다. 그녀는 그것을 좋아한다. 그들은 이제 그가 만들어낸 비밀을 공유한다. 단 둘이만 있을 때면, 그는 그녀를 그 이름으로 부른다. '리아'.

그들은 결혼을 하고 밀월여행을 떠난다.

이제 공생의 시기로 접어든다. 두 몸이 하나로 결합될 때면 결합되었다는 것밖에 아무것도 의식할 수 없다. 친구도, 사업도, 한눈 팔 일도, 한눈 팔 가능성도 없다. 그저 상대방에게 몰입할 따름이다. 삶은 한편으로 치워진다. 짝 짓는 것이 집보다 더 중요하다. 하나의 이름이 우주의 비밀이 될 수 있다. 그녀는 그가 어떻게 리아라는 이름을 생각해 내었는가를 묻는다. 전에 말한 적이 있다면, 한 번 더 그 이야기를 꺼낸다. 그는 쾌활하고 대담하며 창의력 넘치는 남자다. '리아 메이슨'을 계속 고집할 생각은 없다. 그녀는 더 이상 메이슨이 아니다. 또 하나의 이름을 찾아내야 한다. 디드리치, 종이와 연필을 집어라. 그리고 너의 무궁무진한 재능을 보여라. 너는 얼마나 훌륭하고 독창적이고 낭만적인 개인가! 방해꾼들에게 죽음을! 피융! 피융! 아브라카다브라! 프레스토! '살로미나'.

그리고 그들은 함께 웃었다. 틀림없이 그녀는 말했으리라. '살로미나'라는 이름은 '이브' 이래 가장 사랑스런 이름이라고. 그러나 조금쯤은 수줍고 어색하지 않았을까? 그는 '살로미나'로 할 것을 엄숙하게 선포하고, 사교적인 목적을 위해서는 '샐리'라고 부르자고 제시했을 것이다. 그녀로서는 '샐리'라는 이름이 크게 만족스럽진 않지만, 이 태양신과도 같은 남자와의 사랑을 위해서라면 그쯤의 양보야 괜찮다고 생각했을지도 모른다.

엘러리는 한숨을 내쉬었다.

이 모든 것이 전혀 아니었을 수도 있다.

하나가 어긋나면 전체가 어긋난다.

그는 책상에서 일어나 카펫 위를 서성거렸다.

그래도 이런 뒤늦은 데이트를 하면서 불쌍한 디드리치는 글자풀이 수수께끼를 하려는 마음을 가졌다니! 그것이 흥미로웠다. 그는 어느 날 디드리치의 책상에서 크로스워드에 관한 책을 목격했던 것을 회상했다.

'글자풀이 수수께끼?'

글자풀이 수수께끼! 자, 그렇지, 그게 바로 그들이 어떤 사람인가를 나타낸다. 'Lia Mason'과 'Salomina'는 'Mona Lisa'와 같은 철자로 이루어졌지만, 전에는 'Mona Lisa'의 글자 순서를 바꾸어서 된 이름이라는 생각이 들지 않았다는 게 우스워졌다.

왜냐하면 글자풀이 수수께끼라는 건……

'자신의 조각에 H.H. Waye라고 서명함으로써, 하워드는 '너는 너의 하느님의 이름을 망령되이 일컫지 말라'는 계명을 어긴 겁니다. 이것은 아주 재미있는 본보기거든요…… 이 대목에서 하워드는 성경의 모든 문자, 단어, 숫자, 악센트 등은 그 안에 숨은 뜻이 있다고 믿던 중세의 신비주의자들을 흉내 내고 있습니다…… H.H. Waye라는 이름의 글자 순서를 바꾸어 재결합하면 바로 'Yahweh'가 되거든요.'

H.H. Waye—Yahweh 철자를 바꿔치기해서 만든 말. 숫자야 어찌 되었든 하워드의 관에 박힌 열 개의 못 중 하나를 가리키는 말이다.

엘러리는 자기 머리 속에서 똑딱거리는 소리를 의식했다.

왜 가슴이 떨리는가? 디드리치는 철자를 바꿔치기하며 놀았다. 디드리치는 그 낱말들에서 지적인 만족감을 얻었다. 불행히도 자기 자신을 위해 그렇게 했다.

불행히도…….

엘러리는 진실로 자신에게 화가 났다.

같은 집에 사는 두 사람이 똑같이 글자 바꿔치기에 취미를 갖다니, 그게 가능할까?

빌어먹을, 가능하겠지. 그야 같은 집에 사는 사람들이 버번위스키에 똑같은 취향을 가지는 것과 마찬가지다. 어쨌든 그런 일이 생겼지 않은가. 어쩌면 하워드가 디드리치에게서 배웠는지도 모른다. 여하튼 난 도대체 무엇 때문에 골머리를 썩이고 있는가?

그는 스스로에게 화가 치밀었다.

그 사건은 끝났어. 해결은 완벽했어. 너, 저주받을 바보 녀석아. 이미 죽어서 일 년 전에 묻힌 사람들에 대한 걱정은 이제 그만두고 일이나 해!

그러나 엘러리의 머리 속 생각들은 번번이 크로스워드로 되돌아가 곤 했다.

10분 뒤 엘러리는 다시 책상 앞에 앉았다.

그러나 하워드가 디드리치에게서 배운 것이든, 하워드가 본래부터 글자를 바꿔 다른 단어를 만드는 데에 취미가 있었든, 그는 왜 '리아'와 '살로미나' 같은 애칭들을 썼을까. 그는 어디서 그런 이름을 얻었을까?

그 이름들은 하워드를 귀찮게 했다. 그는 그 이름들 때문에 고민했다. 그는 그 이름들이 어디서 왔는지 모르고 있었다.

엘러리도 글자의 순서를 바꿔 단어 만드는 것을 좋아하는 사람이었다. 그는 결국 5분 만에 파생 과정을 밝혀냈다.

오, 이 어리석은 짓들이여!

그는 다시 글을 쓰려 했다. 그러나 쓸 수 없었다.

그가 콘헤븐으로 장거리 전화를 건 것은 10시가 조금 지나서였다. 그는 전화라도 한번 걸고 나면 일에 다시 몰두할 수 있으리라 생각했다.

"콘헤븐 탐정 사무소입니다. 전 버머라고 합니다."

"안녕하세요, 저는 엘러리 퀸이라고 합니다. 저는……."

"뉴욕의 엘러리 퀸 씨, 맞습니까?"

"그렇습니다."

엘러리는 말을 이었다.

"어, 여보세요, 버머 씨, 지난 번 그 사건과 관련된 것이 자꾸 나를 신경 쓰이게 합니다…… 저야 뭐 있겠습니까, 그저 제 자신의 만족을 위해 약간의 검토를 하고 있는 중입니다."

"네, 그러시겠죠. 엘러리 씨, 제가 무엇이든 도와 드리지요."

버머가 좀 싹싹해진 것 같았다.

"저도 관계된 사건인가요?"

"글쎄, 그렇지요. 어떤 점에서는……."

"무슨 사건입니까?"

"그 밴 혼 사건 말입니다. 라이트빌, 일 년 전의."

"밴 혼 사건? 아, 그거 골치께나 썩였지요? 그렇지요? 저도 한몫 끼고 싶은 마음이 굴뚝 같았지요. 그랬더라면 당신이 온통 독차지한 신문지면의 한 귀퉁이라도 할당받을 수 있었을 텐데요."

버머는 이것이 남자 대 남자로서 하는 말이라는 것을 암시하면서 웃었다.

"그러나 당신도 이미 그 사건과 관계를 맺은 거요."

엘러리는 말을 이었다.

"아 뭐, 당신이 망쳐 놓았다는 얘기는 아니지만, 당신은 디드리치 밴 혼 씨를 위해 몇 가지 조사를 했었죠. 그리고……."

"누구를 위해서 제가 조사를 했다구요?"

"디드리치 밴 혼 씨 말이오. 하워드 밴 혼의 아버지. 콘헤븐에 있는 저명한 탐정 사무실에 맡겼다고 합니다."

"그 살인자의 아버지? 엘러리 씨, 누가 당신에게 그 얘기를 했습니까?"

버머는 놀란 듯했다.

"그가 말했소."

"누가 했다고요?"

"살인자의 아버지요. 그는, '내가 저명한 탐정 사무소에 그 문제를 맡겼다'고 말했어요."

"글쎄요. 제가 맡은 게 아닙니다. 저는 밴 혼 집안의 어떤 사람과도 관계를 맺은 적이 없어요. 아마 보스턴에 있는 회사겠지요."

"아니오. 그는 콘헤븐에 있는 회사라고 말했소."

"지금 우리 중 한 사람은 술에 취해 헛소리를 하는구만! 내가 무엇을 조사하고 있었다고 생각하시죠?"

"그 사람은 자기 양아들의 친아버지를 추적하고 있었소. 하워드의 진짜 아버지 말이오. '몇 분 전에 나는 콘헤븐에서 전화를 받았다. 탐정 사무소 소장이다. 그들은 그 이야기 전부를 알고 있다' 그렇게 말했소."

"나는 모르는 일이오."

"지금 당신이 탐정 사무소의 대표지요, 안 그렇습니까?"

"그렇소만……"

"작년에 책임자는 누구였소?"

"역시 나요. 이건 내 회사요. 여기서 15년 동안이나 이 일을 해 왔소."

"그 회사는 당신이 혼자 운영하고 있지요?"

"엄격히 말하면, 한 사람이 운영하는 거고, 그게 나요."

엘러리는 침묵을 지키다가 한참 뒤에야 입을 열었다.

"아, 나는 지금 얼떨떨합니다. 콘헤븐에는 다른 탐정 사무소가 또 없습니까?"

"콘헤븐에는 다른 탐정 사무소가 없습니다."

"작년에도요?"

"물론입니다."

"그게 무슨 말이지요?"

"콘헤븐에는, 여기 말고는 다른 탐정 사무소가 아예 없단 말이오."

엘러리는 다시 입을 다물었다.

"왜 그러는 겁니까, 엘러리 씨?"

버머는 호기심이 생기는 모양이었다.

"내가 도울 수 있는 일이라도?"

"당신은 디드리치 밴 혼과 대화를 나눈 적도 없단 말이지요?"
"없어요."
"그 사람을 위해 일한 적도 없소?"
"없어요."
엘러리는 또다시 할말을 잃었다.
"여보세요, 엘러리 씨. 아직 전화 안 끊었지요?"
버머가 물었다.
"예, 버머 씨, 혹시 웨이라는 이름을 들어본 적 있소? 아론 웨이나 매티 웨이라는 사람에 대해서 말이오. 파이델리티 공동묘지에 묻히지 않았나요?"
"그런 이름도 들어본 적이 없소."
"그렇담, 사우스브리지 박사는?"
"사우스브리지요? 몰라요."
"고맙소. 매우 고맙소."
엘러리는 전화를 끊었다. 그는 몇 초를 기다리고 나서 라 구아디아 공항으로 다이얼을 돌렸다.

2

엘러리가 서둘러 라이트빌 공항을 빠져나와 택시 승차대로 간 것은 아직 이른 오후였다.

그는 코트 깃을 올리고 깊숙이 중절모를 눌러쓰고 나서 택시에 올라탔다.

"도서관, 스테이트 거리."

라이트빌 기록 보관소라는 말을 잘도 피한 셈이다.

라이트빌은 8월의 태양 아래 마치 낮잠을 자고 있는 듯했다. 행인 두서너 명이 스테이트 거리 느릅나무 아래를 거닐고 있었다. 두 명의 경찰관이 법원 건물 계단에서 목에 난 땀을 닦고 있었다. 둘 중 한 사람은 지프였다.

엘러리는 몸이 떨려 왔다.

"공공 도서관입니다, 선생님."

택시 기사가 말했다.

"잠깐 기다려 주시오."

엘러리는 계단을 뛰어 올라가다가 현관 앞에 이르자 걸음을 늦추었다. 모자를 벗어 들고 독수리 박제 옆을 터벅터벅 지나 미스 에이킨의 자리 쪽으로 다가갔다. 시원한 곳이라면 어디라도 찾아드는 시민처럼 보이려고 애썼다. 미스 에이킨이 자리에 없기를 바랐지만, 그녀는 날카로운 인상을 한 늙은 고르곤과 함께 있었다. 그녀는 도서 대출 기일을 넘긴 11살짜리 겁먹은 소녀에게 벌금 6센트를 매기고 있었다. 미스 에이킨은 현금이 든 서랍을 열면서 수상쩍다는 듯이 엘러리를 쳐다보았다. 그러나 엘러리는 그녀의 책상을 다 지나갈 때까지 손수건으로 계속 얼굴을 닦고 있었다.

그는 호주머니에 손수건을 쑤셔 넣고는 얼른 정기간행물실로 들어갔다.

정기간행물실의 사서는 자리에 없었다. 그 방에는 〈새터데이 이브닝 포스트〉지의 묵은 신문철 위에 엎드려 기분 좋게 코를 골며 잠든 젊은 숙녀 혼자뿐이었다.

엘러리는 발끝으로 걸어서 〈라이트빌 레코드〉 신문철이 있는 곳으로 갔다. 세심한 주의를 기울여 1917년이라고 표시된 두꺼운 철을 꺼내들고, 잠들어 있는 미인을 지나 독서대로 가서는 조용히 신문철을 펼쳤다.

"지독한 여름 폭풍우……."

그럼에도, 그는 4월분부터 시작했다.

그 지역 의사가 당한 불의의 사고사는, 1917년 라이트빌 주요 일간지의 1면 기사감이었을 것이다. 그래도 엘러리는 모든 페이지를 훑어보았다. 다행히도 그 당시의 〈레코드〉지는 4쪽에 불과했다.

부고란도 빠짐없이 훑어 내려갔다.

12월 중순쯤의 지면에 이르자 그는 그만 찾는 것을 포기했다. 제자리에 신문철을 갖다 놓고는 코를 골며 기분 좋게 자는 그 숙녀를 남겨 두고, '출구 없음'이란 팻말이 붙은 옆문을 통해 라이트빌 공공도서관을 빠져나왔다.

그는 확실히 몸이 편치 않았다.

엘러리는 호주머니에 찔러 넣은 손을 움찔거리며, 발을 질질 끌다시피 해 어퍼 휘슬링 거리 쪽으로 걸어갔다.

전화국 건물 입구에 이르자 그는 멈춰 서서 마음의 평정을 찾으려고 애썼다. 꽤 긴 시간이 흘러갔다.

그는 마침내 건물 안으로 들어가 운영부장을 찾았다.

나중에 그는 자신이 그에게 무슨 얘기를 했는지 떠올리려 했지만 기억할 수 없었다. 하지만 어쨌든 그가 찾고 있던 것을 구한 것은 사실이었다. 라이트빌의 1916년과 1917년판 전화번호부였다.

사우스브리지라는 이름을 가진 사람은 1916년의 전화번호부에 없었다. 그것을 확인하는 데 25초가 걸렸다. 1917년의 전화번호부에도 사우스브리지라는 이름은 올라 있지 않았다.

1914, 1915, 1918, 1919, 1920년도 전화번호부를 다시 또 요구할 때는 왠지 초조해졌다.

어느 번호부에도 의사든 다른 무엇이든, 사우스브리지라는 이름은 올라 있지 않았다.

모자를 집으려고 손을 내밀면서 그는 확실히 몸 상태가 좋지 않은 것을 느꼈다.

그는 광장을 피했다. 대신에 그는 제즈릴 레인, 로어 메인을 지나 어퍼 휘슬링을 거쳐 슬로컴까지 걸어갔다. 슬로컴으로 꺾어 들어 워싱턴 거리로 접어들자 그의 발걸음은 빨라지기 시작했다.

로간 식품점은 파리로 들끓고 있었다. 슬로컴과 워싱턴의 교차로는 텅 비어 있었다. 감사하는 마음으로 그는 워싱턴 거리를 지나 쏜살같이 프로페셔널 빌딩으로 들어갔다.

그는 삐걱거리는 자기 발자국 소리에 짜증을 내면서 프로페셔널 빌딩의 넓은 나무 계단을 올라갔다.

계단 꼭대기에서 그는 오른쪽으로 돌아섰다. 거기에는 낯익은 작은 나무 간판이 걸려 있었다.

'의사, 마일로 윌로비'

그는 빙긋 웃으려고 애쓰면서, 숨을 크게 들이쉬고는 안으로 들어갔다.

윌로비 박사의 진찰실 문은 닫혀 있었다.

누렇게 찌든 얼굴을 한 농부 하나가 의자에 앉아 있었고, 젊은 임산부가 꿈꾸듯 눈을 껌벅거리며 또 다른 의자에 앉아 있었다.

엘러리도 앉아서 기다렸다. 물건이 꽉 차 있는 녹색 가구, 색 바랜 벽에 걸려 있는 인쇄물들, 머리 위에서 덜커덩거리는 선풍기······ 모든 것이 예전과 똑같았다.

진찰실 문이 열리고 또 한 사람의 임산부가 나왔다. 그 여잔 기다리고 있는 여자만큼 젊지는 않지만 빙긋 환한 웃음을 띠고 어기적어기적 걸어 나왔다. 그 뒤로 늙은 윌로비 의사가 나왔다. 전보다 훨씬 늙어 있었다. 완전히 깡말라 있었다. 쭈그러들었다고나 할까. 그 날카롭던 눈은 둔해지고 불거져 있었다. 그는 엘러리를 한번 힐끗 보고는 말했다.

"신사분께서는 잠시만 기다려 주십시오."

그리고는 다른 숙녀에게 고개를 끄덕여 보였다.

그 환자는 일어나서 조그마한 갈색 보따리를 끌어안고 진찰실로 들어갔고, 윌로비 의사는 문을 닫았다.

그녀가 다시 나타났고, 윌로비 의사는 농부를 손짓해 불렀다.

농부가 나오자 엘러리는 진찰실로 들어갔다.

"저를 기억하시겠습니까, 윌로비 박사님?"

늙은 의사는 안경을 코 위로 밀어 올리며 빤히 쳐다보았다.

"이 사람 엘러리 씨구먼!"

그의 손은 부드럽고 촉촉하게 젖어 있었으며 떨리고 있었다.

"작년에 여기 왔었다는 말을 들었지."

반가움에 의자를 끌어당기면서 윌로비 의사가 말했다.

"신문들이 그 무시무시한 얘기를 터뜨리기 전에 이미 알았지. 왜 우리에겐 들르지 않았소? 해미온 라이트가 몹시 화를 내더군. 나도 모욕당한 것 같았어!"

"9일밖에 머물지 못했는데요, 뭐. 꽤나 바쁘게 설쳐야 하는 일이었구요."

엘러리는 희미하게 빙긋 웃으며 말을 이었다.

"엘리 판사님은 안녕하신가요? 그리고 사모님도?"

"모두 늙었지. 우리 모두 늙어가고 있지. 그런데 지금 여기서 뭘 하고 있지? 아, 그건 문제가 안 돼. 자, 해미온에게 전화를 해볼까."

"어, 제발, 그러지 마세요! 고맙습니다만, 박사님, 전 여기에 딱

하루만 머물 겁니다."

엘러리는 말했다.

"사건이야?"

의사는 엘러리에게 곁눈질을 했다.

"글쎄요, 사실은……."

엘러리는 웃었다.

"뭔가를 알아내기 위해서만 이처럼 선생님을 방문하는 걸 보면 전 그리 품성이 좋지 않나 봅니다."

"그러면 엘러리 씨는 아마도 살아 있는 내 모습을 못 보게 될 거야."

의사는 껄껄 웃었다.

"왜요? 무슨 말씀이세요?"

"아무것도 아니오, 늘 하는 소리지."

"어디 불편하신 데라도 있으십니까?"

윌로비 의사는 말했다.

"사람들이 그렇게 물을 때마다 나는 히포크라테스의 경구 중 하나를 생각하지. '늙은이는 젊은이보다 병이 적다. 그러나 늙은이의 병은 늙은이를 떠나지 않는다.' 그것은 중요하지 않아. 사실 일도 아니지. 나는 수술을 받지 말았어야 했어……."

검버섯이 피어난 살갗, 쭈그러지고 시들어 버린 몸, 그렇다면 암이었단 말인가?

"무엇을 알고 싶나, 엘러리 선생?"

"1917년 여름에 사고로 죽은 어떤 사람에 대해서요. 사우스브리지라는 이름이지요. 기억나십니까?"

"사우스브리지!"

의사는 눈살을 찌푸렸다.

"선생님은 아마 누구보다도, 산 사람이든 죽은 사람이든, 라이트빌 사람에 대해선 많이 알고 계실 겁니다. 사우스브리지……."
"사우스브리지라는 이름을 가진 사람이 있긴 있었지. 슬로컴에서 살았어. 그 사람은 1906년 무렵에 마구간을 경영했었지, 아마."
"아닙니다. 사우스브리지라는 사람은 의사였어요."
"의사라고?"
윌로비는 놀란 모습이었다.
"그래요."
"일반 개업의야?"
"그렇게 알고 있습니다."
"사우스브리지라……? 그 사람은 이곳 의사가 아닐 거야. 퀸 씨, 이 근처 사람은 아냐. 그런 사람이라면, 내가 모를 리 없지."
"제가 아는 바로는 라이트빌에서 의사 노릇을 했습니다. 해산을 돕기도 하고……."
"뭔가 잘못 알고 있군."
그 노인은 머리를 흔들었다.
엘러리는 천천히 말했다.
"뭔가 잘못 알았나 보네요, 윌로비 박사님. 전화 좀 쓰겠습니다."
"얼마든지!"
엘러리는 경찰서에 전화를 했다.
"디킨 서장을 부탁합니다. 서장님, 엘러리 퀸입니다. 좋아요, 그냥 오늘 하루, 어떻게 지내세요?"
"난 잘 지내고 있어."
디킨 서장의 유쾌한 목소리가 흘러나왔다.
"즉시 올라오시오!"
"서장님, 그럴 수 없습니다. 시간이 없는걸요. 혹시 콘헤븐에 사는 버머라는 녀석에 대해 알고 계십니까?"
"버머? 탐정 사무소를 운영하는?"
"그렇습니다. 그 사람 평판이 어때요? 일은 제대로 합니까? 믿을 만한 사람인가요?"
"글쎄, 굳이 말하자면······."
"네?"
"버머는 내가 의심하지 않고 믿을 수 있는 유일한 사설탐정이야. 엘러리 씨, 나는 그를 14년이나 알고 지내 왔어. 뭔지 모르겠지만 그와 함께 일했다면, 백번 잘했어. 그의 한마디는 천만금의 가치가 있다구."
"고맙습니다."
엘러리는 전화를 끊었다. 윌로비 의사가 말했다.
"조지 버머는 내 환자였지. 콘헤븐에서 이곳까지 치료를 받으러 먼 길을 왔었지. 치질이었어요."
"그 사람 믿을 만하다고 생각하세요?"
"필요하다면 아마 나는, 그 사람에게 내가 가진 건 무엇이든 맡겼을 거야."
엘러리는 자리에서 일어서면서 말했다.
"이제 가봐야 할 것 같군요, 박사님."
"이렇게 얼굴만 비치고 사라지다니 용서할 수 없어."
"저도 제 자신을 용서 못하겠는걸요. 박사님, 그럼, 건강하세요."
"사실 난 가장 위대한 치료사에게서 치료받고 있는 셈이지."
윌로비 박사는 손을 흔들며 말했다.

엘러리는 천천히 워싱턴 거리를 걸어 올라가 광장으로 향했다.
디드리치 밴 혼은 거짓말을 한 것이다.

지난 해 9월 디드리치 밴 혼은 그 사건과 연관된 이야기를 길게 늘어놓은 적이 있었다. 그게 모두 거짓말이었다.

믿지 못할 일이지만, 틀림없이 거짓말이었다. 왜? 그는 왜 갓난아기 때부터 사랑으로 키워 온 양아들에게 존재하지도 않는 부모가 있다고 거짓말을 했을까?

기다려!

어쩌면 매티와 아론 웨이는……, 다른 설명을 해줄 수 있을 것이다.

엘러리는 재빨리 홀리스 호텔 앞에 정차해 있는 택시에 올라탔다. 그리고 소리쳤다.

"파이델리티 공동묘지로!"

3

엘러리는 택시 기사를 기다리게 했다.

그는 돌담 석벽을 기어 올라가 잡초가 무성한 무덤 사이를 빠르게 헤쳐 나아갔다. 어느새 해가 기울어가고 있었다.

그는 잠시 헤매다가 이내 자신이 찾고자 하는 무덤들을 발견했다. 자그마한 이중 묘석은 관목들 사이에 거의 묻혀 있었다.

엘러리는 무릎을 꿇고 풀을 헤쳤다.

아론과 매티 웨이

그는 자세히 들여다보았다.

뭔가 좀 달라 보였다. 묘지 전체가 왠지 달라 보였다. 그는 일 년 전 폭풍우 치던 날 밤, 여기에 있었다. 깜박거리는 라이터 불빛으로 묘석을 검사했었다. 그때는 비문이 마치 춤추는 것 같았다.

그는 허리를 앞으로 숙였다.

잘못된 글자 하나가 보였다.

그게 차이점이었다. 불빛이 어두운 탓에 생기는 착각도 아니었고, 기억력의 장난도 아니었다.

마지막 글자.

WAYE의 E자가 앞의 다른 글자와는 달리 새겨져 있었다.

그리 깊이 새겨진 글자는 아니었다. 게다가 새긴 솜씨가 왠지 서툴렀다. 세밀히 관찰해 보니 다른 글자에는 없는 어눌한 솜씨, 불규칙한 뭔가가 드러났다. 보면 볼수록 차이가 더 확실히 드러났다. 윤곽조차도 사실 눈에 띄게 더 예리했다.

그는 완전주의자였기 때문에 무덤에서 긴 호밀풀 한 올을 뽑아 까끄라기를 벗긴 다음, 묘석 왼쪽 끝에서 AARON의 A자까지의 거리를 재는 데 사용했다. 그러고 나서 잡초의 정확한 길이를 엄지로 표시하면서, 풀로 된 자로 묘석의 여백의 길이를 끝까지 재봤다.

WAYE의 E에서 오른쪽 끝까지의 거리가 왼쪽 끝에서 AARON의 A까지의 거리보다 짧았다.

그래도 만족스럽지 못해, 그는 A에서 왼쪽 끝까지의 거리를 '풀자'에 표시하고, 그것을 다시 오른쪽 끝에서부터 대어 보았다.

그것은 정확하게 WAYE의 Y 위에서 끝이 났다. 결론은 뻔했다.

석공은 원래 비석에 다음과 같이 새긴 것이다.

AARON AND MATTIE WAY

누군가 다른 손길이, 훨씬 뒤에, E를 보탠 것이다.

이것은 분명했다.

엘러리는 잡초를 버리고 사방을 둘러보았다. 틈이 갈라진 돌벤치가 눈에 띄었다. 그 틈새로 잡초가 자라고 있었다.
 그는 그리로 다가가 돌벤치에 주저앉았다. 그리고 잡초를 뽑기 시작했다.
 "이것 보세요, 선생님!"
 엘러리는 정신이 퍼뜩 났다. 공동묘지는 어느덧 어둠으로 뒤덮여 있었고, 그는 아직도 그곳에 앉아 있었다. 엘러리 앞으로 손전등 불빛이 쏟아지고 있었다.
 그는 추위에 떨면서 겉옷을 여몄다.
 "누구시죠?"
 "까맣게 잊어버리셨군요. 선생님께서는 택시를 세워 두셨습니다."
 남자 목소리였다.
 "지금도 미터기는 돌아가고 있습니다. 요금은 지불하실 줄로 압니다. 손님이 나에게 기다리라고 하셨는데요."
 밤이었다. 그리고 그는 여전히 파이델리티 묘지의 깨진 돌 벤치 위에 앉아 있었다. 그를 기다리다 못한 택시기사가 손전등을 들고 나타난 것이다.
 "아, 그렇지."
 엘러리는 일어서서 허리를 쭉 폈다. 관절이 뻣뻣하고 쑤셔 왔다. 허리를 펴자 아픔이 가시기는커녕 오히려 통증이 몸 안에까지 퍼져 나갔다.
 "물론이지요. 요금은 미터기에 나온 대로 지불하지요."
 "손님은 저를 기다리게 하신 걸 까맣게 잊으신 모양이군요."
 택시기사가 다시 말했다. 그러나 이번에는 강조점이 다르고 어조도 바뀌어 있었다.
 "발 조심하세요! 여기, 이 손전등을 비추어 드리지요, 제가 선생님 뒤에서 따라갈 테니까요."

엘러리는 허물어져 가는 무덤들을 지나 석벽까지 나아갔다. 그는 얼굴을 찌푸리며 석벽을 넘어갔다. 이 공동묘지의 입구를 지금껏 본 적이 없다는 생각이 떠올랐다.

"자, 손님, 이제 어디로 모실까요?"

택시기사가 물었다.

"뭐라고요?"

"어디로 가실 거냐고 물었습니다."

"아……!"

엘러리는 몸을 의자 뒤로 깊숙이 묻었다.

"힐 드라이브!"

파이델리티에서 힐 드라이브로 가려면 노스 힐 드라이브를 거쳐야 했다.

낯익은 대리석 기념탑 앞을 지나자 그는 앞으로 고개를 내밀었다.

"기사님, 지금 지나는 이곳은 누구 땅입니까?"

"예? 아, 이곳은 밴 혼의 땅입니다."

"밴 혼, 아, 네. 이제 기억이 납니다. 지금 그 집은 비어 있나요? 아니면 누가 살고 있나요?"

"물론 살고 있지요."

"밴 혼 형제가 여전히 거기에 삽니까? 둘 다 말입니다."

"네, 노부인도 함께 삽니다."

기사는 엘러리 쪽으로 몸을 돌렸다.

"그곳엔 뭔가 맹렬한 기운이 흐르고 있어요. 진짜 굉장하지요. 디드리치 밴 혼 씨의 아내가 저세상으로 떠난 이래로 늘 그래요. 그게 작년이었지요."

"그래요?"

"예, 디드리치 씨에게는 대단한 충격이었습니다. 그래서 그런지, 자기 어머니보다 나이가 더 들어 보인다는 얘기를 들었어요. 자기 어머니야 워낙 나이가 많지요. 아들마저 잃은 디드리치 씨로서는 그럴 수밖에 없었겠지요. 이름이 하워드라던가? 조각가였어요."
그 남자는 다시 목소리를 낮추었다.
"손님도 알다시피, 하워드가 그 짓을 했지요."
"네, 저도 신문에서 읽었습니다."
기사는 다시 앞쪽을 바라봤다.
"그 뒤로 아무도 디드리치 밴 혼을 본 적이 없을걸요. 빌어먹을, 전에는 그가 이 도시를 좌지우지했는데 이제 그 동생이 설치고 다닙니다. 올퍼트가 동생 이름이지요. 디드리치 씨는 집에만 처박혀 있을 겁니다."
"그렇군요."
"빌어먹을, 자, 지금부터 노스 힐 드라이브에서 힐 드라이브로 바뀝니다. 손님, 힐 드라이브 어디로 모실까요?"
"바로 저기 저 집입니다. 구태여 안에까지 들어가지 않아도 좋아요. 돌아드는 지점에서 내리지요."
"네, 손님. 어? 요금이 꽤 나왔는데요."
택시가 멈추자 엘러리는 내렸다.
"내 잘못인데요, 뭐. 여기 있습니다."
"고맙습니다."
"고맙소, 기다려 주셔서."
"괜찮습니다, 손님. 때때로 묘지에 가는 손님들 중에는 시간의 궤도를 벗어난 듯한 분들이 있습니다. 뭐, 좋은 일이지요. 안 그렇습니까?"
그는 웃었다. 택시는 언덕을 내려갔다.

엘러리는 택시가 커브를 돌아 사라질 때까지 기다렸다.

그러고 나서 언덕을 걸어 올라가 노스 힐 드라이브 쪽으로 되돌아가기 시작했다.

4

엘러리가 방향을 바꿔 두 철탑 사이의 드라이브웨이로 걸어 올라가기 시작할 때는 이미 달이 떠올라 있었다.

전에는 여기에 외등이 있었는데, 하고 그는 생각했다.

이제는 외등이 없었다.

그러나 달이 밝았다. 다행이었다. 이제 더 이상 마음 놓고 다닐 만한 평탄한 길이 아니었기 때문이다. 잘 닦여진 기억 속의 아름다운 길은 이제 구덩이가 파이거나 거친 돌투성이의 길로 변해 있었다. 길 양 옆에 줄지어 늘어서 있던 희귀 관목들은, 지금은 돌보지 않아 잡초에 휩싸인 채 거의 찾아보기 어려웠다.

허물어지는 게 당연한 일이지, 하고 그는 생각했다.

폐허였다. 사방이 온통 폐허였다.

본채 앞은 어두웠다. 북쪽 테라스, 정원, 별채, 모두가 어두웠다.

엘러리는 테라스 옆을 지나 정원과 풀장으로 갔다. 풀장은 말라 있었고, 썩어가는 낙엽이 반이나 차 있었다.

그는 사랑채 쪽을 힐끗 건너다보았다.

창틀에는 판자를 댔고, 현관문에는 맹꽁이자물쇠가 달려 있었다.

정원은 알아볼 수 없으리만큼 엉망이었다. 잡초만 무성했다. 손을 본 흔적이 전혀 없었다.

그는 잠시 그 자리에 서 있었다.

그런 다음 그는 조심스레 집 뒤로 갔다.

불빛이 보였다. 그는 살금살금 발뒤꿈치를 들고 다가가 부엌 안을 들여다보았다.

크리스티나 밴 혼이 싱크대에 등을 구부리고 접시를 씻고 있었다. 아무렴, 엘러리가 그 노파의 굽은 등을 못 알아볼 리 없었다. 그러나 그녀가 손에 물이 뚝뚝 떨어지는 채로 돌아서는 순간, 엘러리는 그녀가 크리스티나가 아니라는 것을 알았다. 로라였다.

그날 밤은 찌는 듯 더웠다. 그러나 엘러리는 호주머니에 손을 찔러넣었다. 그는 돼지가죽 장갑을 더듬어 찾았다.

그는 그것을 꺼내어 천천히 손에 꼈다.

그러고는 뒷벽을 따라, 벽에 바싹 붙은 채 부엌 창문 아래를 지나갔다.

그는 모서리를 돌아 잠시 멈춰 섰다. 한줄기 빛이 어둠을 뚫고 남쪽 테라스의 녹슨 철책을 비추어 주고 있었다.

서재에서 불빛이 새어 나오고 있었다.

엘러리는 벽을 따라 기어가서는 테라스 계단을 올라갔다.

그는 불빛이 흘러나오고 있는 바로 바깥 지점에 멈춰 서서 조심스레 방 안을 들여다보았다.

커튼이 완전히 내려져 있지는 않았다.

서재의 한 귀퉁이가 시야에 들어왔다. 보통 사람의 앉은키 되는 높이에 얼굴이 희미하게 보였다.

축 늘어진 피부를 한 늙은이의 얼굴이었다.

엘러리는 그가 누구인지 얼른 알아보지 못했다.

그러나 그때 그 얼굴이 약간 움직이더니, 한쪽 눈이 어둠에 묻힌 엘러리 쪽을 응시했다. 그제야 엘러리는 그를 바로 알아보았다. 그 눈은 크고 깊게 반짝이는, 아름다운 눈이었다. 아, 그는 바로 디드리치 밴 혼이었다.

그는 장갑 낀 손으로 프랑스식 유리문을 두드렸다.

디드리치의 눈이 잠시 망설이더니, 마침내 엘러리를 똑바로 바라보았다. 아니, 그런 것 같았다.

엘러리는 다시 두드렸다.

엘러리는 방 안에서 바퀴 같은 것이 삐걱거리며 굴러가는 소리를 들으며 옆으로 조금 비켜섰다.

"누구요?"

그 목소리는 변해 버린 얼굴만큼이나 이상하게 들렸다. 늙고 쓸쓸함이 한껏 배인 목소리였다.

엘러리는 문 가까이 입을 댔다.

"퀸, 엘러리 퀸입니다."

그는 손잡이를 잡아 돌려 밀어 보았다.

문은 잠겨 있었다.

그가 문을 흔들었다.

"밴 혼 씨! 문 여세요."

더듬거리며 열쇠로 문 여는 소리가 났다. 그는 뒤로 물러섰다.

문이 열렸다. 디드리치는 휠체어에 앉은 채 노란 담요를 어깨에 두르고 있었다. 바퀴 위에 얹힌 손이 팽팽하게 긴장된 듯했다. 그는 좀 더 잘 보려고 그러는 듯 눈을 찡그리며 엘러리를 바라보고 있었다.

엘러리는 안으로 들어서서 문을 걸어 잠그고는 커튼을 내렸다.

"왜 다시 돌아왔지요?"

'그래, 자기 어머니보다 더 늙어 보이는군…… 완전히 기력을 상실한 거야. 껍질밖에 안 남았지만, 그 껍질마저 갈라져 허물어지고 있어. 머리카락은 백발에다가 더럽고, 그것마저 거의 빠져 가는구나.'

"다시 올 수밖에 없었습니다."

엘러리는 말했다.

서재는 그대로였다. 책상, 램프, 책, 팔걸이의자, 다만 방이 좀더 커 보이는 것 같았다. 그러나 그것은 디드리치가 전보다 왜소해 보이는 탓이리라.

그는 점점 움츠러들어 마치 지나치게 부푼 비누거품처럼 한순간에 꺼져 버릴 것 같았다.

엘러리는 삐걱대는 소리에 뒤를 돌아보았다. 디드리치가 휠체어에 앉은 채 서재 한가운데로 옮겨가고 있었다. 책상 램프의 불빛이 그곳까진 미치지 않아 다리만 보일 뿐 나머지는 그늘이었다.

"다시 올 수밖에 없었다고?"

디드리치는 당황한 것 같았다.

엘러리는 회전의자에 풀썩 주저앉았다. 외투와 모자를 벗지 않은 채로 장갑 낀 손을 의자 손잡이에 얹었다.

"밴 혼 회장님, 저는 다시 와야만 했습니다. 오늘, 내 흡연용 재킷 호주머니에서 우연히 하워드의 일기장 한 페이지를 발견했고, 그 뒷면을 처음으로 보았기 때문입니다."

"퀸 선생, 나는 당신이 다시 돌아가 주었으면 합니다."

디드리치는 유령 같은 목소리로 말했다.

"밴 혼 회장님, 나는 회장님이 크로스워드를 즐긴다는 것을 알았습니다. 나는 '리아 메이슨'과 '살로미나'에 대해선 몰랐습니다. 회장님이 그런 식으로 글자 순서를 바꾸시며 즐긴다는 걸 몰랐지요."

디드리치는 잠자코 있었다. 그러나 잠시 뒤, 더 힘찬 목소리가 나왔다. 온기마저 배어 있었다.

"나는 모든 걸 잊어버렸어! 불쌍한 샐리! 그런데 당신은 당신이 발견했다는 그것 때문에 이 먼 길을 오게 됐나? 나를 만나러? 친절하시군."

"회장님, 사실은 그래서 콘헤븐 탐정 사무소에 전화를 했지요."
휠체어가 삐걱댔다.
"아, 그래요?"
"통화를 하자마자 바로 이리로 비행기를 타고 왔습니다, 회장님."
엘러리는 회전의자에 더 깊이 몸을 파묻으면서 말했다.
"전 파이델리티 공동묘지에도 다녀오는 길입니다. 아론과 매티 웨이의 묘석을 살펴보았지요."
"그 묘석, 아직도 그대로 있던가? 우리는 죽고, 돌은 살아 있고…… 공평치 못하군. 퀸 선생, 안 그렇소?"
"회장님은 하워드의 친부모를 알아내기 위해 콘헤븐의 탐정 사무소에 의뢰한 적이 없었습니다. 하워드가 젖먹이일 때, 회장님이 말한 파이필드라는 사람을 통해 그 친부모를 알아내려고 하셨던 건 분명하지요. 그러나 아무것도 밝혀지지 않자 그것으로 끝낸 겁니다. 나머지는 회장님이 만들어낸 이야기구요.

아론과 매티 웨이의 묘지를 찾아낸 것은 콘헤븐의 버머가 아니었습니다. 그건 회장님, 바로 당신이었습니다. 하워드의 출생 비밀을 밝혀낸 것은 버머가 아니라 회장님 자신이 꾸며낸 겁니다. 하느님은 하워드의 친부모가 누구인지 아십니다. 그러나 웨이는 아니지요. 사우스브리지 박사란 존재하지 않습니다. 회장님이 웨이 부부의 묘석에 E자를 쪼아 넣어서 W-A-Y-E로 만든 뒤 그런 환상적인 이야기를 꾸며낸 것이지요. 회장님은 하워드에게 엉터리 친부모를 만들어 준 거지요. 하워드에게 거짓 이름을 지어 준 겁니다."
휠체어에 앉은 사람은 말이 없었다.
"왜 하워드에게 가짜 이름을 만들어 주었습니까? 회장님! e가 붙은 waye라는 거짓 이름은 Howard Hendrik의 H.H.와 합치면 e가 들어가는 H.H. Waye라는 새로운 서명을 만드는 것이 가능해지고,

그러면 제가 작년에 말한 대로 e가 있는 H.H. Waye는 곧 Yahweh 라는 말의 글자를 바꿔치기해서 만든 이름이 되기 때문이 아니겠습니까? 그것은 곧 하워드가, '주 하느님의 이름을 망령되이 일컫지 말라'는 계명을 어긴 것이 되는 겁니다."
"나는 옛날의 내가 아니야, 퀸 선생. 선생은 나를 협박하고 있어. 뭐가 뭔지 헷갈리는군. 선생은 무슨 이야기를 하고 있는 거요, 대체……"
"기억이 안 나시면, 제가 도와드리지요. 회장님이 하워드를 양자로 삼았을 때 그에게 준 세례명은 하워드 헨드릭입니다. 그러나 회장님도 아시다시피, 그 친군 항상 자기 작품에 'H.H. Van Horn'이라고 서명해 왔습니다. 그런데 그가 Waye라는 가상적인 그 성을 선택하게 된다면, 그는 H.H. Waye라고 서명했겠죠. 따라서 하워드가 그 거창한 조각 작품 프로젝트에 참여하게 되면 그는 그가 만든 모든 조각 모델에 자신의 새로운 이름을 서명할 것이 틀림없었습니다.

그러나 하워드가 그렇게 하지 않으면, 회장님이 할 수 있었겠지요. 왜냐하면 하워드의 기억 상실을 고려한다면 회장님은 대단히 유리한 위치에 있었기 때문입니다. 회장님은 e가 있는 'H.H. Waye'를 그의 조각 모델에 몰래 긁어 넣을 수 있었습니다. 물론 하워드가 기억 상실증을 앓고 있을 때, 그 짓을 했으리라고 가정할 수 있습니다. 그 누가 부인할 수 있겠습니까? 어느 쪽이든 간에 회장님은 이길 수밖에 없었을 겁니다.

하워드는 조각 모델 중 한 점과 수많은 작업 스케치에 H.H. Waye라고 정말로 서명했더군요."
"무슨 소린지 모르겠군!"
디드리치는 휠체어에서 힘없이 말했다. 그의 큰 손, 축 늘어진 근육, 시퍼런 핏줄들이 유난히 눈에 들어왔다.

"하늘에 맹세코, 내가 그런 짓을 할 것 같습니까?"

"회장님은 자연스럽게 하늘을 들먹였습니다. 그렇습니다, 회장님은 하늘에 맹세코 그런 짓을 하셨습니다. 왜 그러셨습니까? 하느님의 이름 대신 글자를 바꿔친 그 이름을 하워드가 쓰기를 원했기 때문이지요."

디드리치는 말이 없었다.

그러나 잠시 뒤 그가 입을 열었다.

"나는 선생이 한 말에 동의할 수 없어. 모두 진심으로 하는 말인가? 그러니까, 하워드에게 하느님의 이름에서 글자만 바꾼 이름을 붙여 주고, 또 그렇게 하기 위해 하워드의 출생 얘기를 날조했다는 말이지! 내가 들은 말 중에서 가장 환상적인 말이오."

"환상적이라고요?"

엘러리는 말을 이었다.

"하지만 그건 사실입니다. 그리고 그게 설명할 수 있는 유일한 말이고 다른 대안은 없습니다. 회장님은 하워드의 친부모에 대해 거짓말을 했고, 파이델리티 공동묘지의 묘석에 e자를 새겨 넣었습니다. 그 때문에 내가 하느님의 이름과 다만 글자만 바꾼 이름을 찾아낼 수가 있었고, 또 십계명 중 하나를 깨뜨렸다고 하워드를 꾸짖을 수 있었지요. 말씀하신 대로 환상적입니다. 동의할 수 없으시겠지요. 그러나 그런 일이 실제로 일어났습니다. 그리고 그러한 일은, 회장님이 이른바 인간성에 대한 초인적 통찰력과 굉장한 상상력을 가진 사람이기 때문에 가능했습니다. 그리고 회장님, 당신이 나를 끌어들였다는 것도 나는 압니다!"

엘러리는 그답지 않게 흥분한 나머지 반쯤 일어섰다가 도로 주저앉았다. 그러나 다시 입을 열었을 때는 차분한 어조로 돌아가 있었다.

"당신은 환상적인 그 목적을 위해 꾸며야 했습니다. 그러나 그 수단은 실질적이고 평범하고 논리적이었습니다. 회장님의 계획을 위해 하워드에게 신의 이름에서 글자만 바꾼 이름을 붙여줄 필요가 있었습니다. 회장님은 여럿 가운데 하나를 선택했겠지요. 아마 두 갈래로 선택의 폭을 좁혔을 것입니다. 여호와와 야훼. 그러나 여호와라는 이름은 만들어 내기가 어려웠죠. 여호와(Jehovah)는 두 개의 h를 빼면 j, e, o, v, a가 남고, 이 글자들로는 괜찮은 성을 만들어 내기가 어려웠습니다. 그러나 야훼(Yahweh)는 두 개의 h를 빼면 y, a, w, e가 남고, 이를 재정리하여 평범한 Waye라는 성을 만들어 낼 수가 있었습니다. 그 다음 필요한 것은 양친의 묘지……, 정 어려우면 여자 혼자의 묘지라도, 그러나 부부의 묘지라면 더 좋겠지요. 라이트빌 인근이나 슬로컴, 아니면 콘헤븐, 어디든 상관없었을 겁니다. Waye라는 이름을 가지고, 하워드 출생 전후에 죽은, 가족을 남기지 않은 그런 사람의 묘를 찾는 일 말입니다.

회장님은 Waye를 찾지 못했습니다. 그러나 Way는 찾았지요. 그 성 자체야 앵글로색슨 족에서 유래했겠지만, 뉴잉글랜드 지방의 민족 배경이야 대개는 영국이지요. 회장님이 Waye를 찾지 못했거나, 그 흔한 Way마저 찾지 못했다면 아마 그게 오히려 놀라운 일일지도 모릅니다. 아론과 매티를 두고 말하자면, 회장님은 그들의 역사를 날조한 셈이지요. 회장님이 말했듯이 그들은 불쌍한 농부였을 것입니다. 그건 그렇게 중요하지 않습니다. 회장님은 자신의 목적에 맞게 사실을 꾸며낼 수 있었습니다. 역으로 어떤 사실에 맞게 당신의 수단을 꾸밀 수도 있었겠지요. 회장님은 행동반경이 굉장히 넓은 분이 아닙니까."

뱃속의 통증이 사라진 것 같았다. 그러나 여전히 추웠다. 그는 디드리치를 보지 않았다.

휠체어에 앉아 있는 노인이 말했다.
"퀸 선생은 이 모든 것, 그것으로 무얼 입증하려는 거요?"
"하워드가……."
엘러리는 말을 이었다.
"십계명 모두를 어기지는 않았습니다. 그래서 제가 감히 말할 수 있습니다. 하워드가 어겼다고 했던 십계명 가운데 적어도 하나는 하워드의 소행이 아니라 밴 혼 씨, 바로 회장님의 소행이라고.

그래, 저는 오늘 황혼 무렵에 파이델리티 공동묘지에 앉아 제 자신에게 반문했습니다. 하워드가 십계명 가운데 적어도 하나는 어긴 게 아니라면, 그 나머지 또한 마찬가지일 가능성이 있지 않겠는가?"

5

디드리치는 휠체어가 흔들리도록 발작적인 기침을 해댔다. 그는 몸을 웅크린 채 분노로 일그러진 눈을 하고서 책상 쪽을 향해 격렬한 손짓을 해댔다.

책상 위에는 마개 닫힌 유리병이 놓여 있었다. 엘러리는 벌떡 일어나 잔에 물을 따른 다음 기침을 계속하고 있는 디드리치에게 갖다 주었다.

"고맙소, 퀸 선생."
엘러리는 잔을 책상에 도로 갖다 두고 제자리에 앉았.
디드리치는 뺨을 가슴에 묻은 채 눈을 감고 있었다. 마치 잠자는 듯했다.

"나는 또 하나의 질문을 제 자신에게 던졌습니다. 하워드가 저지른 것으로 고발한 열 가지 죄 가운데 어느 것이 과연 그가 진짜로 저지른 것인가? 회장님, 그가 저지른 것으로 나타난 죄도 아니고,

그가 저지르도록 강요된 그런 죄도 아니고, 그에게 덮어씌워진 죄도 아닌, 그 자신의 자유 의지에 따라 직접적으로 저지른 죄, 그 자신이 개인적으로 책임져야 할 그런 죄 말입니다. 회장님은 아십니까?"
엘러리는 빙긋 웃음을 띠었다.
"제가 일 년 전의 그날 하워드에게 덮어씌운 열 가지 죄 가운데 좀 늦긴 했지만——이 점, 회장님도 동의하시죠——지금 제가 확실히 말씀드릴 수 있는 것은, 하워드가 책임져야 할 죄목은 두 가지뿐이라는 점입니다."
디드리치의 눈자위가 파르르 떨렸다.
"나는 진실로 하워드가 샐리를 원했다고 생각합니다. 그가 직접 내게 한 말이기도 하죠. 그리고 또, 그들이 정말로 함께 잤다는 것도 압니다. 이것 역시 그들이 직접 나에게 한 말입니다."
디드리치는 손을 비비 꼬았다.
"그래서 저는 하워드가 어긴 두 가지 계명을 압니다. '네 이웃의 아내를 범하지 말라. 간음하지 말라.'

그러나 다른 여덟 가지는 어떻습니까? 나는 신의 이름과 관계된 계명의 위반에 대해서는 사실 당신의 책임이라는 걸 이미 입증했습니다. 회장님, 나머지 아직 풀리지 않은 일곱 개의 계명에 대한 잘못도 회장님께 책임이 있을 가능성이 있지요?"
엘러리는 갑자기 자리에서 일어났다.
순간 디드리치는 눈을 떴다.
"저는 오늘 저녁 어둠 속에서 파이델리티 공동묘지의 깨진 돌 벤치에 앉아 있었습니다. 그리고 거기서 지옥 같은 경험을 했습니다. 이제 회장님이 그것에 대해 직접 규명하실 차례입니다. 어떻습니까?"

디드리치는 무언가 말을 하려고 애쓰는 것 같았다. 마치 까마귀 울음 소리 같은 말이 새어 나왔다.
"나는 늙은이야! 머리가 어지럽군!"
엘러리는 계속 말했다.
"작년에 나는 하워드가 십계명을 위반했다는 것을 입증하려고 했었습니다. '내 앞에 다른 신은 섬기지 말라, 다른 신을 새겨 만들지 말라.' 그런데 회장님, 제가 그것을 어떻게 입증했지요? 하워드는 고대의 신들을 조각하는 일을 하고 있었습니다. 그것은 그것대로 매우 훌륭한 증거였습니다. 그러나 회장님, 그것은 철저하지 못했습니다. 하워드가 옛 신들을 조각하게 된 게 누구 때문이었습니까?

회장님, 바로 당신 때문이었습니다. 라이트빌 미술박물관 모금 운동이 목표액에 크게 미달되자, 그 미술관을 구제하기로 나선 것은 회장님이었습니다. 회장님은 하워드가 미술관 외벽 조각을 한다는 조건으로 거액의 부족분을 메워 주었습니다. 하워드가 하기로 한 그 조각들조차 고전적인 신들이어야 한다고 재정적 지원의 조건을 명시한 분도 회장님이었습니다."

6

휠체어가 뒤로 미끄러지면서 디드리치의 모습은 완전히 어둠 속에 가려졌다. 엘러리는 그 전에도 이런 일을 경험한 것 같다고 생각하고는 충격을 받았다. 그러나 다음 순간, 엘러리는 알아차렸다. 오래 전에 한 노파가 정원에 앉아 있는 것을 처음 보고는 깜짝 놀랐던 일이 연상되었던 것이다. 지금 휠체어에 앉은 거구의 노인과 그 노파는 너무도 닮아 있었다.

"그때 저는 하워드에게 도둑질하지 말라는 계명을 깨뜨렸다고 고발

했습니다. 그 점에 있어서는 확실한 근거가 있다고 생각합니다. 하워드가 샐리를 협박한 자에게 건네주려고 케토노키스 호수에서 내게 건네 준 2만 5,000달러를 훔쳤다는 것은 의심할 여지가 없습니다. 그 돈은 여기 이 금고에서 나왔습니다. 그건 회장님 돈이지요. 나는 하워드가 내게 준 500달러짜리 50장과 그 도난당한 500달러짜리 50장의 일련번호 목록을 둘 다 가지고 있습니다. 그 마지막 번호까지 서로 대조 검토했지요. 내가 왜 이 점을 강조할까요? 하워드 자신이 금고에서 돈을 훔쳤다고 인정했는데 말입니다.

저는 오늘 저녁 공동묘지에서, 자신에게 되물어야 했습니다. 하워드가 무엇 때문에 돈을 훔쳤을까? 원래 도둑이기 때문일까? 유혹에 쉽게 넘어간 탓일까? 아니면 어떤 비상하고도 강력한 힘이 작용한 것일까? 만약 일련의 사건들 때문에 하워드가 2만 5,000달러를 훔치게 된 것이라면, 회장님, 누가 그런 사건들을 만들어 냈을까요? 바로 이런 의문점들이 저로 하여금 이 사건의 핵심에 이르게 했던 거지요."

디드리치는 그늘 속에서 부스럭거렸다. 자리에서 일어나려고 준비라도 하고 있는 것 같았다.

"이제 하워드에게 책임 지워진 범죄 가운데 일부는 이를테면 틀에 맞춰져 있다는 것을 알게 되었습니다. 그래서 나는 그 틀을 짠 사람을 생각했습니다.

회장님, 저는 그 틀을 짠 사람을 수학 문제의 미지수와 같은 것으로 보았습니다. 하워드는 그 틀에 맞춰 짜여진 거죠. 그러므로 틀을 짠 사람은 분명히 존재했습니다. 나는 곧 스스로에게 질문했습니다. 이 알려지지 않은, 그러나 생각해 볼 가치가 있는 미지수는 무엇을 나타내는가? 이 미스터 X는 과연 무엇인가?

깨뜨린 다섯 가지 계명 가운데, 적어도 세 개에 대해서는 X라는 미지의 인물에게 책임이 있다는 것을 깨달았습니다. 미스터 X가 매우 나쁘게 보이기 시작했습니다. 미스터 X는 악질적인 존재임에 틀림없다는 생각이 들기 시작했습니다. 저로 하여금 하워드가 십계명을 어겼다고 결론을 내리도록 유도한 것도 바로 그 미스터 X라는 생각이 들었기 때문입니다. 자, 이제 나는 그것이 사실이 아니었다는 것을 알았습니다. 나의 X는 하워드가 십계명 전부, 아니면 적어도 내가 검토한 다섯 가지 가운데 세 가지를 위반했다고 하는 그 환영을 심어 준 것입니다. 이것이 바로 수학적으로 말해서 X의 '값'인 것 같았습니다. 그 사람은 하워드가 십계명 모두를 어긴 것으로 드러나도록 사건들을 교묘히 조종한 것입니다.

그렇지만 만약 그렇다면, 그 X는 하워드의 틀을 짜 맞추기 위해서 무엇을 미리 알아야만 했는가? 그는 다음과 같은 기본 사실을 알아야 했을 겁니다. 하워드 자신이 자유 의지로, 누구의 사주도 없이, 십계명 가운데 두 가지를 어겼다는 사실. 혹은, 소위 십계명이라고 불리는 윤리적 계율을 위반하는 두 개의 범죄를 저질렀다는 사실을 말입니다. 달리 말하면 회장님, 그 틀을 짠 X가 하워드로 하여금 다른 여덟 가지 계명도 깨뜨리도록 자신만의 비상한 십계명 계획을 짜 맞추기에 이르렀다는 것입니다. 그것은 생각할 수도 없는 일이겠지요, 아니죠, 하워드가 모든 계명을 깨뜨리도록 그 틀을 짠 X에게 좀더 크고 넓으며 포괄적인 영감을 준 것은 하워드가 이미 두 가지 계명을 어겼다는 사실이었습니다. '네 이웃의 아내를 탐하지 말라, 간음하지 말라'는 계명 말입니다. 이 모두가 결국은 하나로 귀결됩니다. 이 모든 기만행위는 결국 하나의 지향점을 갖고 있단 말씀입니다. 그리고 그것이 내 주장의 핵심이기도 합니다. 나는 그것을 적절한 때에 말할 수 있도록 남겨 두겠습니다."

엘러리는 물 한 잔을 따르더니 입술에 갖다 댔다. 그러나 다음 순간, 그는 잔을 응시하다가 장갑 낀 손으로 입술이 닿았던 곳을 문질렀다. 그리고는 맛도 보지 않은 채 내려놓았다.

"어떻게 그 틀을 짠 사람은 하워드가 샐리를 원한다는 것, 결국 자기 욕망을 채우리라는 것을 알았을까요? 처음에 그것은 두 사람만의 비밀이었습니다. 하워드와 샐리, 그 둘은 나 아닌 다른 누구에게도 그것을 말하지 않았지요. 물론 나도 아무에게도 말하지 않았습니다. 우리 세 사람이, 특히 하워드와 샐리가 사건에 휘말리게 된 중요한 원인은, 역설적이게도 그들이 그것을 다른 사람에게 말하지 않은 결과이기도 합니다. 나도 그들의 간청에 의해 침묵을 지켰던 것이지요.

그렇다면 그 틀을 짠 사람이 어떻게 그것을 알았을까요? 어떻게 알 수 있었을까요? 그가 알 수밖에 없는 어떤 근거가 있었을까요?

맞습니다. 샐리를 향한 하워드의 감정과 간통 행위를 적은 편지, 패리시 호수에서의 일이 있은 뒤 어리석게도 하워드가 적은 네 통의 편지……

결론은? 틀을 짠 그 사람이 이 편지들을 읽었다는 것입니다. 자, 밴 혼 씨, 이만하면 훌륭하지 않습니까!"

엘러리는 외쳤다.

"누군가가 그 편지를 읽었기 때문에, 비밀스런 그 사람이 편지의 내용을 알게 되었기 때문에, 샐리에게 공갈 협박이 가능했던 겁니다. 내가 왜 다른 어떤 사람이라고 말해야 하는지 아시겠어요? 내가 왜 말할 수 없을까요. 틀을 짠 X가 편지를 읽었다. 공갈 협박자가 편지를 읽었다. 그러니 틀을 짠 X는 공갈 협박자다, 이겁니다!"

디드리치는 엘러리가 책상 위에 놓은 유리잔을 응시하고 있었다.

열째 날 365

그 잔이 강하게 그의 마음을 사로잡기라도 한 것 같았다.

"그러나 회장님!"

엘러리는 떨리는 목소리로 말을 이었다.

"우리 이제 수학적인 상징체계에서 벗어납시다. 인간으로 돌아갑시다. 틀을 짠 X는 누구였을까요? 나는 이미 그것을 증명했습니다. 바로 회장님, 당신입니다. 더구나 틀을 짠 사람은 공갈 협박자와 동일인입니다. 밴 혼 씨, 바로 당신이 하워드와 샐리에게 공갈 협박한 바로 그 사람입니다."

이제 디드리치는 머리를 쳐들었고, 엘러리는 그의 얼굴을 빤히 들여다보았다. 엘러리는 바로 여기가 승부의 갈림길이라고 생각했다. 디드리치의 얼굴 표정이 그것을 말해 주고 있었다. 이 시점에서 당황하고 더듬는다면 패배의 쓰라린 아픔이 기다리고 있을 뿐일 것이다. 그래서 엘러리는 계속해서 더 빨리 말했다.

"이것이 오늘 밤 묘지의 그 돌벤치에서 한 내 생각의 일부입니다, 밴 혼 씨. 저는 자랑스레 떠벌렸던 지난해의 제 분석들을 되씹어보지 않을 수 없었습니다. 저는 빈틈없이 완벽한 논리로 하워드에게 죽음의 일격을 가했던 것입니다. 그러나 이제 알았습니다, 밴 혼 씨."

엘러리는 차가운 눈빛으로 디드리치를 흘끗 쳐다보고는 말을 이었다.

"결국 내 이성은 무자비한 칼을 휘둘렀을 뿐, 결코 완벽한 솜씨를 발휘하지는 못했다는 것을 말입니다. 그것은 허술했을 뿐만 아니라 피상적이었습니다. 게다가 엄청난 함정이 숨겨져 있었습니다. 심지어 가장 중요한 그 공갈 협박자의 신원 문제도 대수롭지 않게 여겼었지요. 어리석지만 무의식적으로, 나는 그 공갈 협박자를 제3의 인물로 단정해 버렸습니다. 제3의 인물 같은 것은 없었습니다, 밴 혼 씨. 바로 당신이 그 사람이었습니다. 밴 혼 씨, 당신이 바로 그 공갈 협박자였던 겁니다."
그는 잠시 말을 멈추었다. 그러나 디드리치는 아무 말도 하지 않았다. 엘러리는 말을 계속했다.
"당신이 어떻게 공갈 협박자가 되었는가? 그건 매우 간단합니다. 작년 5월 혹은 6월 초에 당신은 샐리의 그 칠기 상자에서 이중 바닥을 우연히 발견했고, 거기서 네 통의 편지를 찾아냈겠지요. 아주 우연한 일이었을 겁니다. 당신이 샐리의 보석을 집어넣거나 꺼내고 있을 때 상자가 손에서 떨어졌고, 비밀 바닥이 '툭' 하면서 열렸다, 이겁니다. 당신은 그 편지들을 보았지요. 뭔가 비밀스런 장소에 숨겨져 있었다는 사실이——호기심에서였건 당신의 아내에 대한 독점욕에서였건——당신으로 하여금 편지들을 읽도록 부추겼겠지요. 아니 그럴 의도는 없었는데, 그 낱말이나 어구가 눈에 들어왔는지도 모릅니다. 봉투가 없었으니 말이죠. 그래서 읽게 되었던 것입니다. 확실히……."
디드리치는 여전히 아무 말도 하지 않았다.
"당신은 아들과 아내에게 자신이 그 비밀을 안다는 사실을 말하지 않았습니다. 그들은 그 점에 있어서 바보같이 당신을 잘못 판단한 겁니다. 그들이 내게 얼마나 자주 확신시켜 주었는지 아십니까? 당신은 조금도 자기들을 의심하지 않고 있다고 말입니다. 그들은 당신이 이미 알고 있는 그 사실을 의심받지 않으려고 얼마나 필사적이었던가요…… 그리고 당신은 조금도 의심하지 않는 듯한 그 천진난만한 역을 얼마나 완벽하게 연기했던가요?

그러나 당신은 이미 알고 있었고, 기회를 엿보고 있었지요. 샐리는 당신이 만약 그것을 알게 된다면, 말없이 이혼해 줄 것이라고 했습니다. 더구나 자기에게 한재산 떼어줄 것이라고까지 하면서 말입니다. 불쌍한 샐리……!"

엘러리는 빙긋 웃음을 띠며 말했다.

"순수하고 남을 의심하지 않는 남편역을 충실히 해내기 위해, 당신의 그 위대한 계획에 필수적인 분위기를 만들어내기 위해서, 당신은 보석 상자에서 내용물을 꺼낸 뒤 마치 전문적인 도둑이 샐리의 침실에 들어와 보석을 훔쳐갔다는 인상을 주기 위해 필요한 증거를 조작했던 거지요. 당신은 영리하게도 보석들을 여러 도시의 전당포에 맡겼어요. 이 기간 동안 당신의 일정을 조사해 보면 중요한 용무로 출장을 떠난 것으로 되어 있을 것이 틀림없습니다. 물론 당신은 그 보석들을 도로 찾게 될 거라고 믿었겠지요.

그러나 당신이 보관하고 있던 그 편지들 말입니다…… 밴 혼 씨, 때가 되자 당신은 그것을 협박에 사용했지요. 당신이 공갈 협박자가 된 겁니다. 나는 그 공갈 협박자가 전화할 때마다, 그리고 한번은 모습을 드러내리라고 예견했을 때——홀리스 호텔의 그 방 서랍장에서 돈을 꺼내기 위해서 말입니다——당신이 이 집을 떠나 있었다는 사실을 생각하면 정말 부끄러워집니다."

엘러리는 담배를 꺼냈다. 거의 무의식적이었다. 그러나 손가락 사이에 낀 담배를 보자 그는 조심스럽게 그것을 다시 호주머니에 넣었다.

"당신은 지난 해 5월이나 6월 초에 네 통의 편지를 발견하고 이미 협박 계획을 세웠던 거지요. 십계명의 생각이 그때 벌써 당신 마음에 자리잡고 있었는지에 대해서는 의심이 갑니다. 그렇지 않았을 거라고 확신합니다만…… 그 무렵 당신의 목적은 하워드와 샐리에게 이를테면 강박 관념을 심어주자는 데에 집중되어 있었을 겁니다. 그 십계명에 관한 영감은, 그 편지 속에 담긴 정보를 통해 나중에 떠올렸을 겁니다. 나는 그 계획이, 하워드가 뉴욕에 있는 내

아파트에서 당신에게 전화를 걸어 내가 라이트빌에 가리라는 사실을 말해준 바로 그날에야 완성되었다고 생각합니다. 그러나 그 문제는 나중에 말하겠습니다."

엘러리는 안절부절못하며 뒤척거렸다.

"이제 협박에 얽힌 사건들로 옮겨 갑시다. 공갈 협박자로서, 당신은 2만 5,000달러를 샐리에게 현금으로 요구했습니다. 당신은 샐리가 하워드에게 말하리라는 것을 알았습니다. 그리고 당신은 그들이 2만 5,000달러를 가지고 있지 않다는 사실도 알고 있었을 테지요. 당신은 그들을 너무나 잘 알고 있었습니다. 당신에 대해 고마워하는 마음, 당신에게 해를 끼치지 않으려는 그 강박 관념…… 당신은 그들이 공갈 협박자의 그 어떤 요구도 들어줄 수밖에 없으리란 것도 알고 있었습니다. 당신은 또, 여기 이 집의 서재 금고에 그만한 돈이 있다는 것을 그들이 알고 있다는 것도 물론 알고 있었지요. 좀더 밀어붙이면 하워드가 금고에서 돈을 꺼내리라는 것도 알았지요. 당신은 금고 속에 돈을 충분히 넣어 둠으로써 미리 배려했겠죠. 아니면 당신 자신이 요구한 그만큼의 액수를 금고 안에 넣어두었든가…….

그러니, 하워드가 도둑질을 금한 계명을 어기게 된 건, 상황이 그렇게 몰고 갔기 때문입니다. 그리고 그 목적을 위해 상황을 그렇게 꾸며낸 것은 바로 당신이었습니다."

디드리치는 휠체어를 밀어 불빛이 비치는 곳으로 나왔다. 그는 웃음을 띠고 있었다.

그는 빙긋 이를 드러낸 채 웃음 짓다가 정력적인 목소리로 유쾌하게 말했다.

"나는 얼마간의 경외심까지 가지고 선생의 멋진 연설에 귀를 기울였지, 퀸 선생. 꽤나 교묘하고 복잡하군!"

그는 웃었다.

"그러나 너무 일이 잘 풀려가는 것 같지 않소? 선생은 나를 이를테면 신과 같은 존재로 생각하고 있는 건 아닌지…… 하느님 말이야! 내가 이것을 창조했다, 내가 저것을 만들어 냈다, 하워드가 이런 짓을 하리라고 '확신'했다, 하워드가 그 짓을 하리라는 것을 '알았다' 등등…… 선생은, 이른바 그 뭐라더라, 나를 너무 과대평가하고 있는 것 아니오? 그걸 뭐라더라?"

"전지전능?"

"맞아. 어느 누가 그렇게 확신에 넘칠 수가 있단 말이오."

엘러리는 조용히 말했다.

"물론 항상 그럴 수는 없지요. 당신의 계획은 유동적이었던 겁니다. 행동의 폭 또한 넓었습니다. 그러나 이 극악무도한 일을 하는 동안 내내 밴 혼, 당신은 무엇이 하워드와 샐리를 움직이게 하는가에 대해 깊고도 세심하게 안 상태에서 계획하고 행동했습니다. 그들은 당신의 성격을 잘못 판단했지만, 당신은 그렇지 않았습니다. 당신은 당신 자신의 마음만큼이나 그들 마음의 가장 깊은 곳까지를 잘 헤아렸습니다. 그들이 무엇을 느낄 것이며, 그들이 무엇을 생각하고, 또 무엇을 할 것인가를 아주 정확하게 예측할 수 있었고, 결국 그렇게 됐습니다. 당신은 하워드를 30년 전부터, 샐리는 아홉 살 때부터 알고 있었습니다. 그렇잖습니까? 샐리 말대로 대부분의 소녀들이 자신의 어머니에게 말하기를 주저했던 것들조차 샐리는 당신에게 편지로 고백하곤 했습니다. 더구나 당신은 그녀와 결혼함으로써 그녀를 더욱 잘 알게 되었습니다. 당신은 나름대로 심리학의 대가입니다. 밴 혼 씨, 당신의 재능이 더 건설적으로 사용되지 않은 것이 안타깝습니다."

"어쨌든!"

음울한 웃음을 띠며 디드리치는 말했다.
"그 말이 칭찬처럼 들리지는 않는군."
"그렇다고 매번 일이 잘 풀려 나갔던 것은 아니었겠지요. 당신이 판단을 잘못했거나 예측할 수 없었던 일 때문에, 당신이 줄을 당겨도 하워드와 샐리가 당신이 의도했던 방향으로 뛰지 않았을 수도 있었습니다. 그럴 경우 당신은 다른 줄을 당겨, 또 다른 일련의 사건을 일으키도록 유도했을 겁니다. 하워드는 결국 당신의 의도대로 움직이게 되었을 거구요.

그러나 밝혀진 바대로, 당신의 판단은 놀랄 만큼 정확했습니다. 회장님은 그들에게 직접적이고도 적절한 자극제를 제공했고, 그래서 적절한 때에 적절한 강도의 압력을 행사해 하워드와 샐리로 하여금 당신이 원하는 대로 정확하게 움직이게 했던 겁니다. 그리고 감히 덧붙이건대……."
엘러리는 매우 낮은 소리로 말했다.
"그것은 단지 하워드와 샐리뿐만이 아니지요."

7

"계속하시오."
잠시 뒤 디드리치 밴 혼이 말했다.
엘러리는 놀라서 그를 쳐다보았다.
"죄송합니다만, 지금까지의 내 분석에 의하면, 회장님은 하워드에게 세 개의 범죄를 뒤집어씌우고 하워드로 하여금 네 번째 범죄를 저지르게 했습니다.

그 네 번째 사건 때문에, 난 하워드가 두 개의 계명을 어긴 것으로 결론내렸지요. '안식일을 기억하고 성스럽게 지켜라'와 '아버지와 어머니를 공경하라'입니다. 그는 어느 일요일 새벽에 당신이 자기의 친부모라고 말해 준 그 두 사람의 묘를 훼손하러 갔지요."
엘러리는 말을 이었다.
"고백하지만, 오늘 저녁 이번 사건을 재구성하면서 바로 이 지점에서 꽉 막혔지요. 하워드에 대한 당신의 교활한 평가에도, 하워드가 웨이 부부의 묘들을 훼손할 수 있으리라고 믿는다는 것은 어찌 보면 불가능한 일이었지요. 더구나 일요일에 그렇게 하리라고 믿는다는 것은 정말 가능성 없는 일입니다. 내 추리의 모든 구조가 무너질 위험에 처한 거지요. 그러나 나는 그 해답을 찾았습니다.

회장님은 하워드가 그렇게 할 것인지에 대한 확신이 없었고, 또 그것을 강제로 시킬 수도 없었습니다. 때문에 당신 자신이 직접 할 수밖에 없었을 겁니다.

여기에 대해 생각하면 생각할수록, 저는 점점 더 그렇다는 확신을 갖게 되었습니다. 그곳에서 나는 여러 번 하워드의 얼굴을 언뜻 본 것 같았고, 그의 목소리를 들은 것도 같았습니다. 하워드의 차를 보았고, 하워드 정도의 키에 코트를 입고 모자를 쓴 사람을 보았지요. 나는 그 사람이 조각가의 나무 방망이와 끌을 사용하는 것을 보았습니다. 하워드가 직접 그 짓을 하도록 시킬 수는 없었다는 사실에 비추어 보면, 누군가가 그날 밤 하워드 역을 대신하고 있었음에 틀림없습니다. 그리고 그 계획을 짠 것이 당신이고, 당신과 하워드의 덩치가 비슷하다는 점으로 보아 틀림없이 그 누군가란 바로 당신이었습니다.

그 다음은 간단합니다. 그 토요일 밤 아주 늦게 우리 모두 자기 방으로 흩어진 뒤, 당신이 하워드의 작업실이나 침실로 슬쩍 들어갔다고 가정해 보십시다. 아버지와 아들이 자기 전에 한잔 한다는 명목으로 말입니다, 회장님. 당신은 약이 들어 있는 마실 것, 누가 깨우지만 않는다면 밤새도록 잠에 곯아떨어지기에 충분한 양의 약이 들어 있는 마실 것 한 잔을 하워드에게 건네주었습니다. 하워드가 곯아떨어지자 당신은 하워드의 특징이 드러나는 챙이 큰 스테슨 모자, 그의 긴 트렌치코트, 양말, 바지를 챙겨 입었습니다. 그리고 잠에 떨어진 하워드를 내버려둔 채 조용히 아래층으로 내려와 차고로 갔습니다. 당신은 나를 위해 샐리의 컨버터블에 차 열쇠를 꽂아 두었습니다. 그리고는 하워드의 오픈카에 올라타고는 현관 쪽으로 차를 몰고 가서 고의적으로 엔진을 켜 놓았습니다. 물론 별채에 있는 내 주의를 끌기 위해서였지요. 나에게 옷 입을 시간을 주기 위해서 말입니다. 사실 당신은 차를 끌어내기 전에 나를 관찰했을 것이고, 사랑채 현관에서 졸고 있는 나를 보았을 테지요. 엔진이 붕붕거리는 동안 나는 사실 코트를 가지고 올 수 있었습니다. 당신은 내가 정원을 가로질러서 뛰어가는 것을 보고는 차를 몰았습니다.

밴 혼 씨, 당신은 그날 밤 능숙한 낚시꾼이 청어를 가지고 놀듯이 나를 가지고 논 겁니다. 당신의 타이밍은 기가 막히게 절묘했습니다. 당신은 내가 너무 쉽게 따라붙지 못하도록 적절한 거리를 유지했지요. 내가 만약 당신을 놓치면, 당신은 자기 발자취를 쫓아올 수 있도록 충분히 배려했습니다.

비가 도움이 되었지요. 그러나 비가 오지 않았더라도 당신은 들키지 않았을 겁니다. 어두운 밤이었기 때문이지요. 어쨌든 당신은 내가 가까이 접근해서 말리지는 않을 것이라는 사실을 잘 알고 있었습니다. 내가 당신을 하워드라고 확신하리라는 것도 알았을 테고, 내 할 일은 그를 방해하는 것이 아니라 관찰하는 것이라는 것도 알았을 겁니다.

그 묘지에서 묘석을 훼손하면서 당신은 하워드의 작업실에서 가져온 방망이와 끌을 사용했지요.

그 뒤 일어난 일은 당신의 상황 판단이 완전무결했음을 보여줍니다. 그러한 재능 덕에 사업에서도 성공을 거둔 게 아니겠습니까.

당신은 묘지를 떠나 집으로 차를 몰았습니다. 당신은 내가 곧장 따라붙지는 않을 것이라는 걸 알았습니다. 당신은 내가 묘석을 살펴볼 거라고 믿었던 거지요. 노스 힐 드라이브로 돌아온 뒤에도 젖은 옷을 갈아입어야 할 것이기 때문에 당신에게 주어진 시간이 충분하다는 것을 알았겠지요. 그렇습니다. 당신은 기회를 잡은 겁니다. 그러나 그렇게 계산된 모험은 신중하게 세워진 계획의 일부였고, 사실 위험 부담은 그리 크지 않았습니다. 나는 다음날 어떤 변명이 필요할지도 모르기 때문에 본채에다 흙탕 자국을 남기고 싶지 않았습니다. 폐병이 걸리는 것쯤은 두렵지 않았지만 말입니다.

내가 사랑채에서 옷을 갈아입고 있는 동안 당신은 이 집의 꼭대기 층에서 당신의 그 위대한 계획에 마지막 손질을 가하고 있었습니다. 당신은 젖은 양말과 흙투성이 신발을 벗어 하워드의 발에 신겼고, 흙투성이의 젖은 바지를 벗어서 하워드의 다리에 끼웠습니다. 또, 비옷을 벗어서 하워드를 일으켜 앉힌 자세로 소매를 팔에 끼워 입혔습니다. 그리고 나서 당신은 조용히 자기 침대로 돌아간 겁니다."

엘러리는 말을 이었다.

"당신은 내가 아침까지는 하워드의 방에 들어가지 않으리라고 계산했음에 틀림없습니다. 그러나 언제가 되었든, 하워드가 어떤 상탠지 알아보기 위해 내가 그 방에 가리라는 것은 확신했을 겁니다. 하워드가 공동묘지까지 간 것을 확실히 나타내는 흙투성이의 젖은 옷을 입고 있는 걸 본 나는 하워드를 전형적인 기억 상실증 환자로 치부할 것이 뻔합니다.

그렇습니다, 밴 혼 씨. 주일을 지키지 않고 부모를 모욕한 범죄를 저지른 사람은 바로 당신입니다. 하워드가 계명을 어긴 사람으로 믿도록 나를 바보로 만들고, 하워드 부모의 명예를 훼손시킨 사람은 바로 당신입니다."

8

"계속하시오, 퀸 선생."
디드리치가 입을 열었다.
"아, 그러지요."
엘러리가 말했다.
"이제 나는 당신의 심리적 교활성이 극도로 드러난 지점에 이르렀습니다.

작년에 나는 하워드가 다음과 같은 계명을 어겼다고 기꺼이 증명한 바 있습니다. '너는 네 이웃에 대해 거짓 증언하지 말라'. 그때 나는 하워드가 그 목걸이를 전당잡혀 달라고 내게 주었다는 사실을 부인한다고 지적했었지요. 그것은 물론 사실입니다. 그는 내게 그 목걸이를 전당잡혀 달라고 부탁했지만, 자신이 수세에 몰리자 그런 일이 없다고 거짓말을 했습니다.

그러나 사건을 조작하고 정확하게 하워드를 조종함으로써 하워드가 거짓말을 할 수밖에 없는 처지에 놓이게 한 것은 바로 당신이었습니다.

밴 혼 씨, 당신은 2만 5,000달러를 요구하는 공갈 협박자의 역할을 했습니다. 첫 번째 요구가 이루어지자 바로 뒤이어 그런 요구를 했습니다. 그들이 지닌 약점에 최대의 압력을 가하기 위해 당신은 그렇게 했지요. 샐리와 하워드가 어디서 2만 5,000달러를 더 구할 수 있겠습니까? 당신이 잘 훔쳐가도록 놓아둔 그 금고의 현금밖에 더 있겠습니까? 흔적을 남기는 모험을 무릅쓰고라도 그들이 돈을 빌릴 만한 데는 없었습니다. 그만한 돈이 될지도 모르는 물건이 딱 하나 있었는데, 그건 바로 샐리의 목걸이였습니다. 공갈 협박자의 두 번째 요구를 충족시킬 수 있는 방법으로, 그들 중 어느 한 사람이 그 목걸이를 생각하게 되리라는 것은 불을 보듯 뻔했습니다.

당신은 한술 더 떠서, 공갈 협박자와의 첫 번째 협상에서 내가 샐리의 중재인 역할을 하리란 것도 알았습니다. 그리하여 내가 두 번째 협상에서도 같은 역할을 하리라고 당신은 추측했던 겁니다. 만약 내가 그러지 않았다면, 당신은 틀림없이 내가 끼어들 수밖에 없는 또 하나의 계획을 준비했겠지요. 하워드가 내 말을 부인하도록 한다는 그 목적을 위해서 말입니다.

그러나 나는 동의하고, 그렇게 했습니다. 당신의 심리적 연기가 절정을 이루도록 무대 장치가 이루어진 거지요.

내가 그 목걸이를 전당잡아 라이트빌 역 사물함에 돈을 맡기자 마자 당신은 계획대로 움직였지요.

이번에는 당신의 동생 울퍼트가 도구로 등장했지요, 밴 혼 씨. 샐리와 하워드만큼이나 당신은 울퍼트를 잘 알고 있습니다. 동생이 뭐라고 말했지요? 미술관 위원회가 회장님 자신의 '기부' 사실에 대해 법석을 떨지 않기를 바란다――울퍼트는 당신이 그렇게 말했다고 공표했습니다. 울퍼트에게 그러한 기대를 표현한 것은, 질투심 강하고 악의에 찬 그로 하여금 당신의 그 '기대'를 오히려 훼방 놓도록 유도하려는 속셈이었습니다. 울퍼트는 실제로 그때 낄낄거렸습니다. '내가 그렇게 법석을 떨도록 부추긴 사람이었다'고 그날 아침 식탁에서 말했던 것을 기억합니다. 그는 당신의 도구에 불과했습니다. 회장님이 당신 아내와 아들을 가지고 놀았듯이 그 사람도 가지고 논 셈이지요. 울퍼트는 당신이 싫어하는 줄 알면서도 위원회를 쑤셔서 감사 기념만찬을 베풀게 했지요. 그것은 당신이 목적한 바 그대로였습니다. 샐리가 다이아몬드 목걸이를 이미 가지고 있지 않다는 것을 알고 있으면서도 당신은 그 목걸이를 목에 걸도록 자연스럽게 요청할 수 있는 빌미를 만든 것이었습니다.

그럼으로써 샐리로 하여금 목걸이가 없어졌다는 것을 밝히지 않을 수 없게 만든 것입니다. 그녀가 사실을 말할까요? 아니지요. 만약 사실을 말했다가는 공갈 협박의 전모를 말해야 하고, 그렇게 된 사연을 밝혀야 할 테니까요. 당신은 샐리가 그것을 밝히느니 차라리 죽을 것이라는 것을 알았습니다. 또한 그녀가 그것을 밝히도록 하워드가 내버려두지 않을 것이 뻔한 것도 알았죠. 당신은 그러기 전에 하워드가 먼저 그녀를 죽일 것이라는 것을 알았습니다. 목걸이가 사라져버린 것을 설명하기 위해 그들이 어떤 얘기를 날조해내리라는 것은 그럴듯한 가정이었지요. 또다시 도둑질이 검토되었고 하워드는 전에도 현금을 훔친 뒤 외부에서 침입한 도둑의 소행처럼 꾸민 적이 있으니, 여기서 또다시 목걸이 도난사건이 생긴다 한들 조금도 이상할 게 없다고 보았을 겁니다.

샐리가 당신 사무실로 전화를 걸어 목걸이를 '도난당했다'고 말했을 때, 당신은 자신의 계산이 정확했다는 것을 확인하고 최후의 일격을 가했습니다. 디킨 서장에게 신고한 것이지요.

여기까지는 아무것도 잘못된 게 없었을 겁니다. 디킨은 심프슨의 전당포에서 목걸이를 찾아낼 것이고, 샐리와 하워드는 그 사건에 맞닥뜨릴 것이며 내가 전당잡힌 사람으로 밝혀질 것입니다. 나는 결국 자기 방어를 위해 하워드가 전당잡혀 달라고 요청했다는 사실을 밝히지 않을 수 없게 됩니다. 하워드는 샐리와의 간통을 숨기기 위해서 그것을 부인할 것이고, 결국 거짓 증언을 할 수밖에 없게 됩니다.

시내 산의 십계명을 어긴 아홉 가지 범죄 가운데 누구의 영향도 받지 않은 상태에서 순수하게 하워드에 의해 저질러진 것은 두 가지 뿐이고, 나머지 일곱 개는 당신의 사기술로 하워드에게 덮어씌워졌거나 하워드로 위장한 당신에 의해서 저질러진 겁니다.

아홉 개의 범죄, 그리고 내가 그 엄청난 계획을 눈치 채고 열 번째의 그 불가피한 범죄를 예견했을 때, 밴 혼 씨, 당신은 나에 대해서도 이미 대비를 했습니다. 당신의 무대는 절정을 위해 완전히 준비를 마치고 있었지요.

그것은 바로 살인이었습니다.

복수를 위한 당신의 차가운 분노는 바로 이중 살인으로 충족되었지요. 부정한 아내를 죽이고, 아내의 애정을 훔친 양아들을 죽인 것입니다. 난 희생자 속에 하워드를 집어넣었습니다, 밴 혼 씨. 왜냐하면 그가 저지르지도 않은 살인의 대가로 법에 의해 처단되었거나, 자기 자신이 살인을 저질렀다고 생각하여 자살하였거나, 결국 그는 살해당한 거나 마찬가지니까요. 그리고 당신은 그 큰 손으로 그의 목을 조른 거나 다름없습니다. 당신이야말로 하워드의 살해자임에 분명합니다. 사실 당신은 그 손으로 샐리의 목을 졸랐기 때문입니다."

9

디드리치는 자기 턱을 다시 가슴에 묻었다. 그리고 나서 눈을 감았다. 휠체어에 앉은 채 다시 잠든 듯했다.

그러나 엘러리는 말을 이었다.

"그날 저녁 내가 당신에게 전화를 걸어 당신의 목숨이 위태롭다고 경고했을 때, 밴 혼 씨, 당신은 기다렸던 바로 그 순간이 왔다는 것을 알았습니다. 내가 이리로 되돌아오는 데 40분이나 45분쯤 걸린다고 말하자 혹시 있었을지도 모를 일말의 불안감마저 완전히 사라졌겠지요. 40분이나 45분이면 당신에게는 충분한 시간이었죠.

밴 혼 씨, 내가 십계명 계획을 알아차렸든 못 알아차렸든 당신은 그날 밤 샐리를 죽일 의도가 있었다고 생각합니다. 내가 샐리가 살해되기 전에 십계명 계획을 알아차리지 못한다 해도, 결국 나는 당신이 만들어낸 증거에 의해 나중에라도 그 계획을 알아차리게 될 것이 뻔합니다. 최악의 사태가 일어나서, 내가 설령 그 십계명 계획을 알아차리지 못했더라도, 틀림없이 당신은 그럴 경우에도 대비를 했겠죠. 당신 스스로 그 계획을 밝힌다든지, 내가 알아차릴 수 있도록 교묘한 힌트를 내게 던져 준다든지…… 당신은 절대로 어떤 우연에만 사건을 맡겨놓지는 않았을 겁니다. 당신은 그 사건을 통해서, '10'이라는 숫자를 나에게 계속 암시하고 있었습니다. 심지어 홀리스 호텔에서조차 1010호실을 사용하고, 업햄 하우스에 네 통의 편지를 숨겨둔 곳도 10호실이었고, 두 번째 2만 5,000달러를 갖다 놓으라고 한 곳도 라이트빌 역 사물함 10호를 지정하는 등 더할 나위 없는 수고를 아끼지 않았습니다.

이미 말했듯이, 내가 당신에게 허용한 시간은 충분했습니다. 울퍼트는 집에 없었고요. 아니 밴 혼 씨, 울퍼트에게 사무실에서 밤늦게 해야 할 긴급하고도 중요한 일이 생기게 된 것은 당신이 넌지시 일러준 것이겠지요? 당신의 어머니는 자기 방을 나가지 않았을 거고, 설령 어머니가 방을 떠나는 일이 있었더라도 당신은 쉽사리 어머닐 다룰 수 있었을 겁니다. 로라와 에일린은 잠들었고요. 라이트빌 가정부들은 일찍 잠자리에 들지요. 그래서 방해받을 가능성은 거의 없었지요. 1590년에 처음 사용된 이래 같은 목적으로 사용되어 온 어구를 쓸까요, 밴 혼 씨…… '해안은 깨끗하게 치워졌소.'

그래서 내가 당신의 '안전'을 위해 내 바보 같은 목을 걸고 다시 라이트빌로 죽을 판 살 판 달리고 있을 때, 당신은 조용히 하워드의 거실로 올라가 그와 함께 술을 한잔 하면서 다시 그에게 약을 먹였지요. 그 다음 당신은 다시 2층으로 내려가 샐리에게 당신 침실로 오도록 말하고는 거기서 그녀를 목 졸라 죽이고, 시체를 당신 침대에 놓아두었습니다. 그 다음 당신은 위층으로 돌아와 샐리의 머리카락을 하워드의 손가락 사이에 끼우고, 샐리의 목에서 피 묻은 살 조각을 뜯어내 하워드의 손톱 밑에다 박아 넣었죠. 그런 뒤 여기 서재로 돌아와 내가 일러준 대로 문을 잠근 채 틀어박혀 내가 도착하기만을 기다리고 있었지요.

 이것으로 일은 끝났습니다. 캔버스에 마지막 붓을 댄 거지요. 이제 남은 것은 몇 마디 거짓말을 더 하고 또 당신의 연기력을 과시하면 되는 것이었지요. 그것은 당신같이 남다른 상상력과 재능을 가진 사람에게는 아무 일도 아니었을 겁니다. 사실, 그날 밤에 당신은 자기 재능을 십분 발휘했습니다. 당신이 내게 한 거짓말, 특히 샐리가 당신에게 '무엇인가 중요한 것'을 말하겠다며 당신 침실에서 당신을 기다리겠다고 고집을 피우더라는 그 거짓말——자신의 간통을 고백하려는 게 아닌가 하는 암시가 내포돼 있는 그 거짓말은 정말 손색이 없는 것이었습니다. 나에게 샐리가 당신 침실에서 당신을 기다리고 있다는 것을 암시한 그 방법은 더할 나위 없이 천재적인 발상이었습니다. 그리고 나는 완전히 당했습니다, 밴 혼 씨."

엘러리는 담담하게 말했다.

"열 가지 모두 당했습니다. 당신은 희생자를 앞세우고 나 엘러리 퀸, 이 작은 양철 대가리에 최후의 일격을 가했던 겁니다. 나의 '뛰어난' 추리력, 이를테면 하워드의 손에 낀 샐리의 머리카락과 살 조각 같은 뒤집을 수 없는 증거가, 하워드는 물론이고 나에게조차 빠져나갈 구멍을 남기지 않았던 겁니다.

사실 하워드에 대한 당신의 그 영웅적인 틀 짜기의 마무리를 내가 수행한 셈이지요. 내가 없었더라면 그렇게 완벽하게 되지는 않았을 테니까요. 결국 나는 당신이 하워드를 죽이는 일을 도운 셈이지요. 당신도 알다시피, 나는 그 사건에 있어서 당신의 작은 양철 대가리 액세서리였던 겁니다."
디드리치는 큰 머리를 들어올리고는 눈을 떴다. 그리고 살이 축 늘어진 손이 무언가 못 참겠다는 듯 연신 제스처를 해댔다.
"퀸 선생은 내가 이 엄청난 죄를 저질렀다고 비난하고 있군."
그는 약간의 생기를 띠고 말했다.
"그리고 인정해야지…… 당신이 말했듯이 꽤 그럴듯하군. 그러나 사실을 위해서, 알다시피, 퀸 선생, 당신의 주장이 깨질 수도 있다는 것은 하나도 고려하지 않는 것 같군."
"그래요?"
엘러리는 말했다.
"밴 혼 회장님, 그 말씀을 들려주시면 매우 기쁘겠습니다. 나는 평생에 이만큼 깨뜨려졌으면 싶은 분석을 한 적이 없었으니까요."
"자, 그러면 퀸 선생, 편히 앉아요."
디드리치의 목소리는 노인답게 낮게 깔렸다. 그가 책상 가까이로 휠체어를 밀고 왔다. 쭈글쭈글하게 마른 그의 뺨에는 약간의 홍조가 떠올랐다.
"퀸 선생은 하워드가 집사람을 죽이지 않았다고 말했는데, 그래도 물론 그 아이가 죽인 건 사실이오. 그 아이는 나를 죽이고 있다고 생각했다는 건데…… 그러나 하워드가 무죄라면, 퀸 선생, 당신이 그를 살인죄로 고발했을 때 왜 하워드는 그것을 부인하지 않았지요? 그것이 무죄인 사람이 했음직한 짓인가? 그 다음 하워드는 무엇을 했는가? 그 아인 자기 스스로 목숨을 끊었지. 퀸 선생은

열째 날 381

알지 못하오? 그것은 씻어버리지 못할 죄라는 걸 말이오. 하워드는 유죄요…… 맞아. 그 불쌍한 아이는 당신이 자신에 대한 증거를 가지고 있는 것을 알았지. 그 아인 그것을 부인할 수 없었어. 그래서 자살로써 자기의 죄를 인정한 거야."
그러나 엘러리는 머리를 젓고 있었다.
"아닙니다, 밴 혼 씨. 이 사건의 많은 요소들과 마찬가지로 지금 당신이 제기한 두 가지 점은 사실입니다. 그러나 부분적으로만 그렇습니다. 당신은 처음부터 끝까지 진실의 절반만을, 진실의 겉가죽만을, 당신에게 유리하도록 이용한 겁니다.

하워드는 유죄를 부인하지 않았습니다. 그건 사실입니다. 그러나 그가 정말 유죄였기 때문만은 아닙니다. 그는 단지 자신이 유죄라고 생각했기 때문에 유죄임을 부인하지 않은 것이 아니란 말입니다!

하워드는 당신이 자기를 사건에 끌어넣었다고는 상상도 못했을 겁니다, 밴 혼 씨. 그는 내가 생각했듯이, 또 한번의 기억 상실증을 겪었다고 생각한 겁니다. 기억이 나가 버리면 자신이 무슨 짓을 저질렀는지 모른다는 것이 항상 그를 괴롭혔지요. 하워드가 뉴욕으로 나를 찾아왔을 때, 그는 그것으로 괴로워하고 있었어요. 그가 나에게 라이트빌로 와 달라고 요청한 것도 그런 이유에서였습니다. 자기가 다시 정신이 없어질 때 자기를 계속 감시하고 쫓아다녀 그 동안 무엇을 하는지 알아봐 달라는 것, 지킬 박사와 하이드처럼 되는지 알아봤으면 좋겠다는 것 때문에…… 왜냐하면 정신이 나가버리면 나중에 아무것도 기억하지 못하기 때문입니다.

당신은 하워드의 기억 상실증에 대해 모든 것을 알고 있었습니다. 그것이야말로 당신 계획의 근간을 이루고 있습니다. 하워드는 자기가 정신 나간 동안 범죄를 저지를지도 모른다는 두려움에 꽉 차 있었지요. 당신은 그 사실을 알고 있었습니다. 샐리가 목 졸려 죽어 있고, 그녀의 머리카락과 살점이 하워드의 손에 쥐어져 있게 되면, 누구라도 그것이 하워드의 발작 증세 때문임을 의심하지 않을 수 없게 될 것입니다. 당신은 하워드 자신이 유죄임을 인정하리라는 것을 알고 있었지요. 그의 기억 상실증의 심리적 병력은, 이미 자신의 범죄 증거를 의심할 나위 없이 받아들이는 그런 단계까지 가 있었던 겁니다.

스스로를 파괴하는 그의 다음 행동, 그러니까 자살을 두고 말한다면, 하워드는 늘 그럴 가능성을 품고 있었습니다, 밴 혼 씨. 하워드 같은 심리형에는 이미 자살 충동이 내포되어 있는 것입니다. 예를 들면, 그가 뉴욕에서 겪은 기억 상실증…… 그가 나를 찾아온 계기도 그 때문이었습니다만, 그는 기억 상실증에서 깨어났을 때 창문에서 뛰어내릴 생각을 했었다고 심각하게 말했습니다. 사실 하워드와 처음 얘기를 나누면서 나는 그의 무의식 밑바닥에는 자살 충동이 깔려 있지 않은지 의심했습니다. 그래서 나는 그에게 물었지요. 자살을 감행하려는 행위 중에 기억 상실의 발작이 일어나거나 혹은 그런 발작 이후에 자살 충동이 일어나는 건 아닌가 하고. 그러자 그는 그 모두를 경험했다고 분명히 인정했습니다.

그의 유죄를 내가 증명해 보인 뒤 그가 자기 파괴라는 극단적인 행위를 한 것은, 어찌 보면 당연합니다. 그는 자기가 끝장난 것을 알았겠지요. 그는 자신이 샐리를 죽였다고 확신했습니다. 그의 됨됨이를 잘 아는 사람이라면 누구라도 예측할 수 있는 길을 그는 선택한 겁니다. 물론 당신도 그걸 예측하고 있었고요.

이 문제에 대해 다시 생각해 보면, 갑자기 내가 친절하게도 당신을 대신해 하워드를 죽음으로 내몰았을 때, 당신이 그 모든 계획의 입안자라는 것을 알려주는 사실상의 모든 단서를 이미 내가 알 수 있었다는 생각이 듭니다. 그 중에는 당신의 심리 상태를 알 수 있는 단서조차 있었지요. 이미 내가 말했지만, 심리학적 지식이 없었다면 당신은 그 범죄를 계획할 수 없었을 겁니다. 당신을 만난 첫날밤 우리가 식탁에서 나눈 대화를 통해서 당신은 매우 냉정하게 그 단서를 내게 건네주었습니다. 당신은 책 내용을 소개하고 실제 생활과의 관계를 얘기했지요. 당신이 말한 몇 권의 책 중에는 《인간의 마음에 대한 연구》도 들어 있었습니다. 어느 책이었지요, 밴 혼 씨? 당신의 장서를 충분하고도 자세히 검토했어야 했는데……."

디드리치는 여전히 빙긋 웃음을 띠고 있었다. 그때서야 엘러리는 알아차렸다. 그의 빙긋 웃는 모습이 울퍼트의 그것과 너무도 닮아 있다는 것을. 디드리치의 얼굴이 지금보다 더 통통했을 때는 드러나지 않던 점이었다.

"나는 퀸 선생이 알고 있으리라고 생각합니다. 내가 항상 당신의 대단한 찬미자였다는 것을 말입니다. 당신의 소설뿐만 아니라 실제 생활에 대해서도……."

디드리치는 말을 이었다.

"나는 당신이 작년에 여기를 방문했을 때, 미리 말했어야 했소. 당신에 대한 나의 존경심에도 불구하고, 당연히 찬양받아 온 당신의 그 '퀸 방식'이 한 가지 점에서는 대단한 약점을 지니고 있다는 것을 말이오."

"한 가지뿐이겠습니까. 하지만 당신이 꼽는 약점이란 게 무엇인지 궁금하군요."

"법률적인 증거 말이오."

디드리치는 쾌활하게 말했다.

"상상력이라고는 없는 경찰관, 실제적인 훈련이라고는 받은 적이 없는 지방 검사, 그리고 법률을 가지고 노는 판사들이 누군가가 죄를 지었다고 고소당했을 때 그것을 판단하는 그런 종류의 증거 말이오. 유감스럽게도 법이란, 단순한 논리에 대해서는, 그것이 아무리 찬란하다 할지라도, 감명 받지 않소. 법은 피고를 심판하기 이전에 누구라도 인정할 만한 증거를 요구하게 마련이오."
"멋진 지적입니다."
엘러리는 수긍했다.
"저는 증거 수집을 업으로 삼는 사람에게 그것을 항상 떠맡겨왔다고 말함으로써 저 자신을 방어하고 싶지 않습니다. 내 역할은 범죄자를 적발하는 것이지 벌주는 게 아닙니다. 내가 논리적으로 이러쿵저러쿵 지적한 사람이 때로는 증거 수집업자로 하여금 돈을 쓰게 한다는 사실은 인정합니다. 그러나……."
엘러리의 말투가 격렬해졌다.
"나는 그들이 나의 이런 특수 직업을 지나친 것으로 여기지는 않으리라고 생각합니다."
"아니라고?"
디드리치가 말했다. 그의 웃음 띤 얼굴은 눈에 띄게 울퍼트와 닮아 있었다.
"물론, 당신의 공적은 전체로 봤을 때 대단합니다만, 여기저기 허점을 남겼습니다. 당신 자신이 협박자가 되겠다는 생각은 대담하기 짝이 없는 발상입니다만, 결국 걸려 넘어질 성질이 다분한 것이지요. 작년에 당신이 샐리의 보석을 전당잡혔던 전당포 주인들은 인상을 멋대로 묘사함으로써 참조할 만한 틀을 제공하지 못했습니다. 이제 이 사람들에게 당신 사진을 보여주는 게 당연하지요. 그들과 대면시키는 것이 더 좋을지도 모르겠군요. 그러나 그만큼 시간이 흘렀으니 전당포 주인 한둘은 보석을 전당잡힌 것이 당신이 아니라고 할지도 모르지요.

그러나 공갈 협박자가 2만 5,000달러를 챙길 목적으로 사용한 홀리스 호텔의 방과 업햄 하우스의 방도 있습니다. 나는 그 당시 그 작자를 자극하지 않기 위해 그 문제를 추적하지 않았지요. 그러나 이제는 철저한 검토가 이루어질 겁니다. 당신은 두 곳의 숙박부에 사인했을 겁니다. 전문가가 당신의 필체를 구별해 내겠지요. 프런트에서 그 방을 빌린 사람이 당신이라고 지적해 줄 수도 있겠지요.

복사한 편지가 문제가 될 수도 있습니다. 편지를 복사함으로써 계속해서 협박할 수 있으리라고 생각한다면, 적어도 한 벌 이상의 편지를 가지고 있을 가능성이 있습니다. 그것이 사실이라면, 그 복사품이 당신의 행적을 추적하게 해줄 것입니다. 당신은 당신이 소유한 〈라이트빌 레코드〉지의 시설을 이용할 수도 있었겠지요, 그렇지요?

돈 그 자체는, 500달러짜리 50장인데, 하워드가 당신 금고에서 훔쳐온 것을 나에게 넘겨주었고, 나는 그것을 공갈 협박자, 다시 말하자면 바로 당신에게 넘겨주었습니다."

엘러리는 앞으로 몸을 숙이며 부드럽게 말했다.

"당신은 그 2만 5,000달러를 없애 버리지 않았나요, 밴 혼 씨? 당신 계획의 가장 큰 약점은, 당신이 절대로 남에게 의심받지 않으리라고 확신한 것입니다. 500달러짜리 50장을 불태운다는 것은 당신같이 가난을 딛고 어렵사리 올라선 사업가에게는 거의 불가능한 일입니다. 그러나 그 돈을 감히 사용한다는 것도 어려운 일이었을 겁니다. 그러나 당신은 어딘가에 그 돈을 숨겨 두었을 것입니다, 밴 혼 씨. 이제 나는 그것을 없앨 기회는 사라졌다고 당신에게 분명히 지적해 둡니다. 나는 여전히 그 돈의 일련번호를 적은 메모를 지금도 갖고 있습니다. 나의 가장 멋진, 이를테면 '성공의 기념물'로서 간직해 두었지요."

디드리치는 얼굴을 찡그리며 입술을 꼭 다물고 있었다.

"나는 당신이 두 번째 2만 5,000달러, 그러니까 J.P. 심프슨에게 목걸이를 전당잡혀 얻은 돈으로 무엇을 했는지는 알 수 없습니다. 내가 라이트빌 역의 사물함에 넣어두었던 그 돈 말입니다. 은행에는 아직 그 지폐의 일련번호가 기록으로 남아 있을 겁니다. 그리고 만약 당신이 그 돈을 다른 돈과 함께 보관하고 있다면, 그것 역시, 당신의 관에 박힐 또 하나의 못이 될 겁니다."

"나는 당신의 말을 쫓아가려고 애쓰고 있소, 퀸 선생."

디드리치가 말을 이었다.

"경건한 마음으로 날 믿어! 이 말의 요지는, 모든 것이 사실이라고 할지라도 나를 그 공갈 협박자와 연관시키려 하는 것은 어림없는 수작이라는 거요!"

"모든 것이라고요, 밴 혼 씨?"

엘러리는 웃었다.

"당신이 그 공갈 협박자라는 것을 증명하는 것이야말로 당신을 기소할 수 있는 중요한 이유가 될 겁니다. 왜냐하면 당신은 당신 아내와 하워드 사이의 간통에 대해 모든 것을 알고 있었다는 것이 증명될 수 있기 때문입니다. 그것이야말로 사건의 처음부터 끝까지, 심리적으로 당신이 가지고 있는 방어책을 무너뜨리는 단서가 될 수 있기 때문입니다. 당신은 일이 어떻게 돌아가는지 모른다는 것이 가장 큰 방어책이었는데, 그렇지 않았다는 것이 밝혀지면 그것이 곧 동기가 되는 것입니다. 그렇게 되면 사건 전부가 당신에게 불리하게 되는 겁니다.

나는 당신을 신문할 검사의 말을 상상할 수 있습니다.

어렵기는 하겠지만 검사는 두 가지를 입증하게 될 것입니다. 아들과 아내가 부정을 저지르는 것을 당신이 알고 있었다는 것과, 사실을 알게 된 당신이 그 두 사람을 없애기로 계획했다는 것 말입니다. 아내를 살해하고, 당신 아들이 그녀를 살해한 것처럼 꾸몄다는 것을 말입니다.

당신이 공갈 협박자라는 것을 입증함으로써 당신이 간통 사실을 알고 있었다는 증거는 여실히 드러날 것입니다. 그들 둘을 없애기로 계획을 세웠다는 증거는, 하워드가 십계명을 고의적으로 위반한 것으로 입증됐던 그 사건 뒤에 당신이 있다는 것을 보여줌으로써 확립될 것입니다. 다시 말하면, 하워드가 그렇게 하지 않으면 안 되게끔 틀을 짠 것은 바로 당신임을 입증하는 겁니다. 이와 연관시켜 보면, 나는 내 증언이 너무 많아서 오히려 걱정입니다. 콘헤븐의 탐정을 시켜서 하워드의 부모를 추적하게 했다는 당신의 거짓말…… 나는 그것으로 못 하나를 박을 겁니다. 그리고 버머 씨도 그렇게 해줄 겁니다. 버머 씨는 이 주에서는 대단한 평판을 누리고 있지요. 사우스브리지 박사가 존재하지 않는다는 사실, 그것으로 나는 또 하나의 못을 박을 겁니다. 그리고 선뜻 내 증언을 입증해 줄 울퍼트가 있습니다. 밴 혼 씨, 굉장한 흥미를 가지고 나는 지켜볼 것입니다. 울퍼트가 자신의 생애 동안 쌓아 올린 당신에 대한 증오심을 토해낼 그런 광경을 말입니다.

그리고 밴 혼 씨, 경찰이 여러 각도에서 접근할 수 있는 여지도 있습니다. 적어도 두 차례에 걸쳐 당신이 하워드에게 사용한 수면제 같은 것 말입니다. 하워드의 유골 속에 그 약의 흔적이 있는지 해부해 볼 필요가 있을 겁니다. 그렇게 할 수만 있다면 그 약과 당신을 관련짓는 것은 지나치게 어려운 일이 아니지요."

디드리치는 희미하게 웃고 있었다.

"굉장한 조건이 붙는 그런 말이군, 퀸 선생. 그러나 당신이 말한 모든 것을 인정한다손 치더라도, 나는 지금껏 그 살인 행위 자체와 나를 관련시키는 말 한마디 들은 적이 없소."
"물론입니다."
엘러리는 말했다.
"그것은 물론 사실입니다. 그것이 불가능한 것도 당연하지요. 그러나 밴 혼 씨, 직접적인 증거에 의해 유죄 판결을 받는 살인자들은 거의 없습니다. 진술이 모아지고 정황 증거가 설득력 있게 받아들여지면, 당신은 살인죄로 심판을 받게 될 것입니다. 그렇습니다."
잠시 뒤 엘러리는 말했다.
"저는 그것이 중요한 일이라고 생각합니다. 당신은 기소될 것이고 신문 받을 것이며, 그러면 그 전모가 드러날 것입니다. 위대하신 디드리치 밴 혼 씨, 지금까지는 사람들에게 동정의 대상이 되었고, 배반당한 남편이자 아버지였던 밴 혼 씨, 이제는 당신의 정체가 만천하에 드러날 때가 되었습니다. 복수를 위해 살인을 저지른 극악 무도한 이기주의자임이 밝혀질 겁니다. 배반당한 데 격분하여 우발적으로 살인을 저지른 것이 아니라 냉혈적이며 고의적으로, 미리 계획했던 살인을 저지른 것입니다.

당신은 늙었습니다, 밴 혼 씨. 당신의 됨됨이를 생각해 보면 당신은 죽음에 대해서도 끔찍스럽게 고통스러워할 그런 종류의 사람은 아닙니다. 그러나 나는 이 일을 대중들에게 널리 공개해야 한다고 생각합니다. 그렇게 되어야 당신에게는 끔찍하게 고통스러운 죽음이 될 테니까요. 그 편이 훨씬 더 무서운 벌이 될 테니까요. 그것은, 한 인간이 무덤 밑바닥에 자리잡을 때까지 따라다닐 그런 종류의 벌이지요."
이제 디드리치는 웃고 있지 않았다. 다시는 웃지 않았다. 그는 휠체어에 조용히 앉아 있었다. 엘러리는 그런 그를 방해하지 않았다. 엘러리는 그 노인을 바라보면서 그 자리에 마냥 서 있었다.

그때 디드리치가 고개를 쳐들고 비통하게 물었다.

"내 목적이 암캐 같은 그년을 죽이고 하워드 그놈에게 뒤집어씌우는 것이었다면, 내가 왜 직접 하지 않았겠소? 왜 십계명 같은 황당하고 환상적인 일을 꾸몄겠소?"

거기에 대한 엘러리의 대답은 무미건조한 말투 그대로였지만, 그의 얼굴은 붉게 상기되어 있었다.

"그럴 만한 증거가 내겐 있습니다. 그리고 심리적인 증거도 있습니다. 그 둘을 합치면 진실이 나올 겁니다.

당신의 신체적 구조라든가 평생 당신을 얽매었던 실제적 일 따위에도 불구하고, 당신은 근본적으로 머리가 좋은 사람입니다, 밴 혼 씨. 당신의 사고 구조는 전제 군주와 비슷합니다. 당신은 결코 충동적으로 행동하지는 않습니다. 모든 일을 전쟁 아니면 마치 쿠데타처럼 생각하고 계획합니다. 당신은 젖먹이 때부터 하워드를 미리 계획된 꼴에 따라 성장시켰습니다. 당신은 하워드가 조각상을 계획하듯 샐리도 계획된 틀에 맞추려고 했습니다. 그러나 그것을 그녀는 잘못 생각했습니다. 당신이 로우 빌리지에서 샐리를 선택한 그 날부터 그녀와 결혼하기로 작정했다는 것을, 그래서 몇 년 뒤에는 당신과 결혼할 수 있도록 당신이 의도하는 대로 키워지고 있다는 사실을 그녀는 몰랐던 겁니다.

당신의 십계명 계획은 많은 점에서 당신의 지적 생활의 한 절정이라고 할 수 있습니다. 그것은 규모랄까, 힘이 있었습니다. 거대한 계획이라 할 수 있겠지요. 디드리치 밴 혼다운 계획이었습니다.

그 계획은 치밀한 논리 구조를 가지고 시작된 셈이지요. 치밀한 이중 구조를 갖고서 말입니다. 당신은 배반자를 처벌해야만 했습니다. 그리고 그들을 처벌하면서도 당신 자신은 의심받지 않아야 했습니다. 더 심하게 말하면, 살인과는 직접적으로 무관해야 합니다. 당신이 입은 상처는 근본적으로 당신의 과대망상에 사로잡힌 그 자아가 입은 상처지요. 망신당한 전능한 자는 그 자신의 힘에 맞게 모욕 받은 만큼 복수해야 합니다. 자기 자신은 처벌당하지 않은 채 자신이야말로 보통 사람을 지배하는 그런 법 위에 군림한다는 것, 자신의 힘은 법의 힘보다 강하다는 것을 보여 주면서 아울러 복수를 함으로써 자아가 입은 상처를 보상받아야 했습니다.

그러나 자기가 살인을 저지르고 다른 사람에게 그 살인죄를 덮어씌움으로써 혐의에서 벗어난다는 것은 그리 쉽지 않은 일일 겁니다. 당신이 단순히 샐리를 직접 죽였다면, 하워드는 살인 혐의자는 물론 안 되었을 겁니다. 그랬다면 오히려 당신이 우선적으로 살인 혐의자로 주목받았을 것입니다. 만약 당신이 하워드를 단순하게 직접적으로 당신 계획의 틀에 짜 맞추기만 했다면, 하워드는 순전히 두려워서라도 샐리와 자기의 관계를 전부 털어놓았을 게 뻔합니다. 그랬다면 당신은 가장 강력한 동기를 가진 것으로 드러났을 것입니다.

때문에 당신은 현명하게도 하워드를 유일한 혐의자로 보이게끔 계획했습니다. 그러나 만약 하워드가 그러한 상황에서 누구를 죽일 동기가 있었다면, 그것은 샐리가 아니라 오히려 당신이었을 겁니다. 결국 당신은 하워드가 샐리를 당신으로 잘못 보는 바람에 죽인 것으로 꾸며야 했을 겁니다. 무엇보다 하워드 자신도 스스로가 그 짓을 한 것으로 확신할 수 있어야 했을 거구요!

이 모든 것이 밴 혼 씨, 당신도 알다시피, 당신을 위해 꾸며진 일입니다. 그것은 불가피하게도 복잡한 음모가 된 거지요. 당신은 이렇게 되리라는 예상을 하며 오히려 그것을 즐기기조차 했습니다.

나폴레옹 같은 마음을 가진 사람은 난관에 부딪치면 더욱 빛나는 법이지요. 그런 사람은 스스로 어려운 난관을 찾기조차 합니다. 심지어는 일부러 난관을 만들기까지 하니까요.

당신은 시간이 필요했습니다. 샐리의 보석함에서 편지를 발견한 사실을 숨기기 위해 당신은 보석함을 도둑맞은 것으로 조작했습니다. 그러나 그 뒤 당신은 시간 여유를 갖고 계획을 꾸미기 시작했습니다. 6월에서 9월 초까지, 당신은 생각하고 분석하면서 당신의 그 계획된 희생자들에 대해 당신의 지식을 총동원했지요. 당신은 시험적 계획을 세웠지만 아직 행동을 취하지는 않았지요.

당신을 주저하게 만들었던 것은 범죄 계획이 복잡하면 할수록 그 계획을 세운 자는 더없이 위험하다는 사실 인식이었습니다. 복잡하면 할수록 실수할 기회, 함정, 토머스 하디가 말한 바 있는 예측 불가능의 우연적인 사건들도 증가하지요. 하워드 자신이 당신에게 기회를 주었을 때, 당신은 이미 이 중요한 난관의 해결책을 모색하고 있었습니다."

엘러리는 갑자기 디드리치의 눈을 똑바로 쳐다보았다. 그들의 시선이 부딪쳤다. 두 사람은 이어 일종의 사투를 벌였다.

"하워드는 뉴욕에서 당신에게 전화를 걸어, 나를 라이트빌로 데려오거나, 그는 먼저 내려가고, 2, 3일 내로 내가 뒤따르거나 한다고 했습니다.

당신은 곧장 그것이 의미하는 바를 알았을 겁니다. 당신에겐 절실하게 필요했지만 당신으로서는 더 이상 전개시킬 수 없었던 결백의 그 보호막이, 나에 의해 충분히 얻어지게 될 것이기 때문이지요. 아무리 유명한 탐정이라도 당신이 만들어 놓은 길을 따라가며 사건을 푼다면, 누가 당신의 결백을 의심하겠습니까? 그것이 모든 것에 대한 대답일 겁니다.

그러나 거기에도 모험이 따랐습니다. 내가 끼어들지 않은 것보다 어떤 점에서는 더 큰 모험이었지요. 그러나 이 엘러리 퀸이 살인 공범자라는 그 재미있는 착상, 모험의 규모, 종류 등이 당신의 상상력에 스릴을 가져다주었겠죠. 이 점에 있어서, 당신에겐 나폴레옹에 필적할 만할 작전이랄까 몸부림이 있었겠지요.

감히 말하건대 당신은 그런 것에 주저한 적이 없었을 겁니다."
디드리치는 그의 큰 눈을 깜박이지도 않은 채 차갑게 말했다.
"계속하시오!"
"어느 화요일 아침 하워드는 당신에게 전화를 걸었습니다. 나는 목요일에 라이트빌에 도착했고요. 당신에겐 이틀이라는 시간 여유가 있었습니다. 그 이틀 동안 당신은 십계명 계획을 세우고, 내 도착에 맞춰 그 계획의 세부 사항을 준비했지요. 당신은 콘헤븐 탐정 사무소에 '조사'를 의뢰했다고 얘기를 꾸며냈습니다. 당신은 Yahweh라는 글자를 바꿔 이름을 만들어내고, 파이델리티 공동묘지에서 아론과 매티의 묘지를 발견해, 그 성에 E를 덧붙였어요. 당신은 미술 박물관의 계획을 추진했습니다. 당신은 그것에 대해 목요일 저녁에 나에게 말했고, 또 그 전날 미술관 기금 부족분을 메워 주기로 약속했다고 말했습니다. 그렇다면 수요일에 약속을 한 셈인데, 하워드가 전화를 걸었던 바로 다음 날이 아닙니까! 당신은 오랜 기간에 걸쳐 완성시킨 그 협박 계획을 실천에 옮겼습니다. 샐리에게 걸려온 협박자의 처음 전화 또한 내가 라이트빌에 올 것이라고 하워드가 당신에게 말한 바로 그 다음 날, 문제의 그 수요일에 걸려왔다는 사실을 일부러 일깨워 드릴 필요가 있겠습니까?

모든 것이 내가 이곳에 온다는 사실이 알려지면서 시작된 겁니다.

그래요, 밴 혼 씨. 당신은 나에게 공범자의 역할을 맡긴 겁니다.

그리고 나는 당신이 알다시피, 얼간이같이 그 역을 충실히 해냈지요. 당신은 계획했고, 나는 당신의 장단에 맞추어 춤을 추었지요. 사실 내가 충실히 당신의 꼭두각시 역할을 해냈기 때문에 당신은 위대한 승리를 한 겁니다, 밴 혼 씨."

엘러리는 잠시 말을 멈췄다. 그러다가 어렵사리 말을 이었다.

"그 십계명 건은 전적으로 나를 위해서였을 겁니다. 나로 하여금 당신이 만들어 놓은 길을 따라가며 문제를 풀어내도록 하기 위해서, 당신은 내가 자연스럽게 결론에 이르도록 사건을 준비해야 했을 겁니다. 당신은 나를 잘 알고 있었습니다. 아, 우리는 결코 전에 만난 적이 없지요. 그러나 당신은 내가 쓴 모든 책을 다 읽었다고 했습니다. 내 기사가 신문에 날 때마다 열심히 들여다본다고 했습니다. '나는 퀸 전문가'라고 말씀하신 걸로 기억합니다. 그건 정말 그렇습니다, 밴 혼 씨. 어떤 점에서는 오늘까지도 내가 상상도 하지 못했던 그런 전문가지요.

당신은 나를 나보다 더 잘 아는 것 같아요. 당신은 내가 일하는 방식을 알고 있었습니다. 내 약점도 알고 있었습니다. 당신은 내가 걸려 넘어질 사건을 주어야 한다는 걸 알고 있었습니다. 성공적으로 결론에 도달하기 위해 분투할 사건, 그리하여 내가 성공적인 결론에 도달했다고 믿을 만한 사건을 주어야 한다는 것을 알았겠지요.

당신은 내가 분명하기보다는 미묘한 해답을 좋아한다는 것을 알았습니다. 간단한 것보다는 복잡한 것, 흔한 것보다는 꽃불같이 찬란한 그런 해답을 말입니다.

당신은 내가 차라리 거창하다고 해야 할 심리체계의 소유자라는 것을 알았습니다. 내 스스로 인정하든 않든, 나는 나 자신이 마음이라는 것의 불가사의를 느끼며 그 속에서 일하고 있다고 생각하기를 좋아하지요. 당신은 그것을 알았습니다. 그리고 그것이 정확하게 나를 끌어들이게 된 근거입니다. 일종의 경이감을 체험하게 한 것이지요. 거창한 개념, 가파르고 출구가 없는 것 같은 미로, 그리고 눈부시도록 놀라운 클라이맥스. 나는 당신을 대신해 그것을 수행했습니다, 밴 혼 씨. 나는 당신을 위해 엄청난 해답을 이끌어낸 거죠. 내 영특함에 맡겨 놓은 채 당신은 납작 엎드려 있으면 되는 거였지요. 그래, 당신은 결코 한번도 혐의를 받지 않았습니다.

신문에서는 뭐라고들 떠들었지요? '전성기의 엘러리 퀸'……."
엘러리는 다시 무덤덤한 목소리로 돌아가 말을 이었다.
"나를 정확하게 판단하기 위해 그런 것들을 주목하는 것도 흥미 있는 일이겠지요. 당신은 분석 결과, 당신이 내게 던져 준 십계명 건으로 당신은 결국 당신 자신에 대한 근본적인 중요성을 배반한 셈입니다, 밴 혼 씨."
디드리치의 눈이 호기심으로 반짝였다.
"나는 하워드의 정서적인 문제가, 아버지 상(像)에 대한 노이로제에 가까운 숭배 탓이라고 진단을 내렸지요. 나는 그것을 조금도 의심하지 않았습니다. 그러나 하워드의 십계명 파계가 위대한 아버지의 이미지, 다시 말해 하느님의 부성(父性)에 대한 고의적인 반란이라고 확대 해석했을 때, 나는 명백히 실수를 범한 것입니다. 십계명에 대한 계획은 결코 하워드의 생각이 아니었기 때문입니다. 그것은 당신의 아이디어였습니다.

왜 당신은 그 아이디어를 짜냈고 거기에 전적으로 매달렸습니까, 밴 혼 씨? 그것을 어떻게 생각해 냈지요? 왜 하필 십계명이었지요? 당신의 요구 사항을 내게 짐지우기 위해서라면 다른 아이디어도 수없이 많았을 텐데 말입니다. 어째서 하필 십계명이라는 것을 생각해 낸 겁니까, 왜?

밴 혼 씨, 나는 당신에게 그 이유를 말하겠습니다. 오늘 저녁 당신에게 유일하게 흥미 있는 뉴스거리가 되리라고 내가 당신에게 말할 수 있는 그것을 말입니다. 당신이 십계명 아이디어를 선택한 데에는 바로 당신 자신에게 열쇠가 있습니다. 당신의 정신을 이끌어 가는 심리적 상황이 바로 그 열쇠입니다. 하워드가 아니라 밴 혼 씨, 당신의 정신 상태 말입니다.

나는 작년에 건방지기 짝이 없는 내 논문을 찰란스키 검사와 디킨 서장에게 발표할 기회가 있었지요. 그때 나는 하워드가 십계명이라는 무기를 선택한 것, 다시 말해 당신이라는 아버지 상을 깨뜨리기 위해 하느님이라는 아버지 상을 깨뜨린 것은 어릴 적 환경, 그러니까 양할머니의 종교적 강박 관념에 뿌리박고 있음이 틀림없다고 설명했었지요. 그러나 당신이 정말로 그 속을 파고 들어가 보면, 거기에는 큰 약점이 있다는 것을 알게 될 겁니다. 그런 논거를 하워드에게 적용시켰다는 점에서 말입니다. 밴 혼 씨, 당신의 주장에 따르면 그 할머닌 적어도 하워드가 살아 있을 때는 집에서 영향력을 행사하지 못했습니다. 거의 모습조차 드러내지 않았지요. 설사 누군가 그녀를 보았다 해도 크게 주의해 보진 않았을 겁니다. 하워드는 유모와 가정교사에 의해 길러졌습니다. 그에게 영향을 준 것은 할머닌 아니었죠. 그리고 당신 어머니를 제외하면 종교적으로 억압적인 분위기를 지닌 사람은 없었습니다.

당신은 어떻습니까. 당신의 어린 시절은 어땠나요, 밴 혼 씨? 민감하던 소년 시절에 당신이 자란 집안 분위기는 어땠습니까? 당신 아버지는 구약 성서의 인격화된 하느님, 복수하고 질투하는 하느님에 대해 순회 설교를 하는 복음주의자이자 열광적인 근본주의자가 아니었나요? 당신이 내게 말했다시피, 당신과 당신 동생에게 매를 아끼지 않았다는 그 아버지 말입니다. 당신은 아버지를 몹시 두려워했지요. 하워드는 아버지를 사랑했지만, 밴 혼 씨, 당신은 아버지를 두려워했습니다. 당신의 십계명 아이디어가 탄생한 것은 바로 그 증오심 때문일 겁니다. 당신은 아버지가 중풍으로 죽은 지 50년도 더 지났지만, 바로 그를 죽이기 위해 무의식적으로 아버지 자신의 무기를 이용한 것입니다.

이제 우리 본론으로 돌아갑시다, 밴 혼 씨. 당신은 샐리를 살해했고, 하워드를 거기에 짜 맞추었습니다. 그러니 하워드를 죽음으로 몰고 간 것도 당신인 겁니다. 나는 당신이 이런 죄를 저지르도록 도와주었고, 그래서 우리는 지금 우리 방식대로 벌을 받고 있는 것입니다."

"벌이라고? 우리 둘 다?"

디드리치가 말했다.

"우리들의 방식으로 말입니다, 밴 혼 씨."

엘러리는 말을 이었다.

"당신은 나를 파괴시켰습니다. 아시겠어요? 당신이 나를 파괴한 겁니다."

"그래? 알겠소."

디드리치 밴 혼은 말했다.

"당신은 나 자신에 대한 나의 믿음을 파괴했습니다. 내가 어떻게 다시 탐정이나 범죄 연구가 노릇을 할 수 있겠습니까? 나는 할 수 없습니다. 감히 하려고도 하지 않을 겁니다. 사람의 생명을 가지고 도박하는 것은 밴 혼 씨, 나에게는 맞지 않아요. 가끔씩은 사람의 생명이 걸려 있는 일도 있긴 합니다. 남자나 여자의 행복이 달려 있는 일도 있습니다.

이제 그 일을 계속할 수 없게 되었습니다. 당신이 그렇게 만든 겁니다. 나는 끝장이 났습니다. 이제 다시는 사건을 맡지 않을 것입니다."

엘러리는 입을 다물었다.

디드리치는 머리를 끄덕이더니 익살스럽게 물었다.

"내가 받아야 할 벌은 무엇이오, 퀸 선생?"

엘러리는 회전의자를 뒤로 굴리더니 장갑 낀 손으로 밴 혼 씨의 책상서랍을 열었다.

10

"왜냐하면, 퀸 선생도 알다시피……."

디드리치는 엘러리의 손을 지켜보면서 말했다.

"그들에게 진실을 말해 보았자 아무 이익도 없을 거요. 진실이 샐리나 하워드를 살려내지도 못할 테고, 안 그렇소, 퀸 선생!

퀸 선생, 당신은 끝장났다고 말하지만, 사실 나도 마찬가지요. 나는 늙었소. 이젠 남아 있는 시간이 그리 많지 않소. 나는 내 생전에 뭔가 이룩해야 했소. 그것이 이 사건을 의미하지는 않소."

그는 앙상한 손을 희미하게 내저었다.

"돈 따위의 시시한 것을 말하는 게 아니오. 내가 말하는 것은, 인생이지. 이름이라고 할까. 다시 말해, 인생을 헛되이 보냈다는 후회 없이 무덤에 가는 그런 것 말이오.

퀸 선생, 당신은 꽤 통찰력을 가진 사람이오. 당신은 내가 한 짓이 나에게 승리감이나 만족감을 안겨준 것이 아니라는 걸 알아야 하오. 당신이 그것을 모른다고 해도, 이제 나에게 일어날 일을 보기만 하면 절로 알 수 있게 될 거요. 셰익스피어의 《리어왕》에 나오는 그 구절이 뭐더라? '두려워하라, 그대 사악한 자여, 그대는 죄를 감추고 정의를 외면했도다.' 거의 다 죽어가는 이 사람에게, 퀸 선생, 그 벌은 이미 충분하지 않소?"

그러자 엘러리는 말했다.
"아닙니다."
디드리치는 재빨리 말했다.
"나는 매우 부자요, 퀸 선생. 내가 당신에게 줄 수 있는 것은……."
그러자 엘러리는 말했다.
"안 됩니다."
그러자 디드리치는 머리를 끄덕이며 말했다.
"미안하오. 충동적으로 한 말일 뿐이오. 그런 말은 우리 두 사람의 품위에는 어울리지 않지. 우리 둘은 굉장히 좋은 일을 할 수 있소. 자선단체의 이름을 대요. 내가 백만 달러짜리 수표를 쓰지."
"안 됩니다."
"500만!"
"5,000만이라도 안 됩니다."
디드리치는 입을 다물었다. 그러나 잠시 뒤 다시 말했다.
"나는 선생에게는 돈이란 게 아무것도 아니라는 것을 알고 있소. 그러나 돈이 선생에게 가져다 줄 수 있는 그런 힘을 생각해 보시오."
"싫습니다."
디드리치는 다시 입을 다물었다.
엘러리도 침묵 속으로 빠져들었다.
똑딱거리는 시계소리조차 들리지 않았다.
드디어 디드리치가 입을 열었다.
"무언가 있을 것이오. 사람이란 누구나 다 제값이 있게 마련이지. 퀸 선생을 디킨에게 못 가게 하기 위해, 퀸 선생에게 줄 수 있는 뭔가가 있을 텐데……."

그러자 엘러리는 대답했다.

"맞아요, 있습니다."

휠체어가 재빨리 엘러리 앞으로 다가왔다.

"그게 뭐요? 말해 주세요, 그럼 드릴 테니."

엘러리의 장갑 낀 손이 책상 서랍에서 나왔.

밴 혼이 금고를 보여 준 날 밤에 보았던, 총구를 뭉툭하게 자른 반짝이는 스미스 & 웨슨 38구경 총이 그의 손에 들려 있었다.

디드리치의 입술이 뒤틀렸다. 그러나 그게 전부였다.

엘러리는 그 총을 다시 서랍에 넣었다. 그러나 서랍은 닫지 않았다.

엘러리는 자리에서 일어섰다.

"우선 뭐라도 좋으니 한 줄 쓰시지요. 어떤 명분이라도 좋습니다. 마음의 상처라든가 병이 걸렸다는 얘기도 상관없습니다.

나는 서재 밖에서 기다리겠습니다. 설마 뒤에서 나를 쏠 생각은 아니겠지요? 하지만 행여라도 그런 생각을 하고 있었다면 그만 잊도록 하십시오. 당신이 휠체어를 굴려 책상까지 와서 권총을 꺼낼 때쯤이면 나는 벌써 다른 방에 가 있을 겁니다. 어둠 속으로 사라지는 거지요. 밴 혼 씨, 이게 전붑니다."

디드리치는 엘러리를 쳐다보았다.

엘러리도 그를 보았다.

디드리치는 천천히 머리를 끄덕였다.

엘러리는 손목시계를 보았다.

"당신에게 3분의 여유를 드리겠습니다."

엘러리의 시선이 책상과 의자와 방바닥을 한 바퀴 돌았다.

"안녕히 가십시오!"

디드리치는 대답하지 않았다.

엘러리는 재빨리 책상을 돌아 입을 꼭 다물고 앉아 있는 디드리치를 지나, 서재를 가로질러 캄캄한 옆방으로 들어갔다.

그는 옆으로 한 발 물러나서 벽에 몸을 기대지 않으려 애쓰면서 조심스럽게 기다렸다. 손목시계를 자기 얼굴 가까이 갖다 댔다.

잠시 뒤 손목시계의 야광판이 눈에 들어오기 시작했다.

1분이 지났다.

서재는 조용했다.

다시 25초가 지났다.

펜 끄적거리는 소리가 들렸다.

그 소리는 75초 동안 계속되었다. 이윽고 펜 소리가 멎더니 새로운 소리가 들렸다. 휠체어가 약간 삐걱대는 소리였다.

휠체어 소리가 멈췄다.

그리고 또 새로운 소리가 들렸다. 끼리릭 하는 소리였다.

그와 동시에 날카로운 발사음이 울려퍼졌다.

엘러리는 벽에서 물러나 서재에서 스며드는 불빛 가장자리로 빙 돌아서 어둠 속에 멈춰 섰다.

그는 서재를 들여다보았다.

그리고는 천천히 몸을 돌려 현관으로 나왔다.

그가 현관문을 살짝 열었을 때, 위층에서 누군가가 방문을 여는 소리가 났다. 그리고 연이어 다른 방과, 또 다른 방에서도, 울퍼트인가 로라인가 또는 늙은 크리스티나인가?

울퍼트의 새된 소리가 집 밖으로 새어나왔다.

"형님, 아래층에 계세요?"

엘러리는 소리 없이 현관문을 닫았다.

하나 둘 창문들이 밝혀졌다.

엘러리는 밴 혼의 집을 벗어나 라이트빌로 가는 긴 밤길을 걷기 시작했다.

열째 날 401

# 라이트빌시리즈 뛰어난 걸작

엘러리 퀸(Frederic Dannay, 1905~1982/Manfred B. Lee, 1905~1971) 장편 《재앙의 거리》《폭스 살인 사건》은 라이트빌 시리즈에 속하는 작품들이다. 작은 도시 라이트빌에서는 라이트 집안의 살인 사건 및 폭스 집안의 살인 사건이 일어났고, 둘 다 퀸 탐정이 해결했다.

퀸은 이 책이 발표된 3년 뒤에 《더블 더블》, 또 그로부터 2년 뒤에 간행한 《마지막 여자》에서도 이 뉴잉글랜드의 작은 도시를 무대로 삼았다. 그 동안에도 라이트빌 시리즈에 속하는 중단편도 많이 썼으니까 열성독자라면 힐 드라이브가 어느 방향으로 달리고 있는지, 또는 업햄 하우스가 어디쯤에 세워져 있는지 하는 것까지 세세히 기억하고 있을 것이다.

제1편 《재앙의 거리》에 그려진 마을과 사람들의 모습이 상당히 극명하게 표현되어 있던 것을 돌이켜 생각하면, 퀸이 처음부터 라이트빌을 시리즈로 쓰려고 의도했음을 짐작할 수 있을 것이다. 그리고 그 계획은 물론 성공을 거두었다. 이어지는 작품에서도 퀸 탐정은 라이트빌에 찾아와서 걸핏하면 회상에 잠기는데, 독자도 마찬가지로 이

가공의 마을 풍물에 서서히 동화되어 간다. 등장인물에 대해서도 마찬가지여서 월로비 의사의 얼굴색이 좋지 않다고 씌어 있으면 작가가 가벼운 기분으로 그런 말을 적었다는 것은 충분히 이해하면서도 그만 그 의사의 건강이 마음에 걸리고 마는 형국이다. 화사하고 체구가 작으며 높은 음성으로 말하는 J.F. 라이트가 죽고난 뒤 내셔널 은행이 다른 사람 손에 넘어갔다는 대목을 읽으면, 퀸 탐정 혼자만 시간의 추이에 초연해 있는 기이한 모순 따위는 전혀 아랑곳하지 않고 라이트빌과 그곳 사람들의 변모만 생생하게 눈앞에 떠오르게 되는 것이다.

이 《10일간의 불가사의》는 다른 작품들과 비교해 등장인물의 수가 적은 점이 특징 가운데 하나인데, 그 결과 작가는 하워드, 샐리, 디드리치, 그리고 울퍼트라는 인간에 대하여 자세히 기술할 수밖에 없어진다. 그러므로 독자들은 모처럼 작가 퀸의 솜씨를 느긋하게 지켜볼 여유가 생기고, 그의 필력이 본격파 작가 가운데서도 탁월하게 걸출함을 충분히 깨닫게 되고 마침내 저절로 감탄을 쏟아내게 될 것이다. 도대체 프레드릭 대니가 쓰는지 맨프리드 리가 쓰는지, 작가 퀸이 발휘하는 필력의 비밀이 참으로 궁금하게 생각되리라.

조역들이 적은 데서 생기는 필연적인 결과이기도 하지만 스포트라이트는 시종일관 4사람의 주역들에게 집중되고 있다. 게다가 그의 다른 작품들과는 달리 살인이라고 하는 클라이맥스는 이야기의 1/3이 지난 지점에 놓여 있다. 따라서 만약 역량이 모자란 작가의 손에 의해 만들어진 이야기였다면 독자들은 아마 지겨워서 하품이 절로 나올 수도 있을 것이다. 그러나 베터랑은 역시 다르다. 처음에는 공갈사건, 또 다음 번은 심야의 추적 같은 형태로 긴박한 장면들을 쉴새없이 펼쳐보이면서 도무지 독자들에게 질릴 틈을 안 주는 것이다.

라이트빌 시리즈가 퀸의 후기 작품이라는 것은 당연한 사실인데,

이른바 국명시리즈의 화려함과 비교하면 이쪽은 소박하고 과장된 맛도 덜하다고 할 수 있다. 내가 방금 '당연한' 사실이라고 표현한 데에는 다 그럴 만한 이유가 있다. 작가들은 나이를 먹으면 대개 허풍스런 소설을 쓰는 것을 부끄러워한다는 사실과, 본격미스터리 작가들의 일반적인 예처럼 트릭의 창안에 피곤해졌음을 의미한다는 이유에서였다. 그러나 《10일간의 불가사의》가 특히 소박하게 느껴지는 것은 그런 이유뿐 아니라 작가가 수수께끼를 해명하는 수단으로 종교를 끌어들이고 있는 점에도 한 원인이 있는 것 같다. 물론 구미처럼 크리스찬이 일반적인 나라의 독자들이라면 이 작품도 다른 작품들과 마찬가지로 여전히 쇼킹하고 흥미로운 이야기로 비쳐지겠지만 공교롭게도 동양은 사정이 좀 다르다. 우리로서는 십계가 이러니 저러니 해도 그들처럼 금방 무슨 이미지가 전해진다거나 공통된 정서가 형성되지도 않는다. 그럴 뿐만 아니라, 종교를 끌어들이면 이야기가 본래 형이상학적으로 풀려나가는 것은 어쩔 수 없기 때문이다. 이러한 점에 비추어 볼 때, 이 작품에서 논리의 아크로바트에 빠져들게 하려했던 작가의 시도는 조금은 역부족했다는 느낌이 든다.

또한 민감한 독자라면 불만을 느끼게 하는 기술(記述)상의 오류를 지적할 수 있을 것이다. 심야 묘지장면에서 작가가 상대편 인물을 하워드라고 적고 있는 것은 퀸답지 않은, 정직하지 못한 수법이라고 본다. 실은 그의 정체가 하워드로 변장한 디드리치였기 때문이다. 따라서 어떤 이유가 있다손 치더라도 하워드라고 분명히 그의 이름을 적는 것은 용서할 수가 없다. 그럼 어떻게 쓰는 게 좋을까? 누구라도 이런 반문을 받게 되면 분명 난처해지겠지만 어쨌든 그런 경우에는 '그는'이라든지, '뼈가 굵고 근육질에 머리통 두드러지는 남자는'이라든지, '그 검은 그림자는' 같은 말로 얼버무려야 했으리라. 그러나 이런 애매한 묘사를 하면 독자들이 오히려 눈치를 챌 우려가 있다는 위험성도 커지는 것은 사실이다.

"그만둬, 하워드, 그것은 죽은 자에 대한 모독이다!"라고 퀸 탐정은 속으로 외쳤다.

만약 작가 퀸이 이렇게 썼다면 그것은 퀸 탐정의 주관을 묘사한 것이니까 독자가 읽는 데 전혀 지장이 없지 않았겠는가? 퀸 탐정이 개인적으로 미인에게 실연 당하든 그림자를 잘못 알아보든 독자들의 추리에는 영향을 미치지 않을 테니까. 그러나 객관적인 묘사 부분에서 거짓으로 얼버무려 독자를 속인대서야 너무 불공정하지 않겠는가! 그러므로 당연히 문제가 될 수밖에 없다. 원숭이도 나무에서 떨어진다고 하는데 작가 퀸의 실수도 그런 범주에 속하는 것일까?

그렇지만 혼자서 창작하는 것도 아니고 두 사람이 합작을 하면서도 그런 부분을 그냥 넘겼다는 것은 《10일간의 불가사의》를 더욱 불가사의하게 만드는 수수께끼는 아닐까.